CB021617

1ª edição
2.000 exemplares
Fevereiro/2023

Coordenação editorial
Ronaldo A. Sperdutti

Projeto gráfico e editoração
Juliana Mollinari

Capa
Juliana Mollinari

Imagens da capa
123RF

Assistente editorial
Ana Maria Rael Gambarini

Revisão
Maria Clara Telles

Impressão
Bartira gráfica

Direitos autorais reservados. É proibida a reprodução total ou parcial, de qualquer forma ou por qualquer meio, salvo com autorização da Editora. (Lei nº 9.610, de 19 de fevereiro de 1998)

Traduções somente com autorização por escrito da Editora.

© 2023 by Boa Nova Editora.

Av. Porto Ferreira, 1031 | Parque Iracema
CEP 15809-020 | Catanduva-SP
17 3531.4444

www.**boanova**.net | boanova@boanova.net

Dados Internacionais de Catalogação na Publicação (CIP)
(Câmara Brasileira do Livro, SP, Brasil)

Fábio (Espírito)
   Distante de Deus / romance mediúnico pelo espírito Fábio ; [psicografia de] Nadir Gomes. -- 1. ed. -- Catanduva, SP : Boa Nova Editora, 2023.

   ISBN 978-65-86374-25-4

   1. Espiritismo 2. Mediunidade - Doutrina espírita 3. Psicografia 4. Reencarnação 5. Romance espírita I. Gomes, Nadir. II. Título.

23-142976   CDD-133.93

Índices para catálogo sistemático:

1. Romances espíritas psicografados : Espiritismo
      133.93

NADIR GOMES

ROMANCE MEDIÚNICO PELO ESPÍRITO FÁBIO

DISTANTE DE DEUS

SUMÁRIO

PREFÁCIO 9

APRESENTAÇÃO 13

I. PARTINDO 17

II. NA TRANSPORTADORA 23

III. ENTRANDO NO MUNDO DO CRIME 31

IV. MEDIUNIDADE MALCONDUZIDA 41

V. O DESPERTAR DO AMOR......................................47

VI. RETORNANDO 50

VII. TRAIÇÃO 58

VIII. A CILADA 65

IX. NO CARANDIRU 80

X. O RETORNO DOS "AMIGOS ESPIRITUAIS"...............86

XI. MEU ENCONTRO COM RED MARINHEIRO..............93

XII. ENCONTRANDO UM AMIGO 98

XIII. SUBJUGAÇÃO...110

XIV. A VIDA NO CÁRCERE 121

XV. LEMBRANÇAS AMARGAS..................................129

XVI. SOLIDÃO...145

XVII. NO MUNDO ESPIRITUAL.................................165

XVIII. NOVO ENCONTRO COM RED 178

XIX. ATRAIÇOADO PELO SENTIMENTO........................189

XX. PRISIONEIRO DAS TREVAS 207

XXI. O ANJO LIBERTADOR 224

XXII. NA CIDADE ESPIRITUAL 239

XXIII. REMORSOS 262

XXIV. VIDA NOVA 275

XXV. AS ENFERMARIAS VOLANTES 291

XXVI. O PASSADO DE IRMÃ ADELAIDE.......................303

XXVII. O CERCO A RED MARINHEIRO.........................317

XXVIII. A REDENÇÃO DE NEGRO 331

XXIX. REENCONTRO COM O PASSADO.........................343

CONSIDERAÇÕES FINAIS......................................360

Agradeço aos companheiros trabalhadores das casas espíritas Bezerra de Menezes e Terezinha de Jesus que, mesmo sem saber, deram grande sustentação para que esta obra pudesse vir a público, pois muitos dos espíritos aqui citados receberam doutrinação nessas casas.

Nadir Gomes

PREFÁCIO

Tem a presente obra o objetivo de mostrar a passagem de nosso irmão Fábio sobre a Terra. Nós todos somos constantes viajantes entre o plano físico e o espiritual, e quando daqui partimos para mais uma experiência na carne, vamos cheios de esperança e, também, com um certo preparo para enfrentarmos o que a vida vai nos apresentar no transcorrer dos nossos dias. Uma vaga intuição nos alerta sobre determinados fatos, e muitos, então, deixam-se envolver por inquietações ante a prova que os espia de longe, outros, ainda, deixam-se vencer pelo temor do fracasso, alimentam o medo na mente e, como escolhemos de acordo com o que acolhemos no íntimo, vemos muitas trajetórias destinadas à vitória redundarem em tristes quedas para o espírito que daqui partiu cheio de promessas a cumprir.

Assim foi com o nosso irmão Fábio. Espírito lúcido, teve amparo e preparo para trabalhar no campo da mediunidade. Como prova, levou o apego aos bens materiais com o qual teria que lutar constantemente para levar adiante uma vida que deveria ser, toda ela, dedicada a curar as doenças e minimizar a pobreza da qual ele próprio faria parte.

Mas, nem sempre seria assim: vencendo as primeiras etapas, sua vida melhoraria, muitos companheiros seriam encaminhados para auxiliá-lo. Entretanto, nosso irmão, deixando-se levar pelo ímpeto que sempre o caracterizou, partiu do seu recanto humilde rumo à grande São Paulo onde, ao invés de carreira de sucesso que tanto almejava, encontrou o tráfico por norma de vida e, em vez da segurança material que a riqueza lhe proporcionaria, deparou-se com a realidade negra da prisão.

Neste estranho mundo sua mediunidade aflora, e Fábio se utiliza dela para sobreviver.

Como todos os que entram no mundo do crime, a vida de Fábio é curta. Aqui chegando depara-se com a dura realidade de fazer parte de uma imensa organização que atua na crosta, manipulando e alienando os desavisados, buscando dessa forma retardar o progresso da humanidade. Usam para isso todas as mazelas humanas, arrastando-os para os vícios de todas as espécies. No entanto, a Providência Divina sempre chega aos que clamam por ela. Depois de muito padecer, Fábio é socorrido por uma equipe salvadora e toma consciência de seu fracasso. Assumindo uma nova postura, põe-se à disposição para trabalhar e, auxiliado sempre pelos benfeitores, Deus permite que antigos desafetos cheguem até ele, exigindo-lhe o reparo.

Fábio, imbuído de novos sentimentos, começa a refazer seu caminho se libertando, aqui mesmo, de muitos dos pesados débitos que assumiu no danoso caminho da delinquência. Outros ainda terão que ser sanados e o tempo, este precioso auxiliar do progresso humano, permitirá que nosso irmão vá vencendo pouco a pouco todas as suas provas.

Nós todos somos solidários com o nosso irmão, pois quem de nós pode afirmar com certeza que não falirá? Quem já não sentiu na carne o gosto amargo do fracasso? E quem, deliberadamente, já não procurou se afastar de Deus, negando-O, para fugir das consequências dos próprios erros? Todos nós, meus irmãos, pois somos ainda espíritos falíveis, lutando para não errar mais, conscientizando-nos de que o Pai Eterno é tudo, e nós somos parcelas de Sua magnificência e, embora erremos ainda, estamos destinados a um futuro glorioso de espíritos eternos, amados por Ele!

Julianus Sétimus

APRESENTAÇÃO

Este não é, propriamente, um romance, é simplesmente o relato das experiências de alguém que faliu em seu programa reencarnatório. Este alguém sou eu, Fábio.

Já há algum tempo tinha terminado, com a ajuda de Antonino, meu irmão espiritual, de anotar as lembranças das desastrosas experiências dessa minha última encarnação. Antonino e eu procurávamos um médium adequado, pois como os irmãos dessa doutrina sabem, a questão da mediunidade é deveras melindrosa, pois tudo tem que ocorrer dentro de uma sintonia perfeita. Começamos a testar alguns que, assim que mantinham o contato com as impressões penosas que eu ainda trazia no perispírito, me repeliam.

Outros se interessavam pela história, queriam me auxiliar, mas, assim que retornavam ao corpo — pois estes encontros e acertos entre espíritos e médiuns se dão durante o sono físico desses últimos — não conseguiam, por uma questão fluídica, captar o que eu, em vão, procurava lhes ditar.

Buscamos alguns que, por gostarem de histórias mais amenas, romanescas, não aceitavam os assuntos que taxavam de "pesados", receando as investidas das trevas, que normalmente todo médium sério, esforçado, e humilde, no servir, sofre. Já me encontrava desanimado quando fomos levados a conhecer duas médiuns neste centro. Uma estava iniciando sua tarefa psicográfica, já com vários irmãos esperando a oportunidade, visto que denotava grande empenho em servir e apurada sensibilidade mediúnica.

Eu, como um humilde estreante nesta área, sem grandes pretensões literárias, querendo apenas desabafar as minhas agruras, buscando assim um lenitivo para o meu padecer de então, preferi a outra médium, que sequer imaginava um dia escrever algo assim. Seríamos os dois, então, a tentar juntos algo que nunca fizéramos antes. Para nossa alegria — minha e de Antonino — a jovem aceitou, até porque foi aconselhada a isto por irmãos que a tutelam.

Havia a combinação fluídica, mas mesmo assim a observamos e testamos por quase dois anos antes de iniciarmos. Receando pesar demais na constituição emocional dessa irmã, então protelamos ao máximo, para que ela fosse assimilando, aos poucos, nossas impressões. Estamos cientes de que trouxemos alguns transtornos, mas, pela graça de Deus, passageiros. Para a nossa felicidade e de todo o grupo de irmãos que nos auxiliou, e principalmente de Jesus que assim o permitiu, aí está, em forma de humilde livro, o relato de minha experiência passada. Possa ela servir de alerta a quantos buscam vencer a qualquer custo, sem pensar nas consequências. Possa, ainda, mostrar aos irmãos que este caminho enganoso das conquistas materiais nos afasta mais e mais da nossa verdadeira trajetória, que é e será sempre a das nossas conquistas espirituais.

Agradeço o carinho e a compreensão de todos os que vierem a ler estas páginas, percebendo-me como um ser que errou muito mas que, neste momento, traz no íntimo o firme propósito de buscar acertar.

Fábio

I. PARTINDO

" 9. A ingratidão é um dos frutos mais imediatos do egoísmo;
revolta sempre os corações honestos; mas a dos filhos com
relação aos pais, tem um caráter ainda mais odioso. "

O Evangelho segundo o Espiritismo (Cap. XIV — Honra teu pai e tua mãe
— Instruções dos espíritos: A ingratidão dos filhos e os laços de família)

Ah! Como eu era feliz! Nem de longe poderia imaginar que aquilo tudo um dia iria terminar! Diz-se que depois da tempestade vem a bonança! Mas no meu caso foi bem ao contrário, depois da bonança veio a tempestade! E o pior é que não me preparei para a borrasca! Fui pego de surpresa e isto eu não perdoo, ou melhor, não entendo, pois vivi por tanto tempo naquela ilusão de que minha vida seria sempre aquele mar de rosas. Se bem que na época eu a taxava de marasmo.

Ansiava pela ação da cidade grande! Os noticiários, quando os podia ouvir no velho rádio de meu avô, fascinavam-me. Tudo me parecia fantástico, coisas de um outro mundo. Mesmo os fatos mais violentos me entusiasmavam. Não sentia medo, como a maioria da rapaziada simples do campo. Amigos me alertavam para o perigo da aventura. Não me dava por vencido. Na primeira oportunidade arrumei a minha trouxa e nem olhei para trás. Dando apenas um abraço na mãe, que chorava copiosamente, o abraço no irmão ansioso, parti!

Já no trem, confesso, um frio me percorreu a espinha. Será que não era tudo uma ilusão esta coisa de cidade grande? Mas debalde, a vida simples de até então já não me satisfazia mais. Era melhor enfrentar a vida, como ela era. Aquilo de plantar legumes para comer, porque, das vendas, pouco o velho pai conseguia, não, aquilo não era vida para mim! Eu, Fábio, iria ter coisa melhor.

Todos ainda iriam ouvir falar muito de mim, com certeza. Não iria demorar muito eu estaria retornando, mas em um belo carrão, com roupas etiquetadas e dinheiro no bolso! Essa era a vida que eu almejava e iria ter! Jamais terminaria como o velho pai, que, quando da hora da sua morte, foi preciso saírem de porta em porta, a fim de conseguir alguns níqueis para comprar o caixão. Não, isso não iria acontecer comigo! Nasci para vencer! E venceria, nem que para isso fizesse os maiores sacrifícios.

Bem, mesmo no sonho chega a hora de acordar. Quando o trem começou a aproximar-se da tão falada Estação da Luz, mal podia acreditar, eu, Fábio, chegava a São Paulo. Grande futuro me esperava.

Chegando em São Paulo...

Bem, o primeiro passo estava dado, agora era seguir adiante.

Aquela grandeza toda da cidade grande me extasiava. Quanta espera para aquele momento! Eu ia vencer: aquela oportunidade não perderia. Foram dezoito anos de roça, para mim já bastara. Não, minha vida seria outra com certeza!

Era preciso me acalmar um pouco. Peguei o endereço de parentes que trazia amarrotado no bolso. Estava quase rasgando, tanto que lera e relera durante a viagem.

Era da casa de uma velha tia, irmã de meu falecido pai. A lembrança que trazia dela era de menino. A única viagem que fizera, ainda quando o pai era vivo, tinha uns dez anos mais ou menos. Essa tia também ficara viúva tal qual minha mãe. Tinha quatro filhos, dos quais dois já casados moravam distante, os outros dois, uma mocinha, Marlene, e um rapaz, Walter, moravam com ela. Estava ansioso por revê-los. Ainda no caminho, não continha a ansiedade.

Assim que cheguei, revi a casa com uma certa decepção. Em minha lembrança, parecia bem maior. Percebi a pobreza, mas com certeza estavam melhores do que eu. Ao menos viviam na cidade, isso para mim já bastava. Bati, minha velha tia Ana atendeu.

De início não me reconheceu, embora eu tivesse escrito que vinha, e eles prontamente aceitarem o meu pedido. Disse-lhes que queria trabalhar, ajudar minha família, a roça já não dava para viver. Minha mãe passava por dificuldades, isso com certeza sensibilizou minha tia e os primos, pois a resposta, aceitando-me como hóspede, foi imediata. Quando falava isso para a mãe, ela olhava-me de um jeito que me incomodava. Parecia ler dentro de minha alma. Sabia que meus motivos não eram tão altruístas assim. É certo que para mim mesmo procurava acreditar naquilo que falava. Sim, meu objetivo era auxiliar a família. Lá no íntimo, porém, pensava em mim mesmo em primeiro lugar. Tanto minha tia como os primos ficaram felizes em me receber.

Depois de acomodado, minhas roupas guardadas, tomando um cafezinho com bolinhos que ela tão gentilmente me ofereceu, conversávamos, e tia Ana perguntava-me dos familiares. Como ia minha mãe e meu irmão?

Nesta hora, senti uma ponta de remorso e relembrei a imagem triste da mãe no portão com o pequeno — era assim que chamávamos o meu irmão caçula — agarrado em sua saia. Ela, depois de me abraçar, ficou olhando até eu sumir de sua visão. Discretamente enxugava as lágrimas no velho avental que usava para lavar a roupa. Nem uma vez me recriminou, afinal eu era o mais velho e estava partindo.

Fazia tão pouco tempo que o pai tinha morrido. Um dia, fui ao roçado na hora do almoço, quando lhe levava a comida, e o encontrei caído, em meio às plantas. Tivera um infarto fulminante. Estava morto já havia umas duas horas. Foi o que o médico da vila sendo chamado às pressas disse.

A pergunta da tia me fez retornar imediatamente ao ambiente.

— E então Fábio, como ficou a Joana?

— Bem tia! Ficou muito bem!

E dei por encerrada as informações da família, o que, aliás, incomodava- me um pouco.

Já fazia quase um mês que estava na casa dos parentes.

Todos os dias eu saía em busca de algum serviço, mas a falta de conhecimentos, minha timidez, o sotaque interiorano, tudo isso prejudicava as minhas tentativas. A época não era como a atual, e havia serviço sim, mas eu encontrava essas dificuldades. Isso me exasperava. Não queria viver às custas dos outros. O pouco dinheiro que trouxera minguava. À tarde, geralmente acabava ficando em casa e sempre conversava com a tia, que se mostrava bastante compreensiva.

— É tia, as coisas estão difíceis! Pensei que iria conseguir alguma coisa em pouco tempo.

— Meu filho! Na vida temos que ter paciência; sempre haverá uma solução, mas devemos saber esperar.

— Sim tia, mas é difícil! Estou dando despesas, vocês não são ricos e isto não é justo.

— Ah! Quanto a isso, não se preocupe Fábio, você sabe, onde comem três, comem quatro! Deus dá jeito para tudo! Você não pode perder as esperanças.

E sempre, para aliviar minhas preocupações, perguntava sobre o sítio, desviando o assunto que me afligia.

— Tem escrito para a mãezinha?

— Bem, mandei outro dia um cartão com algumas linhas. A senhora sabe, eu não sou de muita conversa, e para escrever é mais difícil ainda. Depois, não quero preocupá-la com meus problemas. Estou esperando estar bem colocado. Aí então escreverei uma longa carta.

— Mas, meu filho — argumentava a tia —, sua mãe há de estar preocupada com você. Qual mãe não sente se seu filho está bem ou não? Ela sabe que você está preocupado, pode ter certeza.

— A senhora acha, mesmo?

— Com certeza, coração de mãe sente, mesmo à distância!

Ficava, então, quieto, cismando sobre a conversa. Percebia que a tia, de vez em quando, lançava-me olhares, mas sempre cheios de preocupação e ternura.

Alguns dias depois dessa conversa com ela, meu primo Walter chamou- me em um canto perguntando:

— Lá na transportadora estão precisando de um carregador, te interessa?

— É lógico, Walter, não estou em situação de escolher. Quando posso ver isso?

— Amanhã mesmo. A vaga já é sua. Falei com o subgerente que é meu chapa, não vai ter erro!

Isso me animou, mas, antes de entrar nesse assunto, quero falar sobre meu primo. Não sei por que ele me parecia estar sempre "escondendo algo"! Como se tivesse culpa em alguma coisa! Às vezes, ele se trancava no quarto e eu tinha que ficar esperando a sua boa vontade em abrir a porta se quisesse pegar alguma roupa, pois estavam guardadas em seu guarda-roupa. Então, embora eu dormisse na sala, tinha que esperar ele sair para trocar-me. Outras vezes, sumia nos finais de semana e falava para a tia que era alguma entrega de última hora que ele tinha que fazer, coisa e tal. Mas eu sempre desconfiava disso, porque numa ocasião em que ele deveria estar numa dessas "viagens", eu o vi com alguns tipos mal-encarados. Não falei nada. Não queria criar caso com ele e nem preocupar minha tia.

Embora ele me tratasse bem, procurando ser amável, percebia-o um tanto irritadiço, às vezes. Nessa ocasião minha tia comentava:

— É, esse menino está cada vez pior! Não sei o que ocorre com ele! Mudou tanto! Acho que é porque trabalha muito! — E o caso morria ali.

II. NA TRANSPORTADORA

"Os tormentos voluntários
23. De quantos tormentos, ao contrário, se poupa aquele
que sabe-se contentar com o que tem, que vê sem inveja
o que não tem, que não procura parecer mais do que é."

O Evangelho segundo o Espiritismo
(Cap. V — Bem-aventurados os aflitos)

No outro dia levantei cedo, bem antes do Walter. Quando ele acordou, eu já estava pronto, esperando.

Fomos para a transportadora, e no trajeto eu ia fazendo perguntas sem parar. O que transportava, para onde eram esses transportes, qual seria o meu serviço, se eu iria viajar etc. Meu primo, a fim de me acalmar, ia respondendo:

— Não fique tão animado que o serviço é simples. Você será um carregador. Não vai viajar não, só ficará lá na empresa. Mas procure fazer bem o que pedirem, faça sem má vontade. Eu vou fazer o que posso para te arranjar algo melhor.

— Bem, como eu lhe disse, estou para o que der e vier. Não vou escolher e nem tenho medo de trabalho, o que eu quero é ter uma oportunidade para me dar melhor na vida. Para começar qualquer serviço serve. Tenho certeza que vou subir, é só ter chance.

Depois que falei isso, percebi que meu primo olhou-me de forma estranha, havia um misto de curiosidade e ironia. Só sei que não me senti bem com aquilo. Mas passou e acabamos chegando à tão falada transportadora.

Era uma firma de grande porte. Quero dizer de grande tamanho, logo na entrada havia a garagem com meia dúzia de caminhões tipo baú, três ou quatro jamantas abertas, algumas peruas kombis, além de dois carros. Então, era de grande dimensão aquele galpão.

Em cima era a secretaria, o escritório, o refeitório, os banheiros e o local dos empregados. Enfim, era um local comum para esse tipo de serviço, mas para mim, recém-saído de um lugarejo perdido no mato, aquilo era gigantesco.

Aquele assombro estava escrito na minha testa, porque alguns homens, parados, trabalhadores com certeza, cutucaram-se me apontando e um deles, gritando bem alto, perguntou:

— Hei! Walter! É esse o primo caipira? — E caíram na risada.

Aquilo me ferveu o sangue, nunca ninguém me chamara daquela forma. Senti muita raiva e o entusiasmo como que morreu dentro de mim. Senti que não iria ser fácil, mas ninguém me venceria. Não seria um apelidozinho que me derrubaria. Aqueles caras ainda se veriam comigo. Um dia, eles engoliriam aquela brincadeira. Não iria aceitar isso não.

Mal sabia eu que aquele termo pejorativo, com o qual me chamaram naquele momento, me acompanharia até o fim dos meus dias. Primeiro como uma forma de me humilhar, me ridicularizar. Depois passaria a ser um apelido comum, que eu nem percebia mais. E, finalmente, como uma alcunha no mundo do crime. Houve tempo em que a simples menção do nome "caipira" inspirava admiração ou terror entre a delinquência iniciante. Entrando naquele local, um mundo novo se abriu para mim.

Sabia que não seria fácil, mas eu nunca fui fraco, saberia fazer valer a minha vontade.

De início dissimularia se preciso fosse. Seria servil, medíocre, mas, no final, mostraria a minha verdadeira face.

O mundo haveria de conhecer um caipira que de trouxa não tinha nada.

Subimos uns lances de escada, entramos num escritório simples. Lá conheci o tal subgerente. Sujeito áspero, carrancudo, olhou-me avaliando. Decidi que não gostava dele e para não mostrar os verdadeiros sentimentos, abaixei os olhos. O Walter me apresentou, ao que ele, o subgerente, questionou-me:

— E aí, será que tu darás conta do recado? Olha que não é coisa para moleque. O serviço é pesado.

Respondi prontamente:

— Estou acostumado com a enxada e o sol forte. Não há de ser isso que vai me derrubar, não. Sou forte, senhor, tenho certeza de que não vou decepcionar ninguém.

Ele fez um trejeito, encarou o Walter que respondeu prontamente:

— Ele está falando a verdade, senhor. Dará conta do recado, com certeza!

— Pois bem, então tu começas hoje mesmo. Está para chegar um caminhão com sacarias para descarregar, aproveite para comer algo, porque depois, só na hora do almoço. E você Walter, fique que quero falar contigo.

Saí dali meio sem rumo, fui até um bar na esquina. Lá, comi algo e tomei um café, enquanto observava a empresa. Havia um entra e sai constante.

Logo o caminhão chegou. O subgerente estava certo, o trabalho foi desgastante e a hora do almoço me pegou morto de cansaço. Durante todo esse tempo não vi o Walter. Ele apareceu nesta hora e fomos juntos almoçar. Explicou-me que foi entregar algumas peças de emergência.

— Poxa, Walter, eu nem te vi sair!

— Saí numa das kombis fechadas. Eu te vi, parecia um burro de carga.

— É, o trabalho não é mole não, mas mesmo assim quero te agradecer. Se não fosse você, estaria sem nada.

Notei que ele estava um tanto sério.

— Fábio, evite fazer muitas perguntas fora da sua ocupação, ok?

— Como assim? — perguntei.

— Sabe como é, o pessoal não gosta de gente xeretando aqui e ali. Então, para você não arrumar confusão, fique na sua! Faça a sua obrigação e pronto!

— Certo! — respondi.

Mas algo me alertou por dentro. Por que o Walter fazia aquelas recomendações? Iria ficar de olhos bem abertos. Se houvesse alguma coisa ocorrendo ali, eu descobriria logo, logo!

Quem sabe não estaria aí o meio de melhorar minha situação? Depois, tinha certeza de que o primo desconversou quando perguntei sobre a tal entrega de emergência.

A tarde transcorreu sem nenhuma novidade. Trabalhei muito, mas estava satisfeito. Ao chegar em casa, comi algo, tomei um banho rápido e cai na cama.

Assim, passaram-se alguns dias, eu sempre aguentando as zombarias e sarcasmos dos "colegas" de trabalho. Eu sorria e pensava: *Vocês ainda me pagam. Logo, logo eu é que estarei mandando.*

Sentia cada vez mais que ali, naquela empresa, existia algo escondido. Não sabia o quê, mas havia, com certeza.

Alguns grupinhos, justamente aqueles que mais me maltratavam, eram muito ligados. Às vezes, chegava algum caminhão e entrava lá para o fundo da garagem. Imediatamente o subgerente chegava e comandava a retirada das mercadorias.

Coisa estranha isso; um subgerente deveria ter "algo" mais "importante" a fazer que descarregar caminhão. E o mais intrigante é que, eu ia até lá, pronto para auxiliar, e ele me dispensava. Não só a mim, mas a alguns outros, que considerei como meus iguais. Essa tarefa sempre cabia aos mesmos sujeitos, que corriam nem bem esses caminhões chegavam. Ah! Tinha certeza de que ali havia algum código. Algo estava acontecendo, e eu precisava saber o que era.

Nessa noite, em casa, novamente minha tia Ana perguntou-me se já havia escrito para a mãe.

— Tia, eu ando num prego só! A senhora não vê? Chego morto, sem disposição para nada.

— Meu filho, você precisa achar um tempo para escrever para sua mãe. Ela deve estar muito preocupada! Já faz quase três meses que você partiu. Pense nela, Fábio, a aflição de uma mãe é muito grande quando não sabe como passa um filho distante!

Contrariado respondi-lhe:

— Está bem, tia, vou ver se consigo escrever algo. Mas, a senhora não pense que é pouco caso não, é cansaço mesmo.

E assim, eu sempre ia arranjando uma desculpa. Mas, pelo menos naquela noite, escrevi algumas linhas para minha mãe. No dia seguinte, pedi à prima Marlene que colocasse a carta no correio para mim. Na carta, ou quase um bilhete, pois é o que era realmente, contava do meu novo emprego, mas sem falar que eu era um simples carregador.

Alguns dias depois, novamente tudo corria normal dentro da transportadora, só que a maioria dos empregados não estava. Todas as peruas kombis tinham saído para as tais emergências, quando chegou um caminhão baú carregado e o subgerente correu para atender. Do grupo seleto só havia um camarada, que também se apressou em ir auxiliá-lo. Eu, lá no meu canto, observava tudo. Dois homens só não dariam conta de descarregar aquele caminhão, pois isto exigiria muitas horas de trabalho intenso.

Os dois ficaram conversando entre si, observando-me de longe.

Fingi estar fazendo algo, esperando; sabia o que viria a seguir. O camarada gritou:

— Hei, Caipira!

E o subgerente retificou:

— Ô Fábio, você pode dar uma mão aqui?

— Como não, chefe! — respondi e mais do que depressa fui atender.

Era uma mudança! Estranhei, perguntando:

— Vamos retirar estes móveis, chefe? Colocar onde?

— Sabe o que é? — respondeu ele. — A gente aproveitou essa viagem para trazer umas encomendas bem delicadas junto. Essas encomendas são da empresa. Vamos retirá-las e os móveis vão para o depósito, até os donos virem buscar. Você vai nos auxiliar a levantar os móveis e a abrir alguns.

— Tá! — respondi.

Tinha certeza de que o mistério seria desfeito. Enquanto eu desamarrava os móveis e tirava os papelões que os envolviam, o ajudante, de nome Celso, ia retirando uns pequenos pacotes, embrulhados também em papelão. O subgerente ia colocando em caixas. Quando alguma enchia, ele imediatamente a levava para o escritório e voltava correndo, para encher outras. Ao todo, contei umas seis caixas. Em cada uma delas cabia uns dez pacotes.

Então, saiu daquele caminhão sessenta pacotes daqueles. Foram retirados dos "meios" mais secretos, como gavetas dos armários, que eram totalmente preenchidas com papelão, protegendo bem as tais mercadorias. Saíam dentre as tábuas dos móveis, enfim, onde dera para camuflar um pacote, ali ele fora colocado.

Percebi na hora do que se tratava. O negócio ali era quente. Confesso que de início fiquei amedrontado. Num primeiro momento, pensei em falar com o Walter, mas desisti. Iria aguardar e descobrir mais.

Seja lá o que fosse, devia rolar muita grana, senão não teria tanto sigilo. A ganância falou mais alto, o medo desapareceu e eu só pensava em tirar proveito da situação.

O Walter me rondou perguntando:

— E aí, Fábio, soube que chegou um caminhão de mudança, e você, o Celso e o subgerente tiveram que descarregar sozinhos, chato não?

— É — respondi — mas eu estou aqui para trabalhar, não é?

Walter me olhou interrogativamente perguntando mais com os olhos do que com as palavras propriamente.

— E foi tudo bem? Digo, você não estranhou nada?

— Não! — respondi inocentemente e mudei de assunto. — Sabe, recebi a resposta da carta que enviei para a minha mãe. Ela diz que o pequeno não está bem. Sente muitas saudades de mim. Queria ir lá vê-los, mas não de mãos vazias. Ela pensa que eu estou bem empregado, não que sou um burro de carga. Já vai para quatro meses que estou aqui, dando o meu sangue, pensei que iriam reconhecer o meu valor dando-me outra função.

Walter olhou-me, depois disse que me ajudaria, que não era o momento ainda e argumentou:

— Sabe, Fábio, talvez isso não seja pra você. Por que você não sai um pouco? Procure alguma coisa melhor onde possa ganhar mais, sem riscos.

— Por quê? Você corre algum risco aqui? — perguntei.

Ele gaguejou e respondeu:

— Não, você entendeu mal! Eu quero dizer que há serviços menos desgastantes que o seu e que pagam mais.

— Olha aqui, Walter! — explodi. — Vocês pensam que eu sou algum idiota? Tá na cara que aqui tem algo de podre, só que rola muito dinheiro. Você anda sempre com a carteira recheada! Pensa que não notei? Mas é egoísta! Não disse que me ajudaria? E agora fica aí, escondendo o ouro.

Walter com olhos apavorados percorria os lados, e me fez sinal para silenciar.

— Aqui não, na saída. Vamos tomar uma cerveja e a gente conversa...

III. ENTRANDO NO MUNDO DO CRIME

"A porta estreita
5. A porta de perdição é larga, porque as paixões são
numerosas, e o caminho do mal é frequentado pela maioria. A da
salvação é estreita, porque o homem que quer transpô-la deve
fazer grandes esforços sobre si mesmo para vencer
suas más tendências, e poucos a isso se resignam."

O Evangelho segundo o Espiritismo
(Cap. XVIII – Muitos os chamados e poucos os escolhidos)

Terminado o expediente, encontramo-nos na saída. Meu primo considerou melhor tomarmos a condução e pararmos num bar perto de casa. Não estranhei, ao contrário, achei por bem sua precaução.

Já no bar, tomando uma cerveja, iniciamos a conversa interrompida:

— Bem, Fábio, você quer saber o que ocorre na empresa! Eu preferiria que você nem soubesse! Certos assuntos o melhor é estarmos por fora. Se a situação ficar preta, sobra pra todo mundo. E para quem já está sabendo é bem pior. E então? Ainda é tempo de deixar as coisas como estão.

— Eu não sou nenhum medroso — respondi, atacado naquilo que considerava brio de homem, e nada mais era que orgulho. — Quero saber sim! Depois, percebo que ali corre muito dinheiro. Você sabe que minha intenção sempre foi ganhar muito.

Por isso, saí daquele mato. E, se é essa a oportunidade, não vou perdê-la.

— Por ora — respondeu o Walter —, só deveria te adiantar que é coisa muito perigosa. Seria melhor você não se meter. Mas como você é teimoso, vou te contar. Depois você vê se vale a pena. Ali dentro rola muita coisa. Quando entrei não sabia, trabalhei quase um ano até vir a descobrir. A empresa funciona sim! Mas, por detrás, é uma firma de contrabando e dos mais graves. Você tem razão quando diz que rola muito dinheiro. Rolar, rola, mas o grosso não é pro nosso bico, não. O dono disso tudo é uma pessoa muito poderosa, ligado a políticos, enfim, tem costas quentes. Se sobrar, pode ter certeza de que "ele" sai ileso. Somos nós quem vamos "pagar o pato." Como vê, analise bem se isso vai valer a pena.

— Olha aqui, Walter, acho que se não valesse a pena você não estaria metido nisso. Alguma vantagem há de ter. Pensa que não notei que você vive com a carteira recheada? Riscos nós todos corremos e é menos mal quando temos "algum" no bolso. O dinheiro compra tudo. Quem vai preso nesse país se tem grana? Você mesmo acabou de dizer que o dono tem costas quentes. Então, será que não vale a pena ser assim? Eu acho que vale! Só não vai bem para os pés de chinelo. Eu posso ser um caipira como me chamam, mas estou longe de ser um trouxa. Vejo muito mais do que vocês pensam. Aliás, essa minha "percepção" é algo de que me orgulho muito. Sei que vou me dar bem. Se o "negócio" não é honesto, a gente sempre pode sair depois. É só o tempo de fazer um pequeno pé de meia. Algum para abrir um negócio próprio. Sabe como é, algum pra começar, e o resto deslancha.

— É Fábio, você é muito otimista, mas as coisas não são tão fáceis assim. Poucos que entram nesse caminho conseguem sair. A maioria sai com uma bala na cabeça. Outra coisa, Fábio, haja o que houver, não experimente nenhuma droga. Você não sabe o inferno que é. Os que se dão bem nisso, geralmente não usam. Quem usa, meu velho, não passa de reles empregado. Fica dependente e acaba fazendo qualquer coisa. Trabalha por qualquer mixaria. Não é o meu caso. Você sabe que aqui eu tenho certa autonomia. Sou até respeitado, pois já fiz alguns trabalhinhos para o dono. Estou em boas graças com ele e isso é muito bom. Mas já vi muito carinha se dar mal. Amigos meus, até. Sabia que iam entrar bem, e não pude fazer nada para auxiliar, avisar. Senão quem rodava era eu. Percebe como é? Nesse meio você está só, e não pode contar com ninguém.

Depois disso, silenciamos por alguns momentos. A seguir respondi ao meu primo:

— Agradeço o que você está tentando fazer. Vejo a sua preocupação por mim, mas te garanto que sei me cuidar. Se entrar neste "ramo" será só por algum tempo; eu vou saber lidar com a coisa, pode ter certeza!

Walter não disse mais nada, só me olhou de forma bem interrogativa e meio melancólica, como que duvidando de minhas palavras. A seguir me estendeu algumas notas.

— O que é isso? — perguntei.

— Minha mãe está preocupada, porque você não foi visitar os seus. Ainda mais agora, com essa carta de tia Joana, dizendo que seu irmão está doente. Esse dinheiro é para você levar para elés no final da semana. Veja bem, eu disse levar e não colocar no correio. Depois veremos o que fazer do resto. Aguarde, mas fique calmo. Não dê nenhuma bandeira na firma; ninguém pode saber que te contei "algo", ou eu vou me dar mal, e você também.

— Está certo — respondi.

Terminamos a nossa cerveja e caminhamos para casa. Eu, lá no íntimo, pensava: *Minha vida vai mudar*. Tinha certeza de que muito em breve teria um papel importante ali dentro daquela empresa. Era a oportunidade que eu esperava. Estava eufórico e feliz, e assim, chegamos em casa.

Passaram-se alguns dias e o subgerente me chamou. Olhava-me interrogativamente, quando falou:

— Ô, Fábio, teu primo falou que você anda necessitado de uma graninha extra?

— É isso aí, chefe! Dinheiro é sempre necessário — respondi.

Minha ansiedade era tanta, que tive que fazer um esforço enorme para me manter impassível. Mas interpretar era comigo mesmo, e nada transpareceu em minha pessoa do meu estado de espírito. O subgerente continuou:

— Temos uns trabalhos especiais que são sigilosos. Não faz parte da função normal do empregado, portanto, só aceita se quiser. É bom saber que é perigoso e, se for "pego", estará por sua própria conta, pois se abrir a boca e dedar alguém dessa firma será um homem morto.

Dizendo isso, seus olhos brilhavam, como se já estivesse pronto a matar-me.

— Eu sou de confiança, chefe. Estou realmente necessitado, e sou corajoso. Não sou homem de me assustar por qualquer ninharia.

— Pois bem — respondeu ele — necessito que você me faça uma entrega especial neste final de semana.

— Pois não, pode contar comigo! — respondi.

— Será às altas horas, entre a noite de sábado e a manhã do domingo. É bom que você saiba que isto é contra a lei. Se for pego, estará por tua conta e risco. Então? Está disposto mesmo?

— Sim — respondi.

— Então esteja aqui no sábado, lá pelas vinte e uma horas.

— Certo — tornei a responder.

— Outra coisa, rapaz — ele enfatizou —, não dê com a língua nos dentes. Ninguém deve saber desse nosso acordo.

Encerramos a conversa e eu voltei ao trabalho. Não cabia em mim de excitação. A curiosidade era grande, mas faltavam ainda dois dias, que demoraram a passar. O Walter, não querendo se comprometer — achei eu — nada me perguntou. Mas, às vezes, percebia que me olhava de soslaio. No dia e hora marcados, lá estava eu, e, para o meu descontentamento, a primeira pessoa com quem me deparei foi o Celso.

Imediatamente ele me conduziu ao subgerente, mas ainda tentou argumentar com ele.

— Você tem certeza do que está fazendo? Você não sabe se "ele" — dirigindo-se a mim — não vai se borrar todo. Olha que eu não vou carregar ninguém nas costas. Ao primeiro sinal de perigo, me mando e largo ele lá.

— Eu já pensei bastante — disse o subgerente demonstrando uma certa irritação. — Ele serve sim! Já viu "certas coisas" aqui, e, no entanto, soube ficar calado. É pessoa de confiança.

— Mas o chefão sabe disso? — perguntou o Celso.

— Escute aqui, cara, quem é o gerente aqui, eu ou você? Não se intrometa em minhas decisões, tá? Vá lá e faça a tua parte. E não tente prejudicar o rapaz, pois, se isso ocorrer, pode ter certeza de que você vai se dar mal.

Os dois se fuzilaram com os olhos, e o Celso foi me empurrando para a kombi.

Logo chegamos a um grande salão de bailes, ali pelo lado da Barra Funda. E o Celso falou:

— É aqui.

Eu fiquei bastante admirado. O local estava repleto de gente pelo lado de fora. O barulho era ensurdecedor e dava para notar o grande movimento lá dentro.

— Vamos entrar com a kombi lá pelos fundos.

E assim fez. Já tinha um pessoal esperando. Com certeza já sabiam do que se tratava, pois eram muito rápidos.

Fomos encostando e passando vários pacotes às mãos de um deles, que parecia mandar nos demais.

— Rápido! — E olhando para nós gritou: — Não precisam nem sair, isto é rápido! Vocês "tem que se mandar" o mais depressa possível!

E assim, num piscar de olhos, a muamba toda mudou de mãos. Coisa de uns quinze minutos e nós já estávamos saindo do local. Eu pensava comigo: *Fiquei tão ansioso esses dias. Hoje tive até dor de barriga de ansiedade. Se soubesse que era coisa tão fácil, não teria me preocupado tanto.*

Embora não gostasse do tal Celso, ensaiei uma pergunta que me preocupava:

— Os caras lá não tinham que dar algum troco de volta?

Ele soltou uma gargalhada.

— Mas tu é caipira mesmo, não? Acha que isso é resolvido por nós? O dinheiro corre é lá em cima! Tudo com certeza já foi pago. E, se você quer saber, o chefão estava aí!

— Aí, aí onde? — perguntei meio apalermado, para o meu desespero, pois não queria demonstrar minha ignorância.

— Aí no baile, xará! Ele não sai daí, a garota dele gosta de se divertir! Precisa ver a gata, meu! Você vai ficar de queixo caído.

— Ela vai lá, na transportadora? — perguntei.

— Já ficou curioso, hein? Não é coisa pro teu bico não, se o chefão pega alguém olhando para ela, o retorno é triste.

— Como assim, ele manda embora? — arrisquei a perguntar.

— Isso e mais alguma coisa. Soube de um que arriscou a olhadela, quis se fazer de engraçadinho pra menina, e acabou ficando alguns meses no hospital. Nunca mais foi o mesmo.

Guardei silêncio até retornarmos, mesmo porque ele me dava nos nervos. Percebia que queria me impressionar.

Eu, na maioria das vezes, entrava na dele. Dava uma de simpático, mas já tinha notado que este pessoal era da pesada mesmo. Estava curioso para conhecer o tal chefão. Quando aparecia na transportadora era a altas horas, ou eu não estava. Mas, segundo o subgerente, ele já sabia de mim, pois se não tivesse recebido a sua aprovação, eu não poderia ter participado dessa entrega.

Chegamos e o subgerente colocou em nossas mãos um pacote de dinheiro, dizendo:

— Sr. Esteves manda agradecer. Vocês trabalharam bem! — E se despediu de nós ali mesmo.

Fui para casa sem acreditar no que eu tinha no bolso. Não larguei o pacote um só instante. Não via a hora de chegar para contar aquela dinheirama toda. Assim que botei os pés dentro de casa, o Walter fez sinal para eu sair e conversarmos na área da frente.

— E aí? — foi logo perguntando — Como foi "a coisa"?

— Ué, — respondi — pensei que você não queria saber, nem perguntou nada esses dias.

— É pura precaução — respondeu ele —, quando algum de nós vai fazer esse "tipo de serviço", os outros ficam na "miúda". Já pensou, se alguém cai nas mãos dos tiras? Se for um maricas acaba dando todo o serviço e prejudica todo mundo. Mas agora já foi resolvido, não é? — E sorrindo continuou: — Recebeu muito?

— Nem contei ainda, cara! — falei já tirando o dinheiro do bolso.

Juntos contamos e o Walter disse:

— É, o patrão foi generoso. Estava num dos seus melhores dias!

Devolvi a ele a quantia que me emprestara para levar para a família. E Walter, colocando a mão na cabeça, como quem se lembra de algo, perguntou:

— Fábio, você foi levar aquele dinheiro lá pra tia, não? Não foi, não é?

— Não, você sabe! Mandei pelo correio. Eu quero retornar lá no interior, mas não dessa maneira. Isto daqui — falei, balançando o maço de notas — não é nada! Quero retornar sim, a passeio, mas levando "algo" melhor. Não quero parecer um pé de chinelo. Quero mostrar àquele povo, principalmente aos "colegas" que acharam que eu fosse me dar mal aqui, que eu venci. Não, quando eu for, vai ser por cima! No mínimo, quero ir de carrão! Vou pegar parte desse dinheiro e tirar uma carta.

Assim, ficamos conversando até o dia amanhecer. Só depois fomos dormir.

A partir dessa primeira transação, comecei a inteirar-me de tudo o que ocorria ali dentro. Eram raros os transportes que não estavam "recheados" de drogas.

Quando pegávamos estrada, íamos tranquilos. Mas a volta geralmente era cheia de peripécias, fugindo dos bloqueios policiais, andando por estradinhas escondidas, e até em picadas em meio às matas. Isto porque o foco onde pegávamos as drogas era no Mato Grosso. Às vezes, íamos até a divisa do Uruguai, em outras ocasiões, do Paraguai. Dependia do "tipo" de droga que o mercado pedia.

Conheci, na época, fazendas onde, juntamente com as lavouras, eram plantados pés de coca. Isto para a época passava quase que despercebido. Nossa "firma", não raro, apanhava a matéria-prima junto com o feno; as levávamos até certos locais bem escondidos, onde eram separadas e beneficiadas e retornávamos depois para buscar o produto final.

Em resumo, abastecia o mercado de São Paulo, que, aliás, era muito grande, cidades do interior, e até o Rio de Janeiro, pois à medida que a qualidade do nosso produto se tornava conhecida, a procura aumentava.

A época era de euforia. Os quatro ingleses revolucionavam a juventude. Aqui, tínhamos no auge Roberto Carlos comandando a Jovem Guarda. Era um tempo promissor, mas, quando se alastrou mesmo, abrindo as portas para todo tipo de drogas, foi na onda do "paz e amor." Com os *hippies*, o consumo aumentou barbaramente. Trabalhávamos quase sem cessar.

Mas era necessário também redobrar as precauções, pois a polícia estava forçando a retaguarda. Isto porque muitos dos jovens que caíam nos vícios eram de classe média alta. Os pais, então, forçavam a polícia a tomar providência e esta caía em cima da gente. Mas a nossa firma era muito grande, uma verdadeira organização, acima de qualquer suspeita. Já não era somente a pequena transportadora. Aos poucos, o chefão entrou com frotas de táxis e outras coisas. Sabíamos que até um pequeno avião ele tinha. Bem, tudo isso foi acontecendo aos poucos.

Eu também fui subindo aos poucos. Antes, conto um fato que ocorreu com o tal Celso.

Este sujeito não saía do meu pé, vira e mexe lá estava ele me provocando. Num certo dia, o chefão chegou e estava acompanhado de uma mulher, era a mais linda que eu já tinha botado os olhos. Provocante, com uma minissaia, bota e uma blusinha agarrada, era de perder o fôlego. Os cabelos loiros, lisos e longos. Era uma manequim perfeita, tal qual aquelas das revistas. Fiquei de queixo caído, não conseguia desviar os olhos. E ela também me olhou, aliás, olhava para todos, sempre sorrindo e flertando abertamente. Piscou o olho para mim. Senti que enrubesci, abaixei os olhos envergonhado, mas no íntimo o orgulho me inflamou o peito. Sabia que era bonito. Moreno jambo, alto espadaúdo, apesar dos cabelos carapinhas, sempre despertei a atenção das mulheres! Estava nesse devaneio, quando percebi que alguém me olhava. Virei e deparei-me com o Celso, rindo cinicamente.

Meu ódio por ele ia aumentando dia a dia. Chamava a minha atenção na frente de todos. Gostava de me humilhar, isto o fazia se sentir importante, acho eu. Um dia me enchi e ia revidar, quando o Walter me puxou, falando:

— Esfria a cabeça, deixa passar.

— Não aguento mais esse cara, Walter. Ele não perde a chance de me aporrinhar.

— Calma, calma, não vá pôr tudo a perder. Sabe? Dizem que esse cara é espião do chefão.

— Como assim? — perguntei.

— Foi o subgerente quem me disse. Ele também não o suporta, mas acha que tem costas quentes com o chefão. Já pegou os dois de cochicho nos cantos. E, quando o viram, disfarçaram. Por isso, fica na tua, aguenta mais um pouco! Ele tá com inveja de você, de sua capacidade! Você parece que tem um sexto sentido! Na estrada, sempre sabe quando tem alguma sujeira no caminho, já livrou a gente de muita fria. O chefão sabe disso. Você tá alto no conceito dele, pode ter certeza! Esse Celso aí está é com uma baita dor de cotovelo, igual mulher quando perde o namorado pra outra. Você já reparou como ele fica rodeando o chefão, quando ele está por aqui? Então, fica na tua. Mais cedo ou mais tarde ele irá levar o dele!

IV. MEDIUNIDADE MALCONDUZIDA

"Influência oculta dos espíritos sobre os
nossos pensamentos e sobre as nossas ações
459. Os espíritos influem sobre os nossos pensamentos
e as nossas ações?
A esse respeito sua influência é maior
do que credes porque, frequentemente, são eles que vos dirigem. "

O Livro dos Espíritos (Cap. IX — Livro II —
Intervenção dos espíritos no mundo corporal)

Fiquei pensativo e segui o conselho do meu primo. Pensei no que ele me disse sobre o sexto sentido. Se ele soubesse como eu sabia das coisas antes de acontecer. Sorri no íntimo, lembrando-me da primeira vez em que tinha experimentado a maconha. Prometi a mim mesmo que teria precaução, não iria me viciar como qualquer um e ficar nas mãos de traficantes, trabalhando de graça! Isso não! Mas queria saber qual o gosto daquilo.

Por que havia tanta procura e se ganhava tanto dinheiro? Nessa época, eu ainda morava com minha tia. Aproveitei um dia em que ela e a Marlene tinham saído, iriam ficar o dia inteiro fora, e o Walter fazia uma daquelas entregas, voltaria só no outro dia. Arrumei um cigarro, cortei ao meio, joguei o restante na privada e dei descarga. Deitei-me e fumei a outra metade.

De início, não senti nada, nem o gosto, parecia que eu tinha um metal dentro da boca. Não gostei! Senti um leve enjoo e o quarto me pareceu rodar. Deixei-me ficar ali, naquele estado. Lembrei-me que não tinha comido nada, deveria ser por isso a tontura. Aquele meio "cigarro de maconha" não iria causar tudo aquilo. Meu coração disparou. Aí ocorreu algo estranho: parecia que eu flutuava aos poucos, subindo, subindo, podia ver o teto se aproximando. Achei um barato. Queria endireitar o corpo e não conseguia. Estava "meio" paralisado. Comecei a dar ordens mentais procurando controlar o corpo. Dizia a mim mesmo: *Não se apavore, isto é normal, você pode controlar!* Em dado momento, achei que tinha alguém falando dentro de minha cabeça e continuava a repetir. *Pense com firmeza e com clareza o que você quer e conseguirá!* Então, pensei: *Quero sentar-me*. E me vi sentado em pleno ar. Lá embaixo, o meu corpo jazia numa palidez de morto. Assustei-me e imediatamente vi ao meu lado dois carinhas. Olhavam-me rindo zombeteiramente e um deles cumprimentou-me:

— Olá. Grumete!

Assustei-me mais ainda e fui como que puxado para dentro do meu corpo. Senti um formigamento muito intenso. Por alguns momentos não conseguia raciocinar, nem me mexer. Aos poucos fui retomando os movimentos. Pude sentar na cama, e rememorar o ocorrido.

Lembrei-me dos dois rapazes que estavam ao meu lado. Vestiam-se estranhamente, pareciam marinheiros, mas a roupa era antiga. *Que seria aquilo?*, pensei. E imediatamente minha avó me veio à lembrança. Vi-me criança novamente, no sítio, quando ela ainda era viva. Minha avó era uma benzedeira, muito conhecida na redondeza. Não havia mal que ela não curasse com suas ervas e rezas.

Muitas vezes nós a ouvíamos falando sozinha. Quando perguntávamos com quem falava, dizia que era com espíritos, gente morta. Minha avó era pessoa muito simples, nem percebia que meu irmão e meninos da vizinhança tinham até medo dela. Benzia crianças até no meio da rua, se fosse preciso; também afastava maus espíritos. Por tudo isso, era muito procurada. Eu não sentia nenhum medo. Antes, tinha uma curiosidade imensa. Lembrava-me nitidamente das diversas vezes em que ela ficava estática, não falava, parecia não ouvir ou ver. Daí a pouco retornava ao normal, pedindo-me:

— Vá, meu neto, lá na encosta, perto de um barranco, buscar uma erva para mim. — E me descrevia a tal erva.

Eu, curioso, perguntava-lhe:

— Vó, como a senhora sabe que lá tem esse remédio?

— Ora, eu vi! — respondia ela.

— Como assim, viu? Lá é tão longe!

— Eu fui lá!

— Quando? — perguntava eu, perplexo.

— Ainda agorinha — respondia-me e completava: — Vá, vá, que logo virá uma criança aqui muito mal, e vai precisar desse remédio.

Dito e feito, nem bem eu chegava com as tais ervas, alguém batia na porta e lá ia ela atender.

Uma vez, pedi-lhe que me explicasse direito como era esse negócio de estar em dois lugares ao mesmo tempo.

Ela então olhou-me profundamente, e respondeu:

— Você também tem o dom. Tenha calma que ele vai aparecer, resta saber como você vai usar!

Bem, essa foi a primeira vez que isso me ocorreu, mas muitas outras viriam. Ali, pensando na indagação de meu primo, de como eu obtinha as informações antes que os fatos ocorressem, lembrei-me, então, da segunda ocorrência, algum tempo depois.

Ainda pensava no fato de ter saído do corpo. Porque esta era a realidade, eu saíra mesmo do corpo e, de alguma forma, trouxera a lembrança comigo. Fiquei a cismar. Seria a pequena dose de maconha que eu fumara? Resolvi experimentar de novo. Tomei todas as precauções. Esperei um dia em que ficasse sozinho em casa. Quando esse dia chegou, tranquei-me no quarto e novamente dividi o cigarro de maconha no meio. Não queria me viciar bobamente. Já tinha visto muitos viciados antes, pessoas que se transformavam em trapos humanos. Para obter uma dose mínima do que precisavam, faziam qualquer coisa. Uma vez, vi um rapaz, novo ainda, ser obrigado a limpar o sapato de um camarada com a língua, somente por conta de uma dose que ele não tinha dinheiro para pagar. E, no final, ainda agradeceu ao que o humilhara. É, nesse mundo tem disso, quando você está por baixo, aparecem muitos para te pisotear.

Pensando nisso, fumei e aguardei quietamente. Não deu outra, daí a pouco comecei a sentir um leve entorpecimento, meu corpo começou a crescer, e senti que flutuava. Abri os olhos, ou tentei abrir, parecia que não enxergava nada. *Fique calmo,* disse a mim mesmo. *Você controla isso.* Pouco a pouco fui começando a enxergar. Novamente vi os dois rapazes perto de mim, pareciam estar me esperando. Ainda estava estático pela surpresa e um deles me falou, não sei de que maneira, pois não percebi se mexeu a boca:

— Pense, cara, o segredo de tudo é pensar, você comanda o corpo com o pensamento.

Entendi e fixei a mente para sentar. Imediatamente, vi-me sentado. Sorri para mim mesmo.

— E fácil — respondi.

E comecei a descer, pois estava quase no teto. Parei perto deles e perguntei:

— Quem são vocês?

— Amigos — responderam eles.

— Que querem comigo?

— Desconfiado, não? — um deles falou dirigindo-se ao outro. — Fica frio, te conhecemos de muito. Você não se lembra, mas vamos refrescar a tua memória. Só para provar que somos amigos, vamos te auxiliar lá na empresa. Você quer subir, não quer? Ser reconhecido. Então vamos te dar algumas dicas que vão te ajudar.

— É isso aí — respondeu o outro. — E pra começar, amanhã vão fazer uma entrega perigosa, não é?

— Como sabem disso? — perguntei.

— Tu és ingênuo, cara? Estamos por perto, sabemos tudo! Nesta entrega, vocês vão passar por uma importante rodovia. Pois bem, está previsto uma blitz da polícia lá. Vai ser coisa pesada. Eles dizem que é vistoria dos carros, mas estão à cata de traficantes. Mudem de caminho.

— Como eu vou conseguir fazer o pessoal acreditar em mim?

— Arrume um jeito! Nós ajudamos, mas não vamos fazer tudo!

— Espere um pouco — o outro falou — vocês podem pegar a via, quando se aproximar do bloqueio, você dá um jeito dele parar. Escondam-se em algum lugar e alguém vai à frente verificar.

— Bem, vou tentar. Agora tenho que voltar, pois estou sentindo um formigamento no corpo.

E, assim falando, vi-me de volta ao corpo físico.

No dia seguinte, tudo ocorreu como eles disseram. Consegui convencer os caras sobre o tal bloqueio, que foi verificado realmente. Nisto ganhei uns pontos, porque salvei uma boa carga, sem falar de nós mesmos.

Assim, aos poucos fui recebendo informações deles, e passando para os camaradas da entregadora como ideias minhas. Sempre dava certo.

Passei a ser reconhecido até pelo chefão.

Começaram a achar que eu tinha algum "poder". Para aumentar ainda mais a crendice, falei que tinha herdado esse poder da minha avó, que era uma feiticeira poderosa.

Interessante como as pessoas acreditam em tudo. A partir daí, era consultado para tudo, começaram a ficar dependentes das minhas orientações, e até o chefão vinha com perguntas:

— E aí, Caipira, vai dar tudo certo naquela entrega?

— Bem, até agora não informaram nada contra; o senhor pode ficar sossegado que qualquer coisa eu aviso.

E assim, através do reconhecimento, comecei a faturar alto. Após cada serviço bem realizado, a grana que entrava era alta. Em pouco tempo, circulava com meu tão sonhado carro!

O pessoal me olhava com inveja. Sabia disso e não me importava. Sabia também que muitos tinham medo de mim. Era bajulado. Todos faziam questão de serem amigos. Mas eu sentia que muitos deles, se pudessem, me matariam pelas costas. Era alertado frequentemente pelos dois espíritos camaradas sobre as intenções reais de quem se aproximava de mim. E, assim, eu desarmava essas pessoas. Fugia das armadilhas preparadas com o objetivo de me pôr a perder.

Tinha perdido a conta de quantas entregas já tinha feito. Se fosse pesar, seriam toneladas de drogas que se espalharam não só por São Paulo, mas entrando para Minas Gerais e até Rio de Janeiro, sem contar nas cidadezinhas pequenas adjacentes à capital.

Certa feita apareceu um grupo tentando nos desbancar no comércio. Eram organizados. Perdemos vários pontos para eles. Sabiam onde atuávamos, iam lá e ofereciam a mercadoria por preço mais baixo. Conclusão: agiam dentro do nosso próprio terreno. O chefão estava uma fera, chegava às vezes em grande mau humor, gritando e berrando com todo mundo. E as ameaças que ele fazia contra esse grupo eram de estarrecer.

V. O DESPERTAR DO AMOR

"Mas na união dos sexos, ao lado da lei divina material, comum a todos os seres vivos, há uma outra lei divina, imutável, como todas as leis de Deus, exclusivamente moral e que é a Lei do Amor. "

O Evangelho segundo o Espiritismo (Cap. XXII — item 3)

As coisas andavam nesse pé, quando um dia ele me chamou, dizendo:

— Você sabe que te considero, Caipira. Já me deu bons lucros — E sorria batendo a mão no meu ombro.

— Que é isso, senhor, só faço a minha obrigação, afinal sou pago para isso, não é?

— É assim que eu gosto! Sabe reconhecer a mão que te alimenta! — E soltando uma gargalhada continuou: — Mas hoje eu quero um favor! Só confio em você! Quero que vá buscar a Dona Lúcila nesse endereço e traga-a aqui. Senti um calafrio por dentro, mas me mantive impassível. Peguei o endereço e me dirigi ao local. O coração pulava no peito, pois esta mulher vinha mexendo muito comigo. Havia dias em que o sono demorava a chegar, porque ela não saía da minha mente. Era como se ela adivinhasse isso, pois vivia se insinuando para cima de mim.

Eu fugia como podia, pois mexer com a mulher do chefão era a morte certa, ou coisa pior.

Decidi manter a cabeça fria e aguardei a sua saída. Já dentro do carro, falava toda melosa:

— Ah, Caipira! Você não me dá um pingo de atenção, não é? — E fazendo beicinho continuava: — Não sabe que te admiro muito? Sabe se portar, não é como aqueles mal-educados que quase me devoram com os olhos. Odeio-os!

— Bem, senhora! Talvez eles queiram ser gentis!

Sorrindo, ela comentou, para minha vergonha, embora eu tentasse disfarçar:

— Seu sotaque é engraçado. Mas eu gosto! Te dá uma ar respeitável. Você não fala gíria, por quê? Está tão na moda!

— Já me gozam por conta do sotaque caipira, se for falar gíria então, com certeza vou ficar ridículo!

E assim fomos conversando. O tempo passou agradável e percebi que ela tinha se tornado mais natural. Perdera aquele ar fútil. Perguntei:

— Sei que não é da minha conta, mas por que você vive com um homem tão mais velho?

— É a vida, meu caro! Cedo perdi meus pais, fui morar em casa de uns tios. Esse tio, que deveria me proteger, por ser irmão de meu pai, começou a dar em cima de mim. Antes que o pior ocorresse, saí dali. Trabalhei em casa de família, fui garçonete e uma série de outras coisas. Mas nunca ficava muito tempo, pois era sempre a mesma história. O patrão achava que tinha direitos também sobre o meu corpo. E assim, na luta para não decair, acabei descendo mais ainda. Fui parar num desses "lugares" para ganhar a vida, e lá ele me encontrou. Sou grata a ele, me tirou de lá, me dá tudo que eu quero. Enfim, não tenho mais ilusão. Afinal já não sou tão jovem como você, que deve ter sonhos de encontrar o grande amor, não é?

Admirei aquela mulher mais ainda. Percebi que sofrera muito, mas conseguira dar a volta por cima. Sorrindo, respondi:

— Meus planos são outros. Primeiro, quero me estabilizar, não penso em arranjar ninguém por ora. Mas quem sabe, se um dia surgir alguém — olhei-a nos olhos e completei — assim como a senhora...

Ela também me encarou, e ficamos assim por alguns momentos, perdidos em nós mesmos.

Eu estava perdidamente apaixonado e sentia que ela não era indiferente a isto. Percebi que de seus olhos deslizaram duas lágrimas. Mas tínhamos chegado. Ela desceu, me agradeceu, e entrou.

Um laço tinha se criado entre nós. Dali para outros encontros foi um passo. Havia momentos embaraçosos, em que ficava difícil esconder os sentimentos.

Numa ocasião em que ela chegara com o chefão, trocamos um longo olhar. Percebi então que o Celso estava do meu lado. Olhava-me inquisitorialmente. Depois se achegou falando:

— E aí, Caipira, tá de olho na mulher do chefão? Sabia que você ia ficar de quatro! Todo mundo fica! Só que ela não é para o teu bico não, tá cara? To te avisando porque sou teu amigo — E foi saindo.

Cara fingido! Sabia que ele queria me ver na pior. Aliás, já tinha me aprontado alguma no passado, mas eu consegui me livrar. Agora era diferente. Eu tinha que ser cuidadoso.

Com o passar dos dias, sempre que minha amada chegava, ele colava em mim. Percebi que me vigiava. Um frio percorreu a minha espinha. Seria a mando do chefão? Precisava ficar alerta.

VI. RETORNANDO

"A felicidade não é deste mundo. Com efeito, nem mesmo a fortuna, nem o poder, nem mesmo a juventude em flor, são condições essenciais da felicidade; digo mais: nem mesmo a reunião dessas três condições tão desejadas, uma vez que se ouvem sem cessar no meio das classes mais privilegiadas, pessoas de todas as idades se lamentam amargamente a sua condição de ser."

O Evangelho segundo o Espiritismo (Cap. V — item 20)

Nesse meio-tempo, decidi fazer uma visita à família. Convidei minha tia e a Marlene, ambas aceitaram prontamente. Sabia que em casa de minha mãe não deveria ter nada, como sempre. Às vezes, eu mandava uns trocos, mais por insistência de minha tia do que por lembrança minha. Antes de sairmos, ela falou:

— Fábio! Vamos fazer umas compras para a sua mãe? Deve estar precisando, não é?

Concordei e acompanhando o entusiasmo de tia Ana e prima Marlene, comprei muitas coisas. Coisas que, com certeza, eles jamais tinham visto ou provado, e dificilmente tornariam a provar novamente, a menos que eu levasse.

Nossa chegada foi em alto estilo. Carrão novo, fazia questão de ser reconhecido por onde passava, causando surpresa e admiração ao povo simples do lugar. Minha mãe, assim que me viu, caiu num choro de fazer dó.

— Há! Bom Deus, sabia que o Senhor ouviria as minhas preces. Não me levaria desse mundo antes de rever meu querido menino!

— Mãe, por favor, não fale assim! A senhora vai viver muito, está forte, olhe aí!

Assim eu falava, mas notava como ela estava triste, abatida. Tinha minguado com a minha ausência. Os cabelos embranqueceram.

Senti um nó na garganta, e chorei muito com ela. Naquele momento, naquele ambiente de minha meninice, revi toda a minha passagem pela cidade grande. Quantas ações danosas! Quando parti, sonhava com a riqueza, o poder, mas jamais pensei que seria daquela maneira!

No aconchego do lar materno, minha ambição como que arrefecera. Pensei comigo: *Como seria bom retornar, apagar o tempo e começar de novo. Certamente eu não teria errado tanto.* Mas, isso foi só por uns instantes, pois dali a pouco, com a chegada de antigos amigos que vinham me visitar, ou melhor dizendo, me prestigiar, todo o orgulho voltou, pois me senti importante, muito importante!

Para aqueles rapazes simples do interior, eu era o símbolo da realização. Viam em mim suas mais secretas aspirações. E eu sabia disso, e me orgulhava! Esqueci-me da maneira pela qual tinha conquistado aquele carrão novo, as roupas modernas, os presentes que distribuí com prazer e ostentação. Um dos amigos mais chegados falou:

— É, Fábio, parece que você conseguiu, não é? Olha que eu não acreditava!

— Sempre disse que conseguiria, eis aí a prova — disse apontando o carro.

Outro amigo comentou:

— Você sabe, Fábio, a gente tinha receio por você! Sabemos como é difícil a vida da cidade grande! Os perigos são muitos! Ainda outro dia, estive ouvindo no noticiário como vêm se alastrando o roubo. E aqui, bem pertinho da gente, já tentaram assaltar o armazém do Sr. João! Dá para acreditar?

Eu sabia que a conversa acabaria tomando um rumo desagradável. Para cortar o assunto, convidei-os a dar um passeio até a cidade.

Aceitaram entusiasmados. Rodei toda a cidade naquele dia. Revi pessoas conhecidas, percebi que todos me olhavam com respeito e admiração, isso me agradava muito!

E assim, passei uns dias agradáveis em companhia dos familiares. Para compensar a minha mãe pela ausência prolongada, enchia-a de presentes. Coisas que nunca sonhara em ter, eu comprava, e ela me repreendia:

— Fábio, não faça isso, não gaste seu dinheiro com essas coisas. Veja essa máquina de lavar, nem vou saber usar isto.

— Faço questão, mãe! Depois vai facilitá-la no serviço.

— Sabe, Fábio, se você quer mesmo me ajudar, seu irmão está precisando de dentista. Outro dia, nem dormiu à noite com dor de dente.

Depois dessa conversa, prestei atenção no meu irmão. Lembrei-me de como ele chorou quando parti. E eu sequer uma vez me preocupei com ele em todos esses anos. Passado o final de semana, levei-o ao dentista, já deixando pago o tratamento. Conversamos muito, percebi que ele crescera, já estava um rapazinho. Pudera, foram sete anos sem vê-lo! Jurei a mim mesmo que voltaria mais vezes. Por ele e, principalmente, pela minha mãe.

Retornamos da viagem, minha tia e prima muito me agradeceram por levá-las.

Já no dia seguinte, de volta ao serviço, Lúcila marcou um encontro comigo. Tínhamos um código! Quando ela queria me ver, chegava na empresa sempre numa hora determinada, às quatorze em ponto. Dava um jeito de que eu a visse, então já sabia que deveríamos nos encontrar, naquela noite, em nosso esconderijo. Um hotelzinho de beira de estrada, só conhecido por nós.

Assim, naquela noite rumei para lá. Nem bem entrei no quarto, ela desesperada me abraçou.

— Caipira, estou muito nervosa, não sei o que fazer!

— Calma, conte-me o que houve.

— Há! Você nem imagina! Eu estou numa situação difícil. Se o Esteves descobrir será capaz de me matar.

— Lúcila, procure se acalmar, você fala aos atropelos, não dá para te entender desse jeito.

— Caipira, eu estou grávida — disse quase gritando.

— Bem, e daí? — respondi depois do baque. — O filho é de quem afinal?

— Nosso, nosso! — gritou ela — Pois o Esteves não pode ter filhos. É estéril!

Entendi de chofre o problema. Sem pensar muito, argumentei:

— Se é assim, você tem que dar um jeito!

— Como jeito? Gostaria que fôssemos embora, nós dois!

— Você está louca? Acha que ele não vai nos buscar até o fim do mundo? Depois, Lúcila, pense, seja razoável. Eu comecei a melhorar de vida agora! Ainda falta muito para me sentir independente! Não quero te arrastar por aí, com um filho atrás de nós. Pra quê? Pra passarmos fome os três?

Ela chorava desesperadamente. Sabia que a situação era crítica, continuei:

— Lúcila, vamos pensar no futuro! Outros filhos virão, mas agora não é o momento. Olha, vamos procurar um lugar bom, com pessoas que sabem o que fazer e você tira essa criança.

Abracei-a para dar-lhe forças e também cortar qualquer negativa. Assim, quinze dias depois estava feito. Lúcila arrumou uma desculpa para o Esteves e ficou um tempo de repouso na casa de uma irmã. Ia vê-la todos os dias. Apesar da situação, estes foram os melhores dias para mim. Poder estar ao seu lado, auxiliá-la, era o que mais eu queria!

Lúcila demorou a restabelecer-se. Emagreceu. Aos poucos, fisicamente foi voltando ao normal, mas seu estado emocional nunca mais foi o mesmo. Disfarçava, mas uma tristeza permanente se instalou em seu olhar.

No trabalho, procurava me dedicar com afinco. Eram muitas entregas, e as drogas continuavam rolando soltas. O atrito com o grupo rival continuava, e o chefão, cada vez mais mal-humorado, resmungava:

— Se eu pego alguns desses filhos da mãe, eles estão fritos em minhas mãos! Quero destruí-los todos! Vão ver com quem estão mexendo! — E raivoso continuava, já que nenhum de nós que o ouvíamos tínhamos coragem de argumentar alguma coisa: — Eu dei duro para conseguir chegar até aqui, e não será um bando de moleques que vai me atrapalhar.

Esmurrando a mesa, gritou:

— E você, Caipira? Cadê a tua força? Não tem parte lá com o demo? Pergunte a ele quem são esses caras e onde se escondem! Afinal, — E abrandando a voz continuou: — você tem dado provas de que alguém te sopra as coisas no ouvido. Como é, não dá para tentar não?

— Não sei, senhor, posso tentar, mas não prometo.

— Já é alguma coisa, afinal somos uma organização e temos que ser unidos! Todos lucram com isso, não é?

O grupo se dispersou, cada um procurando o que fazer para sair da vista do chefão.

Naquele final de semana, decidi tentar entrar em contato com "meus amigos espíritos". Preparei-me da forma já narrada anteriormente.

Demorou bastante. Parecia que a preocupação não me deixava relaxar. Passadas duas horas, como nada ocorresse, tornei a fumar o restante da maconha. Então, começaram os efeitos já conhecidos. Só que, de maneira muito rápida, já me vi fora do corpo novamente.

Meus fiéis "amigos" lá estavam. Sempre mantinham aquele ar debochado de quem se diverte com tudo. Imediatamente me coloquei ao lado deles e fui perguntando:

— Sabem o que me preocupa?

— E como! Estávamos lá no teu serviço. O homem está uma fera!

— É, eu precisava da ajuda de vocês.

— Queres descobrir o quê? — perguntou o outro.

—Tudo! Quem são eles? Como obtêm informações sobre nós? Esse grupo tem roubado alguns "clientes" do chefão. Vocês sabem, até pouco tempo atrás, ele era o maioral destas bandas; dominava todo o mercado de São Paulo, seu forte de vendas abrangia até a zona nobre. Aliás, aí é que se fatura melhor! Acham que ele vai perder isso calado? Se ele fosse fracote, não chegaria onde chegou!

— Você, grumete, não tem nem ideia de como foi útil a ele. As informações que te passamos ao longo desses anos fizeram com que a "firma" se transformasse nessa potência! Então, de certa forma, somos um pouco "donos" dessa organização de vocês.

— Mas o que fizemos — completou o outro — foi por ti, pela nossa amizade de outros tempos. Desse chefão nada queremos, e não nos interessa. Ele fica cada vez mais rico, mas também aumenta o número de perseguidores. Vez ou outra temos que arrebanhar comparsas que nos auxiliem, porque sofremos investidas dessa falange que está se formando ao redor dessa organização. Aliás, são duas, com objetivos opostos. Uma auxilia e a outra é de vingadores. Desses, temos que nos defender. Mas eles esperam, não têm pressa!

— Te falamos tudo isso para você saber em que está metido! Aqui, o negócio não é fácil não. Nós nos arranjamos, temos a quem recorrer, mas para você está ficando cada vez mais difícil manter os "opressores" afastados!

— Então, esta informação que tu queres, nós a temos, mas pode te custar muito caro!

— Pense bem! Já te auxiliamos muito! Queria dinheiro, te facilitamos! É certo que não ficou rico, mas poderia ter ficado, se não esbanjasse tanto. Queria ser respeitado. Demos-te mais, hoje tu és temido e invejado por muitos! Anda, vive e come do bom e do melhor. Já não mora naquele cubículo com os teus parentes, e sim num bom apartamento.

— Pensa, reflete. — ponderou o outro espírito.

— Já pensei! Preciso dessa informação! Será o meu trunfo final! Depois disso, sim, é que me darei bem! Com certeza vou passar a ser o braço direito do chefão. É isso que eu quero!

Estranhamente eles não responderam, apenas se olharam longamente. Eu insisti:

— Vocês são ou não são amigos? Vão me abandonar logo agora?

— Vamos te contar, ou melhor, te "mostrar" o que queres saber. Mas que fique bem claro, a partir daí o que vier de consequência sobre ti, não vamos poder impedir.

— Arriscas? — perguntou o outro.

E eu sem pensar em nenhuma consequência fui logo respondendo:

—Arrisco! Não sou homem de "meio-termo", comigo ou é tudo, ou é nada!

— Vamos lá! — falaram me pegando pela mão.

E saímos atravessando o teto. Seguimos por cima dos telhados. Eram interessantes esses "passeios". Já fizera outros. Via coisas estranhas, seres que mais pareciam animais zanzando pelas ruas, acompanhando grupos de pessoas. Outras vezes, via casas completamente sitiadas por seres de negro. Como saídos de pesadelos, tinham coisas de arrepiar. Não parava para analisar ou me preocupar com o que via. Para mim eram como telas de cinema passando um filme.

Nunca tinha parado para pensar nesse estranho mundo que existia em paralelo com o nosso. Como nos iludimos achando que vivemos uma vidinha simples, muitos pensando estar solitários. Na verdade, quase todo o ser vivo vive pelo que pude perceber, rodeado de outros tantos que não vivem mais com um corpo.

Todas estas divagações eu fiz depois, já do lado de cá. Naquele momento, tudo o que me importava era descobrir os "cabeças" da gangue inimiga.

Continuamos sobrevoando a cidade. Às vezes tínhamos que descer, percebia que "eles", meus amigos espíritos, não conseguiam voar alto, então íamos rasteiramente ou andando mesmo.

VII. TRAIÇÃO

*"12. Homens, por que lamentais as calamidades que vós
mesmos amontoastes sobre vossas cabeças? Menosprezastes a
santa e divina moral do Cristo, não vos espanteis, pois,
que a taça da iniquidade tenha transbordado de todas as partes."*

O Evangelho segundo o Espiritismo (Cap. VII — item 12
– O Cristo Consolador — O orgulho e a humildade)

Repentinamente paramos, e um deles me apontou um grande armazém.

— É aqui que eles guardam a droga. Também aqui se reúnem para distribuí-la.

Eufórico, eu fiz menção de entrar quando eles me impediram.

— Espere!

Dali a pouco vi dois vultos de negro, caras monstruosas que se colocaram à entrada.

— São os guardas! Como eu disse, em cada agrupamento ou organização sempre há de haver os que protegem e os que perseguem. Estes — falou apontando para os estranhos seres — são protetores deste bando!

— Daqui a pouco eles entram ou vão embora. Vamos esperar!

Realmente, passado um tempo que não sei precisar quanto, eles foram embora. Aproveitamos para entrar. Lá dentro, bem nos fundos, num quarto camuflado, dois encarnados separavam pequenos pacotes, que com certeza eram de drogas.

— Preste atenção no que dizem — falou um dos meus "guias" espirituais.

Vou chamá-los de guias, porque na verdade é o que faziam, me guiavam ileso pelo mundo das drogas e do crime.

Fiquei atento e fui atraído pela voz de um deles, quando falou:

— Você sabe se o Celso vem hoje?

— Não sei, e pare de falar o nome dele, você sabe que ele não quer! Se alguém descobre que é ele que passa todas as informações para nós, e até desvia mercadoria, ele tá frito, e nós também!

Exultei quando ouvi isso, e falei alto:

— Há! Desgraçado! Te peguei! Sabia que você aprontaria alguma!

Meus amigos, preocupados, puxaram-me pra fora do armazém.

— Veja lá o que você vai fazer, grumete.

E o outro ajuntou:

— A partir de agora não poderemos mais nos meter nesse caso.

— Por quê? — perguntei.

— Porque esse Celso também tem costas quentes, quem o protege deste lado. E não queremos nos envolver mais.

— Certo — respondi —, vocês estão liberados. Já sei o suficiente. Deixa comigo que a partir de agora eu resolvo.

— Vamos voltar — o outro falou.

E retomamos.

Desnecessário dizer que o meu corpo estava enrijecido pelo tempo que permaneci fora.

Despertei, ou voltei a ele, gelado. Tremia muito. Tive que fazer umas fricções para melhorar a circulação e fiz um chá quente. Rememorei tudo o que tinha visto e ouvido.

A partir desse dia, colei no Celso. Se antes era ele que fazia isso comigo, agora era a minha vez, tornei-me sua sombra! Eu sabia ser sorrateiro, tinha um dom raro, que era o de espreitar sem ser percebido. Segui-o até o armazém. Precisava de provas concretas para chegar ao chefão. Montei um esquema depois de ouvir uma conversa dele por telefone. Senti que o telefonema em que ele marcara a entrega de uma mercadoria era quente, pois havia saído da transportadora e telefonara de um bar. Eu o segui. Fui a sua sombra, e ele nada percebeu.

Voltei. Pedi para conversar com o chefão. O subgerente ainda tentou me barrar. Falei:

— O caso é só com ele, mas não esquenta, com certeza ele vai te pôr a par do assunto.

Ainda meio desconfiado, deixou-me entrar. O senhor Esteves, sempre muito cortês quando se tratava de receber alguém em seu escritório, foi falando:

— Vá entrando, Caipira, vá entrando.

Preparou-me uma bebida e continuou:

— Senta e bebe, rapaz, depois falamos de negócios.

Disse isso piscando o olho, como se já soubesse que eu tinha informações importantes.

— Bem, senhor, consegui descobrir algo, só necessitamos confirmar!

— Você é dos bons! Sabia que não me faltaria! Vá, fale, seja o que for, vamos pôr em pratos limpos.

— Receio que o senhor não vai gostar muito, quando ouvir o nome do informante!

— Caipira, entenda isso, eu não gosto ou desgosto, eu ajo! Diga logo quem é. É gente nossa?

Assenti que sim com a cabeça, e ele completou:

— Sabia! Tinha que ser daqui de dentro. Muitas entregas nossas foram atrapalhadas, porque "eles" chegaram na frente! Quem é? — quase gritou a pergunta.

— É o Celso! — falei e esperei pela explosão que estranhamente não veio.

Ele ficou uns minutos em silêncio, depois disse:

— Me conte tudo!

E eu narrei tudo o que ouvira. Depois tudo o que vira, até o último telefonema, dando detalhes do lugar e hora da entrega.

— Não solte a língua com ninguém. Nós vamos pegá-los com a mão na massa.

E assim, no dia determinado, fui chamado para acompanhá-lo. Ao mesmo tempo, quando estávamos para sair, ele chamou o subgerente e disse:

— Vamos numa empreitada e você vai conosco!

Notei que o subgerente de nada sabia, pois apertou os olhos num jeito característico dele e colocou a mão na cintura por dentro do casaco, com certeza apertando a arma que sempre trazia consigo.

— É coisa perigosa, senhor? — perguntou.

— Sim! Mas, não se preocupe. Nós damos conta! — E passou-me uma arma igualmente. Pegamos um táxi. Ao chegar ao local, mandou que nos esperasse, notei que o taxista já sabia de algo, pois escondeu o carro numa viela escura.

Aguardamos. Estávamos em frente a uma casa às escuras. Pouco tempo depois, chegou um carro com três homens. Desceram, um deles abriu a casa e entraram. Passaram-se uns dez minutos e chegou uma kombi, e o Celso desceu. O chefão estava impassível, fez sinal para esperarmos. Depois de uns cinco minutos, avançamos para a casa.

O chefão, se dirigindo a nós, mais especificamente ao subgerente, disse:

— Acabe com todos, menos o desgraçado! Desse quero eu mesmo cuidar!

Esfriei-me ouvindo aquilo. Já tinha feito muita coisa errada, mas matar, não! Espreitando, vagarosamente, chegamos à porta. O subgerente se colocou de lado, eu me deixei ficar atrás. De um salto, ele arrebentou a porta no pontapé, e nem bem divisou os caras, já entrou atirando. Pegos de surpresa, nem tiveram tempo de sacar as armas. Estarrecido, vi-me à frente de três cadáveres. Eu até hoje não entendo como ele, naquela rapidez, conseguiu abater os três desconhecidos e deixar o Celso, ali, de pé, boquiaberto, sem atinar com o ocorrido.

Imediatamente já se viu agarrado pelo chefão, que esbravejava:

— Desgraçado, desgraçado! É esta a paga por tudo que eu tenho feito por ti? Você sempre soube que eu não perdoo a traição!

E o outro, implorando, tentava se explicar:

— Esteves, calma, calma! Eu posso explicar! — falava com dificuldade, porque o chefão o mantinha agarrado pela garganta.

— Calma? Você me pede calma? Eu não tenho isso pra canalhas! Você merece é bala, e é o que vai ter!

— Não! Não! Você não pode fazer isso comigo. Esquece que sou teu cunhado? Que conta vai prestar à minha irmã, tua esposa, de minha morte?

— Aquela não se interessa por nada, a não ser a vida boa que eu lhe dou! E pensa que sou algum imbecil? Ela jamais saberá! Ninguém saberá! Eu sei fazer as coisas! Você não será o primeiro nem o último que eu mando para o inferno! Farei o mesmo com quantos cruzarem o meu caminho!

— Ouça, Esteves, eu devolvo tudo o que tirei! Trabalharei de graça se for preciso, mas não me mate!

— Não tem trato! Perdi minha confiança em você! É um homem morto!

Depois disso, percebendo que não tinha mais jeito, olhos esgazeados, Celso voltou-se para mim:

— Foi você não é, desgraçado? Dedo duro! Você há de me pagar!

E, dirigindo-se ao chefão, continuou:

— É por causa dele, não é? Nele você confia! Ele sai com a tua amante! Trai-te e você confia!

Eu comecei a desesperar-me. Tentei esbofeteá-lo quando disse isso, mas o chefão não deixou. Continuou segurando-o pela garganta, olhando fixamente, como querendo saber mais e o Celso continuou:

— Conta, demônio! Fala do hotelzinho onde vocês se encontram!

— Você está louco. Não sabe o que diz! Quer se safar me acusando!

Eu sabia que o momento era delicado para o meu lado. Resolvi não demonstrar nenhum temor. Depois de ver aquele homem, que eu considerava um pacato subgerente, atirar friamente e matar à queima-roupa três homens, sem pestanejar, eu sabia que a minha vida também não valia um tostão. Deixei-o falar o que quisesse. Era o desespero de quem sabia que ia morrer. Depois comentei:

— Você é um demente, que sempre teve inveja de mim! Inventou tudo isso na esperança de ser acreditado e se safar! Mas em cima de mim não! Se eles não te matarem, te mato eu, pela calúnia!

O chefão soltou o Celso e só fez um sinal para o subgerente, que na maior tranquilidade deu-lhe um tiro certeiro na cabeça.

A seguir, dando o caso por encerrado, o Sr. Esteves falou:

— Vamos sair daqui, antes que apareçam os curiosos.

Saímos, e o lugar estava ermo. Aparentemente não fomos vistos.

Para a polícia, esta seria mais uma daquelas tragédias, sem solução!

Comecei a ficar preocupado com minha situação. Vivia temeroso. Não sabia até que ponto as palavras do Celso tiveram crédito. Esperava levar uma bala a qualquer momento. Confesso que foi uma época difícil. Tive que usar todo o meu sangue frio para não fugir. Mas esse não era o meu feitio. Então, paguei para ver!

Continuei a portar-me da mesma forma, trabalhando tanto nas entregas comuns quanto nas "especiais". Esta firma fazia muita entrega de material pesado, maquinários para sítios e fazendas, tanto no interior de São Paulo como de outros Estados.

Nessas entregas, geralmente, a volta era recheada de tóxicos, pois os pontos de entrega ocorriam justamente nesses locais, usados por serem fora de qualquer suspeita.

Na semana seguinte ao ocorrido, Lúcila veio à empresa, seguindo o nosso código, para um encontro. Tentei fazer um sinal negativo, mas percebi que ela não entendeu. Com certeza, ainda não sabia de nada do que se passara. Fiquei sem saber o que fazer. No final do dia, o desejo de tê-la em meus braços foi mais forte do que a prudência, e acabei indo ao encontro! Mesmo porque, sabia que ela lá estaria me esperando, inocentemente.

Depois de matar a saudade, contei-lhe o ocorrido.

Ela estremeceu e disse:

— Meu Deus, e agora? Se ele acreditou nas palavras do Celso, vai nos matar!

— Tenha calma. Acho que ele não acreditou não, ou eu já estaria morto! — falei mais para acalmá-la, pois eu ainda tinha dúvidas.

Salientei:

— Para nos precaver, é melhor nos separamos por um tempo! Vamos esperar a poeira assentar.

Ela começou a chorar dizendo:

— Não é justo, já nos vemos tão pouco! Antes tivéssemos fugido quando estava grávida, hoje estaríamos juntos, e eu com o meu filho!

Não tive ânimo para falar nada, apenas abracei-a e ficamos um tempo assim.

Ambos sabíamos que não havia outra solução. Desafogamos as mágoas e as saudades antecipadas, um nos braços do outro. Mal sabia eu que aquele seria o nosso último encontro.

VIII. A CILADA

*"Mas os homens ingratos desviaram-se do caminho
reto e largo que conduz ao Reino de meu Pai, e estão
perdidos nos ásperos e estreitos caminhos da impiedade, "*

O Evangelho segundo o Espiritismo
(Cap. VI — item 5 — O Cristo Consolador)

Passaram-se dois meses do ocorrido. Eu levava a vida o mais normal possível. A saudade me corroía, mas durante esse tempo não vi Lúcila.

Fui chamado um dia pelo subgerente. Embora ele continuasse o mesmo, não conseguia olhar para ele sem sentir um arrepio.

Disse-me, então:

— Caipira, está sendo preparada uma encomenda grande e o chefão designou você para buscar! Fique de sobreaviso, tá?

— Onde é? — perguntei.

— No sul de Minas Gerais! A viagem vai ser longa, portanto, todo cuidado é pouco!

— É coisa grande? — voltei a perguntar.

— Cerca de duzentos quilos! Vem no meio da sacaria de feijão!

— Já sabe quem vai comigo?

— Acho que teu primo, Walter!

Estranhei um pouco. Já havia algum tempo que esse meu primo vinha dando problemas para a empresa. O vício já o tinha dominado. Não conseguia mais esconder de ninguém o fato. Para minha tia foi um baque quando descobriu. A coitada quase teve um enfarte. Nessa época decidi me mudar de lá, e ainda me lembro dela falando:

— Fábio! Não sei o que te dizer! Sei que é por conta do Walter que você quer sair daqui, não é?

— Não tia! Não é isso. Sinto que desacomodo vocês! Já os explorei muito!

Ia continuar argumentando, mas não teve jeito, pois ela desatou a chorar, dizendo:

— Não sei como não suspeitei! Ele mudou tanto de uns tempos para cá! Sempre irritado, implicando com a Marlene com quem se dava tão bem. Diga-me Fábio, como meu filho foi entrar nisso?

E eu, bem sabia, mas silenciei. Procurei confortá-la de alguma forma, e naquele mesmo dia sai dali.

Na empresa, ele já não participava de entregas grandes. Ficava mais era no trabalho braçal, carregando e descarregando os caminhões. Isso quando não estava deitado pelos cantos. Estava irreconhecível, barbudo e até sujo. Um dia ele estava tão insuportável, que o levei ao meu apartamento, e dei-lhe um bom banho. Procurei conversar com ele:

— Walter, você tem que reagir! Veja o meu caso, já usei, mas não me deixei dominar dessa maneira! Pense em tua mãe e irmã, não percebe o quanto sofrem?

— Acaso você pensou na tua, quando veio para São Paulo? — retrucou ele rispidamente.

Eu, sabendo que ele tinha razão, silenciei. Depois disso, não tentei mais ajudá-lo. Por isso estranhei o fato de ele, naquele estado, acompanhar-me em empreitada tão arriscada. Argumentei:

— Mas justo o Walter, subgerente? Ele anda meio sem condição, não acha?

— Justamente por isso! Como ele é teu primo, o chefão acha que você consegue controlá-lo. Aliás, essa será a última oportunidade dele. Se fizer alguma besteira, será a rua. Ordens do Sr. Esteves!

Em vista disso silenciei. Mas sabia que não ia ser fácil.

O dia da tal entrega se aproximava. Na empresa tudo corria normal. O chefão continuava o mesmo comigo. Chamou-me certo dia e passando a incumbência da entrega ele, amigavelmente com as mãos em meu ombro, acrescentou:

— Tu és o único aqui, Caipira, que pode ajudar o Walter. Dou essa chance a ele, porque já foi muito útil à empresa. Não sou homem de ingratidão, comigo é ali, gosto de quitar minhas dívidas!

Vivia mais tranquilo nessa época. Pensava em contatar a Lúcila de alguma maneira, pois sentia que o perigo passara. Só que estava difícil. Ali ela não compareceu mais. Tinha que descobrir onde encontrá-la. Andava nesta inquietação, pois sentia muitas saudades dela, quando chegou o dia de buscar a tal encomenda.

Recebi várias recomendações. Iria com um dos caminhões, pois a carga era grande. Duzentas sacas de feijão, cada uma contendo um quilo de maconha camuflado.

A ida foi tranquila, só perturbada pelos desvarios do Walter, que às vezes falava, outras vezes ria sozinho. Era de assustar. Eu procurava conversar com ele, distraí-lo. Às vezes conseguia, outras não.

Na véspera dessa encomenda, tentei entrar em contato com meus "amigos espíritos", mas sem resultado. Desde o dia fatídico, eles não mais apareceram, aliás, como prometeram.

A encomenda veio de uma fazenda imensa. O dono tinha até um jato particular. Explicou-nos que a droga vinha de fora, de dois países vizinhos. Eu sabia que ele falava do Paraguai e do Uruguai. Ninguém suspeitaria de um homem tão imponente, muito importante na região. Dono de imensa riqueza. Mas a maior parte dela não vinha do plantio de alimentos e sim do tráfico de entorpecentes.

Caminhão abarrotado, nos preparamos para voltar. Iríamos ser "escoltados" pelos homens desse fazendeiro até o limite entre Minas e São Paulo. Qualquer ocorrência dentro da área "dele", ele teria que ressarcir. Na nossa área, ou seja, já em São Paulo, estaríamos por nossa conta.

Assim, atravessamos a fronteira dos dois Estados sem incidentes, fato inusitado para um caminhão. Acompanhado de quatro carros, dois na frente, dois atrás. Mas "estranhamente" não fomos parados por nenhum pessoal da polícia.

Adentramos São Paulo e continuamos a viagem. Quando pegamos a Fernão Dias, já próximo da capital, surgiu uma barreira da polícia civil, somente dois carros. Tranquilamente parei. Tentei ver aquilo como uma simples rotina policial. Sabia que não podia fazer nada suspeito. Procurei me manter o mais calmo possível, quando me lembrei do Walter. Estava lívido e trêmulo. Preocupado, sacudi-o pelo braço e falei:

— Não dê bandeira, cara! Se eles perceberem alguma coisa de errado, nós estamos lascados!

Mas ele parecia não me ouvir, continuei:

— Fique quieto e deixe que eu falo. Não temos nada a temer. Nunca irão desconfiar de nada!

Mas, quando os policiais chegaram, já estavam de armas na mão e gritaram rispidamente:

— Desçam! Desçam com as mãos pra cabeça!

Tentei argumentar:

— Que é isso, policial? Somos simples trabalhadores. Por que tanto barulho?

Nem bem falei isso e já fui sendo arrancado do caminhão, o mesmo aconteceu com o Walter. Não deixaram a gente falar. Comecei a ficar nervoso, fui tirar os documentos para mostrar que estava tudo em ordem e levei uma tremenda coronhada no rosto. O sangue jorrou da boca na hora. Senti-me tonto. Na verdade, quase perdi os sentidos. Lutei para não cair, pois a minha preocupação com a carga era maior. Encostaram o Walter em um canto e começaram a surrá-lo. Ele gritava e eu tentava falar:

— O que está acontecendo? Por que vocês estão fazendo isso? Deixe o meu primo, ele não está bem.

Um dos policiais, rindo cinicamente, se achegou bem junto a mim e foi falando:

— Olhe aqui, seu filho da mãe, sabemos quem são vocês e o que carregam! Você está perdido! Daqui você só sai direto para o xilindró. Coopere, coopere conosco, porque senão... Nem lá você chega.

E continuou me cutucando:

— Onde está a droga? Este caminhão está abarrotado, que sabemos. Traz uma grana preta em pó, não é? Vai falando!

Eu tentava desesperadamente me explicar, enganá-los, mas sentia que eles já tinham todas as informações.

— Não sei do que vocês estão falando! Este é um carregamento de feijão! Não há droga nenhuma!

Falava e ao mesmo tempo percebia que estavam levando o Walter para o camburão. Ele, coitado, olhava-me em desespero; já dentro percebi pelo barulho que continuavam a bater nele.

Levaram-no para dentro do carro porque estavam chamando muita atenção. Os carros que passavam diminuíam a marcha para observar o que ocorria. E eles, os policiais, procuravam despistar os curiosos, mas as agressões continuavam. A cada pergunta, eu ia levando socos no estômago. Mas continuava a mentir. Comecei a sentir que estava perdido, quando um dos policiais entrou dentro do caminhão e jogou para fora um dos sacos de feijão. Munido de uma faca, cortou o saco, jogando o seu conteúdo na beira da estrada. Não demorou muito para o pacote aparecer. Vitoriosamente ele pegou este pacote falando:

— Está aqui! A informação era quente! A carga é grande mesmo.

O pacote foi passado de mão em mão, até chegar onde eu estava.

— Viu, seu imbecil? — falou um deles me esfregando o pacote na cara.

— Pensa que está lidando com idiotas?

— Sabemos tudo o que você faz, e não pode mais negar. A pena para traficante desse calibre é longa.

Continuou o outro:

— É, você está com seus dias de liberdade contados.

Um deles me pegou pelos cabelos puxando-me para trás de modo a olhar para o céu e, rindo muito, falava:

— Respire, bandido, respire esse ar puro, porque daqui pra frente será o ar fedorento das cadeias, onde é teu lugar.

E foi me arrastando para o camburão, onde jogaram momentos antes o Walter. Da mesma forma, fui atirado lá dentro, e a porta se fechou atrás de mim. Demorei um pouco a acostumar-me com a escuridão, pois os vidros eram escuros, quase pretos.

Levei um susto quando consegui enxergar o Walter. Estava totalmente inconsciente, seu rosto era uma poça sanguinolenta.

Comecei a chorar olhando para ele. Aos poucos, fui percebendo que ele parecia não respirar. Olhei por baixo e vi uma poça de sangue em suas costas. Virei-o e vi que tinha sido esfaqueado nas costas, na altura do coração. Estava morto. Não pude acreditar no que via. Encolhi-me num canto tentando sair do terror e entender o que estava se passando. Aos poucos, cada detalhe foi se fixando em minha mente. Naquele emaranhado todo somente uma coisa ficou clara para mim: os policiais sabiam o que buscavam. Tinham sido informados. Ou foi alguma denúncia. Nesse caso, Seu Esteves logo ficaria sabendo. Poderia ajudar, contratando um advogado. Sei lá.

Estava assim conjecturando, quando percebi que o carro começou a andar. Continuei com meus pensamentos: precisava ter a mente clara, achar uma saída.

Estava assim, quando percebi, ou melhor, escutei uma gargalhada. Meus cabelos se eriçaram, pois a gargalhada parecia vir de dentro de mim mesmo e era seguida por estas palavras:

— Viu, desgraçado? Entregou-me, agora foi sua vez! Não espere auxílio do seu patrãozinho, pois não virá nenhum! Foi ele mesmo quem te entregou. Essa viagem toda foi uma armadilha, ainda não percebeu? Ele me matou, mas acreditou no que eu contei sobre você e aquela...

Essas palavras vieram como um jato maléfico sobre mim, lembrei-me imediatamente do Celso. Tentei mudar o rumo dos pensamentos, mas minha situação era muito melindrosa. Deixei-me ficar assim, quieto, não pensar em nada e aguardar. O carro se afastava rapidamente e fomos dar em uma delegacia de bairro. Destas bem afastadas do centro. Já o Walter foi imediatamente colocado em outro carro e levado a um pronto-socorro, à guisa de socorro! Sabia que era tudo armação. Ele já estava morto há algum tempo. Eles sabiam disso, pois o mataram.

Fui jogado em um cubículo, não sem antes apanhar bastante e ouvir muitas agressões verbais. Ali, passei a noite toda jogado no chão, não tinha forças para mexer-me. O corpo todo doía. Parecia que ossos e músculos tinham sido arrebentados. O rosto estava todo inchado e com um corte feio da coronhada que levei. Enfim, não havia onde não doesse. Já fazia mais de 24 horas que eu não comia nada. Mas não sentia fome. Só uma estranha fraqueza me dominava.

Às primeiras horas da manhã entraram no cubículo onde eu me encontrava dois sujeitos, e me arrastaram para uma sala. Aí começou o primeiro depoimento. Ou melhor dizendo, eles iam falando. Dois daqueles policiais que nos prenderam falavam e alguém ia anotando, enquanto um senhor, que supus ser o delegado, só ouvia e me observava. Tentei interromper quando, a certa altura, um deles relatou que o Walter estava armado e reagiu.

— E mentira! — gritei, mas não cheguei a terminar, pois levei um tremendo sopapo.

Sem forças, fiquei ali ouvindo aquela estranha versão dos fatos, em que o pobre Walter morreu, não com uma facada dentro do camburão, e sim com um tiro, porque reagiu atirando diversas vezes contra os policiais.

Naquele momento, percebi claramente que não adiantava nada que eu falasse. As cartas já estavam marcadas. Senti que cairá em uma armadilha. O Sr. Esteves talvez até estivesse por trás de tudo. Comecei a acreditar no que aquela voz me dissera no camburão. Eu estava perdido. Quando findou aquele relatório, fui arrastado até a mesa e obrigado a assinar sem nem mesmo ler. Só uma coisa ficou clara para mim. Eu estava sendo preso em flagrante, por tráfico de drogas. Mas não era tráfico pequeno, e sim coisa grande, séria. Resumindo, o negócio estava preto para o meu lado.

Fui levado de volta ao cubículo. E ali permaneci um bom tempo. Somente no fim do dia é que fui comer algo. A fraqueza era enorme, mas a comida parava na garganta, não descia. Pensava em minha situação, lembrei-me então de minha mãe, chorei, chorei muito. Era o fim de tudo que eu planejara. Dos sonhos. Fiquei revoltado. Eu só queria ter condições de vida melhor. Não era justo isso acontecer logo agora. Esperava juntar somente um pouco mais para tocar um negócio meu. Quem sabe, viver com a Lúcila.

Só queria isso, e, ao invés, ia amargar em uma cadeia. Comecei a pensar numa maneira de sair daquela situação. Sim, mandaria chamar o Sr. Esteves. Ele tinha obrigação de me ajudar, afinal, se eu falasse ele também estaria sujo. Decidi. Na primeira oportunidade pediria a alguém para chamá-lo, e também um advogado. Tinha algumas economias, iria gastá-las agora, afinal, que adiantaria ter dinheiro guardado se estava preso?

Assim, na manhã seguinte chamei o carcereiro que veio trazer a comida:

— Meu amigo! Preciso de um favor — falei tentando ser o mais educado possível, mas ele me respondeu:

— Aqui não é casa de caridade para você obter favores — E já foi saindo.

Eu o chamei aos gritos:

— Vocês não podem me tratar assim, tenho direito a um advogado.

Ele, voltando, disse-me:

— Ah! Vagabundo! Quer um advogado é? Espere que você vai receber coisa melhor! — mas eu, firme, continuei:

— Se não há advogado, quero falar com o meu patrão. Eu tenho esse direito!

— Você aqui não tem direito algum! Bandido não tem direito. Depois que se fecha esta porta para vocês, vocês deixam de ser gente. E, se ficar com muita exigência, sua situação pode piorar muito aqui. Portanto, fique bonzinho aí e não enche o saco! — E se retirou.

Novamente, eu me via a sós com meu desespero.

Perdi a noção dos dias. Lá dentro, não se sabe se é dia ou noite. Pelo menos onde eu estava era assim, pois não tinha janelas. Eu, que nunca me vi preso, que amava o ar puro, o vento, nunca tinha parado para pensar como essas coisas são importantes na vida da gente. Ali eu sufocava. Mas o peso do desespero de me sentir só era coisa para se ficar louco.

Não sei quantos dias fiquei ali. Mas chegou aquele em que me mandaram para outro local. Sempre esperava que alguém viesse me surrar, torturar, para contar "algo mais" e, estranhamente, não aconteceu. Neste outro local onde fui, recebi, um dia, a visita de meu patrão, o Sr. Esteves. Suspirei aliviado quando o vi chegar. Decerto me auxiliaria. Entrou com dois homens, o delegado e um policial. O delegado disse apontando para mim.

— Está aí o sujeito! O senhor quer conversar a sós?

O Sr. Esteves assentiu que sim, e os dois saíram de imediato trancando a porta. Percebi que o Sr. Esteves me olhava de maneira estranha. Sorrindo ironicamente, falou:

— É, Caipira, parece que a cadeia não te fez bem, não é? Emagreceu, está machucado, mas não se preocupe que isto é só o começo.

Aflito perguntei:

— Por que o senhor diz, isto? Não veio aqui para me ajudar?

— Ajudar? Que ajuda você acha que merece?

— Sr. Esteves, sempre procurei cumprir com minhas obrigações! Sabia que o negócio que fazíamos era arriscado, mas nunca pensei que o senhor me viraria as costas!

— Você não entendeu nada ainda, não é, Caipira? Você está aqui dentro porque eu te coloquei! Poderia ter te matado, sairia bem mais barato. Mas prefiro assim. Quero acompanhar o teu sofrimento dentro de uma cadeia. Nunca pegou cana, não é?

Assenti com a cabeça.

— Então! É o inferno! Muitos preferem a morte. Vamos ver o quanto você aguenta.

— Por que o senhor está fazendo isso?

— Chega de ser hipócrita, seu cretino — falou avançando e dando-me um soco em pleno rosto, e continuou: — Você vai aprender que ninguém me trai. Disse isso várias vezes. Achei que você era esperto. Mas me decepcionou. Acha mesmo que eu ia aceitar tua traição? Que você iria ficar impune depois de sair com a minha mulher? Ah, Caipira, você me feriu. Feriu e agora vai pagar.

Compreendi então que ele sabia de tudo. Do meu relacionamento com Lúcila. Apavorei-me pensando nela. O que ele lhe teria feito. E ele continuou falando, como se lesse meus pensamentos:

— É, eu sabia de tudo. O Celso, aquele infeliz, tinha razão. Você e aquela desgraçada acharam que poderiam brincar comigo?

— Por favor, Sr. Esteves, não é bem assim, nós nos apaixonamos. Jamais trairíamos o senhor se esse sentimento não fosse forte e verdadeiro.

— É, acredito, mas esse foi o teu erro. Acha que eu me importo com ela? Para mim é uma qualquer. Aliás, já estava me cansando dela. O nosso caso não iria durar muito mais. Mas vocês erraram. Erraram comigo e isso eu não admito. Ela está pagando o preço e você também. É, Caipira, quem deve tem que pagar. Você, por pensar que me enganaria sempre. Ela, porque não deveria nem sonhar em fazer isso. Não comigo, que a tirei de um antro. Mas deveria saber que, uma vez mulher à toa, sempre à toa será!

Tentei desesperadamente argumentar:

— Por favor, Sr. Esteves, deixe-a em paz. Ela não tem culpa de nada.

Mas ele deu uma gargalhada, dizendo:

— Não se preocupe com ela, se preocupe com a sua situação que é melhor.

E continuou:

— Outra coisa, nem pense em abrir a boca. Todos aqui sabem o que eu faço, tua traição me custou caro, gastei boa parte daquela muamba que você carregava para tapar a boca desse pessoal. Não perca tempo contratando advogados. Você não vai poder contar a verdade a eles.

E em tom ameaçador continuou:

— Sabe, Caipira, recentemente fui conhecer o local onde você morou. Calmo, não é? Muito inteligente aquele teu irmão, gostei dele. Também conheci a tua velha. Você sabe, tua situação abalou muito a eles. Fui como um bom patrão, levar os meus préstimos. Dei até algum dinheiro. Você não foi um bom filho, pois percebi que eles passam fome. Caipira, isso não se faz

— E continuava sorrindo diabolicamente. — Agora com você distante, quem vai cuidar da tua velha se algum "acidente" ocorrer com o seu irmãozinho? Eu, sinceramente, vou sentir muito. Um rapazinho de futuro, aquele. É, vai ser uma pena — balançando a cabeça repetia. — É, uma pena mesmo!

Saiu, deixando-me arrasado. Suas palavras ecoavam em meu cérebro. Ele era a minha última esperança. Mas não podia contar mais com nenhuma ajuda. Aliás, foi por ele que eu fui parar ali. Maldizia-me falando sozinho:

— Como eu pude ser tão estúpido, ingênuo? Tinha que me dar mal mesmo. É, cadê aquele cara arrogante, que vinha para a cidade vencer? Ao invés disso olha em que situação foi parar.

Aquele dia foi péssimo para mim. Chorei muito pensando na minha mãe e no meu irmão. Eu nunca me preocupei com eles, na verdade, abandonei-os à própria sorte. Neguei a minha mãe o auxílio de dois braços fortes, e saí em busca de uma ilusão. Agora os dois corriam perigo de vida. Senti perfeitamente nas palavras do Sr. Esteves que, se eu falasse algo que o comprometesse, ele os mataria. Não. Não teria sossego se tivesse que carregar essa culpa comigo. Pensei alto:

— Vou aguardar! Algo terá que acontecer.

E assim os dias se sucediam. Era sempre maltratado pelos carcereiros, mas optei por ficar calado. Ali não adiantava reclamar ou dialogar, era pior. Aguardava.

O dia do julgamento se aproximava. Tive que dar outros depoimentos além daquele primeiro. Sempre tomava o cuidado para não implicar o Sr. Esteves e sua transportadora. Assumi a culpa sozinho.

Às vezes, era interrogado até a exaustão para contar de quem era a mercadoria, ou de onde buscava. Sempre assumia que era minha, que recebera na estrada, não sabia nomes só apelidos e os dava. Assim fui levando.

Pararam de me interrogar e me informaram que era acusado de tráfico pesado. Um advogado do Estado foi indicado para defender-me, pois não contratei nenhum. Sabia que não adiantaria.

Alguns dias antes do julgamento, recebi outra visita. Minha tia e minha prima. Fiquei penalizado com a aparência de minha tia. Estava envelhecida. Emocionada, chorou assim que me viu.

— Fábio, meu filho, o que foi isso na vida de vocês? Sabia que meu Walter estava neste caminho do vício, mas você, meu filho, por que foi entrar nisso?

— Ah! Tia, não dá para dizer como. É a própria situação que nos leva, e, quando percebemos, estamos até o pescoço.

— Não, meu filho, não pode ser assim. Temos que ser fortes diante das adversidades. Somente quando estamos descontentes é que nos deixamos cair assim. Você sabe e o Walter também sabia que o vício, qualquer que seja, é um mal muito grande. Mas, Fábio, você nunca ficou como o Walter ficava nos últimos tempos, meu filho, dava medo! Parecia outra pessoa. Um dementado. Eu não ficava sossegada com ele andando para lá e para cá. Vivia sempre perturbando a Marlene. Vez ou outra eu tinha que intervir, senão ele acabava batendo na pobrezinha. E você sabe como a Marlene é boa, não tem boca para nada. No entanto, ele não podia nem vê-la. Mas você não agia de modo estranho, era sempre o mesmo. Por que isso, se vocês dois estavam nesse vício?

— Tia, o vício do Walter é coisa bem antiga! Quando eu cheguei em São Paulo, ele já era um viciado. E isso parece que vai afetando a mente, sei lá! Fato é que, eu uso, não vou negar, mas não sinto necessidade como ele sentia. Também, faz pouco tempo que eu estou nisso. Tudo isso faz diferença.

— Mas, Fábio, me responda, se você sabe de tudo isso, por que entrou nesse vício, meu filho?

Percebi que a tia não sabia a diferença entre o vício e o tráfico. Coitada, confundia as duas coisas. Não queria perturbar ainda mais sua cabeça e falei:

— Sabe, tia, para mim foi uma maneira de ganhar dinheiro. Não foi tanto o vício, como no caso do Walter. Meu objetivo foi sempre ganhar bem, e foi essa a maneira que consegui.

Aproveitando a visita de minha tia, incumbi-a e a minha prima de tomarem algumas providências para mim quanto aos meus haveres. Já tinha consultado o advogado que me mandaram, qual a melhor maneira de resolver, através de documentos, e dei uma parte desses valores para ser depositado no nome de minha mãe, podendo ser retirada uma pequena parcela mensalmente. O restante foi colocado em meu nome mesmo. Queria ter algum reservado para quando saísse dali.

Depois que elas se foram, fiquei meio aliviado, pois tinha resolvido algumas questões que me preocupavam.

Deixei algum dinheiro meu com minha prima, para o caso de precisar, mesmo estando dentro da prisão. Sabia de antemão para onde estava indo. Não tinha ilusões. Ali só contava o poder, os conhecimentos dentro e fora da cadeia, e o dinheiro. Eu só poderia contar com este último e não era muito.

Passava os dias me atormentando com a lembrança de Lúcila. Por que não vinha me ver? Pedi para Marlene procurá-la e passar-lhe uma carta. Esperava ansioso alguma notícia. A saudade que eu sentia era imensa. Sofria na incerteza de meu futuro, sofria pela saudade da amada. Não saberia dizer qual dos dois sofrimentos era pior.

Quando pensava nela, tinha pressentimentos funestos.

Aquele desgraçado do Esteves com certeza a tinha maltratado. A pobrezinha já não andava bem. Desde aquele aborto, ela nunca mais foi a mesma. Enfraqueceu. Cansava-se muito. Perdeu aquele brilho que tinha. Sentia-me responsável por isso.

Antes a tivesse ouvido. Antes tivesse partido com ela, e escondido em algum buraco da terra. Estaríamos juntos e com um filho nos braços, fruto do nosso amor! Quando esses pensamentos me embalavam, uma angústia apertava o meu peito. Chorava silenciosamente. Numa cadeia, você não tem nem o direito de chorar, extravasar seu sentimento, pois corre o risco de se ver transformado em um maricas. Haja o que houver, tem que se manter impassível. Minha sorte é que eu tinha certa prática nisso. Mas sofria, sofria muito.

Às vezes, odiava o Sr. Esteves, punha a culpa nele.

Outras vezes jogava a culpa na fatalidade mesmo. Se estivesse no lugar dele, faria o mesmo, ou, quem sabe, pior. Depois não adiantava ficar chorando pelo que passou. Deu errado. Não era para acontecer, mas aconteceu, tinha que ser forte, firme e enfrentar. Às vezes, quando pensava assim, vinha-me uma energia, não sabia de onde, mas me ajudava muito.

IX. NO CARANDIRU

*"Se perdoardes aos homens a falta que eles fazem contra vós,
vosso Pai Celestial vos perdoará também vossos pecados,
mas se não perdoardes aos homens quando eles vos
ofendem, vosso Pai, também, não vos perdoará os pecados."*

O Evangelho segundo o Espiritismo (Cap. X — item 2 —
Bem-aventurados aqueles que são misericordiosos —
Perdoai para que Deus vos perdoe)

Chegou o tão esperado dia do julgamento. Foi até rápido. Informaram-me que há casos que ficam rolando anos sem solução. O meu caso, por ser de certa gravidade, correu rápido.

Quando foi lido o laudo do meu crime, escutei estarrecido que a quantidade do pó apreendido era de cinquenta quilos, e não de duzentos quilos. Acho que aqueles cento e cinquenta que faltavam foi o preço pago pelo Esteves para, além de me estrepar a vida, manter o seu nome e da sua empresa limpos, longe de qualquer suspeita. Percebi como o dinheiro compra tudo. Eu ali, sabendo de toda a sujeira que havia por trás, tive que me calar.

Isso se não quisesse ver minha mãe e irmão assassinados barbaramente.

Não! Isso, no que dependesse de mim, eu não deixaria acontecer. Assumiria a minha culpa, mas sangue inocente dos meus não deixaria correr.

Sentia-me deprimido diante daqueles curiosos que assistiam a esse julgamento. Disseram-me que eram estudantes de direito, pois o julgamento não era aberto ao público. Sabia que minha tia e a Marlene estavam lá fora; antes tive a oportunidade de falar com elas. Não me trouxeram boas notícias. Minha mãe não estava bem, sofria muito com tudo o que me ocorria. Tinha vontade de vir para a capital, estar ao meu lado, mas ela, que nunca tinha saído da cidadezinha interiorana, não tinha forças para vir à cidade. A situação toda a esmagava, deixando-a prostrada sobre uma cama. Segundo palavras dela, em carta para minha tia, não tinha mais forças para trabalhar. Se não fosse aquela pequena quantia que ela sacava mensalmente do dinheiro que eu depositara, eles estariam passando fome. O meu irmão Jorginho tinha lá um servicinho, mas a quantia que recebia era irrisória. Portanto, ainda me agradecia pela ajuda. Eu que era responsável por sua debilidade.

Hoje eu sei que minha mãe começou a morrer aos poucos no dia em que eu deixei a terrinha e virei as costas a eles.

Estava ausente, pensando nessas coisas, quando houve um pequeno tumulto na plateia assim que o juiz se levantou para dar o veredicto.

— O réu é considerado culpado de tráfico de drogas, condenado inicialmente a vinte anos de prisão, sendo que esta pena será reduzida para doze anos por ser o réu primário. Sendo assim, dou o caso por encerrado.

E, batendo o martelo na mesa, encerrou também a minha vida de liberdade.

Eu confesso que sabia que seria condenado, mas jamais pensei que pegaria tantos anos de cadeia. Em doze anos, quando saísse, já seria quase um velho. Meu sistema nervoso ficou tão abalado, que sentia a cabeça girar, os ouvidos zumbirem e não conseguia raciocinar. Os policiais se aproximaram para levar-me, novamente me algemando, como tinha entrado. Nem senti o que eles faziam. Fitava aqueles rostos desconhecidos me olhando. Pareciam tão destituídos de sentimentos. Para eles, eu era somente um objeto de estudo. Senti imensa revolta, vontade de gritar. Mais além, no salão, vi minha tia e minha prima Marlene me olhando. Ambas choravam. Isto caiu como uma ducha fria, me chamando à responsabilidade de meus atos. As duas sofriam pelo Walter, e também por mim. Não mereciam. Isso me conteve. Novamente tomei aquele ar impassível e me deixei conduzir. Não pude conversar com elas. Dali, fui direto para o meu novo lar: Centro Correcional do Carandiru. Sabia que ali a vida não seria fácil.

Mas, não é tão terrível como hoje, pelo menos naquele tempo não havia a superlotação dos dias atuais. Dava até para respirar.

Não fossem as perseguições que passei a sofrer quase todos os dias, daria até para viver de maneira suportável.

Bem, logo que ali cheguei, deparei-me com um ambiente hostil, por mais que tentasse puxar prosa com um, com outro, senti que os presos me evitavam. Aliás, uns faziam isso; já outros me provocavam o tempo todo.

Fazia o possível para evitar atritos, evitava responder mal, mas um dia, por volta de um mês que já ali me encontrava, não aguentei e acabei respondendo à agressão de um sujeito. Foi o que bastou para meia dúzia vir para cima de mim. Espancaram-me até eu desmaiar. Quando dei por mim, estava na enfermaria da prisão. Lá fiquei dois dias devido aos machucados. Embora não tivesse quebrado nenhum osso, houve vários cortes, alguns profundos, além de uma pancada na cabeça.

Para meu desespero, assim que melhorei fui levado para a solitária, acusado como incitador de tumultos. Lá fiquei por 24 horas.

Vocês não imaginam o que é ficar trancado em um cubículo sem ver ninguém. Mas essa primeira vez eu nem senti muito, ainda estava debilitado e dormi quase o tempo todo.

Só que esse fato começou a repetir-se. Por qualquer motivo era trancafiado na solitária.

Quando saía, havia murmúrios e risos dos outros presos.

Um dia, numa dessas brigas, ousei perguntar ao mais provocador, um tal de Tonhão, que parecia comandar a maioria dos presos, por que me perseguia, e ele respondeu:

— Quer saber mesmo, Caipira? Tu não vais viver muito por aqui não. Temos ordens de fora pra acabar contigo, só que aos poucos.

— Como assim, de fora? — perguntei estranhando.

— São ordens do chefão!

— Que chefão? — tornei a perguntar.

— Você é lerdo pra entender, não? Tu não tinhas um chefe? Pois é, ele que dá as ordens por aqui. Ele fornece a muamba pro meu pedaço. Daqui eu controlo o meu pessoal. Vendo, compro, e o chefão é quem me auxilia neste serviço. Ele me mantém aqui, mais como um intermediário, porque o campo é promissor. Ele vende muito aqui dentro. Eu distribuo, em troca ele continua mandando a remessa pro meu pessoal de fora. Quer dizer, quando eu sair daqui, continuarei liderando lá por onde moro, porque não deixei faltar o material, certo? Se faltasse, logo algum "outro" iria tomar o meu lugar. Quando saísse daqui ia ter um trabalhão até colocar tudo em ordem. Então, eu presto um favor à "ele" aqui dentro, e "ele" me retribui mantendo o meu comércio em dia. Portanto o que ele pede, aqui, é lei. Já sabíamos de você antes mesmo de chegar aqui. Todo mundo sabe que você falhou com ele! Está ferrado! Aqui dentro, Caipira, tua sina vai ser apanhar até não aguentar mais. Mas, você pode terminar isso se tiver coragem, posso te arrumar uma corda, coloque-a no pescoço e enforque-se. Agora, se for o covardão que eu sei que é, vai apanhar até morrer.

Falava isso com tal frieza, usando palavras que não me é permitido reproduzir aqui. Senti um vazio dentro de mim, uma desesperança, como se não houvesse mais nenhuma saída. Pra variar, depois dos esclarecimentos e pancadarias, novamente fui mandado para a solitária. Desta vez, por dois dias. Talvez por ter apanhado ou pelo estado de ânimo tão deprimente, passei muito mal. Sentia-me febril, delirava, parecia ver Lúcila ao meu lado chorando sem parar. Perguntava-me do filhinho, queria vê-lo, estava arrependida, depois parecia que me abraçava e chorava.

Eu sentia um grande mal-estar, chorava com ela, tentava responder-lhe, logo após caía em mim e pensava: *Devo estar delirando, estou com febre. Só mais um dia e serei medicado. Tenho que ser forte.* Entrava novamente naquele estado, parecia que dormia e a via ao meu lado. Chorava ainda. O rosto trazia marca arroxeada, muito magra, uma sombra da Lúcila que eu conhecera e amava.

Assim passaram os dois dias. Novamente saí da solitária.

Sabia que não adiantava muito, pois dali a algum tempo, sob qualquer pretexto, me jogariam lá novamente.

E assim, uma semana depois, lá estava eu novamente.

Parecia que queriam me enlouquecer, antes de me matarem no final.

Já haviam se passado seis meses, e nada mudava. Quando estava liberto da solitária, era um recluso, ninguém conversava comigo. Os que não eram simpatizantes do Tonhão me evitavam porque tinham medo. A ordem era me ignorar, e era seguida à risca.

Outros fatos ocorriam comigo na solitária, pois além de ter delírios com Lúcila, passei também a ver o Celso. Este chegava sempre gargalhando, suas palavras sempre me feriam fundo:

— Pensou que ia ficar impune, Caipira? Por sua causa perdi a vida, mas você também não sai daqui vivo. Agora eu estou em liberdade, e você? Diga-me, Caipira, e aquele seu poder, onde foi parar? Por que o demônio que te auxiliou a acabar comigo não te ajuda agora? — E sumia gargalhando.

Aquilo tudo minava muito as minhas forças. Tentava colocar a mente em ordem. Lembrava-me às vezes de minha avó, ela falava com os mortos. Muitas vezes presenciei ela fazer isso. Dizia também que eu tinha o dom. Cogitava:

— Será que era isto que ocorria? O Celso eu sei que está morto, mas e Lúcila? Por que a vejo?

Desesperava-me então pensando em sua situação: *Por que será que ela nunca veio me ver? Será que o Esteves fez algum mal a ela?* De outras vezes pensava diferente: *Talvez ela não me ame mais. Já me esqueceu, por isso não veio uma vez sequer me visitar.*

X. O RETORNO DOS "AMIGOS ESPIRITUAIS"

"11. Os espíritos simpáticos são aqueles que se ligam a nós por uma certa semelhança de gostos e tendências: podem ser bons ou maus, seguindo a natureza das inclinações que os atraem para nós."

O Evangelho segundo o Espiritismo (Cap. XXVIII — Coletânea de preces espíritas — Prece aos anjos guardiões e aos espíritos protetores)

Percebi que, se continuasse assim, não aguentaria muito mais, tinha que dar um jeito de sair daquela situação. Vivia tão compenetrado em mim mesmo que já não percebia nada do que ocorria a minha volta. Até que um dia, estando mais uma vez na solitária, comecei a pensar nos meus "amigos" espirituais. O que era feito deles? Será que nunca mais me apareceriam? Talvez eles pudessem me ajudar? Não via outra saída senão rogar a eles. Assim pensando, concentrei-me fortemente, pensei em cada detalhe deles, roguei que viessem até mim. Precisava desesperadamente de auxílio e assim permaneci por horas, até que um entorpecimento foi tomando conta de meu ser e passei por um estado de sono; tão logo dei por mim estavam os dois na minha frente. Olhavam-me sérios, nada diziam, até que, não aguentando, falei:

— Puxa, vocês sumiram mesmo, não é? Sabem o que aconteceu comigo? Estou em situação de grandes dificuldades; se não me ajudarem não sei o que será de mim.

E ia falando aos tropeços, com medo que eles sumissem e eu ficasse entregue a mim mesmo. Percebendo o meu desespero, um deles levantou a mão, pedindo calma.

— Caipira, por favor, procure se manter sereno, do contrário não conseguiremos nos manter aqui. Sabemos tudo que tem se passado contigo, não se preocupe em ficar explicando, tenha calma! Coloque os teus pensamentos em ordem para gravar o que vamos te falar.

E o outro continuou:

— Vamos procurar te ajudar, mas só temos um jeito: recorrer a um velho conhecido nosso!

E o outro adiantou numa espécie de reprimenda:

— Nós te avisamos, grumete. Se envolver com o tal do Celso seria perda não só de tempo, mas problemas a longo prazo. Esse sujeito tem ligações funestas deste lado e tem uma inimizade por ti, coisa muito antiga.

No que o meu outro amigo espírito completou:

— Este seria um daqueles "inimigos" que é preferível ter debaixo dos olhos. Aqui ele pode ser muito mais destrutivo.

Eu, de minha parte, estava ficando impaciente com aquela conversa. Queria uma solução para as minhas dificuldades. Ansioso, perguntei:

— Mas vocês podem me auxiliar?

— Talvez — responderam os dois em uníssono.

— Descobrimos que um velho conhecido nosso atua neste local.

— Mas quem é ele? Algum preso que conheço?

— Na verdade, grumete, estamos falando de um espírito e não de um encarnado. Coincidentemente, o encarnado por quem esse espírito atua também é um velho conhecido nosso! Quem sabe, poderemos trazê-lo até você! Ou levá-lo até ele quando você dormir, e vocês possam entrar em um acordo?

— Vocês acham que essa pessoa pode me ajudar?

— Se conseguirmos convencê-lo e ao espírito que o acompanha, sim!

— Mas quem é ele?

— Você ainda não tomou conhecimento do que ocorre neste pavilhão, porque vive mais na solitária do que livre. Senão saberia que ninguém mexe com o "Negro"!

— Negro? — perguntei espantado.

— Sim, é por este nome que ele atende. Acho mesmo que ninguém aqui dentro sabe o seu verdadeiro nome.

— Esse sujeito, "Negro", por que ninguém mexe com ele?

— Bem, ele é iniciado nas leis do Candomblé e da Quimbanda. Diz que sua família tem raízes africanas. Desde pequeno foi criado nesse "meio". Com o tempo, passou a "receber" diversos espíritos, entre eles o Marinheiro, ou Red, como o conhecemos anteriormente.

Eles se revezavam me explicando toda essa história.

— Ocorre que esse espírito tem ligações fortíssimas com uma falange que atua aqui no Brasil. Esta falange é muito antiga, vem agindo sempre no lado mais deficiente do ser humano. Ou seja, atua nas dificuldades morais dos encarnados, procurando, desta maneira, arrebanhar mais e mais seguidores, para levar adiante seus objetivos inferiores.

Não perguntei quais eram esses objetivos, queria somente resolver os meus problemas do momento. E o maior deles era me manter vivo. Acho mesmo que nem registrei a metade do que eles falaram. Somente muito tempo depois é que tomei conhecimento daquela explicação.

E meus "amigos" continuaram falando, até que um deles disse:

— Vou até a cela do "Negro" sondar o ambiente, vocês me esperem.

Assim falando, desapareceu de nossa vista. Eu aproveitei para perguntar para o outro:

— Estou achando vocês diferentes, não sei o que é.

Ao que ele me respondeu:

— De fato, algo nos ocorreu nesse tempo em que estivemos afastados. Reencontramos uma pessoa, a quem fizemos muito mal no passado. Uma pessoa que é bastante conhecida tua. Aliás, conviveu com você, fato que muito me admirou. Não entendo como você, privando da presença dessa pessoa durante alguns anos de tua vida, convivendo intimamente com ela, não conseguiu assimilar o que ela tentava te passar. Eu e o Artur ficamos muito emocionados quando ela se deu a conhecer. Nos perdoou, tem procurado nos auxiliar.

— E quem é ela então, já que foi tão importante na minha vida? — perguntei algo curioso.

— Infelizmente por ora não temos permissão de te revelar. Só posso te dizer que para nós foi um encontro muito importante, decisivo mesmo, porque eu e o Artur resolvemos segui-la. Assim que te auxiliarmos, vamos com ela para uma espécie de escola, ela tem nos explicado muito sobre esse lugar.

De súbito, o outro retornou e foi logo dizendo:

— O Negro está desperto e não tive condições de falar com ele, mas tinha uma sentinela do Red Marinheiro na cela, e pedi para conversar com ele. Ficou de dar o recado, pois, depois de meia-noite, o Negro vai fazer um "trabalho" e o Red Marinheiro vai estar presente. Fica assim então, Caipira, tu voltas para o corpo e procuras descansar, quando for a hora viremos te buscar.

Assenti com a cabeça e os dois saíram; logo após senti que retornava ao corpo. Como sempre, ou de forma pior, estava enregelado, e ali não havia com que me agasalhar. Assim que as forças foram voltando, procurei caminhar dentro da cela para livrar-me do entorpecimento. Enquanto isso, ia rememorando o que os dois me falaram.

Então um deles se chama Artur; tenho que perguntar o nome do outro. Coisa curiosa, estes dois espíritos entraram em minha vida de forma tão estranha, já participaram de diversas passagens de minha vida e só agora fico sabendo o nome de um deles.

Fiquei imaginando que ligações do passado eram essas que eles tanto falavam. Mas dali a pouco, o meu pensamento se centralizou nos meus próprios problemas. Quem seria esse preso, o Negro? Como eu nunca tinha ouvido falar nele? Mas, era como os meus amigos espíritos disseram, na verdade, eu vivi esses meses todos tão acuado, que nem percebi o que se passava ao meu redor.

Quando estava fora da solitária, passava o tempo todo me esgueirando pelos cantos, tentando fugir do Tonhão e sua gangue. Quem sabe esse preso que eu ia conhecer agora poderia me auxiliar. E este tal de Marinheiro, ou Red, como o chamou o Artur, quem seria?

— Mas eu preciso me acalmar — falei para mim mesmo. — Daqui a duas horas será meia-noite, e eu tenho que tentar de novo sair do corpo. Se ficar tenso e ansioso como estou, vou ter dificuldades.

Assim, procurei fazer exercícios de respiração que conhecia. Já tinha lido alguma coisa sobre esse fenômeno que ocorria comigo e sabia de alguns exercícios. Fui fazendo. Quando chegou a hora, estava calmo, saindo sem nenhum esforço. Nesse estado, divisei quando os dois chegaram. Um deles me pegou pelas mãos e puxou-me, senti uma vertigem, como um ligeiro desmaio, e logo depois já estava de posse de minhas faculdades. O Artur falou:

— Já está na hora, é bom irmos. Mas antes é bom avisá-lo sobre o que você vai ver. Este local não é dos melhores, Caipira, portanto, procure não se assustar muito, aliás, não dê atenção ao que ver, procure se fixar em nós. Certo?

Assenti com a cabeça que sim e o outro completou:

— Outra coisa, também não se assuste com o que vai ver na cela do "Negro". Lembre-se, não importa a aparência de quem estiver por lá, são todos espíritos. Principalmente, não se mostre assustado com o Red Marinheiro. Lembre-se, no passado fomos companheiros e estivemos envolvidos em atos não muito dignos, mas que acabaram por nos unir. Ele demonstra não ter compaixão por ninguém, mas se lembrará de você, temos certeza.

Assim dizendo, partimos para a cela do "Negro", que ficava no outro extremo do pavilhão. O ambiente era tão denso que não conseguimos ir pelo ar. Tivemos que caminhar. Uma névoa preta encobria todo o ambiente. Dava a impressão de que nenhum raio de sol ali penetrava. Mas eu sabia que, a cada manhã, o sol lá estava. Não conseguia entender como um mesmo local podia mudar tanto. Havia lugares que simplesmente não dava para passar, cheios de escombros, coisas penduradas, não sei dizer o que eram, e uma massa viscosa preta descendo pelas paredes. Fiquei horrorizado, porque aquele líquido dava a impressão que as paredes tinham vida, moviam-se, muitos vultos passavam, uns corriam, muitos deitados pelos cantos, amontoados, outros flagelados, parecendo seres torturados, gritavam. O barulho era ensurdecedor, gritos, estalidos, risadas.

Estava já me desesperando com aquilo tudo. Diria que estávamos em pleno inferno!

Enfim chegamos, mas não sabia se me aliviava ou deixava o terror tomar conta de minha alma. Então, percebendo o meu estado, o Artur, segurando-me fortemente pelo braço, falou:

— Escute, grumete, te avisamos, não te deixes apavorar. Pensa que são gente como tu. A condição de espírito não os difere de ti. Fica firme, ou voltaremos daqui mesmo. Nestas condições não podemos te apresentar ao Red Marinheiro.

Consegui balbuciar:

— Mas o que é aquilo na entrada, são esqueletos andando?

Artur já estava se exasperando comigo, quase gritou:

— São espíritos, Caipira, espíritos como tu! Então, não ouve o que te falamos? Entende! Para o espírito é fácil tomar qualquer forma! Então esses — apontando para os seres encapuzados — tomam essa forma de esqueleto para aterrorizar. Tu não vás te amedrontar, vai?

Suspirei fundo, procurei reunir o resto de energia que ainda tinha, e respondi:

— Não, vamos lá conhecer esse tal de Red Marinheiro.

Ao chegar perto da cela, os esqueletos encapuzados, que eram seis ao todo, rodearam-nos.

O Artur, tranquilo, dirigiu-se a um deles.

— Temos reunião com o Red.

Eles se entreolharam e abriram passagem. Atravessamos as grades; lá dentro me deparei com um homem negro, de porte avantajado, totalmente careca, mas com uma barba e bigodes ralos. Estava sentado sobre uns sinais rabiscados no chão. Deu para notar um círculo grande, dentro uma estrela de cinco pontas, e dentro desses um triângulo. Tomava quase toda a cela. Em cada ponto da estrela, uma vela preta acesa. Um forte cheiro de incenso inundava o ambiente. O homem, sentado no centro do triângulo, concentrado, falava várias palavras que eu não conseguia entender. Balançava-se para lá e para cá. Além dele, dentro da cela havia outro encapuzado. Assim que nos viu, mandou que nos encostássemos a uma parede e aguardássemos que o Marinheiro estava para chegar.

XI. MEU ENCONTRO COM RED MARINHEIRO

"56. Por isso a forma que toma, se bem que calcada sobre o corpo, não é absoluta; amolda-se à vontade do espírito, que pode lhe dar tal ou tal aparência a seu gosto..., o perispírito se expande ou se contrai, se transforma em uma palavra, se presta a todas as metamorfoses, segundo a vontade que age sobre ele."

O Livro dos Médiuns (Segunda Parte — Cap. I — Ação dos espíritos sobre a matéria)

Logo após escutamos um alarido alto, várias vozes e pisadas fortes, entrou na cela um ser impressionante, rodeado de vários outros encapuzados e mais dois bichos em correntes que lembravam cachorros, mas de aspectos repugnantes. Os dentes desmesuradamente grandes quase não cabiam na boca. Pretos, pelos enormes, grunhiam, e os grunhidos lembravam mais um choro. Eram os maiores cachorros que eu já tinha visto.

Os outros seres tinham aspectos diversos, carregavam correntes, chicotes e outros apetrechos. Mas o que mais me impressionou era a figura central, o dito Red Marinheiro. Muito alto. Cabeleira vermelha. Uma capa preta, calças e botas de cano longo também pretas e um chicote à mão. A pele era escamosa e avermelhada, uma coisa muito estranha. Parecia escama de peixe.

Assim que me olhou, eu gelei, os olhos eram vermelhos, iguais ao fogo.

Chegando próximo ao "Negro", este imediatamente saiu do corpo físico e se prostrou de joelhos ante aquela figura.

Então, com voz gutural, o ser se dirigiu a ele.

— Levante-se, Negro. Diga-me, alguma novidade que eu deva saber?

Ouvindo isso, ponderei lá comigo mesmo, que ele, como espírito, e com tantos "vigias", deveria decerto saber muito bem o que se passava por ali. Nem bem pensei, e ele se virou para mim, foi como se tivesse "lido" meu pensamento. Encarou-me. Senti-me profundamente mal. Parecia que me sufocava.

O Artur, ao meu lado, adiantou-se falando:

— Como vai, senhor?

Ante o tratamento respeitoso, ele se virou para o Artur, encarando-o também, passou os olhos ainda em meu outro companheiro; isso demorou alguns segundos que pareceram horas. A expectativa me angustiava, afinal, eu estava dependendo da boa vontade daquele espírito, e ele não parecia nada complacente. Muito pelo contrário. Era alguém acostumado a mandar e ser obedecido.

Mas, para minha surpresa, ele soltou uma estrondosa gargalhada, falando:

— Mas, se não são os meus tripulantes fiéis. O que fazem por estas bandas?

— Viemos em busca de auxílio, que sabemos somente o senhor poderá dispensar.

Percebi que esse tratamento respeitoso o envaidecia.

— Como não — respondeu ele. — Vocês me foram muito úteis não só como tripulantes em meu "Navio", mas em outras "ocasiões" igualmente.

Eu fui informado depois que, realmente, os meus amigos por diversas vezes estiveram envolvidos com esse espírito.

E, segundo eles, eu também.

O Artur se adiantou me apontando:

— Temos aqui um amigo em "comum" que está muito necessitado.

— Do que se trata? — perguntou ele.

— Bem, ele é um preso marcado pra morrer aqui dentro.

Ele soltou um grunhido e falou entre os dentes.

— Estes idiotas, sempre tomando atitudes à minha revelia. Só a lei do chicote resolve mesmo. — E, no ato, o estalou no chão, de onde se soltaram diversas faíscas.

Ele continuou:

— Entenda uma coisa, "meu amigo". Aqui, sou eu quem resolve quem vive ou quem morre.

Aproximando-se, encarou-me profundamente. Ficou assim por alguns minutos, como analisando o meu íntimo. Depois disse:

— Com mil diabos, se não é o jovem grumete?

— Sim, senhor Red, é ele mesmo, o companheiro de outras eras — completou o amigo espiritual que eu desconhecia o nome.

— Mas o que acontece? Quem o está perseguindo?

Assim, em poucas palavras, Artur o colocou a par do meu caso. Ele, depois de ouvir, falou:

— Bem, como eu disse, aqui dentro eu mando. Portanto, a partir de agora, você, grumete, estará sobre a minha guarda. Conheço esse Tonhão de quem falaram. Sei quem o comanda. Temos interesses em comum e acredito que o chefe dele, o chefão, não vai querer se indispor comigo pela diligência de um de seus servidores.

E voltando-se para mim:

— Meu amigo, pode ficar descansado! Passarei instruções para o Negro te proteger, e eu estarei por trás. Sempre que nos reunirmos nesta cela procure estar presente. Precisando de qualquer coisa, chame por mim. E, desde já, deixarei alguém com você para auxiliar e me avisar em caso de necessidade.

E assim falando, chamou um daqueles encapuzados:

— Este é um antigo amigo, que quero bem cuidado. Se alguém, seja do nosso "meio" ou do dele — percebi que falava de espíritos ou encarnados — se aproximar com qualquer intenção, você o protegerá. Qualquer coisa, sabe o que fazer.

Durante todo esse tempo, o Negro se manteve ali, em pé do lado do corpo que permanecia sentado, esperando instruções. E Red se dirigiu a ele:

— Negro, procure este rapaz, olhe bem para ele — falando, me puxou para bem perto dele para que me olhasse bem, talvez no intuito de gravar tanto o que ocorria ali, como o que ele teria que fazer assim que me encontrasse.

— Já o vi, senhor, sei quem é. É o rapaz que vive sendo espancado pelo Tonhão e sua turma — falou o Negro.

— Ah! Esse Tonhão, sempre arrumando problemas, não é? Vou dar um susto nele, pode deixar — disse o Red, e continuou. — Você não se preocupe mais, garanto que não irá mais para a solitária.

O Artur, então, adiantou-se:

— Bem, se já acertamos tudo, acho que podemos ir, não?

— Sim, sim! Vão que eu e o Negro temos "assuntos" para tratar.

Saímos.

Novamente os seres que estavam fora da cela abriram passagem.

Havia uma turma nas imediações, numa espécie de fila.

Assim que saímos, um daqueles encapuzados introduziu o primeiro da fila para a cela.

Estranhando, perguntei:

— O que querem estas pessoas?

— Buscar soluções, ajuda para os seus problemas, pedir clemência. Resumindo, o mesmo que você — respondeu o meu amigo.

— E ele atende a todos?

— Bem, ouve cada um até determinada hora, se o tempo se esgotar, os que ficam sem atendimento voltam outro dia, com certeza!

— Mas o que quero saber é se ele "resolve" os problemas deles.

— Observa o teu caso, veja que rumo tomou, e avalia por ti mesmo.

— Só que queremos te avisar, Caipira, nada é de graça, você sabe. Recebendo esse favor dele, com certeza você deverá passar a servi-lo. Nós fizemos isso por muito tempo.

— Recebemos ajuda, mas fomos obrigados, muitas vezes, a fazer coisas contrárias a nossa vontade. Enfim, dependendo da situação, não há muita opção.

Eu nada respondi, já estava sentindo necessidade de retornar ao corpo físico. Quase nem prestei atenção ao caminho de retorno. Aliás, cheguei amparado por eles, em total estado de fraqueza.

— Bem, Caipira, vamos te deixar. Ainda apareceremos por aqui vez ou outra para saber como vai o teu caso.

— Só não queremos ter que falar mais com o Red, caso contrário, como já dissemos, vamos ter que ficar junto a ele, cumprindo alguma ordem que venha a nos passar.

E o outro falou:

— Já decidimos seguir outro caminho. Perdemos muito tempo nestas idas e vindas, ora cumprindo ordens de um mandachuva do pedaço, ora sendo obrigado a servir algum outro...

— Hoje, Caipira, sabemos que somos seres livres. O que nos prende e nos acusa é a própria consciência culpada.

O Artur ia falando essas últimas palavras e eu entrando num entorpecimento.

Dormi.

XII. ENCONTRANDO UM AMIGO

"2. Se não amardes senão aqueles que vos amam,
que recompensa tereis, uma vez que as pessoas
de má vida amam também aqueles que os amam?"

O Evangelho segundo o Espiritismo
(Cap. XII — Amais os vossos inimigos — Pagar o mal com o bem)

Acordei no outro dia e nem me mexi, procurando rememorar todo o ocorrido. É claro que muita coisa ficou esquecida. A clareza com que narro esta passagem se deve por ter lembrado tudo depois do desencarne. Lá na cela, nos dias posteriores ao ocorrido, ficava uma lembrança vaga, confusa. Mas o que ficou gravado foi o suficiente para eu saber que alguém de nome "Negro" ia me ajudar.

E, também, que do lado de lá existiam seres medonhos, mas poderosos.

Senti um certo alívio misturado com ansiedade. Não via a hora de sair dali. Pela primeira vez, queria estar lá fora. Sentia que a vida ia ser diferente. Não viver mais atemorizado, constantemente machucado e poder dar o troco àqueles que me perseguiam e espancavam! Isso eu queria, sim! Se tivesse oportunidade, ia lhes mostrar quem era o Caipira!

Magicamente, eu saí daquele estado de prostração mental em que andava. Uma energia nova parecia correr em minhas veias.

Eu não tinha consciência, mas era o ser que ficou de me vigiar que passava essas impressões. Uma sede de vingança começou a brotar dentro de mim. Sentimento que até então eu não tinha.

Sim, era imperfeito, sentia revolta, mas aquele desejo ardente de vingança, este, era novo para mim. Sem perceber, fez-se uma ligação entre mim e essa entidade, que me passava suas impressões, seus próprios sentimentos, e eu passivamente os aceitava como meus.

Naquele mesmo dia, à tarde, fui tirado da solitária. De alguma forma estava diferente, e os outros presos e até os carcereiros notaram isto. Os olhos estavam flamejantes, a respiração rápida e os pensamentos acelerados. Fisicamente tinha desaparecido o abatimento. Sentia-me exultante, esperando "algo" acontecer. E aconteceu.

No jantar, um homem saiu do canto extremo do refeitório, caminhando, passo vagaroso, estudado. Conforme ele foi passando, alguns dos presos fizeram questão de cumprimentá-lo, outros abaixaram a cabeça, continuaram comendo. O silêncio era grande, só havendo algum murmúrio aqui e ali. Alguns presos também se levantaram e o seguiram em silêncio.

Conforme ele vinha em minha direção, comecei a lembrar de parte do desdobramento espiritual da noite. Vi nitidamente ele sentado em cima de certos símbolos e alguém ao seu lado. Lembrei-me então do Red Marinheiro e aquela turba que o acompanhava.

Ele chegou perto, olhou-me perguntando:

— Posso me sentar?

— Sim. — respondi.

Percebi que no meio do salão o Tonhão ficara de pé, para ver melhor o que se passava.

— Você é o Caipira? — perguntou ele.

— Sim! — tornei a responder.

— Pediu ajuda?

— Sim.

— Está disposto a cumprir certas obrigações?

— Contanto que seja ajudado, sim! — apressei-me em responder.

— Estou aqui a mando do meu "protetor", o Marinheiro. Aliás, você já o conhece, pois esteve em minha cela na noite de ontem, lembra-se disso?

— Vagamente — respondi. — Gostaria de saber mais detalhes. Sei que fui levado até lá por dois companheiros que me assistem.

— Ah! Você também tem o poder?

— Poder?

— Sim! Vê os espíritos, conversa com eles não é?

— Bem, pode-se dizer que sim. Muito embora eu só conheça estes dois, que dizem ter sido antigos companheiros. E agora, este "outro" que é teu protetor.

— É, mas ele, o Marinheiro, te conhece de longa data. Ele me passou certas informações a teu respeito.

— Você acha que ele pode me ajudar?

— Como não? Se você estiver do meu lado, pode estar certo de que nada de mau te acontecerá aqui, pois eu tenho o corpo fechado. Sou muito protegido e todos sabem disso. Quando digo todos, são todos mesmo. Não só os presos, mas as autoridades de "dentro" também não se metem comigo. Tenho quem me auxilie em tudo que preciso. Se eu quero coisas de fora, basta mandar e alguém está pronto a prestar o favor. Sabem que, se precisarem, eu posso fazer muito também.

— Como assim? — perguntei.

— Entre outras coisas, posso curar quando o mal é do espírito. Já curei gente de longe, só olhando uma fotografia. Já ajudei muitos. Mas não sou bonzinho não, faço quando me convém. Assim como curo, derrubo qualquer um também!

— Você faz isso de que jeito?

— Já não te disse que sou um assistido? Meus "auxiliares" atuam em cima do que eu peço.

— Este auxiliar é esse Marinheiro?

— Ele só se manifesta quando é necessário. Em casos pequenos, "outros" são mandados para me auxiliar.

— Este Marinheiro tem tanto poder mesmo?

— Nunca duvide disso. Não caia na besteira de querer testar sua força, já vi gente poderosa ser derrubada por uma simples palavra mal colocada. Aproveite que você caiu nas boas graças dele. O Marinheiro deve te conhecer bem, nunca o vi ajudar só por ajudar. Penso que ele espera muito de você! Não vá decepcioná-lo.

— No que depender de mim, se for ajudado, como já disse, me colocarei à disposição.

— Agora, assim que acabar este almoço, você vai para a minha cela.

— Mas, não posso fazer isto! Os carcereiros não vão deixar!

— Você duvida do poder do Negro. Não me conhece, por isso te desculpo. Vá lá, pegue o que te interessa de tuas coisas, e a partir de hoje ficará sob minha guarda.

Confesso que titubiei. Mas o que poderia me acontecer de pior que já não tivesse ocorrido ali dentro? Humilhações sem conta. Torturas. E até situações de extremo vexame para um homem como eu, com brio pela minha masculinidade, já tinha experimentado! Então, nada mais importava, ou eu dava a volta por cima, ou esperava passivamente a morte, pois com certeza naquele ritmo que vinha não iria suportar muito tempo mais.

Assim pensando, peguei minhas poucas coisas. Tudo me era roubado ali dentro. Minha riqueza consistia em uma calça velha, além da que trazia no corpo, uma camiseta e um cobertor esburacado e mais alguns itens sem importância.

Parecia que todos do pavilhão estavam atentos para o que acontecia. Todos aguardando para ver no que dava. Já nesse momento podia sentir o ódio do Tonhão e sua gangue me seguindo a poucos passos, mas o Negro, prevendo isso também, me acompanhava mais atrás, seguido por uma pequena multidão. Tonhão olhava para mim, olhava para trás, não sabia que decisão tomar. Era evidente que ele sentia que estava perdendo a presa.

Entrei na cela, peguei o que era meu e saí. Caminhava firme e resoluto. Por dentro tremia de nervosismo e ansiedade. Mas sabia que por fora estava impassível. Sempre soube me manter, não importava como a situação se mostrasse. Nos últimos tempos, devido ao sofrimento, às necessidades, andava meio alquebrado, mesmo assim ninguém nunca me ouviu pedir clemência. Não era de meu feitio rastejar. E tenho um certo orgulho em dizer que, enquanto fui vivo, isso eu não fiz.

Passei pelo grupo do Tonhão e eles vieram atrás. No meio do caminho, o Negro me aguardava.

Assim que cheguei, ele se virou e começamos o caminho de retorno juntos.

Neste momento, o Tonhão gritou:

— Hei, Negro! Espere, temos que conversar!

Vagarosamente, ele se virou e respondeu:

— Temos? Pelo que eu saiba nada tenho a tratar com você.

— Bem, não sei se você sabe, mas este Caipira aí é meu.

— Seu?

Completando a fala, o Negro me rodou em sua frente e continuou:

— Não vejo o teu nome nele.

— Pode considerar esses hematomas que ele tem pelo corpo como minha assinatura.

— Bem, se ele "era" tua propriedade já não é mais.

Percebi que o Tonhão ficou visivelmente contrariado com aquela situação, mas estava decidido a lutar pelo que ele julgava ser seu.

Imaginem vocês meu estado nesta situação? O ódio que eu sentia por mais esta humilhação era intenso.

— Escute, Negro, nada temos contra você. Aliás, até te respeitamos, sei que você se mantém aqui dentro muito bem. Admiro-te. Não vamos brigar por esse aí. Ele não vale nada, já é carta fora do baralho. Só não morreu ainda porque o chefão não quis.

— Como eu não tenho nenhum chefão, pelo menos entre os vivos, não há ninguém com poder pra eu considerar como tal, não tenho que prestar nenhuma satisfação dos meus atos.

— Pense bem Negro, você pode se dar mal.

— Sabe há quanto tempo eu estou aqui dentro? Você nem era nascido e eu já vivia entre estas grades. Se não saí daqui é porque não me interessa o mundo lá fora. Estou bem, tenho o que quero, à hora que quero, e até hoje não apareceu ninguém com capacidade pra me enfrentar, quer ser o primeiro Tonhão?

— Não é pra tanto, Negro, já disse que nada tenho contra você. Se eu falei desse jeito foi para te avisar. Sabe, o homem que este Caipira aí traiu é gente muito poderosa. Não vai aceitar os fatos assim.

— Pois diga lá pro teu "chefe", aquele lá da transportadora, que eu sei bem quem ele é! Pra não se meter a besta comigo não, porque tenho "meios" de derrubar o imperiozinho dele. Diga a ele que "este" a quem eu sirvo é o mesmo pra quem ele presta serviço sem saber. E se ele está naquela posição pode cair de lá a qualquer momento.

E continuou apontando para mim:

— Este aqui, o Caipira, como vocês o chamam, de agora em diante está protegido.

E virando-se para todos, pois éramos observados por todos os detentos do pavilhão e também pelos carcereiros de serviço:

— Este agora só presta reverência a mim e ao meu protetor, que, de hoje em diante, também é o protetor dele.

Pela primeira vez senti o poder que aquele homem tinha ali dentro. Tonhão e sua turma se calaram buscando um canto para confabularem. Ninguém questionou o Negro, nem mesmo os carcereiros. Mas ele, assim mesmo, chegou até um deles e falou com tranquilidade:

— Meu amigo, dá pra você dizer ao nosso diretor que preciso falar com ele urgente? Gostaria que o meu amigo aqui mudasse de cela. Sabe como é, uma companhia faz falta.

— Com certeza verei isso pra você, Negro. Acredito que ele não se oporá, pois ele mesmo já te deu liberdade de escolher os companheiros de cela.

— Mesmo assim, quero tudo esclarecido, para não haver nenhum mal-entendido futuramente. Por enquanto, ele vai só fazer uns trabalhos para mim lá na minha cela, certo?

— Certo, Negro, você manda!

Não conseguia acreditar como todos pareciam aceitar a ascendência daquele homem. Apesar disso, ele não era pessoa arrogante. Parecia estar sempre calmo, mas os olhos revelavam uma atenção e força muito grandes. Iria aprender muito com ele.

— Bem, Caipira. Aqui estamos! Arrume um canto para suas coisas e prepare-se, descanse que hoje temos "obrigação" a fazer.

Intimamente sabia do que ele falava. Era a mesma maneira de minha avó falar de seus trabalhos.

Em alguns dias da semana, ela se trancava em seu quarto e ali ficava horas. Queimava incenso, orava e cantava. Uma vez, lembro de lhe ter perguntado o que fazia ali dentro, e ela respondeu:

— Fazendo um "trabalho" para os espíritos, meu menino.

— Que trabalho é esse, vó Maria?

— Primeiro, a gente limpa a alma, os pensamentos. Isto, com muita reza. Depois a gente pode conversar com eles, pede ajuda e o que for preciso.

É engraçado como a lembrança de minha avó às vezes surgia assim do nada. Coisas que eu nem lembrava mais, de repente lá estava. Eu ia ligando estas lembranças com o que via e ouvia do Negro.

Se esta época em que passei sob a tutela dele foi cheia de revide de todo o ódio que eu trazia dentro do peito contra os que me maltrataram tanto, foi também época em que eu mais me lembrei da vó Maria, suas atitudes, suas rezas, suas benzeções.

Às vezes, não sei por que, a comparava ao Negro. Ambos possuíam uma força incrível pelo lado espiritual, mas enquanto ela vivia uma vida miserável, perdida no meio do mato, cheia de humildade, ele, ali, impunha-se, usava o poder que tinha para proteger seu espaço, e o fazia como ninguém. Sabia fazer o bem, ele próprio já o dissera e provaria a mim em ocasiões futuras. Mas não titubeava em fazer o mal se mexessem com ele, ou se houvesse um interesse maior. Percebi isso logo de cara. Aquela facilidade que eu tinha em conhecer o íntimo das pessoas ainda estava intacta, apesar dos dissabores por que passei.

Naquela noite nos preparamos para o trabalho. Já tinha descansado, observava o Negro desembrulhar diversos apetrechos. Ele tinha de tudo ali, charutos, incenso, bebidas, velas de diversas cores, chocalho, colares e até comida.

Perguntei como conseguia aquilo tudo:

— O dinheiro compra tudo, mas, no meu caso, posso dizer que até sem ele não me seria difícil conseguir tudo isso. Lá fora, era um pai de santo e, apesar de estar aqui há muitos anos, ainda tenho filhos do terreiro que se sentem felizes em me servir nestas ocasiões.

Falava mostrando os apetrechos; entendi que as ocasiões eram os trabalhos. Ele continuou:

— Mesmo aqui, já tenho vários filhos que fizeram a cabeça comigo. Além das grades também tenho quem me serve.

Sabia que ele se referia aos carcereiros e até funcionários, simpatizantes dessas religiões africanas.

Por mais incrível que possa parecer, até mesmo membros da direção daquela cadeia já tinham se entrevistado com o Negro, sobre um assunto ou outro.

Fato que podemos comprovar no dia a dia é que, quando a necessidade, qualquer que seja, bate à porta da criatura, ela vai em busca de ajuda e solução. Isso em qualquer lugar onde brilhe uma pequena esperança.

Assim é que muitos procuravam o Negro, por motivos de doenças em entes amados, por negócios decadentes, buscando o auxílio para dívidas e até mal de amor, como ele próprio falava. O mais comum ali dentro era alguém com pedidos de vingança contra inimigos. Nisto, o Negro era mestre, pois sua assessoria era das melhores. Se o inimigo em questão era antipático a ele, ou mesmo um ilustre desconhecido, o trabalho era aceito. Ele convocava os seus "auxiliares" e juntos traçavam planos para enfraquecer a criatura e leva-la à decadência, seja na parte material, moral ou onde quer que se apresentasse um "ponto" fácil para ser atacado.

O certo é que Negro sempre levava a intento seus serviços, por isso era bem pago e benquisto pelos que acorriam a ele em busca de ajuda. Outros o odiavam no silêncio, pois tinham medo até de pensar alto contra ele. Sabiam que ele mais parecia um demônio, a quem nada escapava.

Tonhão e seu grupo se enquadravam nestes últimos, nutriam um ódio mortal pelo Negro, mas também tinham muito medo.

Na cela, o trabalho continuava. À medida que o Negro se preparava, entoando certas músicas, sentia minha cabeça rodar. Às vezes, parece que saía de mim mesmo e observava o ambiente turvo, muito mais escuro que o ambiente físico, que já era mal-iluminado. Divisava, então, sombras escuras se acercando de nós. Voltava de repente para o corpo. Tentava me firmar ali, mas pouco a pouco começava a sair novamente. Os vultos me assustavam, suava frio. Em dado momento, o Negro falou:

— Caipira, você tá atrapalhando o trabalho, tá com medo, homem?

— Não! — menti envergonhado.

— Os nossos amigos já estão aqui, são eles que você está sentindo. Não se amedronte e deixe acontecer. Olhe e grave tudo que dissermos, pois você poderá me ajudar depois. Nem sempre consigo guardar tudo que se passa na memória e você vai me ajudar nisso.

A advertência valeu para eu me soltar. Suspirei fundo, enchi-me de coragem e deixei-me vagar lentamente fora do corpo.

Assustei-me com a multidão que nos rodeava, era bem uma dezena de encapuzados que logo se afastaram, pois o Red Marinheiro chegava. Como da outra vez, vinha com os tais bichos acorrentados e com uma turba acompanhando-o.

Primeiro conversou com o Negro, que desta vez se manteve no corpo concentrado. Depois se dirigiu a mim:

— E você, grumete, já sente a minha proteção? Vê? Tua situação mudou! E mudará mais ainda, se você se dispuser a me servir como antes. Não terá nada a perder, só a ganhar. Sei ser generoso com quem me serve.

Apenas assenti com a cabeça. Ele se dirigiu então ao Negro.

— Vamos ter problemas com o Tonhão e sua turma. Coloquei uns vigias na cela dele. Ele está planejando pegar o nosso amigo aqui numa cilada e dar cabo dele — disse apontando para mim, e continuou: — Ele vai te tratar bem, Negro, mas é tudo fingimento. Ele tem medo de você. Por isso não fará nada às claras. Mas também tem medo do chefe encarnado que é quem paga suas dívidas e suas drogas. Sabe que, se falhar com ele, estará morto de um momento para o outro. Portanto, decidiu agir logo e acabar contigo, Caipira!

— Que faremos? — perguntou o Negro.

— Amanhã, antes que ele venha até você, vá você até ele. Fale bem alto para todos ouvirem o que eu acabo de te dizer. Depois o ameace e deixe o resto por minha conta.

— Está certo, faz tempo que ele necessita de uma lição, chegou a hora!

A seguir trataram de outros assuntos. Um pedido de uma funcionária que queria saber do marido. Este desapareceu, deixando-a com toda a responsabilidade sobre os filhos. A pobre mulher gastara a metade do parco salário em oferendas ao Red Marinheiro para que este a auxiliasse a encontrar o marido fujão. Ele, então, designou um de seus subordinados para estar com a mulher, estudar os pensamentos e hábitos dela, bem como tomar conhecimento de todos que a rodeavam. Dessa maneira, acabariam por colher informações sobre o tal homem.

O que a pobre coitada não sabia é que, buscando esse tipo de auxílio, teria que viver com uma entidade tenebrosa como uma sombra, trocando fluidos e impressões que acabariam por lhe envenenar e à própria alma. Isto, na época, eu também não sabia, mas sofri na pele, pois também trazia comigo uma sombra que, à guisa de auxílio, passou a viver uma vida simbiótica de pensamentos e emoções, causando-me sérios desequilíbrios, que me fizeram sofrer muito.

Assim, em busca de auxílio, desavisadamente entramos em certos "ambientes", físicos e mentais, que aumentam em muito o nosso sofrimento, sem resolver nada do que buscamos. Essas considerações faço hoje, depois de muito buscar o esclarecimento e entendimento, pois, na época, não tinha nenhuma condição de perceber onde estava me metendo.

Essa mulher com certeza também não, mas, como muitos outros, perante a dor e a necessidade, buscou soluções fáceis em portas erradas e ilusórias.

Mas... continuando, o trabalho transcorreu normal segundo o Negro. Em dado momento, senti o corpo físico como que me puxando para si, e fui retornando. Aos poucos, fui divisando o Negro ali sentado, concentrado. Ao redor, o silêncio era enorme, muito diferente do lugar espiritual onde a algazarra era constante.

Logo o trabalho se encerrou e o Negro me pediu que narrasse tudo o que eu vi. Depois comentou:

— É, Caipira, teu poder é grande, mas tem que saber usar. Veja, não é sempre que eu saio; às vezes só ouço e sinto. Mas desenvolvi a certeza do poder que possuo, valorizo isso. Sem essa condição, não se consegue nada. Isto que você deve treinar! Pense que você é diferente, você sai, vê os espíritos, pode conversar com eles, saber o que quer, fazer acordos, arrumar auxiliares. Isso tudo é muito valioso. Se soubesse trabalhar, nunca te pegariam.

Quando ele falou isso, uma dúvida surgiu na minha mente.

Se era assim, por que ele, com tantos poderes, estava naquele lugar? Acho que meus olhos denunciaram o que eu pensava, porque ele replicou, então:

— Se estou aqui, é porque tenho motivos! Os motivos são meus e não de quem me trancou aqui, um dia te conto essa história. Por enquanto, resta você saber que, se estou aqui, foi porque me entreguei de livre e espontânea vontade. Se não quisesse estar, ninguém me trancafiaria.

Fiquei curioso com a sua história. O que teria levado esse homem, tão seguro de si, a entregar-se nas mãos da lei? Um dia eu saberia.

XIII. SUBJUGAÇÃO

*"A subjugação é uma opressão que paralisa a
vontade daquele que a sofre, e o faz agir a seu malgrado...
pode ser moral ou corporal. No segundo caso, o espírito
age sobre os órgãos materiais e provoca movimentos involuntários."*

O Livro dos Médiuns (Cap. XXIII — Da obsessão — Subjugação)

No outro dia, tal como o Red Marinheiro falou, fomos então ao encontro de Tonhão e sua turma. O encontro se deu logo depois do café, quando tínhamos o direito de tomar sol no pátio. O Negro se aproximou de Tonhão e este ficou surpreso, pois não era do feitio dele ficar de conversinha com um ou com outro. Só atendia na cela e, quando era obrigado a ficar com todos os presos, geralmente, isolava-se em algum canto, lendo. Era interessante observar aqueles seus filhos, como ele chamava os presos que comungavam sua mesma crença, se aglomerarem distantes, mas atentos ao pai de santo, prontos para qualquer coisa a seu favor. Ele parecia nem notar, mas eu que o acompanhava de perto era o único, aliás, que ficava com ele, praticamente dia e noite, sabia que ele também estava atento. Até os contava. À noite, quando os recebia em sua cela, perguntava por um, por outro que não estivera no local. Era assim que sabia sobre todos eles. Demonstrava uma preocupação quase paternal com cada um. Isso fazia com que aqueles homens rudes, muito endurecidos na maldade, mas no fundo, carentes de afeto, como é toda criatura humana por mais bestial que nos pareça, amassem-no com paixão, indo, caso fosse preciso, em sua defesa às custas da própria vida. Tudo isso fazia crescer em mim, cada vez mais, a admiração pelo Negro, meu companheiro de cela, meu protetor. Jamais se questionou por que me ajudava; recebeu ordens do "Red Marinheiro" e as cumpria ao pé da letra. Sem rodeios, o Negro chegou ao grupo de Tonhão e foi afirmando:

— Sei que você tem más intenções contra o Caipira.

O outro empalideceu:

— O que é isso, Negro? Já te disse que nada tenho contra você, e quanto a "ele", se está sob tua guarda, está bem guardado, não é mesmo?

— Você está tentando me enrolar, Tonhão. Sei de suas intenções. Você sabe que eu sou bem informado. As forças que me protegem já me avisaram contra você.

— Me responde algo, Negro, o que este camarada fez de bom a você pra que se preocupe tanto com ele? Até quando você vai arrastar esse peso morto atrás de si?

É preciso salientar que todo esse diálogo se desenvolveu ali, na minha frente, mas era como se eu não existisse. Eles não se dirigiram a mim propriamente.

Saí dessas divagações com a voz do Negro respondendo ao Tonhão:

— Entenda, sujeito, eu recebo muito do meu protetor, sirvo-o então da melhor forma que posso. O que ele pede é lei para mim. Então, se tomei o Caipira aqui, sob minha proteção, é porque é a vontade de meu guia. Isto para mim é o suficiente! Ele será protegido!

— Neste caso, você sabe que eu também tenho interesse. Quer saber? Recebi ordens de "fora" para liquidá-lo — berrava o Tonhão, continuando: — Se você ficar no caminho, Negro, embora eu não tenha nada contra você, infelizmente vai levar também!

A situação toda teve um efeito danoso no pobre Tonhão.

Não sei se porque todos os presos pararam o que faziam e prestavam atenção nos dois, mas talvez por não querer parecer humilhado, Tonhão, com estas palavras, claramente decidiu enfrentar o Negro, com a intenção de chegar até mim. Os nervos de todos estavam tensos; na expectativa, esperavam o desenrolar dos fatos.

— Já que é assim — respondeu o Negro —, eu estou no teu caminho e vou permanecer, e contra o Caipira você não fará nada. Não é homem suficiente para isso.

Essas últimas palavras bastaram para que Tonhão avançasse ameaçador contra o Negro, que se mantinha impassível. De repente, para espanto de todos, ele se deteve, com o braço erguido com o qual ameaçava desferir um soco no Negro, rodou sobre si mesmo e caiu.

Ficou ali se debatendo, retorceu-se todo, como se "alguém" o prendesse fortemente, revirou os olhos, começou a babar numa angustiante crise convulsiva.

Todos foram se aproximando devagar, e ele continuava naquela situação constrangedora.

Durante todo esse processo, o Negro se manteve impassível, numa espécie de transe. Eu observava tudo espantado.

Os outros presos foram chegando e alguns dos próprios companheiros do Tonhão o acudiram. Sei que ele demorou bastante para sair daquela crise. Quando passou, mantinha um ar apalermado, como se alguma força tivesse manietado sua vontade e seu raciocínio.

Todos, sem exceção, pareciam entender que o Negro era responsável pela condição do Tonhão.

O respeito com que o tratavam cresceu mais ainda depois do ocorrido. Com certeza, mesclado pelo medo que todos sentiam daquele homem tão estranho, e que todos preferiam ter como "amigo".

A partir desse dia, Tonhão nunca mais foi o mesmo. Se antes era eu quem me esgueirava pelos cantos daquela prisão fugindo dele e seus asseclas, agora era ele que passava pelo mesmo. Mas numa condição bem pior, pois se tornou um alienado completo. Nunca mais tive problemas, seja com ele ou com qualquer outro preso. Na realidade, agora quem ditava as ordens ali era eu. Com o Negro na retaguarda, que não tinha nenhuma intenção de se impor, isso era natural nele, eu, então, assumi aquele pavilhão como meu próprio território. Certo que em comum acordo com as forças das trevas que nos assistiam, pois estes, que hoje eu chamo de irmãos, naquela época bem significavam estas forças, que agem sempre disseminando as ideias mais torpes da humanidade, principalmente incentivando o vício.

Eu, pelo que já trazia de conhecimentos nesta área, imediatamente tomei a cargo controlar tudo que entrava de drogas ou valores dentro daquele pavilhão. Por meio de contatos dentro e fora da cadeia, liguei-me a um grupo iniciante no tráfico, que agia nas costas de meu antigo chefe.

Pedi proteção para esse grupo ao Red Marinheiro, que imediatamente passou a assessorá-los com sua falange tenebrosa.

Recebia visitas constantes de contatos do grupo, passava-lhes informação, onde comprar matéria-prima, ensinava-lhes como beneficiar o produto, o que acrescentar para dar maior peso sem danificar a "qualidade" final. A maconha, que na época era a droga mais usada, era mais densa que a atual.

Não foram poucos os que enriqueceram "trabalhando" no plantio, no beneficiamento e na distribuição.

O comércio ali dentro crescia. Fui ganhando dinheiro, mas repassava quase todo o montante ao Negro, pois o meu objetivo era derrubar de alguma forma o Esteves, meu antigo chefe, e também abastecer aquele pavilhão.

Esse grupo de traficantes cresceu bastante. Vez ou outra, alguns deles morriam, seja em confronto com a polícia, em brigas entre eles próprios, ou porque se descuidavam e se excediam no uso da droga.

Contudo, não faziam falta, pois logo outros mais surgiam para preencher aquelas vagas.

Algo que pude perceber é que neste caminho ninguém faz falta, ninguém chora por ninguém. Estão todos tão alucinados, seja pela própria droga ou pelo dinheiro que ela proporciona, que o material humano é descartável em relação a esses outros, muito mais almejados que a própria vida.

Quem chora é quem ama estas pobres criaturas, que, como eu, delinquiram sem pensar sequer no desespero de uma mãe, que não entende o que levou seu filho para o túmulo. E, não raro, questiona-se lá dentro de si mesma onde errou, assumindo para si uma culpa por demais pesada.

Preciso deixar claro a vocês que essa conscientização que passo entre um fato e outro só foi possível depois de muito sofrimento e também pela sustentação que tenho agora, quando narro esta lembrança de amigos queridos que encontrei deste lado, e sequer mereço tê-los ao meu lado.

Naquela época, só o que me movia era o poder. Senti, por tudo que passei dentro daqueles muros, que só quem tem poder ali dentro, aparentemente, não sofre tanto. Lutei, lutei com unhas e dentes para alcançar aquela posição, onde tudo o que ocorria ali me era contado.

Nada faziam sem que eu não soubesse e consentisse. Tudo me era perguntado. Cada preso novo que ali adentrava era trazido até mim, para que os conhecesse.

E todos, sem exceção, respeitavam-me como ao Negro.

Esse, depois de ter feito o que seu guia, Red Marinheiro, ordenou-lhe, depois que sentiu que eu já andava ali dentro com minhas próprias pernas, continuou sua vida, suas atividades de sempre.

Eu tinha o meu próprio local, já não necessitava mais ser "protegido" em sua cela. Tinha a minha, do jeito que queria. Mas sempre me reunia a ele nos dias demarcados para o "trabalho" com os guias.

Respeitava-o por tudo que ele era e pelo que fizera por mim. Também, nada fazíamos por conta própria.

Sempre pedíamos apoio ao Red e sua falange. Com isso, eu cada vez mais me ligava a esse grupo.

Minha sensibilidade se aguçava cada vez mais. Havia momentos em que divisava este espírito perto de mim, e notava também figuras sombrias pelos cantos, mas isso não me afetava ou amedrontava.

Aceitava como um fato normal, pois lidava com isto desde moleque, o que me dava imensa vantagem, pois até os piores facínoras se amedrontam quando se trata das forças do além.

Das influências boas, a maioria não faz conta; muitos sequer acreditam. Mas aceitam facilmente as más. Isto prova que ninguém consegue ver ou sentir o que está além de si mesmo. Como a maioria vive submersa em um mundo sombrio de ódios, rancores e tormentos, é normal que só sintam o que lhes é familiar.

Já fazia alguns meses do ocorrido com o Tonhão. Às vezes, apesar de ter sido tão maltratado por ele, dava-me pena vê-lo naquele estado.

Os antigos companheiros o evitavam, já os inimigos, pois ele tinha muitos, não raro se aproveitavam de seu estado para agredi-lo nos cantos. O assunto tomou tal proporção, que fui obrigado a intervir, impedindo que continuassem com aquela perseguição.

Sempre me questionava cá comigo mesmo o que de fato ocorria com ele.

Numa noite de trabalhos com o Negro, tive a oportunidade de perguntar ao Red Marinheiro que ali estava presente.

— Meu amigo Red, poderia me dizer por que o Tonhão ficou assim?

— Por quê? Não te agradas vê-lo neste estado? — questionou ele.

Eu, já sabendo que não deveria brincar ou melindrar alguém tão poderoso quanto ele, respondi:

— Não é isso, apenas fico curioso em saber que forças atuam sobre ele para deixá-lo nesse estado.

Pelo Negro, que lhe servia de instrumento, este espírito, Red Marinheiro, soltou uma gargalhada que fez surtir um efeito deprimente nas minhas fibras mais íntimas. Mas tive o cuidado de não deixar transparecer nada. Se o enganei ou não, não posso lhes dizer. Ele continuou:

— Vou fazer melhor por ti! Ao invés de simplesmente "contar" vou te mostrar pessoalmente. Concentra-te firmemente.

Procurei então me desligar, preparando para sair de mim, mas, quando percebi, fui arrancado grosseiramente do corpo. Isto foi tão desagradável! Senti-me extremamente mal, os ouvidos pareciam que iam estourar, a cabeça girava.

Inútil esperar encontrar em irmãos nestes estágios alguma gentileza ou bondade. Mesmo quando supõem que estão auxiliando, suas atitudes revelam a grosseria que lhes é própria.

Mas como já tinha feito vários desdobramentos, aos poucos fui conseguindo me acalmar e alcançar o domínio de mim mesmo.

— Como é? Já te achas em condições?

Ouvindo aquela voz grave, percebi-o perto de mim. Sempre impressionante esta figura. Causava-me um estranho mal-estar.

Aos poucos fui divisando todo o ambiente.

O Negro, ali sentado como sempre, tinha um ar alheio. Na entrada da cela, encapuzados esperavam o seu "Senhor", segurando aqueles dois estranhos animais. Não gostava de fitar aqueles seres. "Algo" neles me chocava ao extremo, e não sabia até então o que era. A um sinal do Red, todos saíram da frente, dando-nos passagem. Ele, me puxando pelo braço, como que corria célere, arrastando-me consigo, parecia que corria no ar, algo bastante estranho também. Chegamos a uma cela que eu sabia ser a do Tonhão.

Vivia sozinho, ninguém queria compartilhar de sua companhia, os presos designados para aquela cela, à custa de subornar os carcereiros, conseguiam passar para outra. E assim o pobre Tonhão permanecia à míngua.

Posso lhes dizer que, se me chocava vê-lo perambulando pelo pavilhão como um alienado, o que via ali, naquele momento, era um quadro de extrema miséria humana. Tonhão, semiliberto do corpo, estava secundado por três espíritos de aspectos os mais deploráveis possível.

Um deles, completamente alucinado, estava colado ao seu cérebro físico, não sei dizer como isso ocorria, mas podia sentir que seus gritos de louco ressoavam na mente de Tonhão, que enlouquecia igualmente.

Os outros dois estavam colados lado a lado. O pobre Tonhão sequer podia mover-se por si só, qualquer ato era controlado por estes dois espíritos, que mantinham os olhos fixos nele, como não querendo perdê-lo um segundo sequer.

Eu tive que me conter para não gritar contra aquela atrocidade. Sentia que o "outro" sofria horrivelmente naquela situação.

Eu buscava fugir daquela imagem. Não queria ver mais, mas o Red mantinha-se impassível.

Aliás, eu não conseguia me fixar naquela figura. Seu rosto, recoberto por uma grossa camada de escamas, e lembrava a pele de um peixe, não deixava transparecer nenhum sentimento.

Percebi que não adiantaria apelar para o seu coração para libertar o Tonhão.

Ele não iria entender o meu apelo. O que era pior, achava que estava me fazendo um favor.

Com imenso orgulho, ia me explicando quem eram aqueles espíritos. Por que os colocara ali, agindo sobre o Tonhão.

Eu, num estado lastimável, sequer ouvia. Somente retornei a mim quando ele falava sobre o alucinado, aquele que estava enlouquecendo o Tonhão.

— Este aí — disse, designando o pobre espírito — foi um pobre diabo viciado. Buscou minha ajuda. Auxiliei-o durante muito tempo. Conseguiu com o meu "concurso protetor" amealhar uma pequena fortuna. Vivia à larga. Isto não me importava. Aliás, sempre gostei que meus protegidos se dessem bem na vida. Só que este desgraçado esqueceu de quem tudo lhe fez. Sentiu-se muito forte para dispensar minha ajuda. Veja bem, fiz tudo por ele, e ele sequer trazia algo para meus comandados. Eles gostam de coisas finas, boa comida, bom uísque, coisas desse tipo.

"Mas este sempre tinha dó na hora de pagar os favores recebidos. Um belo dia resolveu que não precisava mais da minha "proteção". Bem, sou bom com quem é bom comigo! Agora, posso ser muito, muito mal, com quem me fere pelas costas. O resultado está aí! Foi só esperar alguns anos. Fomos levando-o ao vício.

"Pouco a pouco ele foi perdendo tudo, casa, família, dinheiro, tudo. Com o tempo, teve que se submeter a tudo para sustentar seu vício e de "outros" que coloquei de propósito com ele.

"Um belo dia, ele não aguentou e veio para este lado. Hoje simplesmente ele está me prestando um "servicinho". Já que não quis me pagar em vida, paga agora, alucinando o outro com sua loucura."

Eu não tinha palavras para responder a argumentação daquele espírito. Percebia tardiamente onde estava entrando. Sentia-me então mais preso do que naquela cadeia. Estes laços que eu buscara desavisadamente começavam a se apertar em volta de meu pescoço. Pedi para retornar.

Quando voltei a mim, já na cela, sentia-me doente. O Negro olhava-me inquieto, como querendo saber onde eu estivera, o que vi, mas eu não tinha ânimo para contar. Tinha receio também, porque sabia dos vigias encapuzados que nos espreitavam constantemente. Disse-lhe, então:

— Não se preocupe, Negro! Só estou cansado, outro dia te contarei tudo.

Ele olhou-me interrogativamente, mas não falou mais nada.

O resto da noite permaneci ali mesmo, sem ânimo para levantar e ir para minha cela. Mas não consegui pregar o olho um segundo sequer.

Nos dias que se seguiram, com a agitação normal daquele lugar, fui me desligando daqueles fatos.

Mas "algo" dentro de mim fora tocado. Uma inquietação não me dava sossego.

Sentia-me angustiado, ansiando uma mudança em minha vida. Por que tinha que ser daquela maneira? A maioria das pessoas tem uma vida simples, contentam-se com um lar, filhos. Por que eu tive que sair de minha terra, correr atrás de sonhos que nunca se realizaram e acabaram por se transformar naquele pesadelo em que me via agora? Sentia uma saudade intensa de Lúcila. O que seria dela? Sentia que ela tinha morrido. Tinha certeza! Mas aquela presença forte dela que eu sentira quando me encontrava na solitária desaparecera. Então ela deveria estar em algum outro lugar. Isto era bom.

Procurava então afastá-la de meus pensamentos. Tinha medo de atraí-la e ela ficar à mercê daqueles seres que ali viviam. Vocês que me escutam, ou melhor, que leem estas minhas angustiosas recordações, podem perceber que eu não cogitava sobre uma vontade maior que coordena tudo. Não pensava em Deus ou em Suas leis. Achava que Lúcila poderia ser aprisionada ali, sem pensar que existem leis que governam os seres, leis sábias das quais ninguém escapa. E que ninguém sofrerá por aquilo que não merece.

Faltava-me esses esclarecimentos para entender que a vida na Terra é fruto de nossas próprias ações.

Pouco tempo depois, tendo seu estado agravado, o Tonhão foi transferido para um hospital da prisão. Na realidade, um manicômio. Nada mais soube dele enquanto vivi.

XIV. A VIDA NO CÁRCERE

"8. As tribulações da vida podem ser impostas aos espíritos endurecidos, ou muito ignorantes para fazerem uma escolha de conhecimento e causa... "

O Evangelho segundo o Espiritismo (Cap. V — Bem-aventurados os aflitos — Causas anteriores das aflições)

Tudo passa, tudo se esquece com o tempo. Isto também ocorreu com o caso do Tonhão. Ninguém mais falava, poucos se lembravam, mas eu não me esquecia. Ficou como uma marca dolorida de um ferimento mal curado.

Por estes tempos recebi visitas de minha tia Ana e da prima Marlene. Como sempre, elas se preocupavam muito comigo:

— Fábio, como vai você?

— Bem, na medida do possível, tia. Não é fácil viver aqui dentro. E a senhora?

— Para mim também a vida não tem sido fácil, as lembranças são por demais amargas. Ainda não consigo acreditar que o Walter morreu daquela maneira.

— Esquece, tia, esquece! Não adianta a senhora sofrer assim.

E, numa inspiração que não sabia de onde vinha, continuei:

— O melhor agora é a senhora orar por ele. Com isso ele será fortalecido com certeza e estará melhorando.

— Você acredita mesmo nisso, Fábio? Acha que as pessoas podem melhorar, mesmo já tendo morrido?

— Ninguém morre, tia. Pode acreditar. O ruim é que continuamos do mesmo jeito do lado de lá. Não modificamos. Então, se alguém daqui ora com intenção de ajudar, acaba ajudando mesmo.

— Tenho feito isso, Fábio.

— Mas também não se conforma, e isso não é bom nem para a senhora, nem para ele.

— É, talvez você tenha razão. Vou procurar aceitar, já que foi a vontade de Deus. Mas, conte-me de você. Está diferente, da outra vez que estive aqui você parecia bem adoentado.

— A senhora já veio aqui me visitar? — perguntei surpreso.

— Como não? Alguns meses depois que você foi preso. Saí daqui extremamente abatida. Até comentei com a Marlene que você não iria durar muito se não se cuidasse.

Minha prima, que se mantivera em silêncio até então, disse:

— É, Fábio, você estava muito mal, bastante machucado. Minha mãe ficou muito impressionada, até adoeceu por uns dias, preocupada com você.

— Sabe, prima Marlene, eu não consigo me lembrar dessa visita de vocês!

— Pudera, você mais parecia um sonâmbulo! Acho que você estava já há alguns dias sem dormir, estou certa?

— Certíssima. Passei os diabos logo que entrei aqui. Quase acabaram comigo!

— Mas por quê? Fazem isso com todos os novatos? — perguntou ela.

— Não, tudo o que faziam contra mim era mandado pelo Esteves.

— Não brinca! Até aqui ele manda?

— Mandava — respondi -, agora não manda mais.

— Sabe que a transportadora não vai nada bem? Dias destes, teve um movimento grevista lá na frente. Parece que ele anda devendo aos funcionários.

— Bem, um dia ele vai se dar mal.

— Por outro lado — continuou Marlene — ele está se metendo na política. Vi foto dele num jornal apoiando um candidato.

— É, ele é bem esperto, quer se assessorar bem para se proteger. Mas, mais dia menos dia, ele vai encontrar o que merece...

Minha tia, procurando mudar o rumo daquela conversa, que a fazia sofrer amargamente, pois se lembrava então, com maior crueza, dos tormentos e morte do filho amado, disse:

— Fábio, esquece esse homem. Penso que não vale a pena você viver remoendo rancor dentro de si contra ele. Se for verdade, como você mesmo disse, que ninguém morre, então aqui ou lá do outro lado ele vai acabar pagando pelo que fez.

— Disso a senhora pode ter certeza, tia!

— Então, meu filho, se você sabe de tudo isso, por que não luta, por que não se esforça para mudar de vida?

— Isso não é fácil, tia; uma vez percorrendo esse caminho, não há mais como retornar!

— Não, não posso crer nisto. Deus existe, com certeza não iria criar pessoas fadadas ao erro perpétuo. Se continuarmos depois da morte tal qual somos, como você disse, é por algum motivo. Você sabe, eu sou de formação católica, tenho dificuldades em aceitar certas ideias, ditas espíritas, por achá-las meio extravagantes! Por outro lado, sou pessoa simples, quase sem cultura, posso muito bem estar errada. Mas você, meu filho, ainda é jovem, por que não procura aprender, se instruir sobre estes assuntos? Quem sabe não encontrará aí algo que o ajude a sair dessa vida?

Fiquei pensativo analisando o que me dizia, e ela, como que inspirada, continuou:

— Sinto que a humanidade atualmente, e mais precisamente os jovens, não dão valor às coisas simples, não procuram o auxílio de um confessor que pudesse direcioná-los melhor. Ou mesmo de Jesus, através de uma oração. Meu querido sobrinho, não se pode viver distanciado de Deus! Veja que nem os animais vivem assim! Seguem regras e leis existentes na natureza. Por que com os seres humanos seria diferente? Quando quebramos essas regras, vem o sofrimento.

Tentei retrucar:

— Mas, tia, o que vejo são regras feitas pelo homem de acordo com seus interesses.

— Sim, com certeza, mas quem pode negar que essas regras não são criadas por inspiração divina, servindo como um controle para os instintos mais inferiorizados? E além dessas regras, que você vê simplesmente como criação humana, que podem sim ser distorcidas em benefício de alguns, existem outras em que isto não ocorre, já que se encontram no âmago de cada um e depende de cada um respeitá-las, ou não! É regra de ouro, que nos ensina a não fazer a alguém o que não desejamos para nós mesmos. Esta regra está gravada na consciência de cada um, Jesus só veio relembrá-la porque somos muito esquecidos quando se trata de respeitar o próximo. Enxergando somente as nossas necessidades, os nossos sofrimentos, fica difícil não cair na revolta! Mas quando percebemos que o outro também sofre, e muitas vezes pelas nossas próprias mãos, entendemos que recebemos da vida simplesmente o que fizemos por merecer.

Eu não tinha palavras para expressar a estranheza, nunca tinha visto a tia falar com tal conhecimento e convicção. Percebi que a prima Marlene também estranhou um pouco, mas tinha uma fisionomia tranquila e risonha, fixando a mãe com grande ternura.

Minha tia, depois desse arroubo de conhecimento superior, silenciou como que meditando nas próprias palavras, estranhas até a ela própria.

Marlene continuou a conversa:

— Sabe, Fábio? Depois de todo esse acontecimento triste do Walter, surgiram grandes questionamentos dentro de mim. Estou indo a uma casa de estudos espíritas e mamãe também tem ido comigo, embora não abra mão das missas, do seu rosário, das confissões etc. E nem eu quero isso. Busco somente um maior esclarecimento, e tenho encontrado nessa doutrina. Também nos traz muito consolo. Sei, com certeza, que o Walter não está morto.

"Temos orado por ele, sim, mamãe ainda sofre muito e há um certo inconformismo, mas já aceita melhor, e isto tem trazido muita calma e tranquilidade para nossa casa. Procure se instruir, sim, Fábio, busque ler alguma coisa dessa doutrina, isto vai te ajudar muito.

"Outra coisa, sua mãe não passa muito bem. Como não temos nada que nos prenda aqui, resolvemos vender a casa e ir morar com ela no sítio."

— Prima Marlene, esta notícia me deixa muito feliz. Com vocês lá, tenho certeza de que mamãe se alegrará um pouco. Mas vou sentir falta das visitas!

— Prometo que virei sempre que puder, primo.

— Obrigado! Ficar "guardado" aqui, sem ver ninguém da família, é muito triste. São estas visitas que nos religam novamente ao mundo de fora. Sem elas, vivemos numa alienação completa. Ficamos absorvidos com a vida mesquinha dentro destes muros e perdemos o contato com outra realidade, a não ser esta que nos atormenta e da qual não podemos nos libertar.

Minha tia novamente interveio:

— Fábio, não importa o lugar em que vivemos, meu filho, o céu e o inferno estão dentro de nós.

Não respondi, mas não concordei, pensando. *Isto é filosofia para quem não vive a situação...*

Terminada a hora da visita, elas se despediram. Minha tia chorou muito, como já antevendo que aquela seria a última vez em que nos veríamos. Já Marlene, procurando manter-se firme, disse-me:

— Meu primo querido, busque Jesus, busque Deus, coloque-Os em sua vida, tudo mudará então!

Sorri tristemente como quem vislumbra algo impossível, e elas se foram. Imensa tristeza se apoderou de mim. Senti que algo se partira naquela despedida triste. Algo me dizia que não as veria mais. Senti que minha última ligação com o mundo de fora se rompia.

Eu estava ali somente há dois anos; tinha ainda uma pena longa a cumprir. Mas, quando pensava em sair, algo tocava dentro de mim, como uma voz tenebrosa rindo-se dessa minha fugaz esperança. Sentia, então, que ali era o meu mundo. Não deveria ter falsas ilusões. Dos que vão presos, muitos sucumbem naquele antro, sem jamais voltarem a se sentir livres. Eu sentia que seria assim comigo. Algo então se rebelava lá no meu íntimo. Não entregaria minha vida a troco de nada. Que a morte viesse, mas, enquanto isso não sucedia, eu manteria aquela posição ali dentro, firme e intocável, como vinha sendo! Já que aquele era o meu lar, eu mandaria nele do meu jeito.

Tudo o que minha tia havia falado, os esclarecimentos, mantive afastado da mente. Quando invadiam a consciência, sentia-me extremamente mal, enfraquecido. Chorava escondido para que ninguém percebesse meus tormentos e me considerasse um fraco. Escondia essas emoções e dizia para mim mesmo:

— É tudo muito bonito, muito elevado, mas não pra nós que vivemos neste inferno! Deus não existe aqui dentro, as forças que aqui imperam são outras, e com estas eu tenho que estar firme para não ser derrotado!

Com estas cogitações íntimas, afastava qualquer pensamento que me levasse a algum esclarecimento. Assim, fechava também as portas a qualquer auxílio que pudesse vir do alto.

A vida ali transcorria dentro da normalidade. Não posso me deter para descrever minuciosamente o que se passava, pois não seria produtivo e nem teríamos espaço. Só posso adiantar que via muito sofrimento, o pior deles era com os drogados. Os que não conseguiam a droga ali dentro sofriam grandes tormentos por sua falta.

Não raro, encontrávamos alguns arrancando cabelos da cabeça, outros se mordiam até sangrar, para que a dor fosse maior que o sofrimento que a abstinência causava. Dava pena. Assim era até que alguém, penalizado, acabava passando algumas doses para o necessitado, que, além da dependência narcótica, acabava em outras, pois se tornava escravo de quem tinha para dar. Todo tipo de desregramentos e prostituição se encontrava entre essas paredes, tendo como pano de fundo a necessidade da droga, do álcool e o que eles suscitavam depois.

Este curto espaço de tempo que ali vivi foi tão intenso, tão cheio de emoções pesadas e grosseiras, que a vida simples e humilde que eu tivera antes se perdeu numa visão de sonho. Este outro "eu", conhecido como Caipira, nada tinha com o jovem Fábio, cheio de ilusões e sonhos de grandeza, que um dia partira deixando uma mãe chorosa e um irmãozinho de olhos arregalados, no portãozinho do sítio. Hoje, eles eram como figuras de um quadro, gravados na memória, mas sem vida, pois eu não trazia vitalidade íntima para mantê-los vivos dentro de mim. Outra realidade, a do cárcere, era muito mais forte, apagando qualquer vestígio do que eu fora e, junto com isso, apagando as coisas mais importantes de minha vida.

Nos últimos tempos, até mesmo a lembrança de Lúcila se tornara apagada para mim.

Quando me dava conta dessa falta de identidade social, psicológica, sei lá, sofria muito. Sentia-me um réprobo da sociedade e me revoltava com os rigores da lei, mas logo me firmava novamente, e voltava a ser o "dirigente" daquele pavilhão, que levava a todos com mão de ferro, visando principalmente manter o meu posto.

XV. LEMBRANÇAS AMARGAS

"9. A vingança é um indício certo do estado atrasado dos homens que a ela se entregam, e dos espíritos que podem ainda inspirá-la. "

O Evangelho segundo o Espiritismo
(Cap. XII — Amai os vossos inimigos — A vingança)

Um dia, com o Negro, depois de prestar nossas obrigações ao Red Marinheiro e sua falange de encapuzados, encerrando estas atividades, nos pusemos a conversar tranquilamente. Altas horas da noite, os outros presos em seus cantos, sentindo-nos propensos a confidências, abri-me com o Negro contando-lhe toda minha vida. Ao terminar, ele argumentou:

— É inacreditável que em tão pouco tempo tua vida mudou tanto, não?

— Também sinto isso, Negro, pergunto-me o porquê.

— Mas isso é fácil de deduzir Caipira... Você mudou o teu destino.

— Como assim? — perguntei espantado.

— Você sabe que tenho raízes africanas. Sempre estive envolvido com trabalhos espirituais. Isto vem lá dos meus avós.

E os guias falam que há pessoas que assumem determinadas tarefas lá no astral.

— Como assim?

— Bem, assumem levar um tipo de vida, às vezes com muita dificuldade. Mas, quando chegam aqui, se esquecem, voltam as costas ao prometido, e vão por outros caminhos por conta própria. Há alguns que, não tendo carma muito pesado, conseguem levar uma vida até razoável, só que não cumprem o que se propuseram fazer e vão responder por isso algum dia. Mas há outros que, trazendo um carma muito pesado...

Neste ponto, interrompi-o perguntando:

— O que é esse "carma pesado" que você fala?

— É dívida, meu amigo, dívidas dos malfeitos no passado. Então, quando o sujeito tem muitas dívidas do passado e larga o prometido dessa vida sem fazer e vai viver por sua conta, a carga do passado cai em cima dele. Como não tá fazendo nada de bom, não tem merecimento pra receber ajuda. E a vida fica muito difícil pra ele então.

— Você acha que é isso que ocorreu comigo?

—Acho. Não só acho, como já observei uma velha perto de ti algumas vezes. Perguntei quem era, disse-me que é tua avó e que tenta te ajudar, mas você não a ouve porque sabe das responsabilidades não assumidas.

— Tem certeza de que era minha avó?

— Bem, ela disse, não tive motivos para duvidar.

E assim nossa palestra se desenrolava. Senti-me então confiante para perguntar:

— E você, Negro, por que está aqui?

— Esta é uma longa história, Caipira. Longa, mas que não deu ainda para esquecer. Deprime-me muito relembrá-la.

— Bem, então me desculpe, não quero abrir novas feridas em teus sentimentos.

— Sentir, este é o problema. Foi por sentir e sofrer muito que vim parar aqui. A história é longa. Se você dispõe de paciência para ouvir.

— Como não? Principalmente se isso te trouxer algum alívio. É sempre bom desabafar os tormentos que nos vão na alma.

— Vou iniciar numa fase bem anterior então. Nasci em família pobre, e como se não bastasse, negro.

Você deve saber como é triste sofrer o preconceito de raça, não é? As portas não se abrem com facilidade para a gente de nossa cor. Mas mesmo assim cresci de maneira saudável. Toda a minha família seguia os rituais africanos e eu me desenvolvi nesse meio. Cedo, já comecei a sentir a presença dos guias. Fazia as minhas obrigações com amor e carinho. Tinha fé e confiança neles. Aceitava suas orientações e acreditava que eu e os meus estaríamos sempre resguardados de qualquer infortúnio. Casei-me com uma mulher também de minha raça e religião. Deste casamento tivemos uma filha, verdadeira flor em nosso lar. Tatiana ou Tati, como a chamávamos, sempre despertou a atenção de todos por sua formosura e simpatia. Tinha traços suaves e meigos, não se parecia em nada com minha raça. Antes podia se dizer que era uma branca, pintada de café com leite. Verdadeiro anjo que desceu para nos alegrar a vida. Em sua meninice, ainda, se viu sem a mãe, que morreu, deixando-a e a mim no maior desconsolo.

Passei então a viver só para a minha menina e para as obrigações espirituais. Não me casei novamente com medo de que uma madrasta a maltratasse. Jovenzinha, queria ter suas coisas, pois era vaidosa como toda mocinha. Tanto insistiu que eu a deixei trabalhar fora. Entrou para uma fábrica no setor de costura. Logo foi notada pelos dirigentes da tal fábrica, que a convidaram para desfilar com roupas que ali se fabricava. Eu não via isso com bons olhos, mas não resistia a um pedido dela. Não sabia dizer não. Depois, como ganhava um extra cada vez que desfilava, acabei concordando.

Num desses desfiles, o filho do dono, um cafajeste da pior espécie, botou os olhos em cima da minha menina. Tati, deslumbrada, deixou-se empolgar pelo canalha bem-vestido. Ele a seduzia mostrando um mundo que ela não conhecia, um mundo de riquezas e sem dificuldades. Ela, coitada, pobre menina sem nenhuma experiência da vida, não conhecia até onde poderia ir um canalha, sem nenhum escrúpulo quando se trata de satisfazer sua vontade baixa. Mesmo assim ela resistia a ele. Contava-me por cima os convites que ele lhe fazia. Eu, como que temendo um mau futuro, pedi-lhe que deixasse aquele emprego. Aquilo não era para ela. Pela primeira vez ela me enfrentou, bateu o pé dizendo que não sairia. Que era uma oportunidade de ouro em sua vida, não iria deixar escapar. Eu tentava em vão lhe abrir os olhos quanto às más intenções do sujeito, mas nada. Fechou-se em si mesma, não contando mais nada do que lhe ocorria no serviço. E como para provar sua independência, aceitou um convite para ir a uma festa na residência do tal sujeito. Saiu às escondidas, pois se eu soubesse não deixaria. Altas horas da noite, acordei com uma angústia me apertando o peito. Temeroso, como que adivinhando o que iria acontecer, deparei-me com sua cama vazia. Ali mesmo me sentei, esperando-a, sem saber que atitude tomar ou a quem recorrer. O dia amanheceu e nada de minha Tatiana aparecer.

Não me animava a levantar dali. Sentia-me entorpecido. Tocaram a campainha de casa; em sobressalto corri para

atender. Quase desfaleci quando dei de cara com dois policiais. Um deles me perguntou:

— É o senhor Pedro de Souza?

— Sim. — respondi num fio de voz.

— Venha conosco senhor, pois sua filha passa muito mal.

— Minha filha? Onde? Onde ela está?

— Num hospital aqui na redondeza, mas vamos rápido,
pois não há tempo a perder.

Emudeci. Pelas atitudes dos policiais percebi que ela estava grave, ou talvez já morta.

Não sei dizer como cheguei no tal hospital.

Um dos policiais me conduziu a um quarto onde a vi,
devo ter gritado ante a cena brutal com que me deparei.
Minha pobre menina jazia quase morta. Trazia no rosto várias marcas e hematomas. Estava irreconhecível, somente
o meu amor de pai sabia que era ela, pois visualmente não
dava para saber, tal as deformidades que trazia.

Cheguei perto, toquei suas mãos que estavam muito inchadas. Ela num esforço tentou abrir os olhos, mas o inchaço
impedia-a de me ver.

— Papai — balbuciou.

— Sim, querida, é o papai. O que aconteceu? Quem fez
isto com você?

Lágrimas lhe escorriam pela face, enquanto ela falava:

— Perdoe-me por não tê-lo ouvido, papai. Isto é o resultado de minha desobediência.

— Não se canse, nada tenho a lhe perdoar, você é e sempre
será minha filha querida. Se você puder, somente se você
puder, conte-me o que aconteceu.

— A tal festa não existia. Ao invés da casa dele, aquela
mansão que conhecemos, levou-me para um casebre em
um subúrbio. Queria voltar pressentindo algo ruim, ele não

deixou, como insisti, deu-me um soco no rosto e eu desmaiei. Quando voltei a mim encontrava-me à mercê dele e mais dois homens que conhecia só de vista, são "amigos", vi uma vez ou outra lá na fábrica acompanhando-o. Pai, não suportei muito tempo o que me fizeram, desmaiei novamente. Quando voltei a mim, já amanhecia, consegui gritar algo, depois não vi mais nada.

Nestas alturas do relato, ela teve uma crise de tosse, e começou a vomitar sangue. Quase louco, acompanhei o último suspiro de minha filha tão amada, que, não suportando os maus-tratos recebidos, afastou-se daquele corpo tão maltratado, deixando seu velho pai imerso em desespero.

Dali, tive que ir à delegacia onde soube pormenores do que aqueles monstros fizeram com minha Tati.

Como um cego, acompanhei seu corpo até a sepultura. Já ali a revolta me corroía o coração e eu indagava. Onde estavam os guias? Onde estava a proteção tão apregoada aos que se dedicavam com carinho e amor aos trabalhos? Onde estava a justiça de Deus, que deixava algo tão tormentoso desabar sobre os meus ombros? Já não tinha levado a querida esposa, deixando-me com o fardo, se bem que precioso, de minha filha que não teve a educação e o direcionamento de uma mãe? Agora, tirava-me este único bem que me restara, de uma maneira tão covarde!

Mas, se não havia nenhuma proteção, eu dali em diante não a buscaria, a não ser para os meus próprios interesses.

Se não havia justiça, eu próprio a praticaria. E ali, ao pé do túmulo de minha filha, jurei vingar-me. Mataria como animais todos os três que assassinaram a querida filha.

Na delegacia fiz a denúncia baseada no que minha Tati tinha me falado. Veio comprovar o que ela já tinha, em um momento de lucidez, contado aos policiais que a socorreram.

Deu-se início, então, a um inquérito contra o jovem filho do ricaço local, mais outros dois, também de famílias importantes. Eu ouvia e observava tudo, pouco falava; fiz questão de comparecer somente para conhecê-los. Sabia que não haveria justiça. Quem em sã consciência iria condenar pessoas tão ricas, por causa de uma pobre menina negra?

Desenrolar do caso...

O julgamento se sucedia com petições dos advogados de defesa indo e vindo. Com o tempo, eram simples papéis guardados de mais um caso abafado a peso de muito dinheiro.

No íntimo, eu sabia que "eles", os criminosos, ficariam impunes pela sociedade, mas não por mim.

Comecei um longo período de espera, observação e estudo. Debalde amigos e familiares procurassem me chamar aos antigos afazeres, não ouvia ninguém. Uma única ideia me obcecava dia e noite, matá-los; acabar com quem tinha tirado a vida de meu tesouro mais querido.

Assim, passaram-se os meses. No primeiro aniversário de sua morte, renovei meu juramento, ali, novamente em seu túmulo. Achei que já era tempo de pôr um plano em prática. Aparentemente, as coisas haviam se acalmado. Deixei propositalmente correr esse tempo. "Eles", descuidados, já retornavam à vida antiga. Passado o primeiro susto, já se consideravam livres. De minha filha, os desgraçados com certeza nem se lembravam.

Estudei seus hábitos. Passei a ser a sombra deles. Rogava auxílio de todos os poderes para que me ajudassem no que pretendia. E com certeza as forças vingativas me favoreceram. Com um plano em mente, procurei emprego naquela fábrica. Um simples faxineiro, ninguém ia dar conta de mim ou me perceber. Procurei me disfarçar um pouco. Nessa época, as coisas não eram como hoje, você entrava a trabalhar em locais por dias e sequer perguntavam o nome completo. Não havia interesse por parte da maioria das empresas para não criar vínculos. Por conta disso, passei despercebido. Perambulava por ali atento, principalmente quando o miserável se encontrava na empresa, nestas ocasiões eu não saía de perto. Sempre de cabeça baixa, limpando aqui e ali, mas com os ouvidos atentos. A ocasião apareceu quando o ouvi falando ao telefone com outro amigo, que deduzi ser um dos tais. Marcaram um encontro em um hotel, no qual, pelo que ouvi, funcionava uma jogatina. Arrumariam um quarto para se refrescarem, se preciso, entre um jogo e outro. Também para o caso de aparecer alguma garota interessante.

Tudo isso eu ouvi ali, do lado de fora do escritório, onde ele se encontrava. Rapidamente ia tomando nota de tudo que ele dizia. Assim, como se "alguém" estivesse me auxiliando, o assassino foi dando nome do hotel, hora do encontro, era tudo o que eu precisava saber.

Aguardei a noite chegar, antes procurei saber a localização do tal hotel. Sabia que este tipo de "divertimento" ia pela noite afora. Assim, esperei até meia-noite, hora propícia para quem necessitava de ajuda das trevas. Para o que eu iria realizar, somente desse lado obscuro se pode esperar ajuda.

Entrei, na portaria perguntei por "ele".

Informaram-me que se encontrava no salão de jogos. Dei, então, um nome fictício, dizendo ser um empregado que vinha a mando do pai. Que tinha urgência em falar com ele, mas que precisava ser em local particular. Talvez os meus modos simples, ou pela própria ajuda que estava tendo, o recepcionista de nada desconfiou, e como eu esperava, me indicou o quarto que ele tinha locado. Que esperasse lá.

Deu-me o número e ao mesmo tempo mandou um garoto que trabalhava ali ir em busca do sujeito passando-lhe o meu recado. Apressei-me em subir até o quarto. Era importante eu chegar antes. Escutei vozes dentro do quarto, cautelosamente abri a porta, entrei pé ante pé. Arma na mão, engatilhada, a mão estava firme. Posso te dizer que nunca estive tão resoluto numa atitude. Acho que nem o Cristo, descendo da cruz em minha frente, me pararia naquele momento.

Esgueirando-me, deparei com os dois comparsas do criminoso. Sorri, exultante. *A sorte me favorece,* disse para mim mesmo. Falei-lhes, então, numa voz metálica que eu mesmo não conhecia.

— Então, seus monstros criminosos, preparados para morrer?

Viraram-se ambos, sorriam, decerto achando que era uma brincadeira do "outro".

Ao se depararem comigo, silenciaram. Sem piedade, desfechei um tiro à queima-roupa no coração de cada um deles. Estavam mortos antes de chegarem ao chão e ainda mantinham um ar de incredulidade no rosto, como se não acreditassem no ocorrido. No mesmo instante novas vozes, virei-me, a tempo de encarar o terceiro e último da lista. Antes de atirar, disse-lhe:

— Isto é pela minha adorada filha que vocês trucidaram — E descarreguei a arma.

Ele já estava caído e eu ainda atirava. Senti que mãos fortes me pegaram puxando para trás. Eram camareiros do hotel que haviam entrado com ele, mas na hora eu não percebera. Só via na minha frente aquele rosto odiado, que agora não maltrataria mais nenhuma menina, nenhuma moça de família. Suspirei aliviado e falei:

— Livrei o mundo de um mal maior. — E me deixei conduzir para fora.

A justiça humana caiu em cima de mim com todo o rigor. A ninguém interessava os meus motivos. Os odientos criminosos passaram ao papel de vítima, e eu de um assassino sem alma. Assim me chamaram os noticiários, "O assassino sem alma que mata jovens de família". Eu sabia que as opiniões eram compradas a peso de muito dinheiro. Pois o tal não era filho de um homem rico? O pai compareceu ao meu julgamento com a revolta e o ódio estampados no rosto. Esqueceu-se ele de que eu também fui um pai que sofreu uma grande perda. Que seu filho foi o responsável, e indiretamente ele também, por criá-lo na ilusão de que o dinheiro tudo pode, até aniquilar a vida alheia da maneira mais torpe.

Em vão, advogados me pediam para dar testemunho de arrependimento, para reconhecer publicamente meu crime, que isto amenizaria a pena.

Neguei-me veemente a isto. Não, não estava arrependido, faria novamente se preciso fosse, mas não deixaria sobre a Terra seres como aqueles. Eles apenas tiveram o merecido.

Tive uma pena máxima, por crime com premeditação. Não iria negar, pois passara meses estudando cada movimento deles. Planejara tudo com muito cuidado. Não, não negaria nada. Depois, a prisão para quem não tem ninguém é um lugar como outro qualquer. Nada me prendia mais ao mundo. Talvez, lá dentro pudesse esquecer um pouco todo o sofrimento que sentia.

Assim é que atravessei estes muros com tranquilidade e uma certa paz na consciência. Tinha feito a minha obrigação de pai. É certo que não traria minha filha de volta à vida, mas, pelo menos, seus assassinos tiveram o merecido.

Antes de entrar, deparei-me com o pai dele, juntamente com outros homens, aproximou-se para agredir-me com palavras.

— Infame, vil, agora você vai amargar o resto de seus dias aí dentro!

— O que importa o lugar onde vivemos? — respondi — Para mim, tanto faz! Aqui, com certeza não encontrarei monstros piores do que aquele que gerou! Você sofre? Eu também! Esquece que tive uma filha, cheia de vida e beleza, que morreu pelas mãos de teu rebento e seus comparsas? E qual foi o crime de minha menina? Simplesmente acreditar no amor daquele infeliz.

E dei-lhe as costas enfrentando o meu destino.

Aqui chegando, procurei me adaptar o melhor que pude.

Aos poucos, fui voltando a dedicar-me às obrigações espirituais.

Os outros presos me respeitavam. Com o tempo fui me tornando conhecido pelo trabalho que prestava e isso foi facilitando a minha vida. Mas, se fosse de outra maneira, se não tivesse esse dom que tenho de curar, falar com os espíritos, ouvi-los, mesmo assim, acredito que conseguiria viver tranquilo aqui.

Ouvi-o narrar sua história sem interrompê-lo. Senti que meu amigo Negro necessitava daquele desabafo, somente neste ponto é que interrompi para perguntar:

— Diga-me Negro, você já conhecia o Red Marinheiro antes daqui?

— Não! No terreiro que eu frequentava, aliás, que eu dirigia, existia um que usava esse nome, Marinheiro, mas não era o Red.

— E como se deu esse envolvimento seu com ele?

— Bem, este trabalho que faço aqui na cela foi se desenvolvendo aos poucos. Sentia-me mais fortalecido com as "obrigações" em dia, então me disciplinei com dias e horários certos, aos poucos fui sentindo os espíritos que me rodeavam durante estes trabalhos. No começo, não foi fácil, vinham muitos que só queriam badernas, outros só choravam. Mas aos poucos fui mantendo a mente concentrada, me esforçando para afastar esses e ligar-me aos mais fortes, aqueles que poderiam me auxiliar. Comecei a sentir a presença do Red Marinheiro muito lentamente; ele não se manifestava no início, mandava sempre outros. Mas, mesmo assim, eu o sentia. Um dia, em transe, consegui me aproximar dele. Perguntou-me:

"'Observo você desde que chegou aqui, sabia?'

"'Sim', apressei-me em responder.

"'O que pretende com este trabalho aqui na cela?'

"'Procurar ser útil, possuo uma força e quero utilizá-la.'

"'Com que fim?

"Percebi que não adiantava mentir e falei honestamente:

"'É sempre bom contar com ajuda neste lugar. Existem pessoas e espíritos de todo tipo, quero me proteger e também servir a quem necessitar.'

"'Você me serviria de boa vontade?', perguntou ele.

"'E, você, poderia me proteger das forças maléficas deste lugar?', devolvi a pergunta.

"Ele gargalhou e continuou:

"'Como você pode saber se não sou eu a força mais maléfica daqui?'

"'O maléfico também sabe ser útil quando lhe convém, não é?'

"'É, você é esperto. Façamos um trato, Negro, você me serve, e eu te protejo. Dessa forma vamos nos auxiliar mutuamente, que tal?'

"'Certo', respondi.

"E assim tem sido por dezoito anos, que é o tempo que eu estou aqui."

— Dezoito anos? — perguntei espantado.

— Acha muito? Isto é só a terça parte da minha condenação.

E assim fiquei conhecendo a história do Negro. Os motivos que o levaram para aquele lugar pareceram-me injustos na ocasião. Só fizera justiça, não merecia tal pena. Revoltei-me ante a justiça humana, que mais do que nunca me pareceu errada, visando e protegendo somente os poderosos.

Em nem um momento lembrei-me de que devemos perdoar aos inimigos, isto sequer passou-me pela mente.

É muito difícil, para quem não traz os valores morais já desenvolvidos na alma, entender a Justiça Divina. No caso do perdão, por exemplo, isto só desperta no homem quando alguém o perdoa de coração, mesmo tendo motivos para odiá-lo. De início, ele estranha aquele perdão. Estava preparado para receber o ódio; estava preparado para revidar, mas quando o outro traz um sentimento diferente, isto o desarma. Ele não sabe o que fazer, como reagir a esse sentimento novo que o envolve.

Então, como são poucos ainda os que estão preparados para retribuir ao ódio com o amor, a situação no planeta é esta que todos conhecemos.

Por aquela época surgiu na prisão uma oportunidade para alguns presos se transferirem para uma colônia agrícola.Somente quem tivesse bom comportamento poderia pleitear tal mudança.

A colônia agrícola é o sonho de muitos. É um lugar para se trabalhar, onde a disciplina não é tão férrea como ali. Embora necessite da disciplina, do controle sobre a conduta de cada um, existe também mais liberdade. E o principal é que não se vive tão amontoado como ali. Só a esperança de respirar ar puro, estar em contato com a natureza, já incentivava muitos a fazerem suas petições pela mudança.

O Negro era um dos candidatos. Embora ele não tivesse pedido, o próprio diretor da prisão outorgou seu nome, como um dos que poderiam, se quisesse, ser transferido.

A notícia me abateu, ele era o único amigo verdadeiro que eu tinha ali.

Como isto ainda demoraria algumas semanas, Negro se dispôs a pensar e resolvemos fazer um trabalho para saber do Red Marinheiro qual a melhor medida a tomar.

Já no trabalho aberto, ele entrou na cela e foi direto ao assunto.

— Negro, você tem me servido muito bem durante esses anos. E não pode negar que eu também o auxiliei e muito, não é?

— Com certeza, Red, só tenho a agradecer por tudo.

— Depois — continuou o Red —, o fato de você ir para outro lugar não quer dizer que vamos nos separar. Será muito útil para mim, conhecer esse lugar. É um projeto novo e preciso averiguar até que ponto nos convém.

Eu sabia que este "nos convém" se referia a "eles" do mundo espiritual, que interferem em tudo o que o homem faz. Em geral, as pessoas pensam que agem por conta própria, mas na sua imensa maioria estão sendo manipuladas por inteligências fora do corpo físico.

Voltei a mim depois do meu devaneio, quando o ouvi se referir a mim.

— E ainda — dizia ele — temos aqui o Caipira que ficará a nos servir. Ficará em teu lugar, Negro! Isto é mais que justo, pois foi você quem o preparou, não é? Sim, Negro, se for de teu agrado, vá! Vá para esta colônia! Aqui nós nos arranjaremos, não, Caipira?

— Com certeza — respondi, mas por dentro o desalento me oprimia o peito.

Negro era para mim o único ser que contava ali dentro. Iria sentir imensamente sua partida.

Depois, já a sós, continuamos a conversa. Ele, percebendo o meu estado de espírito, dizia-me:

— Caipira, sei como te sentes. Eu também, nesses anos juntos, aprendi a te estimar como a um filho. Se você preferir, eu posso ficar por aqui mesmo.

— Não, Negro, vai ser melhor para você! Depois, tenho percebido que você não anda muito bem. Não tem se alimentado como deve. Com certeza, com os novos ares, espaço, natureza, tudo de que você tanto gosta, se sentirá melhor. Só te peço que não se esqueça do velho Caipira aqui; me escreva sempre contando tudo. Aqui, é tão raro recebermos qualquer notícia, que as tuas serão motivo de muita alegria!

— Sim, meu amigo. Com certeza não me esquecerei de você. Quanto a você, mantenha o punho firme sobre esta gente. Não se esqueça de que aqui poucos podem ser considerados "amigos".

"Há ainda alguns comandados pelo teu antigo patrão, vivem quietos nos seus cantos porque sabem que não podem conosco. Mas há dentro deles uma maldade que fervilha, e não deve vir à tona. Apegue-se ao Red Marinheiro. Por trás da matéria, é ele quem comanda isto tudo, mas você sabe, cada um de nós é uma individualidade, e assim muitos podem agir por conta própria, causar danos, sem que os espíritos tenham tempo de intervir."

O que o Negro percebia vagamente, mas não conhecia na sua profundidade, é que, acima dos homens, acima dos espíritos, há uma Lei que a tudo rege e determina. E esta lei ninguém pode mudar. Para que seja cumprida, muitas vezes é utilizado o próprio homem como instrumento.

Respondi a fim de evitar-lhe preocupações com minha pessoa:

— Nada tema, tenho total controle sobre este pavilhão. Sei com quem posso contar e quem me apunhalaria pelas costas. Vou redobrar a guarda para o caso de algum "valente" querer me desafiar! Só quero que você seja feliz lá em teu novo lar! — completei.

XVI. SOLIDÃO

*"25. A melancolia — Sabeis por que uma vaga tristeza
se apodera por vezes de vosso coração e vos faz achar
a vida tão amarga? É o vosso espírito que aspira à felicidade
e à liberdade e que, preso ao corpo que lhe serve
de prisão, se extenua em vãos esforços para dele sair. "*

O Evangelho segundo o Espiritismo
(Cap. V — Bem-aventurados os aflitos — A melancolia)

O dia da partida do Negro amanheceu triste e chuvoso.

Não saímos ao pátio, ficamos em sua cela, e um e outro preso chegava para despedir-se. Os que mais sentiram foram os adeptos de sua crença. Sentiam-se abandonados pelo próprio pai.

As reuniões do Negro com eles eram particulares, eu mesmo nunca participei, nunca me interessei. Sabia que a maioria recebia orientações e conselhos do Negro. Um papel ao qual eu não me encaixaria, com certeza. Minhas reuniões com ele sempre tiveram outros objetivos. Jamais seria um conselheiro espiritual.

Muitos sentiram sua partida, mas ninguém sentiu como eu.

Era o único ser, externo a mim mesmo, que me interessava, o resto era solidão.

A solidão é um dos sentimentos mais cruéis por que passa a criatura neste planeta. Acredito que numa prisão é onde ela se faz mais amarga.

Por uns dias fiquei alheio a tudo. Depois me decidi firmar novamente em mim mesmo, e perante aquele pessoal.

Como primeira medida, mudei-me definitivamente para a cela do Negro. Com esta atitude deixava claro para todos o meu novo posto.

Aliás, posto que eu já exercia há muito, pois, como já disse anteriormente, ao Negro não interessava o poder naquele pavilhão, já a mim isto não só interessava, era vital mantê-lo nas mãos.

Mas, mesmo com a resolução de continuar, algo mudaria dentro de mim.

A partir daquele dia, procurei ficar mais atento ao que se passava ali dentro. Qualquer novidade exigia que me fosse trazida, antes de passar ao comum dos presos.

Aquele sentimento de solidão foi aos poucos cedendo, mas uma espécie de apatia tomou o seu lugar. Ouvia um ou outro, as brigas tão comuns naquele lugar, disputas por ninharias. Nada me interessava. Passei para outros abaixo de mim o controle sobre o que entrava ou saía daquele pavilhão.

Aleguei que tinha interesses maiores, todos acreditavam.

Achavam que eu almejava "algo" muito maior que comandar aquele pavilhão.

Eu deixava que eles pensassem assim, mas, na verdade, estava me sentindo tão entediado com tudo aquilo que não suportava saber ou ouvir nada que se relacionasse a qualquer preso. Nessa época, trouxeram-me um rapaz acusado de "pegar" algo do companheiro de cela. Isto era uma hipocrisia enorme, pois o que mais se fazia ali dentro era um lesar o outro. Sempre o mais forte levando vantagem. Percebi, neste caso, que o rapaz não era benquisto pelo companheiro, que, aliás, já tinha aliciado em seu favor outros que estavam sedentos por espancar o pobre moço.

Em outra época, era isto que ocorreria, e o pobre seria encontrado ferido ou até morto em algum canto. Mas eu, tempos antes, acabara com isso, lembrando-me do meu próprio sofrimento quando ali cheguei.

Decidi dar um basta, deixando claro que quem não obedecesse se veria depois comigo.

Conversei com este rapaz a sós, chamava-se Daniel, ou Dani como o tratavam. Ele encontrava-se visivelmente nervoso. Contou-me que o companheiro de cela era um antigo conhecido de fora da prisão. Tiveram uma briga feia, pois ele faltara com o respeito para com sua namorada. Na briga, o jovem Dani saíra vencedor e o outro, remoendo o ódio, jurou vingar-se.

Principalmente porque se sentiu muito humilhado, pois tudo ocorrera na presença da moça.

Tempos depois, ele foi preso e o casal passou a respirar tranquilo.

Mas, justificava o jovem Dani, por conta das dificuldades da vida, pois os dois já tinham um filhinho, e como estava desempregado, acabou aceitando fazer um servicinho para um amigo.

O dito servicinho era passar noite após noite, em um ponto fixo, na entrada de uma favela, vendendo entorpecentes.

Ele sabia do perigo, e a cada noite que para lá se dirigia jurava que seria a última. Mas o dinheiro ganho mal dava para as despesas do dia. Assim, na noite seguinte, lá estava ele novamente. Com o tempo, Dani, que usava de vez em quando, segundo palavras dele mesmo, passou a usar cada vez mais.

Daí, já nem esperava vender, usava antes, esperando conseguir dinheiro para repor o que pegava.

E a cada dia chegava com menos dinheiro em casa. A companheira percebia seu estado, pois andava sempre nervoso, brigando por qualquer coisa. Ele, que adorava o filho, passou a não suportar mais o seu choro. A mulher não sabia como fazer para calar a criança, que na maioria das vezes chorava de fome.

Passou a sair de casa durante o dia para não perturbá-lo, já que nestas horas Dani lá se encontrava, sempre dormindo.

Ela, de início, procurou o que fazer, um emprego, alguém que a auxiliasse. Mas, porque lhe faltasse uma força moral, ou estímulo maior, passou a mendigar com a criança.

Assim foram se afastando cada vez mais um do outro. Ele, completamente entregue ao vício, já nem percebia a falta dos dois. Nos raros momentos de lucidez, procurava-os pelas ruas, ou pensava neles; mas, dali a pouco, já outros pensamentos ocupavam sua mente.

Numa dessas noites em que se encontrava lá no ponto vendendo, como já tinha usado muito, a mente se encontrava enevoada, e sem perceber direito o que ocorria, foi preso.

Assim que chegou naquela prisão, deparou com o antigo desafeto. Este o vinha ameaçando já há muito tempo. Só o medo dele, Caipira, é o que o continha. Diziam à boca pequena que "ele", assim como o Negro que já partira dali, tinha parte com o demônio. E aqueles homens, embrutecidos pela vida de vícios e crimes, só temiam um mal maior, de que nada entendiam. Este mal era o demônio, ou espíritos ruins. Havia alguns que nem disso tinham medo, mas respeitavam o Caipira.

Assim, deixei o rapaz falar. Muitas coisas deduzi, pois as histórias ali se repetem muito. No fundo, é sempre a mesma miséria humana, falta de esclarecimentos, de ajuda, uma série de coisas que acabam levando a pessoa a cair. Mas, principalmente, a falta de fé em um poder maior.

Analisando aquela situação, decidi auxiliar o rapaz. Chamei o companheiro que o acusava, pedi-lhe que trouxesse provas do roubo, mas que não tentasse me enganar, pois eu saberia com certeza. Senti que ele tremeu na base. Como eu desconfiara de início, era tudo uma farsa para pegar p pobre Daniel.

Tomei-o sob minha tutela, o que não agradou nada ao seu acusador. Mas ele não foi tolo para me desafiar e saiu silencioso.

Algo dentro de mim me avisava que aquilo poderia não terminar ali. Pedi uma audiência com o dirigente de outro pavilhão. Coloquei a situação e minha vontade em auxiliar o rapaz, sem desgostar os outros presos.

Na cadeia também existe quem ouve, quem procura auxiliar para o bem. Eu sabia a quem buscar quando necessitava de algo assim. Aliás, devia alguns favores a diversos funcionários desta prisão e este era um deles.

Assim, alguns dias depois, o nosso amigo Dani era transferido para outro pavilhão, ficando fora das garras de seu inimigo. Se não foi uma ajuda definitiva, pelo menos naquele momento amenizei a situação. Ninguém mais tocou no assunto, mas vez ou outra percebia o descontente confabulando com a antiga gangue do Tonhão.

Sabia que existia ali dentro um perigo constante vindo deles. Mas acho que superestimei minha força, o meu poder, pois este perigo contra mim estava crescendo e eu não percebia.

Já alguns meses se passaram desde a saída de Negro. Ele sempre me escrevia, e suas cartas eram a minha única alegria ali dentro. Minha prima também me escrevia, mas eram raras e às vezes sempre me fazendo lembrar da minha situação. Sempre falava de um outro mundo onde tudo era possível. Eu já me encontrava tão machucado pela vida, tão descrente de tudo, que lia suas cartas e, ao terminá-las, sempre um resmungo saía quase sem eu perceber. Era a única coisa que denunciava o meu descontentamento.

Eu poderia, pelos conhecimentos que já mantinha ali dentro, fazer uma limpeza, conseguindo transferência também para os meus inimigos. Mas vivia muito chateado e não os considerava perigosos; antes, tinha pena deles. Não fazia caso quando os via em grupinhos fechados, que disfarçavam com a chegada de alguém de fora.

Muitos companheiros me avisaram sobre o perigo, muitos que realmente me estimavam, me respeitavam, procuravam espreitá-los, e depois vinham me contar o que ouviam. Eu não fazia caso. Continuava a minha vida, e aos poucos fui distribuindo tarefas a outros.

Coisas que antes eu fazia questão de ver pessoalmente, agora eu delegava a comandados diretos meus. Mas sempre eram terceiros. As coisas começavam a fugir do meu controle e eu não percebia; ficava horas na cela, deitado, apático.

Não procurava mais me reunir com o Red para as "obrigações espirituais", como chamava o Negro. Chegava até a me esquecer deste lado, não fossem os "puxões de orelha" que eu levava dele.

Digo "puxões de orelha", mas o caso era bem mais grave.

Um dia acordei muito mal, suando, com o corpo todo dolorido, pois levara uma tremenda surra de seus servidores, sob a vista do próprio Red.

Como eu não o procurava mais, não o interrogava sobre as decisões da vida na prisão, ele sempre encontrava uma maneira de me castigar. Isto foi ficando frequente. Acordava sempre com fragmentos de memória sobre o que se passara durante o sono. Numa ocasião, discuti calorosamente com ele. Eu tinha a minha maneira de trabalhar, minha maneira de ser, não queria passar a vida sendo manipulado. Se antes eu procurava sempre seguir ordens, era mais por respeito ao Negro que propriamente ao Red Marinheiro.

Senti que a coisa estava ficando perigosa para o meu lado.

Assim, resolvi deixar o orgulho de lado e passei novamente a fazer as obrigações.

Para que vocês possam entender, essas obrigações consistiam em trazer o que "ele" ou seus servidores me pediam, comidas, bebidas, fumos e até tóxicos. Estes últimos eram queimados e os espíritos inalavam o cheiro, eu mesmo já os vira fazer isso uma série de vezes. O mesmo para a comida e as bebidas.

Mas, às vezes, requisitavam alguns presos, companheiros do Negro, que praticavam a mesma religião.

Os espíritos, então, incorporavam nestes presos, que eram médiuns, e se fartavam comendo e bebendo. Não sei se eles sentiam a comida ou a bebida, mas preferiam sempre esta maneira do que absorverem sozinhos o odor dos alimentos e outros.

Não gostava de assistir a essas cenas. Era tudo muito nítido para mim. Chegava a ver os espíritos, entrepostos aos presos (médiuns), era estranho e muito desagradável.

O Red Marinheiro não participava disso, geralmente só observava. Uma vez perguntei-lhe sobre o porquê, se ele não sentia necessidade dos alimentos como os outros, ao que ele respondeu:

— Há muito tempo que deixei esses prazeres. Quando se tem outros objetivos, alimenta-se de outras formas. Derivados da terra já não me interessam mais, somente as atitudes dos homens é que me importam. Gastei muitos anos, tentando entender os sentimentos e as reações humanas, e como utilizar isto em meu proveito. Este aprendizado preencheu minha vida. Daí o meu alimento.

Depois daquela fase em que tentei me desligar do comando do Red Marinheiro, apesar de tentar contornar a situação depois, o estrago já estava feito.

Aquela camaradagem que existia entre nós desapareceu, e criou-se uma barreira, que não consegui mais transpor. Agora, "ele" apenas me pedia certas coisas, ou me informava de outras, como um chefe fala a um subalterno.

Eu me sentia mal com a situação. Algo dentro de mim se rebelava contra aquela força que procurava me dominar, mas o bom senso me dizia que não havia outro caminho. O melhor era obedecer, pelo menos por enquanto, e esperar a oportunidade de me libertar.

Acho que "ele" sabia como eu me sentia, pois fechou o cerco sobre mim. Constantemente era observado por seus comandados.

Foi uma época difícil. Vocês não podem avaliar como a minha situação tornou-se melindrosa: de um lado eram os presos requerendo minha atenção constante, pois do contrário eu perderia o comando. Do outro lado, não tinha descanso nem para dormir, era vigiado constantemente pelos servidores do Red, a mando dele mesmo, com certeza.

Não havia dúvida, eu caíra em desgraça diante dele.

— Ah! Negro, que falta você está me fazendo, meu amigo!

Não quis atender ao que você me pediu, agora estou nesta situação. Se tivesse sido obediente como você, não questionasse tanto e aceitasse mais. Mas não, não o Fábio orgulhoso! Este não se dobra! Agora sofre! O que fazer, meu amigo? — pensava alto.

A situação estava nesse pé, quando certa manhã fui procurado por um dos presos, muito aflito.

— Caipira, você tá sabendo do movimento que está se formando por aí?

— Que movimento? — perguntei.

— Você deve saber alguma coisa, não é? Com certeza está até fazendo parte da manobra?

— Que manobra é essa? — perguntei asperamente, já irritado com a enrolação daquele homem.

— Tá o maior falatório, que planejam um levante!

— Levante? Onde? Em que pavilhão?

— Ninguém sabe de onde partiu a coisa. Muitos acham que é você quem está por trás.

Estando a conversa nesse pé, resolvi tomar cuidado de não deixar transparecer minha ignorância e arranquei mais informações daquele homem. Representando uma comédia, perguntei sorrindo:

— É, já estão sabendo então? O que mais andam dizendo?

— Basicamente é isto que te falei. Há um movimento sendo armado.

— Tu sabes pra quando é isto?

— Não. Data ninguém sabe.

— Pois bem, descubra o que puder e me informe. Coloque teus companheiros em campo para obter mais informações. Quanto mais, melhor. Preciso saber se o que falam tem procedência correta.

E completando, como se estivesse a par das notícias, aproximei-me:

— Você sabe que informações falsas podem prejudicar o movimento e não queremos isto, não é?

— Não, com certeza — apressou-se em responder ele, procurando ser simpático. — Vou descobrir tudo o que se passa e trarei as informações o mais rápido possível.

— Sim, faça isto — respondi e o despedi, enquanto ele, obsequioso, saía todo sorridente.

Em qualquer lugar, sempre existe aquele ansioso por ser útil. São sujeitos perigosos, pois hoje podem estar do nosso lado, mas amanhã do outro, dependendo da recompensa.

Assim existiam muitos ali dentro. Eram uns pobres coitados, necessitando de ajuda, que sozinhos seriam esmagados. Então, para se protegerem, agarravam-se aos que estavam acima. Não se pode negar que também tinham sua utilidade, porque ajudavam muito.

Mas não eram dignos de uma total confiança.

Resolvi averiguar por mim mesmo.

Aquele dia, para quem não conhecia o que se passava atrás daqueles muros, parecia um dia igual aos outros. Até calmo, aparentemente. Mas para nós que vivíamos ali, pressentíamos a tempestade se formando. Todos traziam no rosto uma certa inquietação ansiosa. Uns me pareciam amedrontados, outros rindo satanicamente, famintos por novidades, não importavam quais. Assim, quando findou a noite eu já sabia o suficiente para me inquietar também.

Uma revolta estava se armando e vinha de fora, de outro pavilhão. Isto não me convinha. Não que eu gostasse daquele local, daquela vida, mas, como fora condenado, aceitara a minha sina. Jamais me passou pela cabeça tentar fugir. Mesmo porque isto não iria resolver nada. Era um sentenciado e sair antes de cumprir a pena não mudaria este fato.

Não! Um levante naquela altura da situação não me convinha. Tinha que descobrir quem estava por trás. Quantos em meu pavilhão eram favoráveis a isto. Mas, ao mesmo tempo, não poderia deixar transparecer a minha ignorância dos fatos. Se os presos desconfiassem que tudo estava acontecendo à minha revelia, eu estaria perdido. Não conseguiria me sustentar no posto de comando ali dentro.

Resolvi fazer um trabalho especial, invocando o "Red Marinheiro", pedindo orientação e ajuda.

De início, pensei em chamar alguns dos presos que trabalharam com o Negro, depois desisti, pois me lembrei que o Red não estava sendo muito camarada ultimamente. Quando nos reunimos anteriormente, ele próprio não se manifestou; ao invés, outro veio em seu lugar, transmitindo suas ordens, sinal de que ele estava bastante contrariado comigo e que era destes seres incapazes de compreender o lado do outro. Em vista disto, resolvi fazer sozinho o trabalho.

Preparei-me e na hora certa comecei invocá-lo. Aos poucos, comecei a sentir uma movimentação ao meu redor. Alguém chegou e ouvi nitidamente quando me perguntou:

— O que você quer com o Red Marinheiro?

— Desejo falar-lhe.

— Fale comigo mesmo, o Red Marinheiro já não tem tempo para você.

— Estão ocorrendo coisas aqui no presídio, preciso saber quem está por trás! É o Red quem está comandando este movimento?

— Nada ocorre aqui se ele não quiser — respondeu-me aquela voz cavernosa.

— Mas eu preciso saber quais as medidas a tomar? Como parar este movimento?

— Você sabe se é do interesse dele parar?

— Não! Por isso queria falar com ele pessoalmente.

— Nada feito. Vou até ele levar tua dúvida. Aguarde.

Assim me mantive ali concentrado, esperando o retorno daquele espírito, mas sentia que não estava sozinho. Antes, havia uma nuvem ameaçadora sobre mim.

Momentos depois o espírito retornou, senti-o perfeitamente ao meu lado novamente.

— Deixe acontecer! — foi a resposta.

— Mas estou na ignorância dos fatos. Se percebem, não conseguirei mais comandar isto aqui!

— Você já não comanda mais nada — respondeu o espírito.

Eu estremeci, e ele continuou:

— Você foi avisado, o Red Marinheiro não dá segunda chance. Com ele, você seria cada vez mais poderoso aqui dentro. Mas quis cantar de galo, trabalhar sozinho, agora aguente as consequências.

Foram as últimas palavras que eu ouvi. Não me mexi por um bom tempo, tentando analisar friamente a situação e encontrar uma saída sem muitas perdas.

Estava assim imerso em meus pensamentos, quando escutei uma gargalhada sinistra acompanhada destas palavras:

— É, Caipira, agora você está sozinho. Vê, já posso me aproximar de ti com facilidade. Antes, os "outros" não deixavam, me afastavam. Está chegando tua hora. Reze se você tem fé, porque eu estou na tua cola.

Depois disso, me senti extremamente mal, tonturas, enjoos e uma grande pressão na cabeça. Quase não conseguia raciocinar.

O dia amanheceu e eu não consegui pregar os olhos direito. Quando cochilava, tinha pesadelos em que me via obrigado a enfrentar o Celso, pois era ele que estava me assediando.

Foi difícil coordenar os pensamentos. As notícias chegavam aos turbilhões. Ora um, ora outro preso com novidades, sempre em torno do levante já bastante fortalecido.

Eu não sabia o que fazer. Falar com os dirigentes da prisão, nem pensar. Existe dentro de uma cadeia certo código de ética que não deve ser quebrado. Quem assim o faz, coloca o pescoço na forca. E falar com o pessoal de fora sobre assuntos de presos é assunto proibido, quanto mais sobre uma revolta.

Procurei saber dos presos qual a posição de cada um.

Recebia-os aos poucos para conversarmos. Sempre dando a eles a impressão que eu estava a par de tudo. A maioria se colocava do meu lado. O que eu decidisse estava aceito. Mesmo assim eu não sabia até que ponto podia confiar e me abrir com eles sobre eu ser contrário à revolta. Quando chegaram os grupos, que eu sabia serem inimigos, percebi uma certa insolência partindo deles. O porta-voz do grupo foi quem falou, deixando claro:

— Nós todos somos a favor do levante. Creio que você também, não é, Caipira?

Embora ele falasse cheio de maneiras, percebi uma fina ironia por trás de suas palavras.

Respondi ativamente:

— O que eu quero não vem ao caso. Sou favorável ao que for o melhor para a maioria, entendido?

— Como não? - respondeu ele. — Mas você deve querer isto, não é? Caso contrário, como cresceu isto aqui dentro sem o teu consentimento? Todos nós sabemos que aqui só acontece o que você quer, o que você determina, não? Então, logicamente, para não ficarmos contrários a tua vontade, fomos os primeiros a aceitar o movimento. Até "trabalhamos" bastante para que ele se fortalecesse.

Neste ponto, todos deram risinhos sarcásticos. E eu percebi tardiamente os autores, pelo menos ali naquele pavilhão, daquele levante em vias de ocorrer. Ainda assim, percebendo a armadilha em que me encontrava, tentei argumentar firmemente:

— Vocês trabalharam bem, mas se excederam. Levaram adiante algo sem ter certeza se estavam me fazendo um favor ou não, já que eu posso mudar de idéia. E é isto, não vou aprovar nenhuma revolta aqui dentro! Isto, neste momento, vai prejudicar alguns planos que tenho. Não vou lucrar nada com isto. E, para encerrar, nós, deste pavilhão, não vamos participar desta revolta! — completei.

— Nestas alturas, com tudo em andamento, não acredito que dê para parar, Caipira — respondeu-me ele.

— Não interessa, vai parar sim! Vocês não "trabalharam" por conta própria fomentando isto aqui dentro? Agora vão e façam ao contrário, ou não respondo por mim!

Olhavam-me com ódio, queriam me esganar ali mesmo, mas não tinham coragem para tanto.

Depois que eles saíram, fiquei a meditar preocupadamente...

Pelo menos por ora, eu os contive, mas por quanto tempo?

A história do levante estava crescendo também lá fora, em outros pavilhões. Não sabia se conseguiria acalmar os ânimos de todos ali. Numa cadeia, não sei se por conta da situação de cada um, ou do próprio ambiente pesado em que todos se encontram, quando surge um assunto, ninguém consegue ficar na neutralidade. Em geral, todos acabam tomando partido, e isso apaixonadamente. Daí surge o perigo, pois criaturas cheias de vigor emocional, mas em constantes atritos íntimos, vivem num grande desequilíbrio. Quando surge algo de fora, é como um estopim que se acende, e vem no seu rastro arrebanhando todas aquelas emoções para uma explosão, causando sérios danos a todos, inclusive aos próprios iniciadores dos agitos.

Eu via isso se formando. Era o assunto do momento. A maioria se preparava para o "grande" momento, cheios de uma coragem nascida do desespero e do desequilíbrio, fomentados por outras centenas de mentes perturbadas que vivem e dependem das emoções humanas, que são os desencarnados.

Nestes levantes dentro das prisões há uma grande união de encarnados e desencarnados. De "amigos" interessados em ajudar o outro, muitas vezes acabam por se afundar mais, pois se um cego guia outro cego, ambos caem no fosso. E, como se não bastasse, há também os inimigos, aqueles que nos vigiam, esperando o momento certo para se atirarem sobre nós e nos pôr a perder. Muitas vezes, são eles que, unidos a outros igualmente vingativos que culpam a sociedade pelas misérias que passaram sobre a terra, dão início a ideias de revolta, buscando as mentes não vigilantes, onde infiltram seus pensamentos revoltados.

Infelizmente, a maioria que cai em uma cadeia não aceita responsabilizar-se por seus atos. Prefere culpar a sociedade, a família ou qualquer outro, por seus infortúnios. Com isto, colocam-se na posição de vítimas. São estes os instrumentos mais facilmente manipuláveis de que se servem as inteligências atrasadas para levar adiante seus objetivos escusos e inferiores.

Posso dizer que poucos de nós, que tivemos a infelicidade de estagiar em um presídio, estamos preparados para rechaçar tais ideias. Então, é natural que a maioria acabe cedendo aos seus próprios impulsos inferiores e se deixe levar por ideias de revolta, visto que a maioria vive na faixa da revolta. Resignação é algo que não se conhece dentro de uma prisão, nem outros sentimentos elevados que serviriam de parâmetro impedindo a queda desastrosa de muitos. Contudo, vivendo distanciados das verdades mais nobres, somos obrigados a assimilar o que nós mesmos projetamos ao nosso redor. Ou seja, filhos da revolta caídos por ela, e somente conseguimos nos levantar pela misericórdia de alguém que viva fora dessa faixa e interceda por nós, auxiliando-nos a enxergar a vida de uma forma real, e não deturpada pela nossa visão distorcida.

Mas tudo isso está muito distante da realidade de um presídio, onde não se espera muito por ajuda, pois estas são raras.

Assim pensava eu, bem como a maioria. Quer se aceite, quer não, aqueles outros presos que sequer conhecíamos intimamente constituíam a família que nos restava.

As informações sobre o levante continuavam. Eu já não dormia direito. Se acordado, não sabia o que fazer; se tentava um descanso pelo sono, para recuperar a lucidez da mente extenuada, vinham os pesadelos. Foram dias que se arrastaram trazendo-me intensos sofrimentos.

Lembro-me que a noite anterior à revolta foi a única em que tive um descanso razoável.

Sonhei com a minha avó, e, embora as lembranças não fossem nítidas, sabia que ela tentava me alertar de alguma coisa. Depois me levou para um lugar tranquilo. Parecia um campo, mas eu não conseguia permanecer ali, ia e voltava, como se algo me puxasse novamente para a cela. Apesar de tudo isto, percebi o auxílio, ou pelo menos a tentativa, que minha avó fazia para ajudar-me. Consegui então adormecer por algumas horas, como há tempos não dormia.

Quando acordei, sentia-me bem de início, como se viesse de um local muito bom. Mas quase que imediatamente a realidade esmagadora se abateu sobre mim. Nunca aquela cela me pareceu tão sufocante, com exceção do tempo em que estive na solitária.

Uma angústia intensa me oprimia o peito. Naquele dia, eu chorei. Lembrei-me da infância distante. A imagem de minha avó era firme e nítida. Era como se a ouvisse falando e só agora, tardiamente, eu conseguisse entender suas palavras:

— Menino, veja estas plantas, todas curam, todas trazem o poder divino dentro de si. Estão vivas, como tu e eu.

Com as palavras revia as cenas: quase sempre se encontrava curvada sobre suas ervas, ou procurando-as no bosque para os medicamentos que distribuía aos seus doentes.

Assim, as lembranças vinham e eu chorava a cada uma delas, sem conseguir me conter.

Depois, revi a velha casa onde vivi minha infância pobre, mas despreocupada. Surgiu-me na retina da alma a imagem de minha mãe no portão, chorando, sem coragem de me dizer adeus. Sofria terrivelmente por ter virado as costas àquela felicidade que vivia sem perceber. Saí em busca de um mundo ilusório, um mundo de riquezas e poder. Só encontrei misérias e tristezas. E o pior é que fui partícipe em todas elas. Contribuí para minha desgraça e de muitos outros.

Estava neste pé, sentindo-me só, desamparado, distante de tudo, quando ouvi gritos no pátio...

Com um esforço enorme afastei a apatia que me envolvia e tentei levantar-me para ver o que ocorria. No meu íntimo, já sabia. Passei pelos corredores onde outros presos também corriam na mesma direção.

Nas celas próximas ao pátio havia um fogo se iniciando.

Alguns presos arrastavam colchões e cobertores já pegando fogo, e os empilhavam no pátio, onde alguns já ardiam. As grandes portas de intermediação com a ala de fora estavam trancadas. Viam-se somente os presos, nenhum carcereiro, ou guarda; todos já pressentindo a revolta se fecharam por fora. Celas, corredores e o pátio estavam sob o controle de presos. O barulho era ensurdecedor. Todos gritavam ao mesmo tempo. Alguns tentavam escalar os muros, outros subiam nos telhados. E gritavam, gritavam insanamente palavras de revolta, xingavam os guardas que podiam ser vistos nas amuradas dos outros pavilhões, onde a situação estava calma. Outras vezes simplesmente riam desvairadamente.

Alguém vendo a situação de fora pensaria que um bando de loucos se encontrava ali.

Eu tentava de todos os modos acalmar alguns, conversar com outros. Ninguém ouvia. Então me deparei com alguns companheiros do Negro, aqueles que participavam dos trabalhos que ele realizava. Sabia que eram pessoas de confiança. Eles chegaram perguntando:

— Caipira, foi você quem deu ordem para iniciar a revolta?

Senti naquela hora que não adiantava mentir, ou fazer jogo, respondi sinceramente:

— Não, de maneira alguma. Aliás, é bom que vocês saibam que não estou atrás desse movimento. Aqui dentro, sei que foi a antiga turma do Tonhão que fomentou a "coisa", mas lá fora, nos outros pavilhões, não sei quem está por trás.

Um deles me respondeu:

— Eu desconfiava disso, seja quem for que está por trás, agora será difícil parar. Eu subi na amurada. Dali dava para ver mais dois pavilhões no movimento.

A informação nem era necessária, pois se ouvia o barulho distante, além do que era feito no nosso próprio pavilhão.

Resolvi dar uma ordem:

— Quem não quiser participar, entre na própria cela e se tranque por dentro. Passe a informação adiante. Diz que sou eu, o Caipira, quem dá esta opção. Quem preferir não participar não será molestado.

Ele e mais alguns companheiros saíram em disparada. Iam direto aos conhecidos, aqueles que não queriam fazer parte de uma revolta. Aos poucos fui notando, no meio da agitação, alguns se afastando discretamente, retornando para as celas.

Percebi, pela destreza com que eles cumpriam as minhas ordens, que sabiam muito bem quem era contra ou a favor da revolta. Lamentei não ter confiado mais neles. Se tivesse me aberto, talvez os fatos não chegassem ao ponto que chegou.

No espaço de quarenta minutos ele retornou:

— Caipira, quem tinha que ser avisado, foi avisado. Agora, será que não haverá represálias?

— Bem, eu mesmo vou retornar à cela, pois, como disse, não sou a favor do que ocorre aqui neste momento. Mas ficarei com ela aberta, caso vocês necessitem de ajuda.

Dei mais uma olhada ao redor. A situação era deprimente.

Uma fumaça negra encobria parte do céu e aquele pequeno pedaço que podíamos observar, trazendo-nos notícias do mundo lá fora, hoje estava contaminado pelo nosso próprio mundo. Um céu cinzento enfumaçado por fuligem mostrava tristemente o que éramos naquele momento: seres irracionais, levados pelas emoções desvairadas.

Assim, abatido, retornei à cela, não sem antes verificar os companheiros que também retornaram. Constatei que eram poucos. A maioria preferiu ficar lá fora, gritando sua revolta para um mundo surdo às nossas desgraças.

Estes movimentos dentro da cadeia trazem muitas consequências.

Como já disse anteriormente, são muitas mentes que atuam nesses momentos, interesses diversos, objetivos inconfessáveis, tudo isso vem à tona, pois aqueles que aderem a essa onda acabam sendo arrastados por ela. Chega o momento em que o envolvimento é tão grande, que a criatura não pensa mais, age instintivamente e por impulsos. O ser racional cede lugar ao irracional. Faz-se coisas que em sã consciência não seria capaz. Depois, quando passa a onda formada pelo desequilíbrio coletivo de todos que ali convivem, encarnados e desencarnados, ela se desfaz por intercessão das inteligências superiores, pois, se tal não ocorresse, ela iria crescendo continuamente, até atingir a todos, já que aqueles que são arrebanhados por ela não têm em si forças para pará-la, ou sair dela ilesos. Isto só seria possível pela mudança de pensamentos e sentimentos. Mas num turbilhão de momentos onde o que move são as emoções, é difícil todos conseguirem parar.

Isto equivale a tomar consciência. Um ou outro pode até conseguir, mas a maioria se deixará arrastar, até que algo ocorra e pare o movimento. Depois, virá o raciocínio, com ele o bom senso, trazendo o arrependimento tardio, porque o que foi feito está feito. E todos sabemos, tendo consciência ou não, que cada ato nosso terá que ser revisto e refeito.

Encontrava-me ali na cela, intensamente preocupado. Lá fora, a balbúrdia continuava já há pelo menos três horas. As luzes das celas e corredores foram apagadas, decerto pela administração. Então estávamos encobertos por uma semiescuridão; lá fora, os presos continuavam a queimar tudo o que encontravam. E para me proteger da fumaça, mantinha o pequeno vitrô da cela fechado. Acredito que os outros presos também, mesmo assim a fumaça entrava, pois havia alguns quebrados.

Estava assim, imerso em meus pensamentos, quando percebi três vultos entrando sorrateiramente. Vieram cuidadosamente para não serem percebidos pelos presos que estavam nas celas. Com certeza eles não sabiam que eles estavam trancados e as portas, uma vez fechadas, só poderiam ser abertas pela administração, a tranca é automática. Então, o cuidado era desnecessário, pois para os companheiros se protegerem, eu mandei que se trancassem. E, sem perceber, eu mesmo me coloquei à mercê do inimigo. Eles entraram, estavam com os rostos encobertos por suas blusas e camisas. Senti o perigo. Queria falar com eles, mas algo ou alguém tolhia os meus movimentos. Com muito esforço, balbuciei algo:

— O que vocês querem aqui?

Não me responderam; antes, continuaram a avançar. Li em seus olhos a intenção e me apavorei; um deles tirou algo da cintura que cintilou no escuro, muito fino para ser uma faca. Avançou me enfiando aquilo no estômago. Senti uma dor terrível. Os outros dois deram a volta e me seguraram com os braços para trás no momento em que ia reagir.

Foram muitos golpes, nem sei quantos, até que eu perdi a consciência. O instrumento era um pequeno estilete, insuficiente para me matar rapidamente, mas que me fez um enorme estrago no corpo. A intenção deles não era somente me ferir, pois, então, se assim fosse, o ataque não seria tão selvagem.

Depois que eu caí, ele ainda continuou me ferindo. A minha barriga virou uma massa disforme. Depois, largaram-me ali, esvaindo em sangue, e se foram cautelosamente como vieram. Eu fiquei ali, na agonia da morte, até que a falta do líquido precioso levou junto consigo meu último suspiro.

Três horas depois, com a chegada das forças de choque, a revolta foi contida.

Para surpresa dos companheiros das celas, e alegria de alguns pobres miseráveis, o único corpo encontrado foi o meu.

XVII. NO MUNDO ESPIRITUAL

*"15. A Terra fornece, pois, um dos tipos de mundo expiatório,
cujas variedades são infinitas, mas tem por caráter
servir de lugar de exílio aos espíritos rebeldes à Lei de Deus."*

O Evangelho segundo o Espiritismo (Cap. III — Há muitas moradas na
casa de meu Pai — Mundos de expiações e de provas)

Uma agonia muito grande tomou conta de mim. Na inconsciência da morte, queria gritar por socorro, mas a mente em turbilhão me mostrava que, naquele tumulto que ocorria lá fora, ninguém sequer me ouviria, ou poderia me ajudar.

Não suportava a dor dos ferimentos. Queria me mover, levantar, foi quando percebi diversos seres se atirarem sobre mim. Não entendi o que faziam, somente um mal-estar seguido de uma fraqueza imensa tomou conta de mim. Desfaleci.

Não sei dizer quanto tempo fiquei inconsciente. Quando despertei, senti que estava sendo colocado em uma cova por homens destituídos de amor ou misericórdia, pois nem uma prece acompanhava aquele ato. Por alguns momentos, ante o terror do que ocorria, minha mente correu ao passado vertiginosamente.

Fui vendo toda a minha vida passar diante de mim. Cada ato, cada ação, tudo me era mostrado com uma clareza imensa.

Observava também que, junto com o que vinha, sentia também a consequência de cada ato. Eu era então o ator principal daquele drama e o censor que analisava e sabia em que errara.

Muito tempo se passou nisso, até que o horror de me sentir embaixo da terra principiou a tomar conta de mim novamente.

Lembrei-me então do que vira em vida, sabia que já estava morto. Dentro de mim, algo me alertava para controlar o pensamento, controlar as emoções. Já tivera muitas experiências fora do corpo. Estava acostumado a ver, ouvir e até conversar com espíritos, era uma questão de tempo para eu controlar aquela situação. Recorri a toda a minha força interna para manter-me sereno. As dores do ferimento eram insuportáveis, faziam-me perder a consciência às vezes. Busquei movimentar-me, tentar sair dali. Para isso era preciso relaxar, como nos exercícios. Aos poucos, fui me lembrando de cada passo, esforçando-me por fazer cada etapa, controlando a respiração. E, principalmente, aquela dor insuportável, e pensar, pensar em estar fora dali. Assim, não posso dizer quanto tempo me custou isto, mas o esforço foi grande.

Passado um momento em que me acometeu uma inconsciência, vi-me fora dali, sentado na grama, recostado em um muro. Não vi como fui parar ali, mas procurei aproveitar e respirar livremente.

Olhei para minha barriga, o ferimento sangrava muito. Doía miseravelmente. Sem ânimo, deixei-me ficar ali, recostado. Não tinha ideia de quanto tempo se passara, e ainda me encontrava no cemitério. Vi muitos seres passarem por mim; uns eram encarnados, mas a maioria era de desencarnados como eu mesmo.

Vi muitos serem enterrados. O cemitério era de periferia, tudo muito pobre; havia algumas covas à beira da terra, num total desrespeito para com aqueles que ali foram enterrados. Vi um destes espíritos que tentava em vão jogar terra por cima de seus restos, que apareciam sobre a terra. Tapava tudo, daí a pouco percebia que os ossos continuavam aparecendo. Então recomeçava a tarefa. Supus que aquele corpo fora o dele. Mas não perguntei, ele sequer percebia quem estava a seu redor.

De vez em quando chegavam os coveiros, retiravam os restos e os levavam, limpavam o lugar que daí a pouco era ocupado novamente. Para eles, lidar com a morte era uma rotina como outra qualquer.

Às vezes, o cemitério era assaltado por seres horrendos, que levavam uns tantos que conseguiam atrair, não sei por que processo. Outros se encaminhavam para eles, sem ao menos os verem. Eu, sem sair daquele meu canto, percebia todo o movimento do cemitério. Posso dizer que por um bom tempo aquele lugar passou a ser a minha nova casa.

Às vezes, pensava no presídio, naquela revolta em que me vi envolvido e perdi a vida. Nesses momentos, a dor do ferimento aumentava terrivelmente. Percebi que isso estava ligado à lembrança. Tentei então não pensar, afastava qualquer lembrança da mente quando percebia que iria me trazer mais sofrimento do que poderia suportar. Tornei-me um mero expectador daquele lugar, sem me envolver com nada. Sentia que na quietude mental encontrava certo alívio para a dor, a fome, a sede e o desconforto de uma forma geral.

Às vezes, perdia a noção de tudo, parece-me que dormia, não sei dizer. Então voltava a mim e percebia que tudo continuava como antes.

Verdadeiro terror tomava conta de mim quando chegavam os assaltantes do cemitério. Não sei por que os considerava assim, eram realmente como assaltantes que chegam de supetão, pegando os desprevenidos. Sentia na minha intuição que poderia haver coisa pior naquele mundo tão novo para mim. E aqueles seres passaram a ser a personificação desse mundo mais difícil ou sofrido. Sofrimento por sofrimento, preferiria ficar ali mesmo.

Mas um dia fui percebido por eles. Vários se agruparam ao meu redor e um deles me falou:

— Eu te conheço!

Não conseguia responder, mesmo porque o achei medonho e ele se aproximara demasiadamente de meu rosto. Chegava a sentir o seu bafo, o que me revirava o estômago.

Queria me afastar, não tinha forças e sabia que "eles" não me deixariam sair. Pela primeira vez me arrependi de ter permanecido ali; deveria ter saído, tentado encontrar outros lugares, alguém que me auxiliasse. Com certeza deveria haver.

Estava assim, perdido nestas conjunturas, quando um deles me deu um safanão, falando alto:

— Ei! Está surdo? Estamos falando contigo!

— Você não era o tal lá na cadeia? Pois você era de lá, não era?

— Sim. — consegui gaguejar.

— Ué, cadê o teu "protetor", o Red Marinheiro? Abandonou-te? — E soltou uma gargalhada, no que foi seguido pelos outros.

— Nada sei dele — respondi.

— Bem, você vem com a gente, vamos te ajudar a encontrá-lo!

— Não, não quero. Prefiro ficar aqui — tornei a responder.

— Olha aqui, cara, nós somos bonzinhos, você não conhece isto aqui como nós. Tem alguns que vêm aqui, com pinta de santos, e dão fim a quem eles levam. Você quer isto para você?

— Não, é claro que não — apressei-me em responder.

— Então, tu vem com a gente!

Não queria ir, não queria sair dali, mas sequer tinha ânimo para contrariá-los. Toda aquela força que me fizera dirigir o pavilhão do presídio por quase três anos se esvaiu. Assim, completamente destituído de vontade, segui aqueles seres. Melhor dizendo, fui arrastado por eles, pois muitas vezes sequer tinha energia para andar. O ferimento sangrava, como no dia em que fui assassinado. Tentava em vão tapá-lo com o que encontrava, mas não conseguia. O curioso, é que o sangue que estava sempre escorrendo não chegava a pingar pelo chão. Ele desaparecia logo abaixo do ferimento, entranhando-se pela roupa. Presumi que era reabsorvido novamente por aquele corpo, tão parecido com o meu físico carnal. Achava aquilo muito curioso. A verdade é que, apesar de viver qual um farrapo, a mente estava sempre ativa, inquieta, questionando tudo daquele novo mundo. Ansiava por aprender suas leis e dominá-las, saindo daquela situação de mendigo espiritual em que me encontrava. Lembrava-me de Red, com sua imponência e poder. *Será que, de início, não passara situações difíceis tal qual eu mesmo?*, perguntava-me. No entanto, vencera. Era um senhor respeitado. Se ele pôde, por que não eu?

O melhor mesmo era aguardar, observar para aprender.

Depois, usar isso para mudar aquela situação.

Hoje, já me encontrando em outra situação, não entendo como pude viver com tantos conflitos mentais, sem sequer lembrar de Deus.

Por incrível que possa parecer, eu realmente não me lembrara nem uma vez de clamar ou pedir. Era como se estivesse por minha conta e só pudesse contar comigo mesmo. Então, fazia esforços enormes para continuar lúcido, embora a fraqueza geral fosse muito grande.

Esses seres que me levaram com eles perambulavam para cá e para lá, sem parada. Muitos daqueles infelizes, que eles pegavam no cemitério ou mesmo desprevenidos pelos caminhos, eram utilizados como objetos de troca.

Levavam-nos para um casarão sombrio, totalmente dominado por imensas falanges de espíritos que, no meu entendimento, praticavam a arte da obsessão.

Ali era um posto onde eles treinavam incessantemente o hipnotismo com o qual dominavam as vítimas encarnadas e as desencarnadas também.

Uns se especializavam nisso. Gostavam de dominar as mentes das pessoas mais fracas, senti-las em seu poder. Já outros se especializavam em manipular fluidos tornando-os densos e venenosos, com o qual inoculavam suas vítimas, trazendo doenças graves ao corpo físico, caso não houvesse uma ação rápida, socorrendo-as e dissipando os tais fluidos.

Tudo isso pude observar, pois estive ali muitas vezes com aquele grupo.

Eles não me trocaram por acharem que, por ter sido comandado pelo Red Marinheiro, um ser muito temido por quase todas as falanges que aqui encontrei, eu seria de alguma utilidade para eles. Ansiavam encontrar o Red e prestar um "favor" a ele, entregando um de seus antigos servidores. Esperavam com isso cair nas boas graças dele.

Então, nesta condição eu não era maltratado. Mas sofria, sofria muito pela minha própria condição e também pelos fluidos que eles emanavam. Chegava a ser asfixiante, principalmente dependendo dos lugares onde me levavam.

Um dia, a fraqueza era tanta que caí em uma semi-inconsciência. Neste estado, ouvi-os dizendo:

— E esse aí, o que fazemos com ele?

— Bem, a ideia de trazê-lo conosco não foi tua?

— Sim! Você sabe que devo favores ao Red Marinheiro, e ele cobra e bem caro. Este aí pode ser uma boa paga.

— Do jeito que está, não serve para nada. Por mim largava-o aqui mesmo.

— Você está louco? Todos sabem que ele anda com a gente. E se for pessoa estimada pelo Red? Quando ele souber, vamos ter que dar conta do cabra.

— O jeito é continuar arrastando-o.

Aí um deles que me amparava, na realidade me arrastava mesmo, ora por um braço, ora por uma perna, porque eu estava totalmente entregue, disse:

— Eu estou cansado de arrastar este peso morto. Ele precisa se alimentar.

— Concordo — respondeu o que os comandava. — Vamos levá-lo lá no terreiro. A gente o encosta em algum cavalo (médium), faz ele comer alguma coisa, e garanto que ele vai melhorar. Assim não vamos precisar carregá-lo.

Todos concordaram e lá foram me levando com eles.

De início nada percebi do local, pois a inconsciência já era quase completa.

Em dado momento, senti uma descarga de energia que abalou todas as minhas fibras. A consciência retornou quase que imediatamente e me vi colado em um homem alto e forte. Senti uma sensação agradável, um calor me revitalizando.

Mas com certeza passei a fraqueza para o médium, que correu a se alimentar. Assim, me vi sentado no chão, quase que incorporado àquele homem, sorvendo com voracidade os fluidos da comida que ele ingeria.

Quando acabou aquele "trabalho", o galo já cantava no horizonte. Com aquela assimilação fluídica, fui melhorando. Muitas vezes retornei àquele local levado pelo bando, mas já não ia mais arrastado. Antes ansiava pelos dias de trabalho, pois o local era um centro de candomblé e o irmão que me servia era um pai de santo. Ali me alimentava, e aquela fome e sede insanas que me acompanhavam desde a minha morte se saciavam.

Agora já sabia como não passar fome ou sede.

Um dia, meditando nisso, lembrei-me de que vira na prisão algo semelhante.

Hoje eu fazia aquilo que me repugnava antes. Isso revoltou o meu íntimo.

Precisava, necessitava mesmo mudar aquela condição de vida. Não sabia o que fazer. Uma revolta muito grande acabou tomando conta de mim. Chorei e chorei, sem encontrar solução. Muito tempo já se passara e eu continuava prisioneiro daqueles seres.

Presenciava situações deploráveis que me chocavam e a revolta mais e mais crescia dentro de mim. Do Red nada sabíamos, parecia ter sido tragado pela terra.

De certa forma, aqueles espíritos se acostumaram comigo e, com o passar do tempo, de prisioneiro, passei a ser um companheiro silencioso.

Isto foi de grande auxílio em muitas situações, pois ninguém se mete com quem anda em bando. Já os solitários geralmente são feitos prisioneiros e escravizados. Estas pessoas são utilizadas de várias formas pelas falanges de obsessores.

Por exemplo, quando querem despertar algum vício em um encarnado, colocam um ou mais, dependendo da necessidade e da importância do caso, colados ao encarnado, que passa a assimilar aquela atmosfera viciada dos espíritos. Há casos em que fazem até um tipo de cirurgia, ligando fios cérebro a cérebro, para que as ideias de um passe para a cabeça do outro. Assim, nessa ligação, dá-se início a obsessão e o encarnado dificilmente consegue libertar-se sozinho. Tem suas tendências aumentadas sobremaneira. Estes espíritos que comandam as obsessões escolhem o espírito escravizado, que será colocado perto ou ligado ao encarnado, de acordo com a maneira que eles querem ver o encarnado se perder.

Se for pela bebida, vão colocar espíritos que morreram intoxicados por alto teor alcoólico. O mesmo com as drogas. Já se for através do sexo, escolherão espíritos que trazem na mente taras desse tipo. Assim, para que o encarnado adoeça, colocam com ele alguém mais doente ainda. Há situações em que eles agem com tanta persistência nos detalhes, que é difícil acreditar.

Hoje, penso que, se usassem o poder que têm para pesquisar uma maneira mais eficaz de fazer o bem, em vez de produzir o mal no outro, muitos males seriam evitados.

Há um potencial muito grande, resguardado por inteligências bastante evoluídas somente no aspecto intelectual, mas voltadas para o mal. Isso pude comprovar na minha vivência neste plano da vida.

E o mais incrível é que essas inteligências destituídas do corpo físico, e também da moral elevada, atuam em todas as áreas de interesse do homem. Só não ultrapassam setores ou mentes que estão de certa forma resguardados pelo bem. Ali, por mais inteligentes que sejam, não conseguem atingir.

Um dia fomos defrontados por um outro grupo, inicialmente houve alguma conversa, troca de ideias, procurei me manter afastado e observando, quando um daqueles seres foi se aproximando de mim. Seu estado era horrível, imundo, pele e osso e cheirando muito mal.

Conforme ele se aproximava, eu me afastava.

Não o reconheci, tal o seu estado, mas ele sim, e avançou contra mim como um animal. Tentava me agarrar pela garganta gritando e espumando pela boca. De início não entendi uma única palavra.

Meus companheiros, pelo tempo que perambulávamos juntos posso chamá-los assim, correram agarrando o infeliz e tirando-o de cima de mim.

Mas ele não se aquietava e gritava sem cessar.

— Assassino, por tua culpa estou morto, assassino!

Algo nestas palavras levou-me ao passado. Vi-me com o Esteves e o subgerente invadindo aquela casa, e logo após o Celso, pedindo misericórdia.

Pois que aquele pobre coitado era ele próprio, o Celso, novamente me acusando.

Eu me mantive em silêncio. Achei acertadamente que não devia demonstrar que o reconhecera.

Nesse ínterim, os dois grupos já se encaravam desafiadoramente. Como o nosso grupo era maior, percebendo que não iam aguentar uma ofensiva, eles resolveram encerrar o caso e, arrastando o coitado do Celso que continuava esbravejando, o chefe deles, com o intuito de desculpar-se, falou:

— Ele não tá nada bem. Anda vendo demais — E foram-se.

De minha parte, nada disse; aguardei que me interrogassem. Estranhamente não o fizeram. Passaram alguns dias me observando, cochichando entre eles, depois deram o caso por encerrado, ou esqueceram, sei lá!

A partir daquele dia, apesar de tentar manter a tranquilidade, não tive mais sossego. Receava um novo encontro com o Celso. No estado de alienação em que se encontrava, não ia adiantar tentar me explicar.

Depois, nunca senti tanto ódio em alguém, como aquele que senti nele. Não! Conversar não ajudaria em nada. Tinha que arrumar uma maneira de sair daquela situação. Aliás, toda ela já me sufocava. Andava com aquelas pessoas por não ter outra opção. Não me agradava aquelas companhias. Pelo tempo em que andávamos juntos deu para conhecê-los intimamente. Suas emoções e seus sentimentos se resumiam nas necessidades primárias, comer, beber, satisfazer-se de maneira geral. Nas raras vezes em que tentei dialogar, percebi que se encontravam com ideias fixas em algum ponto, e o resto não lhes interessava.

Nunca mais falei nada, exceto o essencial. Resignei-me a acompanhá-los para lá e para cá, para não ficar sozinho.

O grupo, como sempre fazia, volta e meia perambulava pelos cemitérios. Neste dia, depois de arrebanhar alguns espíritos que ali encontraram, fomos para o casarão utilizado pelos obsessores. Eu, embora não participasse daquele feito, sentia-me mal perante aqueles molambos em forma de gente que para lá eram levados, a maioria sem nenhuma consciência do que ocorria. Outros tão amedrontados que quase não conseguiam caminhar.

Lá chegando, percebemos um movimento inusitado. Todo o caminho estava guardado por seres encapuzados, tais quais aqueles que acompanhavam o Red.

Meus companheiros exultaram e um deles falou:

— Este movimento todo indica que Red Marinheiro, ou algum importante de seu bando, se encontra no local.

— Bem, até que enfim vamos dar um destino a este — disse outro, apontando para mim.

— Alegre-se, companheiro — o terceiro completou —, você vai encontrar o seu antigo chefão. Quem sabe você não se arranja, pois quem está com o Red, e trabalha bem, é bem tratado.

— Por que diz isto? — perguntei. — Você já fez parte desta turma?

Ele, fazendo um muxoxo, respondeu-me:

— Bem que eu queria, mas ele não se interessa por gente pequena. Não para funções importantes. E, para fazer serviços menores, fico como estou. Mas, quem sabe, mais dias menos dias, posso mostrar a ele o meu valor! Você mesmo viu bem, que estou aprendendo a arte do hipnotismo.

Os outros riram, como desdenhando do que ele falava.

— De que estão rindo? Não se atrevam — gritou descontro-lado. — Eu estou aprendendo! Breve, muito em breve vocês serão os primeiros a servirem de teste para mim.

Isto foi dito em um tom ameaçador, mas nenhum daqueles que o acompanhavam levou a sério.

— Vá lá, grande mestre do hipnotismo. Vá lá enfrentar o Red, se tem coragem. — sugeriu um deles.

— Também não é pra tanto, estou aprendendo! Se pudesse ficar perto dele e acompanhá-lo, este aprendizado seria bem rápido, pois ele sim é que é o mestre. Já ouvi barbaridades dele.

Alguém se aproximou, acabando com essa conversa.

— Vocês, o que procuram aqui?

— Saber se o Red se encontra na casa.

— Por que querem saber?

— Temos assuntos com ele.

Aquele encapuzado soltou uma estridente gargalhada e respondeu:

— Vocês? Assunto com o Red? O Red não tem assuntos com gente miúda. Vão-te daqui ou solto as feras em cima de vocês.

Ato contínuo a estas palavras, um outro já se aproximava com dois animais enormes, que reconheci imediatamente serem os acompanhantes do Red.

Diante disso, toda coragem do grupo se esvaiu. Debandaram numa corrida louca, ao ouvirem os estranhos grunhidos daquelas criaturas.

Eram realmente de assustar, mas como eu já os conhecia, não corri. Na realidade não tanto por coragem, mas por uma indecisão que me acometeu naquele momento.

Como estaria melhor, acompanhando indefinidamente aqueles seres, ou optando por enfrentar o Red novamente?

Quem sabe conseguiria uma atitude conciliadora por parte dele, se me mostrasse arrependido e submisso?

Qualquer outra situação seria melhor que aquela que vinha vivendo.

Despertei destes pensamentos com os gritos daquele espírito em meus ouvidos:

— E então, camarada, quer enfrentar as feras ou correr?

— Quero falar com o Red Marinheiro, é assunto importante.

— Já disse que ele não fala com qualquer um.

Procurando manter uma impassividade que estava longe de sentir, retruquei:

— Eu não sou qualquer um, tive a honra de servir ao Red Marinheiro, quando em vida!

— Quem é você?

— Sou o Caipira, diga-lhe isto. Estou certo de que me receberá.

Ele olhou-me nos olhos, como relembrando algo, depois fez sinal para o outro para que ficasse ali me "guardando", e rodou sobre si, direcionando para o casarão.

Algo estranho ocorre deste lado que na época eu não entendia direito. A maioria daqueles espíritos com quem tinha esbarrado aqui tinha uma incapacidade de pensar em muitas coisas ao mesmo tempo. Assim, varriam da mente todas as lembranças que não lhes interessavam, mantendo o pensamento no que faziam ou em ideias fixas. Este espírito mesmo era um dos que viviam na cadeia, ou acompanhavam o Red. Reconheci-o e percebi que ele, por sua vez, só me reconheceu depois disso. Antes era como se me olhasse, mas não me visse.

O grupo que me acompanhava se mantinha a certa distância, observando, sem arredar o pé dali.

Logo aquele encapuzado retornou, fazendo-me sinal para segui-lo. Virei-me para o grupo e fiz um sinal para que esperassem.

Nem sei o que me levou a fazer isso. Penso que, apesar da distância que sentia entre mim e eles, tínhamos algo de semelhante ou então não estaríamos perambulando tanto tempo juntos.

Segui o homem para dentro do casarão.

XVIII. NOVO ENCONTRO
COM RED

Caridade para com os criminosos
*"14. Deveis àqueles de quem falo o socorro de vossas preces:
é a verdadeira caridade. Não é preciso dizer de um criminoso: É um
miserável, é preciso expurgá-lo da Terra, a morte que se lhe
infringe, é muito suave para um ser dessa espécie. Não, não é
assim que deveis falar. Olhai vosso modelo, Jesus; que diria
ele se visse esse Infeliz perto de si?"*

O Evangelho segundo o Espiritismo (Amar ao próximo como a ti
mesmo – Cap. XI – Caridade para com os criminosos)

Como disse anteriormente, já tinha estado ali outras vezes.

A ruína interna daquele edifício era quase total. Mas hoje, pela importância do personagem que ali se encontrava, observei certas mudanças. Uma mesa comprida, recoberta com toalha de um vermelho meio turvo, o mesmo tecido que recobria também as paredes, talvez para esconder os escombros. No fundo do salão, semi-iluminado por tochas, estava o Red, sentado em uma cadeira de espaldar alto. Portava-se como um nobre, ao qual todos devessem prosternar-se num ato de completo servilismo. A arrogância transpirava de toda a sua figura.

Parei logo na entrada, inibido diante daquele quadro, porque havia outros personagens semelhantes, sentados formando um semicírculo, no qual o ponto central era ele. Confesso que estremeci e um medo paralisante começou a dominar-me. A maioria trajava roupas pretas, capas e armas variadas.

Foi quando aquele que me acompanhava deu-me uma forte cotovelada nas costas. Aquilo ao menos serviu para tirar-me daquele estado e recuperar o sangue frio.

Caminhei então até o início do círculo, sempre olhando para o Red Marinheiro que também me encarava. Parei. Ele fez sinal com a mão para que continuasse. Atravessei aquele semicírculo, sentindo todos os olhares sobre mim. Confesso que a carga formada pela curiosidade daqueles espíritos era muito forte, mas consegui me colocar perto do Red, procurando olhá-lo com firmeza:

— Com que, então, o "amigo" Caipira deu o ar da graça? — falou com voz amigável.

— Tenho procurado você já faz algum tempo — respondi.

— Sim, eu sei! Inclusive conheço aqueles "coitados" que andam contigo. Não se envergonha de ter decaído tanto? — perguntou-me ele, e pude ouvir risadas sarcásticas dos componentes daquela "seleta reunião".

— Eles podem não ser grandes coisas, mas já me ajudaram e muito.

— E prefere este tipo de ajuda àquela que eu te dei?

Senti naquele momento que precisava angariar a simpatia daquele ser ou não sei o que ele faria comigo caso se voltasse contra mim. Procurei ser sincero.

— Reconheço que você me prestou grandes favores no presídio!

— Favores que você não soube reconhecer e ser agradecido!

— Eu tinha muito apego ao Negro, depois de sua partida me desorientei. Não tinha a mesma fibra de antes.

— Não costumo dar segunda chance a ninguém, todos aqui sabem — falou relanceando os olhos para o grupo no círculo. — Mas vou levar em conta nossa amizade antiga. Talvez tu não te lembres "ainda", mas já foi meu auxiliar de cabine quando comandei um navio pelos oceanos da Terra. Em meio a vários, tu eras o meu grumete preferido, sabia ser muito útil, e até me salvou a vida em certa ocasião. Por conta disso, vou ser magnânimo e te dar mais uma chance de trabalhar comigo.

— Agradeço muito, garanto que você não se arrependerá.

— Faço também porque sei que tens grande capacidade, sempre foi muito inteligente e não me rodeio de medíocres. Temos muitos trabalhos que necessitam de raciocínio rápido, criatividade, pois lutamos contra inimigos poderosos, que anulam tudo o que criamos. Então, temos que ser rápidos e estar sempre um passo a frente deles. Alguém como tu sempre será muito útil. Só uma coisa, Caipira. Não tolerarei nenhum tipo de insubordinação. Se estiver descontente, venha falar comigo. Sempre há um modo de solucionar problemas; alguns eu posso aceitar, outros não. A decisão sempre será do reclamante. Se aceitar o que proponho, terá tudo comigo. Se não aceitar, assumes as consequências.

E finalizando me perguntou:

— Está certo assim?

— Sim — respondi o mais rápido que pude.

Queria sair dali, daquela posição incômoda, diante daqueles seres. Mas, para o meu pesar, a um sinal do Red, apareceu uma cadeira não sei de onde, e ele me mandou sentar. Fez um gesto de condescendência como se eu estivesse ali recebendo uma honra imensa. Depois deu sinal para que a reunião continuasse.

Muito do que ouvi ali, naquele dia e em outros, pois o Red trazia-me sempre ao seu lado, não sei com que intenção, muito do que era planejado não posso narrar. Foi-me proibido pelo Plano Maior para não dar vazão a que outros possam copiar aquelas ideias e instruções que eram passadas. Só passo o que me foi permitido. Cada um daqueles seres era responsável por um setor da vida na Terra. Ou, melhor dizendo, era responsável por patrulhar esses setores. Atuavam em áreas de pesquisas de armamentos, procurando meios para torná-las mais letais, com maior alcance de destruição. Outros em áreas epidemiológicas, criando ou propiciando surgimento de novas doenças ou retorno de antigas já debeladas. E, pasmem vocês, atuavam no governo, procurando fomentar a discórdia nas câmaras e senados, intuindo na criação de leis absurdas e impedindo de ir adiante aquelas que poderiam ser de grande utilidade para a nação.

Os piores eram os responsáveis pelo crescimento dos vícios de todas as espécies. Estes vinham com enorme satisfação relatar seus progressos, pois eram as áreas mais debilitadas no planeta pela condição inferior em que a maioria vive. Portanto, pelos padrões daqueles espíritos, que lutavam em vão contra a Luz, esta área era uma verdadeira mina de ouro. Os outros acorriam para cumprimentar estes responsáveis, mas eu percebia, no íntimo, que se ralavam de ciúme e inveja, pois esses acabavam sendo agraciados pelo Red, que era todo sorriso e gentilezas para com eles. Qualquer destaque nestes grupos significa muito ódio por parte de quem está abaixo.

De todas essas figuras uma especialmente me chamou a atenção. Este personagem fez questão de levantar-se e postou-se à frente do grupo, depois de curvar-se cerimoniosamente perante o Red. Iniciou uma discussão em que friamente relatava os resultados das experiências que fazia.

Toda a sua figura transpirava estranheza e senti uma aversão imediata por ele. Sua vestimenta consistia em uma calça franjada preta, botas de cano longo como a maioria. Os cabelos eram longos entremeados de fios brancos e o que mais chamava a atenção eram os olhos, que lembravam olhos de felinos ou répteis, não consegui definir. Todos, com exceção do Red, evitavam encará-lo dada a força hipnótica que ele transmitia. Assim começou seu discurso:

— Para os que não me conhecem — E olhou mais diretamente para mim — sou Cérbero. Não estranhem o nome! Adotei-o em homenagem ao cão mitológico, guardião da porta do Saber. Eu também sou um guardião do Saber! Tenho a posse de muitos conhecimentos. Se o mais inteligente da Terra sonhasse, venderia a alma ao diabo para conhecer a mínima parte do que sei. Mas, como o poder — Nisto olhou diretamente para o Red e continuou — ou a inteligência não são atributos para as massas, mas somente para quem souber conquistá-los, reservo-me no direito de preservar tais conhecimentos para o meu próprio proveito e daqueles que podem me prestar algum favor. Então, estes encontram em mim um raro e dedicado servidor. No momento, encontro-me interessado em desvendar o poder de certas drogas na mente humana. Mente que, aliás, não é um mistério para mim. Os homens, em sua maioria, não passam de crianças aprendendo a pensar. O que, aliás, me impacienta quando tenho que lidar com eles. Estas minhas descobertas visam acelerar essas inteligências medíocres, mas sob o meu controle. Tenho conseguido certo avanço, mas até agora, infelizmente, o corpo físico não aguenta por muito tempo o seu uso. O fato é que estes preparados aceleram o cérebro, abrindo a percepção, campo mental-espiritual, mas o corpo não aguenta e os indivíduos acabam alucinados, comprometendo a matriz física e, infelizmente, as cobaias não mantêm lucidez por muito tempo. Então todos sabem o que ocorre depois, muitos acabam se viciando, tornam-se sorvedouros de espíritos também viciados. Neste estágio, já não me servem mais.

Eu ouvia a exposição fria daquela criatura num estado atônito. Sem querer, balbuciei algo, sendo ouvido por todo o grupo que se virou imediatamente para mim. E ele lentamente também se virou me encarando. No silêncio constrangedor que se fez, Red interveio, perguntando: — Você quer perguntar algo ao amigo Cérbero, Caipira?

Precisava formular uma questão qualquer, sob pena de ficar marcado por todos por ter a ousadia de interromper a exposição daquele espírito, que mantinha seu olhar pregado em mim.

— Ele diz que faz experiências com gente viva, como? — arrisquei a perguntar.

Ele relanceou os olhos sobre todos e resmungou:

— É como eu disse, os curtos de inteligência não conseguem vislumbrar um palmo diante do nariz. Caro amigo — completou ironicamente —, não sabe você que todos são espíritos, e que tudo começa no espírito? Não sabe que a maioria, senão todas as doenças, tem seu início aqui? Muitas por intercessão de gente deste plano, que por vingança ou obsessão traz seus desafetos para cá durante o sono, e se aproveita, nesses momentos, quando a maioria esta desguarnecida, para infiltrar nas suas mentes aquilo que ele, o vingador, deseja que suas vítimas levem ao acordarem? Depois, água mole em pedra dura, tanto bate até que...! Já ouvi estes provérbios, ditos pela ignorância, que às vezes guardam um lampejo de verdade. Assim, de indução em indução, se consegue criar no outro aquilo que queremos.

— Aí, você fala de hipnotismo, isto eu sei que existe. Mas, antes, você mencionou drogas. Como pode um espírito transportar drogas, criadas aqui, para o mundo material? — perguntei.

Ele, depois de dar uma gargalhada, completou:

— Isto é o mais simples. Na Terra o que não falta é gente querendo nos servir. São muitos dispostos a fazer o que queremos, o que intuímos em suas mentes. Principalmente quando visam aos lucros altos. E o que é mais lucrativo no momento, senão as drogas em todas as suas nuanças? Tem para todos os gostos.

Então perguntei, estarrecido:

— As drogas que pululam no mundo físico têm sua origem aqui, no mundo dos espíritos?

— Tudo tem a sua origem aqui, meu camarada. O meu propósito nada tem a ver com tráfico, ou arrebanhar seguidores. Isto fica por conta de nosso Red. Meus objetivos são científicos, portanto são sagrados para mim. Nisto estou empenhado por inteiro. Não tenho laços ou vínculos com pessoas, ideologias ou credos. Nada disso me interessa, o que conta em primeiro e última instância é o sucesso de minhas experiências.

Dito isto, deu por encerrado seu discurso e sentou-se. E o Red continuou a dita reunião:

— Temos no nosso Cérbero um exemplo de dedicação! Ele não mede esforços para conseguir o que quer. Não tem ganância pelo poder como a maioria dos outros — E relanceou o olhar para o grupo, como a dizer que os conhecia um a um.

Houve um constrangimento geral, e ele continuou orgulhoso:

— Mas vamos, vamos, não precisam se envergonhar de suas ambições. Prefiro lidar com cada um de vocês sabendo que, no momento que vacilar, a maioria estará pronta para me passar para trás, do que lidar com gente dissimulada e bajuladora. Estes são vícios de pessoas pequenas, eu não os tolero. Quanto a vocês, respeito cada um, são os melhores, pois caso não fossem não estariam sob minhas ordens. Mas... — deu uma risada, depois muito sério completou: — Não são páreos para mim! Posso destruir cada um à menor suspeita de traição — falava isto, repassando um a um com aqueles olhos vermelhos, até parar em mim.

Depois deu por encerrada aquela estranha reunião.

A partir daquele dia minha vida mudou. Red colocou alguns homens sob o meu comando. Mandava-me fazer pequenas tarefas.

A seus olhos, voltei a ser o rapazola que o atendia quando era capitão do já mencionado navio. Aliás, fato que até então eu não me lembrava muito. Às vezes, sentia que a história era conhecida, que o véu ia se abrir e me lembraria de tudo. Mas algo sempre impedia. Então ouvia esta história como se não tivesse envolvimento algum com ela.

Passou-se muito tempo e eu continuava a fazer pequenas tarefas para o Red. Ora era "guardar" alguma casa, cujos habitantes estavam comprometidos com ele próprio, ou por prestação de favor a alguém. Ora recebia incumbência de carregar alguém à força até seus domínios. Fazia essas tarefas sem questionar ou me envolver emocionalmente. Era como o militar que cumpre o que ordenam seus superiores. Conforme fui dando conta das pequenas tarefas, outras mais importantes e difíceis surgiram. Foi assim que passei a dar proteção a certos traficantes que operavam na mesma rota onde tantas vezes eu mesmo trabalhei. Via-me, então, auxiliando esses homens envolvidos com esse crime, instruindo, qual o melhor caminho, a melhor hora para passarem em determinado trecho etc. Afastando eventuais policiais que pudessem aparecer inopinadamente e atrapalhar uma entrega.

Ou mesmo deixando aqueles que caíram em desgraça com os chefes, protegidos do Red, perderem-se nas garras da polícia.

Assim, recebiam segurança enquanto cumprissem suas tarefas. Caso falhassem ou se arrependessem do que estavam fazendo, imediatamente, o nosso pessoal era convocado para envolver os considerados traidores. E, se não houvesse uma intercessão do Mais Alto, acabavam mortos em uma sarjeta, ou presos. Uma vez mortos como traidores, eram imediatamente aprisionados assim que despertavam para a realidade da vida do espírito. Mas, torno a dizer, tudo isso ocorria quando não havia uma intercessão maior. Pois, às vezes, nem o próprio Red com todo o seu poderio conseguia evitar que planos tão bem traçados por ele e seu comando de chefões fossem por água abaixo. Nesses momentos, enquanto alguns ruminavam pragas e palavrões tentando entender o que se passava, ele se isolava.

Numa dessas ocasiões, caminhando ao acaso, ouvi-o falando entre os dentes com alguém invisível, trazia o semblante carregado e as mãos crispadas direcionadas para o alto.

— Nada me deterá! Seguirei o meu caminho! Se quiser venha comigo, mas não me atrapalhe!

Assustei-me tentando ver com quem ele falava. Percebi que ele também não via ninguém, mas percebia nos planos fracassados a atuação de alguém que somente ele sabia quem era.

Com medo de ser descoberto, fugi dali. A partir de então, passei a observar melhor aquele homem tão poderoso, mas que sabia existir além dele alguém que poderia abalá-lo.

Depois dessas crises, Red passava dias silenciosos. Resumia-se em dar ordens necessárias e depois desaparecia. Levava somente aqueles dois animais consigo. Ninguém sabia dele, mas não se atreviam a desobedecê-lo. Sua personalidade era tão poderosa que mesmo ausente exercia domínio sobre todos.

Depois retornava, e tudo voltava a ser como antes. Somente os animais de alguma forma retornavam mais grotescos. Tudo isso era um mistério para mim. Intrigava-me, mas não podia deixar transparecer minha curiosidade, o que não seria aceito por ele.

Depois, quanto menos em evidência eu ficasse, melhor. Não queria criar nenhuma dificuldade entre mim e o Red.

Neste trabalho que exercia com ele, minha vida mudou muito.

Era respeitado pela classe miúda que me via como alguém importante, pois estava sempre ao lado do maioral.

Para eles, eu assumira um posto almejado por muitos. Até os antigos companheiros, aqueles que perambularam comigo durante um bom tempo, consegui encaixá-los a serviço do Red.

Isto é, os que aceitaram isto, pois dois deles preferiram continuar a vida errante, sem responsabilidade nenhuma. Os que aceitaram eram muito gratos a mim. Sentiam-se recompensados por terem me auxiliado tão bem. Aliás, esta era a história que eles contavam a todos com paciência suficiente para ouvi-los.

O que eu pude perceber desse grupo do Red, e até de outros similares que existem deste lado, foi que, na maioria das vezes, são eles que dirigem os assuntos do mundo terreno. A maioria está presa ainda ao que era ou ao que fazia quando viva e não se conforma em deixar seus antigos postos, principalmente aqueles que exerceram cargos de certa importância e, no geral, obtiveram lucros, em sua maioria, ilícitos. Outros, que sentiam verdadeiro orgulho em criar sistemas absurdos, passando-os para os inocentes seguidores como ideias as mais elevadas. Verdadeiras utopias que prometiam maravilhas e nada mais eram que anuladores da capacidade de raciocínio do ser, levando-os à condição de autômatos sem discernir a sua própria condição no planeta ou no universo.

Mas o que mais proliferava ali eram aqueles envolvidos com as diretrizes governamentais dos encarnados. A maioria tentava, e para nossa infelicidade continua tentando, empanar o brilho próprio que este país possui. Tenta barrar o crescimento moral da criatura, envolvendo-a naqueles vícios e mazelas que ainda trazem na alma.

Esta luta inglória das sombras visa dificultar o planejamento do alto, cujo objetivo é, através da elevação vibratorial deste pedaço de terra santificado, ir condensando aqui energias elevadas que serão depois dispersadas para todo o orbe, mudando pouco a pouco a condição de todo o planeta para um grau mais elevado.

Urge, então, a transformação e melhoria de todos, pois, segundo me informaram os irmãos iluminados quando foi recolhido para tratamento, os olhos de todos os espíritos impuros que habitam a crosta da Terra estão voltados para cá, temerosos.

O medo de que uma possível transformação na situação vibratorial do planeta venha pegá-los de surpresa e eles sejam afastados no redemoinho energético que se forma nessas ocasiões. Este medo de serem desalojados de seus cantos e suas posições faz com que cerrem barreiras contra tudo que provenha do Cristo. Encaram-No como um inimigo a ser combatido ferozmente e não medem esforços para isso, semeando em seus caminhos o ódio, a intriga e todo tipo de perversidade, bem como estimulando o desvario a todo tipo de vício. Assim é que todos aqueles chefes, em qualquer posição em que se concentravam, não abriam mão da proliferação dos tóxicos. Por isso, encontramos este vício tenebroso infiltrado em todas as áreas da humanidade. Principalmente em áreas onde deveria haver o maior respeito, como entre médicos que supostamente têm os recursos para tratar os doentes; entre os políticos, em que seria necessário o bom senso equilibrado e o amor para que as leis fossem cumpridas, melhorando a vida de todos. E pasmem vocês que até entre aqueles voltados para o sacerdócio cristão encontramos este vício crescendo.

Não citamos aqui nenhuma religião em especial, nem é nosso intuito levar à crítica nenhuma delas, pois que qualquer uma que procure vivenciar os ensinamentos do Mestre Jesus está cumprindo seus objetivos.

Somente alertamos para o fato de o vício estar entranhado em todos os setores da vida humana. Porquanto existe a falta de vigilância das mentes, possibilitando que isso ocorra.

Vocês podem estranhar eu estar escrevendo coisas tão elevadas, com uma racionalidade que na época eu estava muito longe de saber, embora no íntimo algo me advertisse dessa realidade.

E hoje, particularmente, quando escrevo este capítulo, estou ladeado por duas pessoas maravilhosas que muito me ajudaram para sair da situação em que eu próprio inadvertidamente me meti.

XIX. ATRAIÇOADO PELO SENTIMENTO

"23. De quantos tormentos, ao contrário, se poupa
aquele que sabe se contentar com o que tem, que vê sem inveja
o que não tem, que não procura parecer mais do que é."

O Evangelho segundo o Espiritismo (Cap. V — Bem-aventurados
os aflitos — Os tormentos voluntários)

Retornando às minhas lembranças, um fato ocorreu que mudou toda aquela situação cômoda em que me encontrava.

Recebi do Red a incumbência de buscar em certa localidade um magote de escravos. Coisas corriqueiras para mim.

Geralmente, procurava me manter afastado desses coitados, só comandando a operação, sem me envolver muito. Isto era uma efesa, pois sentia meu espírito, às vezes, fraquejar diante de certas ordens. Mas não via outra saída senão cumprir a tarefa.

Senti que as tais pessoas que íamos trazer eram especiais, pois o Red me deu mais dez homens, além dos meus comandados.

Éramos, ao todo, em torno de trinta homens. Bastante para o simples transporte de alguns escravos, como ele próprio citou.

Caminhamos muito até chegar em certa fortaleza, digo isso porque o lugar era bem fortificado, lembrando aquelas construções do passado, fortemente cercada por vários encapuzados.

Mas, ao adentrarmos, o lugar me causou forte depressão e angústia.

Estranhei o fato e procurei me controlar, coisa que eu mais fazia, aliás! Viver constantemente mantendo o controle das emoções não é fácil! Imaginem então o que é manter o controle dos pensamentos para que outro não perceba o seu estado íntimo!

Isto era constante porque não me adaptava àquela vida. Aceitava viver daquela forma pois não conhecia outra melhor. Mas, no íntimo, não gostava. Isto era uma tortura permanente.

Bem, logo que entramos no local, alguém foi anunciar a nossa chegada e, para meu espanto, quem veio atender era o tal Cérbero, que eu, para minha satisfação, não via há muito tempo.

— Quem é o responsável? — gritou ele.

Adiantei-me, respondendo prontamente:

— Eu comando este grupo!

Ele me olhou, perpassou aqueles olhos terríveis sobre todo o grupo. Fez um sinal para que eu o seguisse.

Entrei naquela construção escura sentindo o peito se apertar cada vez mais. O ar era terrível, irrespirável. Fomos descendo uma escadaria e percebi que entramos em uns quartos subterrâneos. Numa das portas ele parou:

— Diga ao Red que estas são as melhores. Só as cedo porque é encomenda dele. Como respeito o trato, elas estão inteiras e lúcidas. Se ele não se agradar de alguma pode me devolver, pois estou necessitando de instrumentos para minhas experiências. Outra coisa, não deixe nenhum dos animais que te servem chegar perto de nenhuma delas! Ou tu prestarás contas ao próprio Red!

Abriu a porta e vi acuadas em um canto cerca de duas dezenas de mulheres.

Senti um grande mal-estar, pois sabia o que era conduzir mulheres por aqueles caminhos tenebrosos, cheios de salteadores sombrios.

Sai antes para alertar os homens.

— Vocês que me seguem sabem que primo pelo bom cumprimento das ordens. Se eu ajo assim, sabem que com o Red a coisa é muito mais severa. O que temos para levar hoje é encomenda do próprio Red e qualquer deslize no cumprimento das ordens recebidas terá o retorno imediato! E posso garantir que será terrível!

"Então, concentrem-se na guarda! Cerremos fileiras dos lados e atrás do grupo, eu irei à frente, quero todos distantes alguns metros, para que possam perceber eventuais grupos salteadores. Formem as fileiras!"

Fui gritando as ordens e colocando-os na posição em que desejava, e de certa forma utilizando alguma força hipnótica para que eles só percebessem as ordens a serem cumpridas, e vissem aquele grupo como outro qualquer, e não como um bando de mulheres jovens.

Minha estratégia deu certo. Trouxe-as para fora colocando-as no centro. Todas se comprimiam umas contra as outras. O medo era evidente.

E a estranha caravana começou sua marcha. Tudo muito silencioso. De tempos em tempos eu repassava o grupo todo. Os homens iam automaticamente, tão acostumados estavam em receber ordens.

O importante era que não saíssem desse estado meio letárgico porque se mantinham alertas contra qualquer perigo que pudesse vir de fora e, também, não davam vasão ao instinto bestializado que todos possuíam, disso eu tinha certeza. Aliás, já tinha presenciado muita coisa chocante também em se tratando do campo do sexo, em que as criaturas, quanto mais insensíveis para as coisas do espírito, mais se resvalam, igualando ao irracional ou até pior, pois que estes não machucam ou ferem seus companheiros.

Para meu alívio, estávamos quase ao término da jornada.

Senti que elas precisavam descansar, pois ofegavam muito e o caminhar estava vagaroso.

Paramos. Curioso passei a observar o grupo. Umas vistosas, até bem tratadas, já outras, bem acabadas. A maioria mal se aguentava em pé. Dei ordens para se sentarem, algumas entenderam, outras permaneceram na mesma posição, alheias a tudo que as rodeava.

Entrei no meio e forcei-as a se sentarem. Pude assim ir observando mais detalhadamente a cada uma. Não sei por que agi assim. Já disse que evitava este tipo de contato para não me penalizar depois. Especialmente, procurava não gravar nenhum rosto. Mas, estranhamente, procurava avidamente vê-las uma a uma e fazia isso cada vez mais aflito. Não entendia isso. Já escoltara mulheres antes. Era tarefa de que não gostava, pois tinha que manter os homens na linha, e isso exigia um grande dispêndio de energia.

Assim, fui olhando-as detalhadamente até que me deparei com uma muito maltratada, totalmente alienada da realidade, fato que me fez chorar por dentro, pois me lembrou minha amada Lúcila. Procurei olhar em seus olhos, chamar a sua atenção de alguma forma. Não consegui. Aqueles olhos encovados pareciam nada ver. Nada nela lembrava aquela mulher deslumbrante que eu jamais esqueci. Mas meu coração se apertava mais e mais, confundindo-me a razão. Uma parte de mim negava aquela evidência, por ser ela um farrapo humano. Mas o sentimento me tocava forte gritando a verdade. Sim, aquele ser quase disforme era minha amada Lúcila.

Segui adiante chorando no íntimo, sem saber o que fazer, como agir. E o desespero ia aumentando na medida em que entrava nos domínios do Red Marinheiro, meu chefe, dono daquelas mulheres.

Minha cabeça fervilhava buscando uma solução. Pensei: *Talvez pudesse tirá-la daquele meio, escondê-la*. Mas não. Com certeza o Red sabia a quantidade de mulheres, ia dar pela falta dela.

Poderia alegar uma fuga: me arriscaria. Alguns dos homens, apesar da alienação, poderiam perceber. Depois, o estado em que ela se encontrava não ajudava em nada. Se estivesse lúcida, ativa, poderia tentar algo, deixá-la fugir. Mas eram cogitações impossíveis. Se a deixasse para trás, ela permaneceria ali, parada sem dar conta de nada, e seria presa fácil de vagabundos que por lá perambulavam.

E, assim, nesta cogitação febril, aproximamo-nos do reduto de Red Marinheiro. Já um grupo numeroso se acercava de nós.

Eram os guardas das fronteiras. Agora não poderia tentar mais nada. Somente seguir adiante e esperar uma oportunidade.

Assim que chegamos, o próprio Red veio nos receber. Estava risonho, fato raro, denunciando a sua satisfação:

—Muito bem, Caipira, vejo que cumpristes à risca tua tarefa. Estão todos aqui.

— Sim, sim, — ia dizendo isto enquanto repassava-as uma a uma. — Muito bem! Levem-nas para dentro.

Não querendo perder a oportunidade, tentei ali mesmo falar-lhe sobre o que me atormentava.

— Red, por favor, só um minuto.

Ele voltou-se e percebi uma certa irritação, pois estava ansioso por avaliar melhor sua aquisição.

— O que quer?

— Não quero te atrapalhar Red, mas gostaria de falar sobre uma destas mulheres.

— Acho que nada tenho a falar com você acerca do que me pertence. A não ser — continuou ameaçadoramente — que faça teus homens respeitarem tuas ordens e você não respeita as minhas.

— Não.

— Você não colocaria os olhos no que me pertence, não é?

— Red, entenda, uma destas mulheres é pessoa de minha estima! Foi-me cara ao coração, quando em vida!

— Caipira, Caipira, morreu acabou! Aqui não existem leis, parentescos e nem afinidades! Nada disso salva ninguém! O que salva, é saber cumprir ordens! Você me decepciona. Mas dou o caso por encerrado. Provo mais uma vez que sou teu amigo. Caso contrário, já te desligaria do meu grupo, te entregando a qualquer infeliz que pagasse bem.

Diante disso, soube que nada adiantaria. Desanimado, saí dali depois que ele entrou, já completamente alheio à minha pessoa.

Busquei um canto para pensar, tentar encontrar uma solução:

— O melhor mesmo é esperar. Nem sei se é Lúcila. Vou aguardar. Red trata bem suas mulheres, pelo menos enquanto está interessado. Lúcila sempre foi muito bonita. Depois de receber algum trato, alimento, voltará a ser o que era. Tirarei as dúvidas então. Difícil será vê-la, pois as mulheres vivem reclusas.

E com estes pensamentos, deliberava:

— Vou esperar! Daqui a algum tempo, entrarei na fortaleza e, se ela estiver aí dentro, eu a encontrarei. Ela estando bem será mais fácil tentarmos uma fuga. Se realmente eu a reencontrei deste lado, nada, nem ninguém, me separará dela novamente.

A vida seguia seu curso. Continuei com as minhas tarefas.

A ansiedade fervia por dentro, mas mantinha-me sob controle.

Agora mais do que nunca precisava manter a cabeça no lugar.

O tempo foi passando. Red continuava me tratando como antes.

Nada fazia suspeitar que ele me mantinha em vigilância, mas mantinha. Por um bom tempo não soube mais das mulheres. Às vezes, deparava-me com uma ou outra, que Red fazia questão que o acompanhasse. Ele gostava de estar sempre bem acompanhado.

Isto demonstrava seu poder. Deste lado, só mantém companheiros quem pode. Ou seja, quem tem certo poder. Uma mulher bonita é muito disputada. Se bem que esta realidade não difere muito do mundo dos vivos, não é? São poucos os que se unem por afinidades. A maioria se junta pelos interesses.

Certo dia íamos fazer uma excursão. Isto é, o Red ia caminhar por seus domínios. Sempre fazia isto, quando não estava envolvido com outros assuntos.

Quando ocorriam essas excursões, todos os chefes subalternos deveriam ir junto, a não ser que estivessem em alguma missão importante.

E assim, neste dia já o aguardávamos.

Ele desceu com uma das mulheres, e assim que a vi quase desfaleci. Só não tive um ataque do coração porque já estava morto.

Sim, ali estava ela. Era bem minha querida Lúcila, em todo o seu esplendor. Nunca tive que fazer tanto esforço como naquele momento para manter o equilíbrio. Olhava-a avidamente, não percebi que Red também me observava.

Não, nada percebi a não ser aquela que eu amava, ainda e desesperadamente. Por ela fui parar em uma cadeia. Certo que tinha meus delitos, mas foi por amá-la tanto que me deixei apanhar. Agora, novamente, encontrava-me em uma situação tão melindrosa quanto antes. O que fazer?

Segui o grupo automaticamente. Não conseguia pensar.

Sentia vontade de pular no Red e enforcá-lo por ousar tocar em Lúcila. Aquela ronda parecia interminável. Queria estar só para pensar, planejar uma maneira de subtraí-la. Mas nem chamar a sua atenção eu conseguia, pois ela se mantinha distante, alheia a tudo. Desde esse dia passei a rondar o casarão do Red. Para que vocês entendam bem, explico que esse casarão estava rodeado por muros altos. Os comandados viviam em áreas adjacentes ao casarão, dentro dos muros, mas não podiam penetrar na casa, a não ser que fossem chamados pelo próprio Red.

E eu, anulando toda a precaução, passei a rondar em volta desse casarão que era fortemente guardado. Arriscava-me demasiadamente mas não pensava nas consequências. Só queria me avistar com Lúcila, falar-lhe e quem sabe fugirmos dali.

Neste tempo, começou a ocorrer algo inusitado e, se não estivesse tão envolvido com meus sentimentos, teria percebido que aquilo não era normal. Contudo, estava escrito que sempre que me deixasse envolver muito pelo sentimento eu perderia a capacidade de raciocinar logicamente, e pagaria bem caro por isso.

Bem, voltando ao fato inusitado que chamaria a atenção de qualquer outro, mas não a minha, que acompanhei os acontecimentos numa espécie de deslumbrada esperança. De uma forma inesperada, Red começou a deixar as mulheres saírem para espairecer, segundo ele. No início ele ia junto, davam algumas voltas pela redondeza, depois voltavam. Depois, alegando outras ocupações, passou a deixá-las saírem somente com alguns guardas. Eu, desde que isto começou a ocorrer, segui-as na sombra, sempre esperando uma oportunidade de me avistar com Lúcila. E aconteceu:

Um dia, elas saíram e somente dois guardas iam juntos.

Estes eram velhos conhecidos meus, já lhes prestara alguns favores, era a hora do pagamento.

Com estes pensamentos, aproximei-me deles:

— Hei, Brandão! Vais sair com as mulheres?

Ele virou-se para mim meio surpreso:

— Sim! Juntamente com o Aluísio!

— Você não quer deixar eu ir em teu lugar?

— Por que isso agora? — indagou-me ele.

— Isto aqui está muito parado; qualquer coisa é melhor que ficar aqui — respondi dissimulando.

— Nada feito! As ordens são do Red Marinheiro, você sabe como ele é com a questão da obediência.

— Mas não vai acontecer nada de errado. Você me conhece, Brandão! Sabe que eu não sou homem de falhar — respondi, tentando convencê-lo.

— Não sei não! Ando notando que o Red tem te observado muito.

As palavras dele caíram em cima de mim como um alerta, mas não podia parar.

— Você anda vendo demais! Red não tem nada contra mim! Sempre cumpri com minhas obrigações. Se te peço isso é como amigo. Nada te custa prestar um favor a quem já te aliviou de boas encrencas.

— Sei que você já me ajudou, Caipira! Não esqueci que me tirou das mãos de um bando inimigo. Mas, se fosse o contrário, eu faria o mesmo, afinal estamos todos do mesmo lado, não é? Se não formos unidos, como nos arranjaremos em momentos de perigo?

— Então Brandão, é em nome dessa amizade que eu te peço. Depois para você eu posso me abrir. Uma dessas "pequenas" é minha parenta, pelo menos parece, e eu só queria tirar a prova. Saber se é ela mesma e como veio parar aqui.

— Por que você não leva o caso ao Red? Com certeza ele não recusará este teu pedido — falou ele.

— Sim, com certeza! Só que não acho que seja o caso de incomodar o chefão, depois a "pequena" pode nem ser quem eu estou pensando — respondi-lhe.

— Bem eu tenho que ir, pois o grupo já está me esperando, veja você mesmo! Faz o seguinte, Caipira, você sabe por onde andamos: Estas aí não veem a hora de dar uma esticadinha, então não posso me demorar aqui conversando com você! A gente vai e depois você, como quem não quer nada, nos encontra por acaso, certo? Então! Distante daqui, sem olheiros, acho que vai dar pra você tirar tuas dúvidas!

— Obrigado, Brandão, você não sabe o favor que me prestas.

— Sei sim, e pode deixar que eu saberei cobrar também. Outra coisa: só não prometo que dê para conversar com ela. Mas uma boa olhada você poderá dar.

E assim falando seguiu, sendo acompanhado pelo companheiro e as mulheres logo atrás. Eu, escondendo-me aqui e ali, fui seguindo o grupo.

Este lugar é bastante difícil, não há vegetação, somente plantas mirradas e charcos, muitos buracos e era neles que eu me escondia para não ser visto, principalmente pelos homens do Red que perambulavam por ali, ou que permaneciam dando guarda nas fronteiras do que eram considerados os domínios do Red Marinheiro.

A maioria das mulheres tagarelava sem parar, gargalhava inconsequentemente. Para estas a vida não parecia ter mudado muito, apesar de estarem vivendo além-túmulo. Pessoas que só pensavam em aproveitar, divertir-se. Mas havia outras que seguiam sorumbáticas, como espíritos errantes. Traziam no rosto as marcas da decepção, uma tristeza imensa, ou uma frieza, como se nada mais lhes interessasse. Assim eu percebia Lúcila. Tinha-se tornado uma estátua fria, sem alma ou sem vida, se querem me entender. Parecia destituída de alegrias, e isto me enchia o coração de pesar. O grupo parou, os homens, alegando cansaço, se afastaram um pouco do grupo e se entretiveram numa conversação. Percebi ser uma manobra do Brandão para facilitar-me a aproximação e aproveitei. Procurei o melhor ângulo para tentar chamar a atenção de Lúcila. Ela permanecia parada, com mais duas mulheres, enquanto o restante do grupo, seguindo o exemplo dos guardas, se escarrapacharam no chão, sempre conversando sem parar.

— Lúcila! — chamei-a, mas mantendo a voz baixa, pois não queria chamar a atenção das outras. — Lúcila! Lúcila! — já me desesperando, pois ela não dava mostra de ter ouvido. Sequer se mexia.

Ensaiei sair do lugar para aproximar-me; este movimento chamou a atenção de uma das mulheres que como ela estava de pé. Cochichou algo para Lúcila e ela desinteressadamente olhou ao redor, parando os olhos justamente onde eu me encontrava. Ansioso, fiz sinal para que se aproximasse, mas ela não se moveu. Não dando mostra de ter me reconhecido, continuou simplesmente me olhando. Então, sem conseguir conter-me, levantei e a chamei:

— Lúcila!

Algo perpassou em sua fisionomia, foi como se acordasse de um longo sono, mas continuou ali, me olhando.

— Lúcila! Sou eu, Fábio!

Foi se aproximando aos poucos, pé ante pé, como se a cada passo a memória fosse voltando. Parou a alguma distância, não falava nada, como se não acreditasse no que estava vendo.

— Sou eu, Fábio — tornei a repetir na esperança de que só aquela realidade pudesse apagar os anos de distância.

Ela não falava, percebi que estava prestes a chorar:

— Calma, calma, não podemos deixar os outros perceberem.

Precaução inútil, pois os guardas já se aproximavam, também algumas das mulheres perceberam nossa conversa. Nada me importava mais, continuei:

— Fique calma! Meu amor! Vou dar um jeito de te tirar deste lugar.

— Fábio! Não acredito que é você. Se soubesse como tenho sofrido. Se existe um inferno, é isto aqui — E desatou a chorar.

— Calma, Lúcila, não fique assim. Você precisa ser forte ou vamos pôr tudo a perder.

Já nesse momento, uma das mulheres, aquela que a alertou sobre minha presença, se aproximou e procurou consolá-la. Eram amigas, então me dirigi a ela:

— Por favor, cuide dela, ajude-a.

— Pode deixar — respondeu ela. — Vamos Lúcila — mas ela não queria se afastar.

Nesse momento os guardas chegaram e Brandão, percebendo a situação, disse:

— Vamos, pessoal, vamos levantando, vamos completar a caminhada e cada um cuidando da sua vida. Vamos, vamos, levantem-se — falava asperamente para as retardatárias, que continuavam palestrando.

É interessante, porque às vezes ocorrem coisas que nem todos percebem. Este fato também foi assim; somente algumas das mulheres perceberam algo diferente, e os dois homens que já estavam alerta, pois sabiam de minha presença. Dessa maneira, fomos voltando e eu seguia com o grupo, procurava acalmar Lúcila, mas em vão; já estava arrependido de ter falado com ela.

Antes, ela se mostrava fria. Isto de uma certa forma a protegia. Agora, a sensibilidade veio à tona. Como retornar para o casarão do Red com ela naquele estado? Brandão pareceu ter pensado o mesmo, pois se aproximou de nós:

— Caipira, é melhor tu ir embora e que o Red não saiba desse nosso encontro "casual". Quanto a você — se dirigindo a Lúcila — é melhor se acalmar, se não quiser que o mocinho aí se dê mal.

— Ele tem razão, Lúcila, procure se acalmar. O Red não pode perceber esse seu estado.

— Acha que é fácil, Fábio? Eu pensava que nunca mais te veria, já tinha me conformado! Agora você surge assim e quer que eu me acalme! Você é a primeira pessoa conhecida que eu encontro em muito tempo.

— Eu entendo tudo isso, Lúcila, mas o momento exige muita calma. Olha! Vou tentar conversar com o Red mais uma vez. Expor o nosso caso a ele, quem sabe acabará por entender e nos deixe ficar juntos.

— E se isso não for possível? — perguntou-me ela.

— Daremos um jeito. Mas temos que manter a cabeça fria.

— Vamos, pessoal, cada um para o seu lado, senão vai acabar sobrando pra nós — falou o Brandão.

— Isto mesmo — ajuntou o Aluísio. — E eu não vou me encrencar com o Red por conta de um namorico de vocês, não.

Olhei para a companheira de Lúcila, a única a demonstrar uma certa simpatia e novamente pedi-lhe:

— Cuide dela, sim?

Virei as costas e me embrenhei pelos charcos, saindo da estrada. Corri muito para chegar antes do grupo. Mas, na correria, percebi estarrecido muitos homens correndo atrás de mim.

Aí, a correria se transformou em fuga, e quanto mais me aproximava dos domínios do Red, mais aumentavam os homens.

Já outros vinham em minha direção; percebi que eram homens conhecidos. Homens do Red e até alguns companheiros meus.

Num relance entendi. Caíra numa armadilha.

Desesperado, consegui romper o cerco que me faziam, pus-me a correr desabaladamente. Aprofundei-me mais e mais naquele charco, procurando agora outra direção, afastando-me daquele local que eu tanto conhecia. Já não tinha mais dúvidas, aqueles homens me perseguiam a mando do Red. Eu já o conhecia suficientemente para saber o que me aguardava.

Com certeza, ele já desconfiava de mim desde o início, quando lhe tentei falar sobre Lúcila. Como fui ingênuo, achando que ele poderia entender nossa situação. Como me enganara. Só entende quem sente, e a maioria daqueles seres só visava aos próprios interesses. Fazem coisas atrozes se isto lhes trouxer algum proveito. Por que o Red seria diferente? Não era à toa que estava naquele posto e, se se mantinha ali, não era por confiar nos outros. Revoltei-me comigo mesmo.

— Não deveria ter agido impensadamente. Mesmo tendo reconhecido Lúcila, deveria ter aguardado até ter um plano de como agir com segurança. Mas um dos motivos de meu desespero e pressa era porque as mulheres presas não ficavam ali por muito tempo, sendo logo vendidas ou trocadas por outras mercadorias.

Eram somente isto, mercadorias! Uma hora pertencia a um dos poderosos chefes, outra hora já estavam nas mãos de outro.

E, assim, raras eram aquelas que conseguiam manter uma posição com esses homens, tão destituídos de sentimentos. Apavorava-me de que algo assim ocorresse com Lúcila. Considerava-me bem escondido. A gruta onde me encontrava tinha certa profundidade e poucos a conheciam, assim pensava eu...

Fiquei um bom tempo naquele lugar. Podia escutar ao longe as vozes dos homens me procurando. Também escutei algumas vezes os ganidos daqueles estranhos animais do Red.

Ali, sozinho, preocupava-me com a sorte de Lúcila. Procurei planejar algo para convencer o Red, mas todas as minhas ideias esbarravam na frieza daquele ser. Dificilmente ele nos deixaria ir em paz.

Nestas cogitações, tornei a ouvir os animais. Pensando neles, lembrei-me de uma conversa que escutara entre os homens tempos antes; peguei aquela conversa pelo meio, mas pelo que pude entender um admoestava o outro, dizendo:

— Você que não se cuide não! Se cair em desgraça com o Red estará perdido. Pode até vir a ser um dos seus bichos de estimação... — falou isso e deu uma gargalhada.

O outro sem entender questionou:

— Não estou entendendo o que você diz. Pelo que me consta, ele pode me desligar do grupo se estiver descontente com o meu trabalho. Pode até me entregar a algum inimigo, mas me transformar em bicho de estimação, o que quer dizer com isto?

— O que você pensa que são aqueles animais que ele arrasta acorrentados para lá e para cá. Isto quando não estão nas mãos daquele sádico Cérbero.

— O quê? Você quer dizer que "aqueles" são gente? Gente como eu e você?

Gargalhando, ele respondeu:

— Pode ter certeza. Boa coisa eles não fizeram e, como o Red não perdoa, também não solta o inimigo. Que há de mais cômodo que carregá-los na corrente? Ainda mais, transformá-los em animais de guarda?

Eu ouvia aquilo estarrecido. Achava as criaturas estranhas, passavam uma sensação inquietante, mas jamais supus serem seres humanos.

Estas divagações foram cortadas e trouxeram-me brusca-mente à realidade.

De repente, como se tivessem sido atraídos pelos meus pensamentos, os dois animais avançam gruta adentro. De um salto, fiquei de pé tentando divisar quem os conduzia. Uma esperança mínima se acendeu em meu coração... Fosse o Red, talvez eu tivesse a chance de lhe falar. Talvez sozinhos, eu pudesse tocar em seu coração, fazê-lo perceber minha difícil situação, e que fora movido pelo amor. Já me preparava para suplicar, de joelhos se fosse preciso, seu perdão, procurando perceber o condutor dos animais humanos, quando todas as minhas esperanças foram por terra abaixo. Era Cérbero quem os conduzia. Red com certeza fizera dele seu rastreador, pois aquele homem conhecia tudo pelas redondezas e muito mais. Dizia-se que ele sempre vivera nas matas. Quanto mais ermos e solitários os lugares, mais ele se sentia em casa. Diziam também que ele mantinha contato com estranhos seres, que não pertenciam à raça humana. Seres que lhe ensinavam como conhecer a natureza, suas propriedades, e como manipulá-las.

Diziam muitas coisas sobre ele e entre essas que ele não se preocupava com ninguém. Não se considerava como um humano, que taxava como raça decrepta, de pouca serventia.

Enfim, era a última pessoa que eu queria encontrar naquele momento.

Perguntou-me como que sugerindo:

— O que faz aqui?

Pego de surpresa, titubeei; não sabia o que falar, e quase gaguejando deixei escapar que estava escondido.

Ele foi aproximando-se, os animais inquietos grunhiam, os dentes enormes para fora me apavoravam.

— Espere, eu já te vi antes! Não trabalha para o Red?

— Sim, sim — apressei-me em responder, entendendo afinal que ele não estava à minha procura. — Recentemente fui à tua morada buscar algumas mulheres para o Red — fui falando, muito apressadamente, antevendo uma chance de escapar.

Mas ele, depois de falar umas palavras ininteligíveis, fixando os animais, os fez acalmarem-se e se aproximou de mim olhando-me tão fixamente como fizera antes com os animais. Aqueles olhos parecidos com os de um réptil me gelavam o sangue.

— É você o fugitivo que Red Marinheiro procura, não é?

— Sim, mas houve um mal-entendido.

— O Red Marinheiro não pensa assim. Você tentou lhe roubar uma de suas propriedades.

— Não tentei roubar ninguém! — gritei. — Depois, esta pessoa é alguém íntima minha, convivemos juntos na Terra. Não considero o Red dono dela.

Ele fez uma estranha careta a título de riso e chasqueou antes de falar:

— É, o Red tem razão, você é muito perigoso. Tem ideias próprias e, o que é pior, não se intimida em dizê-las. Entenda que quem recebe ordens não pode pensar, somente obedecer. Se você pensa, pode vir a ser um obstáculo a quem deve obediência. Deveria ter inteligência o suficiente para calar tuas divagações e ideias. Quanto a sentimentos, meu caro, aqui, nestas paragens, não há lugar para isto. Veja, quem dirige não sente. Se sentir, apaga esta chama antes que seja a causa da própria perdição. Você é perigoso para teus superiores porque pensa, e torna-se uma arma contra si mesmo porque sente. Seus sentimentos é que o levaram à ruína. Não estava à tua procura, antes me abastecia de matéria-prima para minhas pesquisas — dizia apontando para um grande saco que tinha deixado na entrada; no fundo pude perceber folhas, galhos secos etc.

E ele continuou:

— Mas minha ligação com Red Marinheiro, nosso acordo mútuo, exige que eu te entregue — E saiu para chamar outro que eu não havia percebido, mas que ficara guardando a entrada da caverna.

E, assim, quase que arrastado por aqueles homens, iniciei o longo percurso da volta. Os caminhos eram tortuosos, difíceis e a fadiga ameaçava tomar conta de mim. Talvez porque minha disposição íntima fosse diferente da vinda para aquelas paragens. Antes eu fugia sem perceber as asperezas do caminho. Em minha mente só ressoava... fugir.... fugir...

Agora, aquela energia que me fizera correr tanto parecia que tinha se esvaído. Na verdade, o que me faltava era esperança. Não via mais nenhuma saída. Não tinha ilusões quanto ao tratamento que receberia do Red. Já o vira tratar antes com "traidores", e eu, com certeza neste momento, não passava disso para ele.

Abeiramo-nos dos vastos domínios do Red, na realidade ainda estávamos dentro dele, pois até aquele local onde me escondi ele o considerava seu. Assim é aqui neste mundo. Os que se firmam acima dos outros vão escravizando pessoas, estendendo seus domínios, em tudo e em todos vão deixando suas marcas, como os antigos escravocratas que marcavam seus escravos a ferro quente. Muitos iam se juntando ao grupo que me levava. Uns por curiosidade, outros porque sabiam que o Red me procurava, queriam estar por perto, fazer parte daqueles que prestavam um benefício ao "chefão", entregando-lhe o "traidor". Ia observando aqueles rostos. Muitos sorriam sarcasticamente, antevendo com prazer o que o Red faria comigo...

Minha situação era crítica. Por mais que procurasse no meio daquela turba, não encontrava um rosto amigável.

Assim que chegamos, fui introduzido na morada do Red, lugar estranho para mim, pois nunca estivera ali antes, embora o lugar sempre despertara a minha curiosidade.

Senti-me acabado. Aquele que me levava, salvo as palavras ditas na caverna, não me dirigiu sequer um olhar durante o trajeto. A caminhada me deixara exaurido. Talvez pelos próprios temores, como também pela aridez daqueles que nos acompanhavam, sentia que minhas energias eram sugadas aos poucos.

XX. PRISIONEIRO DAS TREVAS

"1. A alma ou espírito sofre na vida espiritual as consequências de todas as imperfeições que não conseguiu corrigir na vida corporal. O seu estado, feliz ou desgraçado, é inerente ao seu grau de pureza ou impureza."

Código penal da vida futura (O Céu e o Inferno —
Primeira parte — Cap. VII — As penas futuras)

Ali, naquele salão olhava tudo procurando encontrar Lúcila.

O lugar era escuro, carregado, com decoração berrante. Se é que se poderia chamar aquilo de decoração. Sempre muitas coisas vermelhas, panos cobrindo as paredes, almofadas por todos os lados onde as pessoas iam se sentando. No fundo, uma cadeira parecida com trono de reis, semelhante àquela em que narrei a reunião dos chefes com o Red. Ele lá estava sentado, era bem a imagem do rei déspota e arbitrário que nenhuma compaixão tinha pelos vassalos.

O Cérbero me obrigou a chegar bem perto desse trono, só que, na metade do caminho, deu uma cacetada em minhas pernas, e eu caí de joelhos. Dessa forma, arrastando-me ajoelhado, ele me obrigou a prostrar-me ante o Red Marinheiro.

— Então, o amigo Cérbero presta-me mais este favor valioso? Traz-me de volta o servo fugido?

As palavras de Red me encheram de cólera! Eu nunca fora seu servo. Não fosse minha penosa situação teria reagido, ao menos com palavras. Mas não, não tinha condição sequer de levantar a cabeça que Cérbero mantinha abaixada, forçando-a com um cassetete de madeira que ele trazia nas mãos.

— Encontrei-o nos lugares ermos onde pego meus materiais. Sem saber, ele se escondeu bem, pois aquele local é evitado por todos que sabem que por ali eu ando muito. Inclusive a própria caverna onde ele estava é o local onde "adestramos" animais para o trabalho.

Red Marinheiro riu alto e gostosamente.

— Então nosso amigo Caipira fugiu da frigideira e caiu direto no fogo? — E ria, ria muito.

Num esforço supremo, consegui balbuciar:

— Pensei que tivesse alguma consideração por mim! Não disse certa vez que eu já lhe salvei a vida?

Ele desceu dois lances de escada, pois havia esta elevação onde sua cadeira ficava, e se colocou ao meu lado. Fez um sinal e o Cérbero se afastou, no que eu pude então me libertar da pressão. Levantei os olhos e o encarei. Ficamos assim por alguns segundos.

— Sim, Caipira, uma vez, há algumas centenas de anos, você salvou minha vida. Foi quando eu era capitão em um navio e você o meu grumete preferido. Sempre pronto a auxiliar, dedicado. Não questionava nenhuma ordem. Só que isto faz muito, muito tempo, meu amigo! E as pessoas mudam. Eu mudei, você mudou. Hoje já não é o rapaz simples e obediente de antigamente. Não aceita mais ordens de quem só quer o teu bem. Não! Hoje, você quer agir por tua cabeça. Questiona minha posição, questiona o que fazemos. Não concorda com a maioria, e se cumpre o que te ordeno é contra tua vontade. Só o faz porque não tem outra saída!

— Jamais me indispus contra a tua vontade, Red.

— Você tem memória curta, Caipira. Ainda em vida você já me dava muito trabalho. Só aceitei auxiliar-te, primeiro justamente porque te reconheci e te devia este favor, que agora você me cobra, e segundo porque o Negro, que tenho em alta conta porque nunca discutiu uma ordem minha, sempre fiel às suas obrigações, como ele mesmo dizia, pediu-me por ti. Mas já naquela época você não me inspirava confiança. Mas não sou homem mal-agradecido. Pago minhas dívidas. E a sua já foi paga muitas vezes.

"Pensa que se eu não zelasse por você viveria tanto tempo dentro daquela cadeia? Desfiz muitos complôs que teus companheiros de carceragem tramavam contra ti. Mesmo aquele teu antigo patrão chegou a botar gente lá dentro para acabar contigo, de medo que você desse com a língua nos dentes sobre o negócio escuso dele. Comprou até funcionários para este mesmo fim.

"Então, por que achas que ficou tanto tempo na solitária? Eu salvei tua vida, não uma, mas várias vezes! Se formos pesar na balança, quem me deve é você, e agora mais ainda, por não saber ser agradecido a quem te estendeu a mão!"

— Sim! Reconheço tudo o que você fez por mim, Red! Mas entenda a minha situação, não tenho a visão que você tem, sou limitado e não percebia o quanto necessitava de ajuda. Você mostrou ter bom coração, me auxiliou e por que nega este auxílio agora que mais necessito dele?

— Você confunde as coisas. Sim, é verdade que você é limitado. Todos são. Poucos conseguem ter a perspicácia que eu tenho sobre o comportamento humano. Por isso mesmo, não posso mais te ajudar. Quem trai uma vez, vai trair de novo, e eu não me fiz chefe deste domínio por ter "bom coração", como você diz.

"Não, aqui não há lugar para isso, meu amigo. Para manter uma posição igual à minha é preciso ter um objetivo, e o meu é um dia estar à frente deste país, direcionando todas as áreas importantes dele. Para isso, preciso me cercar de pessoas capazes e firmes.

"Mas que não queiram se sobrepor a mim, caso contrário, por mais que sejam valiosas, terão que ser descartadas. Não crio cobra para ser mordido por ela. Antes, ao menor sinal de ataque, lhe decepo a cabeça. Já há muito estava de olho em você! Teus pensamentos são discordantes. Mais de uma vez percebi teu desagrado ao ter que cumprir uma ordem direta minha. Por tudo isso, se não fosse a promessa feita ao Negro, já teria me descartado de ti há muito tempo. Você já me trouxe constrangimentos mais de uma vez. Já há algum tempo um dos chefes veio reclamar que você não quis cumprir uma determinação dele quando eu o coloquei sob suas ordens na confiança que você saberia bem cumprir sua obrigação. Lembra-se?"

Como eu ficasse em silêncio, ele continuou:

— Vou te refrescar a memória... Lembra-te do caso daquele chefe de família? Aquele que havia causado problemas ao bem estimado amigo Córdobas do setor dos vícios? Tua tarefa era tão simples, quebrar o comércio desse infeliz para que suas vendas minguassem e ele se visse no desespero. E ao mesmo tempo foi te pedido que envolvesse os filhos, dois rapazes, a se interessarem por alguma droga.

— Mas os dois ainda eram garotos! Duas crianças apenas!

— Vê? Ainda agora você ousa me desafiar, indo contra o que te ordenei. O que te importa quem são ou o que são? Aqui idade não conta, meu caro. Você já devia saber bem disso, todos são espíritos. Não há inocentes pagando pelo que não devem. Tua intromissão nos assuntos alheios foi e será tua perda! Como se não bastasse tudo isso, você ainda põe teus olhos sobre o que é meu!

— Mas Red! Nunca tive a intenção de mexer no que é teu! Amo Lúcila! Éramos companheiros na Terra. É natural que eu a queira ainda. E para você, com certeza, ela não é nada. Você pode ter tantas mulheres quanto quiser. Por favor, não me afaste daquela que eu amo e por quem daria a vida se a tivesse.

— Para encerrar esta discussão que já está demasiada para o meu gosto, digo-te que vocês não eram companheiros e sim amantes. Não se esqueça de que foi este o motivo pelo qual o Esteves te entregou às autoridades. Quanto ao que ela é para mim, te respondo, nada, não é nada. Nem a tinha percebido antes de você voltar seus olhos para ela. Mas agora anseio, sim, conhecê-la melhor. O que tem essa mulher que te fez perder o bom senso e me enfrentar? E depois, para onde tu vais não irá precisar de nenhuma companheira. Mas se insistir, eu a farei te acompanhar e garanto, não será nada agradável. Se a ama tanto, não irá querer vê-la nesse lugar, estou certo?

— Sim! Faça comigo o que quiser, mas não a deixe sofrer!

— Assim seja!

E dando por encerrada a nossa conversa, voltou-se para aquela assembleia que nos rodeava:

— Bem vistes que não posso ser acusado de injusto! Tentei de tudo para auxiliá-lo, pois foi um homem trabalhando sob minhas ordens, e isto conta muito! Se dou nosso contrato por encerrado, é porque nosso amigo Caipira já não tem mais serventia, sua mente lhe prega peças e com certeza não consegue mais cumprir ordens, por mais simples que sejam elas. Assim, vou libertá-lo deste constrangimento que com certeza lhe faz muito mal e entregá-lo aos cuidados do nosso caro Cérbero, que certamente dará uma melhor serventia a ele.

Seguindo aquelas palavras, murmúrios e grunhidos se elevaram no ambiente. Muitos aplaudiam a decisão do chefão Red Marinheiro. Outros se horrorizaram, tentando imaginar as mil torturas que me seriam infligidas por aquele servo das trevas. A mim, nada mais interessava. Ansiava morrer de novo para libertar-me de vez daquela sina maldita em que nada dava certo. Aí me lembrava de que já estava morto! Não haveria uma segunda morte, ou talvez houvesse, pois eu quase nada conhecia deste mundo, onde são aglomerados vítimas, verdugos e seres diabólicos. Não, eu nada sabia deste mundo e nem se minha sina um dia terminaria.

Assim que Red me deu como um traste qualquer para aquele ser, Cérbero, ele fez um gesto e imediatamente alguém surgiu com uma corrente que foi colocada em meu pescoço.

E de imediato ele já começou a me arrastar para fora, sendo detido por um gesto do Red.

— Espere, camarada Cérbero, ainda tenho mais duas encomendas para ti.

Ao seu sinal, outros dois homens entraram também acorrentados. Estarrecido, eu os reconheci. Eram Brandão e Aluísio quase que totalmente desfigurados, sinal de que foram torturados.

E assim, com os dois caminhando do meu lado, lá fomos nós, puxados por correntes como animais. A turba urrava abrindo caminho para passarmos, e alguns até iam seguindo juntos.

Desci miseravelmente de um posto de comando, considerado por alguns braço direito do Red, isto porque, durante um bom tempo, ele fez questão de que eu andasse ao seu lado. Os que nada sabiam do que lhe ia no íntimo achavam que era por consideração à minha pessoa. Hoje eu sei que tudo aquilo era por não confiar em mim. A bem dizer, um teste. Invejado por muitos, ali estava eu naquela condição e podia sentir a alegria infernal daqueles mesmos que antes me aplaudiam, já agora ansiando tomarem o meu antigo posto. Coisa efêmera é o poder deste lado. Tal qual na Terra mesmo.

Andamos muito. Procurava me aproximar de Brandão e Aluísio, mas o homem que segurava minhas correntes tinha um mórbido prazer em dar trancos na corrente, o que me fazia ofegar e doía intensamente o pescoço. Então, para evitar esta brincadeira brutal dele, procurava seguir os seus passos. Aguardei uma chance para falar com eles. Isto só se deu muitas horas depois, quando o próprio Cérbero resolveu parar o grupo e se embrenhou nas matas à procura de matéria-prima para as suas experiências. Nem bem ele se distanciou, os homens relaxaram um pouco a guarda.

Os dois companheiros se amontoaram em um canto e resolvi então me aproximar:

— Brandão, Aluísio, o que houve? — arrisquei perguntar.

Num primeiro momento não deram mostras de terem me ouvido. Insisti:

— Quem fez isto com vocês? Foi o Red Marinheiro?

— Se você sabe, por que pergunta? — respondeu o Brandão de má vontade e demonstrando grande desconforto.

— Saber, eu não sei, mas posso presumir que foi ele. Mas, por quê?

— Ainda pergunta? Você é o culpado de tudo — respondeu ele.

— Eu, como assim? — retruquei.

— Então não sabe que, pelo pequeno favor que fui cair na besteira de te prestar, o Red maldito nos encarcerou por vários dias, acusando-nos de sermos teus cúmplices.

— Mas cúmplices do que, se eu nada fiz?

— Olha aqui, Caipira, não me faça perder a paciência. Só não te faço pagar caro por não estar em condições, pois ficamos vários dias sendo espancados. E até um homem forte como eu tem seu limite. Mas rogue, rogue para estar bem distante de nós quando melhorarmos, porque você vai pagar caro cada pancada que levamos.

— Espere, Brandão, calma! Não é o momento para desforras. Temos que permanecer unidos para tentarmos uma fuga ou uma reação, caso se apresente a oportunidade.

Ele, percebendo a melindrosa situação em que nos encontrávamos, acabou concordando comigo. Tornou-se mais amigável e continuamos a conversar.

— Diga-me, o que queria saber de vocês o Red?

— Tudo. Queria que confessássemos desde quando sabíamos de suas intenções com aquela "zinha" lá? Onde você estava escondido? Quais eram os seus planos? etc.

— Mas você não lhe disse que eu só queria conversar com a Lúcila, que, aliás, só conversamos por alguns minutos apenas? E que esta foi a primeira vez?

— E você acha que ele vai acreditando assim? Olha, Caipira, estou alarmado com você. Ainda acredita em boa vontade, apesar de já estar por aqui há tanto tempo? As pessoas, principalmente quando são poderosas, quando estão por cima, só acreditam no que querem e no que lhes convêm.

E, dando uma gargalhada, completou:

— Deixa de ser besta, homem! Acorda! Aqui não é o céu não, está mais para inferno.

— Tudo bem, Brandão, mas diga, como ele chegou a essa conclusão toda, só estávamos nós e as mulheres ali, mais ninguém? Como ele foi saber que cheguei a conversar com Lúcila?

— É, aí está a surpresa. Pra você ver que não se pode confiar em ninguém, uma daquelas mulheres, a mais sonsa, que parecia alienada e ficava andando pra lá e pra cá, você se lembra?

— Não, creio não ter prestado atenção.

— Pois é, esta fulana de sonsa não tinha nada. Era espiã do Red. Percebeu você nos seguindo desde o início, até antes disso, a conversa que tivemos, quando, em maldita hora, eu concordei em te ajudar. Tudo isso a fulana contou para o Red na minha frente. Ainda fazia questão de narrar as coisas, teatralizando. Quem a ouvisse iria pensar, como aliás pensaram mesmo, que éramos todos traidores. Até dá para entender a posição do chefão Red. O problema todo, Caipira, é colocar mulher no meio do assunto de homem. Veja, você está enroscado por quê? Por conta de uma mulher. Até eu e o Aluísio, que não tínhamos nada com o teu caso, fomos envolvidos. Quando se trata com mulher, o negócio fica perigoso. E "aquele lá" ainda vai se ver mal por testar confiando tanto naquela rameira. Deixe estar, mais dia menos dia ele cai desse poderio todo. Aliás, já ouvi dizer que tem alguns chefões meio descontentes com ele. É, tudo desce! Vamos esperar pra ver a queda do grande chefão Red Marinheiro!

Encerrou a conversa se recostando novamente. Percebi que ele estava bastante esgotado, mas o estado do Aluísio era bem pior. Somente uma vez ele me lançou um olhar cheio de ódio. Culpava-me, e não lhe tirei a razão.

Estava penalizado com a situação dos dois, mas também não aguardava sorte melhor não. Conhecia a fama do Cérbero. Muitos o consideravam um louco, outros, como o Red, um gênio. Mas o que fosse não importava, pois sabia que bondade nenhuma existia dentro daquele ser.

Ainda ficamos um tempo enorme ali, aguardando o retorno dele. De minha parte, não tinha pressa, enquanto estivesse ali haveria uma esperança.

Enfim, com o retorno de Cérbero trazendo um grande volume nas costas, nos colocamos a caminho.

Figura das mais estranhas aquela. Fez-me lembrar as antigas crendices com que mães procuravam conter seus filhos levados, botando-lhes medo falando do "homem do saco".

Olhando-o, caminhava meio curvado, aqueles cabelos longos, grisalhos e escorridos pelas costas, quase lhe tampando o rosto.

Alto, magro. Às vezes trazia um colete indígena, de outras vezes somente uma calça franjada, e botas estranhas, de tecido. Sempre um chicote na cintura. Esta era sua única arma. Mas a mais poderosa eram seus olhos. Tenho a impressão de que ele, tal qual a serpente, também paralisava suas vítimas com a força hipnótica de seu olhar.

Toda a sua figura causava-me um estranho mal-estar, e não era de todo desconhecido para mim.

Aproximávamos daquele casarão onde estive para buscar as mulheres, entre elas minha querida Lúcila. Já nas portas da dependência, em vez de entrarmos, ele fez sinal aos homens e o grupo se separou; somente os três que nos arrastavam pelas correntes no pescoço o acompanharam.

Continuamos a andar atrás da casa, surgindo algumas árvores raquíticas e logo adiante uma pequena montanha. Aproximamo-nos e bem disfarçada surgiu uma entrada e a montanha se revelou numa grande caverna.

Já aí minha esperança de fuga sumira. Do lado de dentro dessa caverna, dois "zumbis" guardavam a entrada. Seres completamente anestesiados, só obedeciam, e acredito que também só ouviam a voz de seu mestre: Cérbero.

Os três que nos arrastavam não entraram, postaram-se do lado de fora. Aqueles dois de dentro tomaram as correntes e foram nos conduzindo atrás do Cérbero.

Este ia se entranhando mais e mais naquela caverna. E surgiram cômodos diversos! A maioria parecia ser de uso, porque trazia algum mobiliário, um estrado aqui, uma mesa tosca ali.

Assim se sucedia até que chegamos em uma sala ampla que, com certeza, era o laboratório daquele homem. Parecia algo saído da Idade Média. Instrumentos antigos, prateleiras repletas de potes, vidros com produtos variados, a maioria coisas escuras, gosmentas. Aliás, tudo ali era escuro. A impressão era de grande sujeira. Uma mesa comprida cheia de vidros, coisas de químico. Nunca tinha visto nada parecido, só em livros. Frascos, ampolas diversas e instrumentos parecidos de tortura. Quanto mais eu via, mais a curiosidade aguçava e mais eu me arrepiava ante o que nos aguardava. Aquele local respondia por tudo que se falava daquele ser. Coisas que eu considerava invenção de tolos, agora começava a crer. Sim, ele deveria ser algum bruxo saído direto da Idade das Trevas. A questão era: como se encontrava ali aquele ser? E com aquela aparência indígena que nada tinha a ver com aquela coisa toda. Apesar da precariedade da minha situação, minha natural curiosidade trabalhava sem cessar.

Passamos por aquela sala e chegamos a um local horrível, úmido. Espécie de cela. Logo notei argolas nas paredes. E logo a seguir estávamos sendo colocados nelas. Sem uma palavra, aqueles dois seres apáticos iam nos prendendo pelos braços com a supervisão de Cérbero. Eu aguardava o pior!

Ficamos ali muito tempo, acorrentados naquela posição.

Braços e pernas dormentes, corpo todo doído. Às vezes me perguntava, que morte era aquela, que nos jogava além do túmulo, mas que continuávamos mais vivos do que antes? Sentindo todas as necessidades como qualquer outro! Sofrendo dores, fome e sede! Que morte é essa que nos mantém quase farrapos, vivendo sem nenhuma dignidade, à mercê dos mais fortes?

De nós três, Aluísio certamente sofria mais. Muito ferido, jazia numa espécie de inconsciência, retornando às vezes numa lucidez para resmungar contra mim:

— Ah! Maldito, maldito, Caipira! É por tua culpa que estamos aqui.

Mas isso não durava muito. Logo entrava novamente naquela inconsciência, que nada tinha de agradável a julgar pelos gemidos que soltava de quando em quando.

Não sei precisar quanto tempo se passou sem que víssemos vivalma. Até que, um dia, ouvimos barulho de algo sendo arrastado, com passos.

Não demorou muito, o Cérbero com um de seus escravos alienados entrou na cela fétida, arrastando uma espécie de mesinha com rodas. À medida que se aproximavam, fui notando em cima desta alguns apetrechos: injeções e tubos contendo líquidos de cores estranhas.

As injeções eram em número de três, ele então começou a prepará-las colocando em cada uma um daqueles líquidos dos tubos. Um era de tom esverdeado, o outro era um tom avermelhado e o último amarelo escuro. Eu de imediato percebi, e o Brandão também, que aquelas injeções eram destinadas a nós.

Como nosso carcereiro não falasse nada, trabalhando silenciosamente, perguntei-lhe:

— O que são estas injeções e o que você vai fazer com elas?

Ele nem se dignou a nos olhar e continuou no que estava fazendo, no mesmo silêncio anterior.

Sabendo que nada agradável nos aguardava nas mãos daquele louco, fiz o possível para chamar a sua atenção e tirá-lo daquele mutismo para um diálogo, se possível:

— O que você pretende, Cérbero? Não te fizemos nada, por que pretende nos envenenar com isso?

— Veneno? Como se atreve? — falou entre os dentes. — Vocês vão fazer parte de uma experiência... Deem-se por felizes, pois vão participar em uma boa causa!

— Seja o que for essa experiência, temos o direito de saber qual é...

— Você, ou melhor, vocês não têm direito algum aqui! São apenas cobaias de uma experiência e eu não tenho que perder meu tempo com explicações, que decerto vocês não entenderiam!

— Talvez não sejamos tão estúpidos como você imagina. Quem sabe com alguma explicação nos colocaríamos de boa vontade para auxiliá-lo no que pretende? Não é melhor ter colaboradores ao invés de simples escravos iguais a este? — falei apontando para o ajudante dele.

Eu tinha certeza de que nada de bom poderia sair daquele homem, mas tentava desesperadamente ganhar tempo.

— A experiência — respondeu ele — me ensinou que colaboradores não são confiáveis. Para que não me acusem de insensível, vou tentar me fazer claro. Estou tentando expandir a consciência humana, de modo que o homem possa através de sua inteligência fugir a determinadas leis que regem a humanidade. Acredito que, aumentando enormemente a capacidade mental do homem, ele próprio possa determinar seu destino, sem ser atropelado pela Lei de Causa e Efeito. "Ele", com sua capacidade, poderá se colocar acima dessa lei, ou ser ele próprio, tanto a causa como o efeito, podendo modificá-los à vontade. Mas com certeza você não entenderá o alcance disso. Com esta capacidade, meu amigo, podemos nos lançar no espaço. Alcançar outros mundos, interferir na própria criação e fugir dessa sina miserável que este "mundinho" nos reserva, quer estejamos envergando um corpo carnal ou não. Estando aqui ou no mundo físico, somos prisioneiros, não conseguimos cortar as amarras que nos prendem aqui. Este é o meu objetivo! E hei de consegui-lo! De agora em diante não falarei mais com nenhum de vocês. São peças importantes de uma experiência, só isso! Portanto, não me atrasem mais.

E assim, depois dessa louca explicação, percebi que ele era muito, muito inteligente, mas que, de alguma forma, visava algo além de seu alcance. E que não mediria o sacrifício alheio para tentar alcançá-lo. Era um ser com quem não adiantava falar, pedir ou implorar.

Brandão me olhava estarrecido. Ouvira a conversa, mas creio que não entendera nada. Já o Aluísio estava na mesma. Cérbero se voltou na direção do Aluísio com a ampola verde, parou e disse:

— Uma última palavra, você falou de colaboradores. Ninguém aceitaria, mesmo porque, de início, vocês não sentirão nada, mas ao longo do "tratamento" podem surtir efeitos colaterais desagradáveis. Mas o que fazer, não é? Depois, os fins, algumas vezes, justificam os meios. Este é um dos casos!

Aproximou-se do Aluísio e deu-lhe aquela injeção. Depois, foi a vez de Brandão, que se pôs a berrar e a espernear. Mesmo ali, acorrentado pelos braços e naquela posição, por ser um homem bastante forte, estava causando problemas.

Cérbero, bastante irritado com esse contratempo, colocou a injeção destinada a ele na mesinha, voltou-se olhando fixamente para Brandão, que emudeceu. Chegou perto dele segurando sua cabeça, percebi que tapara sua boca com uma mão e colara a sua boca no nariz de Brandão. Ficou alguns minutos fazendo isso, e notei que estava lhe sugando toda a vitalidade pelo nariz. Fiquei impressionado com a cena. Brandão aos poucos foi amolecendo, esbugalhando os olhos, até que seu corpo se estirou por completo. Somente os braços presos o mantinham ali. Quando finalmente ele o largou, Brandão estava totalmente inconsciente. Depois, aplicou-lhe a injeção. Eu, para não ter destino igual, permaneci calado, enfrentando o meu destino. A injeção que continha o líquido amarelo foi destinada a mim. Era muito dolorida e logo o braço começou a formigar.

Assim que encerrou sua tarefa, ele se voltou para o silencioso ajudante fazendo um sinal. Este imediatamente começou a arrastar a mesa com rodinhas para fora. Saíram.

Eu fiquei só; do meu lado dois "quase" cadáveres.

Não tenho palavras que possam narrar a vocês o que foi o sofrimento que passei ali. Também não sei precisar por quanto tempo estive preso naquela cela, com meus dois companheiros de agonia.

Todo dia a rotina era a mesma. Ele entrava com um ajudante, que a partir de determinado tempo eu não saberia reconhecer mais se era o mesmo ou outro, e nos aplicava as mesmas injeções, sempre naquela ordem de cores, buscando um propósito que eu não atinava qual fosse, mas que passei a considerar por sadismo, dado o padecimento que passamos em suas mãos.

Detalho um assunto que ainda me faz sofrer muito, pois, passados alguns anos do ocorrido, ainda trago no perispírito restos daquele líquido que ele me injetava.

De início, como percebi já na primeira injeção, houve um formigamento tremendo no braço, seguido de uma queimação.

Sentia o braço em fogo. Assim passei horas tortuosas querendo refrescar aquele calor do braço, e, quando começava a amainar, já conseguia suspirar aliviado. Novamente entrava o meu algoz com as tais injeções e, sem nem mesmo olhar suas vítimas, aplicava-nos o líquido indo embora.

Foi essa a rotina de nossas vidas por um longo tempo. Só que, a cada injeção, o sofrimento aumentava. Daí a pouco já não era só o braço a formigar e a queimar, mas o corpo todo. Podia sentir o líquido correndo em minhas veias, dilacerando-as, abrindo caminho como o fogo em uma mata. Gritava por água, um pouco de água para acabar com o fogo que me queimava as entranhas.

Já não conseguia pensar em mais nada. A lucidez, a clareza mental que mantivera em todas as situações, de tudo isso nada mais restava. Passei de homem para um ser quase dementado. E as injeções continuavam, um martírio sem fim. Nos breves momentos em que o ser odioso entrava na cela, gritava-lhe, pedia misericórdia, ameaçava. Tudo saía de minha boca, aos turbilhões, numa tentativa vã de que ele parasse com aquilo.

— Água, água, por misericórdia, jogue-me água, eu queimo.

E gritava, gritava, mas nada! A impassibilidade dele era inacreditável. Sentia-o como um ser sem entranhas.

Os sofrimentos de meus companheiros não eram menores do que os meus. Mas do Aluísio nada posso dizer, não dava sinal de vida, somente gemia, mas muito baixo, baixo, até que nada mais se ouvia. Notei horrorizado que sua cabeça começou a inchar a cada dia mais. Crescia, como se estivessem lhe injetando ar.

Já o Brandão mexia-se, gemia, tentava em vão se soltar das correntes como eu. Se o Aluísio só a cabeça se deformava, já o

Brandão inchava por todos os lados, e ia mudando de cor. Cada vez mais vermelho e inchado. Os punhos já quase cobriam as correntes que o prendiam. Partes de seu corpo como que se dobravam para fora. Como se uma pessoa muito obesa fizesse um regime drástico, e a pele ficasse flácida, mas ainda com muita gordura acumulada. Não conseguia entender aquilo.

E, aliás, nem conseguia parar para perceber. Muitas coisas eu busco hoje na memória para passar para o papel, mas na época nada me interessava, a dor que sentia não deixava eu perceber nada mais. Entrava em inconsciência, tinha pesadelos horríveis de pessoas sendo queimadas em fogueiras, chegava a me ver atiçando o fogo para que aumentasse, e então eu próprio me transformava na vítima. Agora era eu quem ardia, só que o fogo era invisível.

Já fazia uma eternidade que estávamos nas mãos de Cérbero, para mim era como se fosse uma vida. O passado sumira, tudo se concentrava ali, e o momento era só de sofrimento.

Bolhas começaram a surgir primeiro nos braços onde eram aplicadas as injeções ininterruptamente. Eu, horrorizado, vi-as se arrebentarem. Foram surgindo aqui, ali, arrebentavam-se, de dentro saía um líquido amarelado. Decerto o mesmo que Cérbero me aplicava e que o corpo espiritual tentava desesperadamente expulsar para fora.

Assim, muitas foram surgindo e arrebentando, mas a pele não voltava mais ao lugar. Creio que não dava tempo. O organismo não conseguia se refazer, tal era a violência daquele líquido abrasador. Eram bolhas que se estouravam formando chagas, onde outras bolhas surgiam, e a pele ia ficando pendurada. Meus olhos já não se abriam de tão inchadas que estavam as pálpebras, e onde também, de tempos em tempos, estas bolhas se arrebentavam. A dor dos olhos era quase insuportável. Queimava e ardia. Então procurava nem abri-los mais.

Cada vez que me esforçava para ver algo na semi-penumbra que nos envolvia, horrorizava-me. Aluísio com a cabeça imensa. Parecia que se espetasse uma agulha ela simplesmente esvaziaria, como se não tivesse nada dentro. O corpo parecia demasiado pequeno, magro e frágil para sustentar aquele colosso que era a sua cabeça. Brandão não se encontrava melhor, parecia um ser alienígena, muito vermelho e inchado, veias crescidas.

Hoje penso que faríamos um bonito papel em um filme de horror. Mas por trás de todo esse horror estava ele, o seu criador, Cérbero.

XXI. O ANJO LIBERTADOR

*"Vinde a mim, todos vós que sofreis e
que estais sobrecarregados e eu vos aliviarei."*

O Evangelho segundo o Espiritismo
(Cap. VI — O Cristo Consolador — O Jugo leve)

Um dia, quando o desânimo e a insanidade ameaçavam tomar conta de minha mente, já não sabia quem eu era, por que estava ali, tampouco conseguia imaginar há quanto tempo, comecei a perguntar-me o porquê daquilo. Desesperadamente tentava rememorar meu passado, como se disso dependesse minha libertação, ou o enlouquecimento de vez. Invejava a situação do Aluísio. Pelo menos parecia não sentir nada.

Comecei a ouvir ao longe o barulho aterrador das rodinhas da mesa. Esse barulho virou o meu tormento. Caí em desespero e comecei a chorar, um pranto não de revolta como tantos outros que já tivera ali, mas um pranto de impotência diante da vida.

Uma imagem forte veio a minha memória:

— Vó! Vó, onde está a senhora? Vó, a senhora que tanto fez pelos outros, tanto acreditou em Deus. Olha, vó, por este teu neto que já não parece um ser humano. Vó! — gritava agora —

Socorre-me! Ore, vó, a Deus por mim! Sei que não sou digno, pois nunca me lembrei d'Ele. Jamais parei a minha caminhada para fazer sequer uma oração. Isto, vó, só fazia enquanto a senhora vivia conosco. Lembra-se, quando eu ainda era pequeno, a senhora me falava desse Deus tão Bondoso e Justo. Mostre-me Ele, minha vó querida, mostre-me Ele, pois sozinho não consigo encontrá-Lo.

Nunca dantes fora tão sincero para comigo mesmo. Nunca dantes percebera a minha condição tão pequena diante do mundo que me envolvia, e que às vezes poderia ser tão terrível.

Assim, à medida que rogava, percebi que uma suavidade ia me envolvendo. Algo que nunca sentira antes. Eu, que ansiava por água, senti como uma garoa cair em cima de mim.

E suavemente uma luz foi se formando naquele local. Não conseguia acreditar em meus olhos. A luz foi se tornando mais nítida, até que pude reconhecer uma pessoa e nela a minha avó. Olhava-me ternamente, dizendo:

— Isto, meu neto querido! Continue, vamos buscar o Pai! Continue em oração para que consigamos te tirar daí.

— Vó, me ajude, pelo amor de Deus, não aguento mais! — gritava em desespero, e ela, muito serenamente, tentava me acalmar.

— Sim! Meu querido, mas acalme-se, acalme-se! Pense que Deus é Pai, seja qual for o motivo desse teu sofrimento, ele chegou ao fim! Deus ouviu as minhas preces!

— Rápido, vó, ele se aproxima, ouve? É a mesa sendo arrastada! Junto vem o sofrimento!

— Sim, meu neto! Eu ouço, mas acalma-te, não estamos sozinhos.

E, assim falando, colocou as mãos em minha testa e no mesmo instante fui percebendo mais dois vultos se formando à minha frente. Assombrado, reconheci meus dois amigos espíritos, Samuel e Artur. Sorriam para mim e também me pediam para ter calma.

Nesse ínterim, Cérbero entrou na cela. Agoniado, comecei a gritar:

— Escondam-se! Escondam-se, ele vai prendê-los também.

Os meus gritos propriamente não queriam dizer nada para ele, pois ultimamente era só o que eu fazia. Entrava constantemente em delírio, pois a febre era muito intensa e quase não distinguia mais o que era realidade ou perturbação em meu cérebro doente.

Então, ele não fez conta de meus gritos, continuava calmamente arrumando as injeções. Eu não entendia que ele não estava vendo nem minha avó ou meus amigos.

Eles permaneciam parados e silenciosos.

Mas, em dado momento, a percepção do homem parece que despertou. Começou a olhar desconfiado para todos os lados! Andava de lá pra cá como farejando algo no ar. Passava junto a eles, não os via, mas por algum sentido percebia que havia alguém ali. Voltou-se para mim:

— Com quem fala? Quem está aqui? — E avançava ameaçadoramente para meu lado.

Só então percebi que ele não era capaz de vê-los. Aproximou um instrumento fino e pontiagudo perto de meus olhos e falou:

— Fale, quem está aqui?

Nesse momento, a sala foi inundada por uma forte luz. Dentro dela, uma mulher belíssima como que flutuava.

Aproximando-se de nós, pegou "algo" no ar e assoprou em direção ao rosto de Cérbero. Este ficou estático, tal qual seus próprios ajudantes, e ela, delicadamente, com a mão em sua cabeça, como que lhe dava ordens mentais. Ele automaticamente voltou-se e saiu lentamente da sala. Assim que isso ocorreu, ela disse a minha avó e aos amigos:

— Cada um segure um deles.

Senti então minha avó me enlaçando com todo o cuidado.

Apesar de o corpo ser uma chaga só, onde nada podia ser encostado, aquele contato não me feria, ao contrário, era um refrigério para minhas dores. Assim que cada um enlaçou um de nós, a um gesto daquela mulher angelical, as correntes se soltaram.

A dor foi tanta ao sair daquela posição, que desmaiei nos braços de minha avó.

Dormi! Dormi por muito tempo. Pesadelos me povoavam a mente. Podia ver nitidamente os olhos de Cérbero à minha frente, freneticamente ordenando-me que voltasse! Acordava gritando como um louco! Debatia-me e sofria muito! Pessoas corriam para auxiliar-me, ia me acalmando e novamente entrava em um sono pesado para, algum tempo depois, acordar gritando com os mesmos pesadelos. Outras vezes, via-me novamente acorrentado na caverna, e logo a seguir deparava-me em uma ampla enfermaria. Pessoas me olhavam, sorriam. Eu não sabia qual era a realidade. Muito tempo permaneci assim, entre uma realidade e outra.

Quando tomava ciência de mim mesmo, percebia que estava sendo medicado, tomava soro e trazia instrumentos no nariz e na boca. Achava então que me encontrava ainda vivo, e que o lugar era um hospital terreno. Tudo era muito confuso.

Até que, um dia, despertei de vez. Não me encontrava mais naquela enfermaria com outras pessoas, que eu sabia existirem porque podia ouvi-las gritar, mas em um quarto sozinho. Uma luz forte me cegava, não conseguia enxergar direito, mas percebia que o local era muito branco. Alguém, muito suavemente, colocou compressas em meus olhos, falando:

— Fique tranquilo! Você está em um lugar seguro!

Tentei perguntar pela minha avó, mas não conseguia articular a palavra. A pessoa, decerto entendendo minha agonia, respondia às minhas perguntas mentais!

— Não se preocupe em falar! Você está dormindo já há algum tempo. Aos poucos irá conseguindo articular a fala, bem como todos os outros sentidos. Muito em breve, sua avó virá visitá-lo. Por ora, procure se acalmar e não deixe a inquietação invadir sua mente! Este lugar é seguro! Aqui ninguém poderá te alcançar, a não ser pela mente, então a ocupe com a vontade de melhorar.

Entendi a que ela se referia. Lembrei-me dos pesadelos constantes, mas antes que continuasse nessa linha de pensamentos, ela, pois era uma senhora quem me atendia, cortou-me, dizendo:

— Evite lembrar-se do que se passou. Disso depende sua melhoria. Deixe para mais tarde o raciocínio, as questões que o afligem. O momento é para prece e agradecimento a Deus por tê-lo libertado do martírio em que estava — E continuou sorrindo.

— Vamos orar então? — Colocou suas mãos sobre mim e fez sentida prece que muito me emocionou.

"Pai amantíssimo, aqui estamos novamente a Teus pés, rogando o Teu amparo. Alimente o nosso espírito de coisas elevadas e dignas, Senhor! Para que possamos ter saúde mental, emocional e espiritual. Envolve-nos em Teu amor, arrebanhando-nos das trevas que construímos para nós mesmos e que agora ameaçam nos engolir. Auxilia-nos com Tua misericórdia, perdoando-nos os pecados. Fortalece-nos nesses dias que se iniciam para nós, e que possamos, antes de tudo, perceber Tua luz nos iluminando. Assim seja!"

Assim que ela terminou a prece, uma paz imensa tomou conta de mim. Lágrimas desciam pelos meus olhos e levavam junto aquele calor e ardume que ainda sentia pelo corpo todo. Fui me acalmando, até que dormi. Um sono gostoso, reconfortante, sem sonho! Um sono como não tinha há muito tempo.

Acordei com uma luz forte inundando todo o quarto. Sentado ao lado da cama, um rapaz me saudou sorrindo:

— Olá! E então, tudo bem?

— Sim! Dormi como nunca! Sinto-me revitalizado.

— É, as preces de nossa irmã Ondina valem por um calmante, que equilibra e fortalece o espírito.

— Ondina? Ah! Aquela senhora que esteve aqui hoje de manhãzinha, não é?

Ele sorriu, e respondeu-me:

—Sim. Ela mesma, só que não foi hoje de manhãzinha e sim dois dias atrás!

— Nossa! Dormi dois dias?

Ele, sorrindo, novamente respondeu-me:

— O irmão tem dormido há um bom tempo! Mas não se preocupe! Isso foi para o seu benefício! Foi preciso esse tempo para que você pudesse expelir uma boa parte do veneno que trazia no corpo espiritual!

— Sim! Fiquei muito tempo sendo injetado com os venenos daquele monstro!

Ele, na hora, cortou-me a explosão de revolta que com certeza viria a seguir, dizendo:

— Fábio! Perdoe o nosso irmão! E, se no momento isso ainda é difícil, veja-o como um doente, que necessita mais de compreensão do que julgamentos.

— Mas ele faz muitas maldades! Você não sabe o que eu e meus companheiros passamos ali?

— Sei, sim! Você, nossos amigos Aluísio e Brandão e, antes de vocês, muitos outros!

Indignado, tentei argumentar:

— Mas, se vocês sabem por que não o impedem?

— Meu irmão, a semeadura é livre, mas a colheita obrigatória, e nem sempre temos permissão para intervir. A não ser quando chega a hora!

Fiquei calado tentando alcançar a profundidade de suas palavras, mas nem por um momento aceitei. Ele, procurando mudar o rumo da conversa, falou então:

— Não se preocupe com isso agora Fábio, você vai ter muito tempo para entender! E com certeza aceitará muitas coisas que agora são difíceis, porque lhe falta o conhecimento do todo!

— Você sabe o meu nome e eu ainda não sei o seu!

— É, me desculpe! Sou meio desligado para as formalidades. Meu nome é Antonino. Aceite-me desde já como um amigo, pois você vai me ver muitas vezes.

— Isso vai me alegrar muito! Nunca tive um amigo verdadeiro e sinto que posso confiar em você!

— Você, meu irmão, viveu enclausurado dentro de si mesmo, buscando somente seus interesses, por isso não percebia os afetos que te rodeavam. Todos temos amigos verdadeiros, mas temos que estar abertos para reconhecê-los.

Vendo que eu o olhava sem entender muito bem, ele continuou:

— Recebemos na medida em que damos, Fábio! Se quisermos amigos sinceros, devemos ser amigos sinceros! E assim é com tudo. Bem, agora vou te deixar, pois você ainda necessita descansar mais! Amanhã tirarão estas bandagens que cobrem o teu corpo, assim me informou nossa irmã Ondina, e a partir daí você já poderá começar a se movimentar!

Acreditem que só percebi que parecia uma múmia quando ele comentou das bandagens. Achava que era uma roupa. Percebi então que até a cabeça estava enrolada, ficando de fora somente o rosto e as mãos!

O outro dia foi mais movimentado. Primeiro irmã Ondina trouxe-me alimento, uma sopa deliciosa, e carinhosamente me serviu. Logo após, entraram dois homens que deduzi serem médicos.

— Como está, meu irmão?

— Melhor, doutor, melhor! Pelo menos não tenho sonhado com aquele... — Ia dizer um palavrão, mas me contive a tempo.

Algo naquele local e principalmente nas pessoas me pedia respeito. Também me lembrei da advertência do irmão Antonino quanto a vigiar meus sentimentos com relação ao Cérbero.

Os dois, parados a minha frente, olharam-se e sorriram.

— Primeiramente, nada de doutor, chame-me de irmão Cássio! E ele é o irmão Alberto! Aqui não necessitamos de títulos terrenos, o único que nos importa é o de irmandade.

O outro, Alberto, sorrindo deu-me a mão e falou:

— Você está no caminho certo, Fábio! Procure se esforçar para não nutrir pensamentos de ódio ou revolta contra o irmão que o aprisionou.

— Todos me falam isso! Mas não é fácil! Depois do que passei!

— Já ia eu de novo começando a choramingar minha revolta.

— Sim! Sim! Sabemos que foi difícil! Mas o irmão vai superar isso! Não é bom ficar alimentando sentimentos destrutivos, pois dificulta a retirada dos venenos que ainda correm no seu corpo perispiritual.

— Como assim, corpo perispiritual? — indaguei curioso.

Sabia da força do pensamento, já lera algo, mas ali tudo era novo para mim e decidira aproveitar para aprender o quanto pudesse! Irmão Cássio, satisfazendo minha curiosidade, respondeu:

— Temos o corpo físico e o corpo espiritual, o perispírito. Ao desencarnar, deixamos na terra o físico e trazemos o perispiritual. Pense no teu pensamento como sendo você mesmo, então é você quem regula as funções do teu corpo espiritual, e do corpo físico quando encarnado! Temos em nós mesmos o poder da autocura, como o de adoecermos, ou de aumentarmos a debilidade orgânica de acordo como captamos a doença. Se aceitarmos a condição de doente, utilizando-a até como uma desculpa para nos isentarmos das responsabilidades, a mente criará condições para que a doença se prolongue, aumente, enfim, nos responderá de acordo com o que almejamos.

— Entendo essa linha de raciocínio, mas isso não explica as anomalias que existem entre os encarnados. E até aqui mesmo!

Como poderíamos — eu, Aluísio e Brandão — lutar contra esse líquido pernicioso que nos foi injetado?

— Sim, irmão Fábio — continuou a explicar irmão Cássio, cheio de tolerância. — Há muitas anomalias que não podem ser respondidas no transcurso de uma vida. Fetos gerados com deficiências, pessoas que sofrem acidentes e carregam sequelas pelo resto de suas vidas, e muitas outras. Mas, se o irmão estudar cada caso, no transcurso das encarnações, poderá detectar em qual delas e por qual motivo o pensamento deu origem ao desequilíbrio que hoje essas pessoas carregam. São consequências que poderiam ser evitadas no nascedouro, caso os pensamentos fossem sadios. Agora, veja os casos aqui no campo espiritual! A explicação é a mesma! Decerto que, na condição em que vocês se encontravam, não poderiam rechaçar o veneno que lhes foi injetado. No entanto, se estivessem em outra condição, num outro nível mental, para começar nem teriam sido aprisionados. Ou, ainda, não estariam vivendo daquela forma, já teriam sido conduzidos para hospitais, escolas, centros de reeducação, que existem aos montes neste plano, recolhendo os desencarnantes! Mas o nível de pensamentos dos irmãos era da própria natureza em que se encontravam, com quem viviam.

"Muitos só conheciam a revolta, o ódio, buscando vingança, divertimentos fáceis ou ociosidade. Isto coloca o ser numa disposição mental fragilizada. Todas as energias que possuem são utilizadas para manter aquele padrão de pensamento que os faz felizes — embora sejam extremamente infelizes sem perceberem.

"Então a parte física — o perispírito — vai se deteriorando. Mostram-se sujos, feios, vão perdendo a capacidade de raciocínio, até que se tornam mendigos espirituais, necessitando das energias alheias para sobreviverem. Tal qual os mendigos na Terra, que para matarem a fome necessitam do pão da caridade alheia. Entram em um círculo vicioso no qual só pensam no que desejam, e só desejam o que pensam. As outras necessidades ficam relegadas, fora de si, como se não fizessem parte deles como um todo. Não reciclam as energias, que ficam viciosas, contaminadas e os envolvem cada vez mais. Até que tudo fora de si deixa de ter importância. Esquecem-se de sua condição humana e não se lembram de que são filhos de Deus. Vivem distantes de Deus e de todos, num mundo só deles ou, melhor dizendo, num inferno só deles. E sofrem, meu irmão, sofrem muito!"

— E, não há jeito para eles? — indaguei inquieto.

— Como não? Deus dá jeito para tudo. O caso dos irmãos não será uma prova disso?

Sem ter o que responder, silenciei, meditando naquilo tudo que tinha ouvido. Irmão Alberto, querendo me animar, disse:

— Ânimo, irmão Fábio! Nada está perdido! Todos despertam um dia, mesmo os mais retardatários.

— Bem! Depois do trabalho de psicologia espiritual — falou o irmão Cássio sorrindo —, vamos à parte prática! Retiremos essas bandagens!

E assim fizeram. As peles que despencavam estavam no lugar. Mas o corpo todo estava cheio de cicatrizes. Parecia um mapa geográfico.

Olhei horrorizado! O irmão Cássio, percebendo meu estado de espírito, acudiu:

— Não se perturbe, Fábio! À medida que você for melhorando sua condição mental, conseguirá o devido equilíbrio e todas as marcas irão desaparecendo!

— É isto mesmo — aduziu irmão Alberto. — Você já conseguiu muitos progressos!

Somente então lembrei-me de perguntar por Brandão e Aluísio.

— Ainda se encontram na enfermaria! Ficarão por algum tempo ainda! — responderam-me.

— Mas estão conscientes? — perguntei.

— Não, meu irmão. Infelizmente não!

— Acham que têm pesadelos como eu tive? — perguntei preocupado.

— Sim! Irmão Cérbero traz a mente imantada na deles, e tenta induzi-los a voltar. Neste caso, a inconsciência deles, pelo menos, nos ajuda a mantê-los aqui. Caso contrário, não suportariam a pressão mental e voltariam ao algoz que os aprisionou.

Espantado, indaguei:

— Mas até aqui ele os alcança? Então não estamos distantes?

— A distância é relativa! Em padrão vibratório podemos dizer que estamos muito distantes, mas no padrão físico, não. Nosso hospital fica muito próximo do local onde Red operava com seus prepostos do mal e, ainda, Cérbero. Mas não é isso que permite a sintonia de Cérbero com eles, mas o padrão vibratório que é parecido. Mesmo você, Fábio, passou por essa influência enquanto dormia.

— Então os pesadelos eram reais?

— Bem reais. Mas passaram a não fazer efeito, conforme você foi despertando para outra realidade!

— Vocês não podem auxiliá-los como o fizeram a mim?

Respondeu-me, então, irmão Alberto:

— Estamos fazendo o que podemos. O amparo de Deus nunca falta à criatura. Mas eles precisam reagir à influência de Cérbero. Precisam querer a libertação.

— Entendi! Posso visitá-los?

— Com certeza! Mas no momento não é aconselhável! O irmão pode ter uma recaída.

— Sim, Fábio! — disse o irmão Cássio. — É melhor você aguardar um pouco mais! Assim que houver condições, viremos buscá-lo, pois sua presença poderá até ser muito útil para eles.

— Você agora deverá descansar, pois já falamos muito por hoje. Qualquer coisa, irmã Ondina estará pronta a auxiliá-lo — disse irmão Alberto, apontando para a simpática senhora, que já estava a postos no quarto.

Assim que eles saíram, ela gentilmente arrumou os travesseiros, deu-me algo para beber, que supus ser um remédio, e perguntou-me sorrindo:

— E então, Fábio, vamos fazer uma prece antes de dormir?

— Sim, irmã Ondina, reconheço que sua prece agiu sobre mim como um calmante milagroso.

— O Pai é milagroso, meu filho! Quando O trazemos no coração, vencemos todos os percalços da vida com serenidade!

E assim, como das outras vezes, ela fez uma prece maravilhosa, e nem bem terminou, eu já estava dormindo, embalado por sua doce voz. Despertei no outro dia me sentindo muito bem. Tão bem como não me sentia há muito tempo.

Ali, deitado naquele quarto maravilhosamente branco e perfumado, vendo a claridade do sol entrar pela janela, fiquei meditando sobre a conversa que tivera com os irmãos Cássio e Alberto. Tocou-me profundamente a parte em que falaram sobre como podemos viver distanciados de Deus. Pensava em minha vida, ainda criança perambulando pelo sítio. Evitava as responsabilidades. Não gostava quando a avó me chamava para buscarmos as ervas que ela usava para suas curas.

Embora tivesse curiosidade por vê-la às vezes conversando com alguém invisível, achava aquela tarefa coisa de gente pobre. Não gostava de nada que me lembrasse pobreza, e a vida simples do sítio, minha avó, minha mãe em sua luta constante auxiliando o pai doente, tudo isso denotava a pobreza.

E até as crenças simples que elas acalentavam, minha avó com as rezas para os santos e espíritos guias, minha mãe com suas missas! Nada disso me interessava. Não pensava que elas, à sua maneira, tinham sua ligação com Deus! Tudo para mim era crendice de gente ignorante, e eu fugia o quanto podia para não ser contaminado.

Relembrando estas passagens, percebi o quanto vivi distante de Deus. No altar de meus desejos, o meu Deus era o dinheiro, que eu não possuía, mas jurei a mim mesmo conseguir a qualquer custo.

Chorei amargamente pensando quanto sofrimento teria evitado se tivesse ficado lá no sítio.

Hoje, que eu sabia do mundo espiritual, de sua influência no mundo físico sobre os encarnados, percebia o quanto a minha avó, dentro das tarefas, como ela mesmo dizia, que ela desenvolvia, era feliz. Enquanto que eu, que corri atrás do novo, do progresso, da riqueza, quanta infelicidade plantei no meu caminho.

Estava assim nesse estado de espírito, chorando a cada lembrança que vinha à tona, quando o irmão Antonino adentrou o quarto, sorrindo. Aliás, a característica predominante aqui é o sorriso tranquilo, sereno.

— E então, meu irmão, como estás?

— Muito bem, irmão Antonino! Este sol brilhando lá fora me convida a sair, passear para espairecer a mente!

— Se é isso que o irmão quer, vamos passear então!

Levei um susto, pois falara brincando. Trêmulo, respondi:

— Tem certeza, irmão Antonino? Acha que eu posso sair por aí, passear?

— Sim! Por que não? Entenda, Fábio, você aqui não é um prisioneiro. Tem liberdade para ir e vir. Somente deverá aguardar permissão para o teu próprio bem! No momento, um pequeno passeio no jardim só te fará bem.

E assim, numa alegria infantil, lá fui eu amparado pelo Antonino rumo ao jardim.

O lugar era imenso, um longo corredor com muitas portas, que desembocava numa grande sala redonda, onde outros corredores terminavam. Tudo muito silencioso. E vez ou outra alguém passava por nós cumprimentando-nos atenciosamente e seguia seu caminho.

Quando chegamos lá fora, mal pude acreditar na imensa beleza que me rodeava. Imenso jardim, trabalhado artisticamente com muitas flores, dando ao conjunto um colorido exuberante, e suas extremidades terminavam com imensas árvores que, pelo que pude perceber, ladeavam todo o prédio. Deslumbrado, perguntei:

— Isto aqui tudo é um hospital, irmão Antonino?

— Sim, Fábio! Chama-se "Instituto de Regeneração". Para cá são trazidos irmãos que como você sofreram deformações no corpo perispiritual ou na mente!

— Vocês sempre dizem corpo perispiritual, já tinha ouvido esta expressão na Terra e aqui também. Então, temos dois corpos, não é? O carnal, que fica na Terra, e este que trazemos.

— É, meu irmão — E continuou sorrindo —, à terra o que é da terra e ao espírito o que é do espírito! Mas você não é este corpo ainda. Embora ele seja mais sutil que o carnal, ainda é um corpo que abriga um espírito!

— Nossa, isso parece não ter fim — respondi.

— Sim! O ser humano é a maior maravilha criada por Deus. Mas não se apresse, você terá tempo para estudar, aprender, ou melhor, reaprender o que foi esquecido.

— Quer dizer que já aprendi sobre isto?

— Com certeza! Você sabe que é espírito reencarnante! Todos somos! Então, a cada retorno para este plano tem que se fazer um retrocesso para relembrar o que foi esquecido!

— Mas, se é assim, estamos sempre recomeçando! Onde está o progresso então? — perguntei curioso.

— Nem todos esquecem, Fábio! Aliás, muitos, apesar de estarem encarnados, realizam tarefas grandiosas. E bastam alguns dias conosco para que a mente se lhes abra, descortinando o passado. E isto é muito justo, pois cada um é senhor do seu patrimônio, dono do que construiu ou deixou de construir.

A estas palavras dele, senti um aperto no peito, uma grande tristeza me invadiu o espírito. Ele se apressou em tentar dissipar meu mal-estar:

— Fábio, não se deixe tolher pela tristeza. Será sempre positivo levantarmos o nosso passado e analisarmos os pontos falhos. Mas, daí em diante, embora algum desgosto possa aflorar no coração em vista da falência dos ideais projetados, devemos lutar por afastar esses sentimentos. Se permanecermos neles além do necessário, acabaremos paralisados diante do que temos para reconstruir.

"Enxugue o pranto, portanto! Assumir os erros é ato de coragem, necessário para quem se propôs modificar-se, mas estacionar no sentimento de culpa não vai solucionar problema algum, além de gerar outros no caminho."

Entendi e aceitei a advertência. Sim, errara, errara muito e não adiantava fugir disso. Ansiava uma mudança em minha vida, e prometi a mim mesmo lutar para conseguir isto. Antonino, percebendo minha melhora mental, comentou:

— É isto que eu gosto em você, Fábio! Tem uma vontade muito forte, só precisa canalizá-la para fins evolutivos, como agora, e conseguirá vencer!

Recebi aquilo como um incentivo e sorri satisfeito. Ele colocou o braço em meu ombro e disse:

— Vamos, vamos continuar nosso passeio, pois o Sol está lindo, não é?

— Sim! Está muito lindo! — E, alegre, sentindo uma felicidade nunca antes experimentada, deixei-me levar por ele, com uma grande esperança quanto ao futuro crescendo em meu peito.

XXII. NA CIDADE ESPIRITUAL

"2. Independentemente da diversidade dos mundos, essas palavras podem também ser entendidas como o estado feliz ou infeliz do espírito na erraticidade, enquanto certos espíritos culpados erram nas trevas, os felizes gozam de uma claridade resplandecente e do sublime espetáculo do infinito."

O Evangelho segundo o Espiritismo (Cap. III — Há muitas moradas na casa de meu Pai — Diferentes estados da alma na erraticidade)

Tudo naquele lugar era muito lindo. Embora fosse um tipo de hospital, vim saber depois que aquele era só uma parte do lugar. Havia muitos outros prédios, e ali funcionavam, além daquele imenso hospital que eu só conhecia uma parte, escolas, locais para infância, idosos, administração. Enfim, era uma cidade espiritual sobre São Paulo. Com tudo que uma cidade necessita e exige. E ali, muito mais equipada e organizada que a cidade material.

Um lugar tão imenso que até hoje, sete anos depois que ali fui recolhido pela bondade de Deus, ainda não conheço em sua totalidade. Cidade espiritual chamada "Instituto de Confraternização".

Emocionava-me muito essa colônia!

Tudo ali é grandioso e cheio de harmonia. E pede muita dedicação dos espíritos dirigentes, pois milhares e milhares de espíritos necessitados são trazidos de todas as partes. Uns para se tratarem, como o meu caso, e outros mais felizes vêm para estudar. Mas o que não falta ali é trabalho para todos os que já se encontram em condições de se doarem de alguma maneira.

Aquele pequeno passeio, com Antonino, repetiu-se por diversas manhãs. Fazia-me muito bem.

Aproveitava estes momentos para matar a curiosidade e aprender um pouco da vida espiritual.

Muitas vezes, não precisava nem formular uma pergunta, pois Antonino percebia e respondia, sempre trazendo algum ensinamento.

— Irmão Antonino, por que Deus nos criou? — perguntei-lhe com curiosidade.

— Somos ainda muitos pequenos para saber os desígnios de Deus, Fábio! Mas posso te afirmar, com certeza, que somos produto do amor Divino, e estamos destinados a progredir sempre! — respondeu Antonino.

— Se trazemos no destino o progresso, por que erramos, então, meu irmão? Se Deus percebe que vamos errar, por que não nos impede de seguir adiante evitando assim tanto mal?

— Meu irmão, se um pai não soltasse jamais a mão do filho que necessita aprender a andar, apenas porque o ama e não quer que caia, estaria impedindo-o de se machucar, mas em contrapartida também o impediria de aprender a andar com as próprias pernas. Com Deus se dá o mesmo em relação a nós.

— Então, estamos aprendendo também com os erros?

— Sim! O erro sempre gera algum tipo de sofrimento, e para não sofrer buscamos o caminho correto. Mas Deus não impõe o sofrimento aos Seus filhos. Traçou leis justas e sábias para todos, que, se bem entendidas e seguidas, jamais acarretariam qualquer tipo de sofrimento.

— Ainda assim, irmão Antonino, fica difícil aceitar o sofrimento. Não deveríamos saber de alguma forma qual caminho seguir para evitar errar e sofrer?

— Deus nos criou simples e ignorantes, mas trazendo no íntimo todas as faculdades latentes e todo o conhecimento das Suas leis em estado embrionário. Deu-nos ainda o livre-arbítrio para agir dessa ou daquela maneira. Cabe a nós, através do esforço próprio, ir desenvolvendo essas faculdades e despertando esses conhecimentos através de quantas encarnações forem necessárias para adquirirmos esse progresso. Não é tarefa de um dia, mas sim de muitas eras. E no caminho é compreensível o erro, os enganos. Mas, no final, com certeza, todos chegaremos lá!

— Bem! Isto de alguma forma me conforta! — exclamei. — Pois é muito penoso, chegar aqui e deparar com uma vida de fracassos, como foi a minha!

— Não diga isso, Fábio! Toda encarnação é importante. Mesmo aquela que aparentemente parece não ter produzido nada de bom, algum tipo de progresso por certo trouxe ao espírito. Até o próprio sofrimento, a taça de fel que ninguém quer beber, na maioria das vezes faz mais pelo espírito do que uma vida plena de realizações terrenas, mas que aos olhos espirituais não lhe acrescentou nada.

Assim, cada conversa que tinha com Antonino me trazia grandes esclarecimentos e me aguçava para aprender mais. Tornamo-nos grandes amigos. Num dias desses, ele chegou tranquilo como sempre. Já me preparava para o nosso passeio, quando ele disse:

— Fábio! Hoje temos uma surpresa para você! Sua companheira de passeio será outra.

E, enquanto ele falava, para minha alegria, minha avó, que eu não via desde o meu resgate, entrou.

— Vó! — gritei de surpresa e corri abraçá-la.

— Hum! Vejo que você já está bem melhor! — E olhando para Antonino, continuou: — Quem diria que ele ia se recuperar tão bem e tão rápido, não é?

— Sim, irmã, a senhora tem razão! Com a graça de Deus, os pesadelos quase já passaram de todo! Hoje já é raro a noite em que ele tem alguma recaída!

— Mas, vó, a senhora demorou tanto pra vir me ver! É a única pessoa que conheço aqui, gostaria de ficar mais em sua companhia!

— Fábio, sua avó esteve junto de você todo o tempo de sua convalescença. É que você não se lembra!

— Verdade, vó?

— Sim, meu neto. Acha que ia abandoná-lo à própria sorte? Tive que me ausentar este tempo porque tenho um trabalho que no momento não posso deixar ou passar a outra pessoa. É algo que eu comecei, não é justo agora passar o fardo a ombros alheios para arrumar uma tarefa mais prazerosa.

E, sorrindo, me abraçou, continuando:

— Prometo-lhe que, assim que for possível, passaremos um tempo maior juntos — E bem-humorada acrescentou: — Daqui a algum tempo, eu é que terei que ir atrás de você. Deixa só você começar a conhecer a mocidade daqui, estudar. Vai arranjar mil e uma responsabilidades, e a velha avó acabará esquecida.

— Jamais, vó! Sei que fui um neto relapso, mas prometo que, se depender de mim, não me afastarei mais da senhora!

— Deus há de reservar um tempo para ficarmos juntos! Depois, cada um terá tarefas e responsabilidades! Agradeça a Deus por elas, meu neto! Abrace o estudo, o trabalho com carinho, por mais humilde que seja, pois esta é a porta para equilibrar o espírito doente.

Aquele dia foi de intensa alegria. Diverti-me como nunca na companhia de minha avó. Passeamos no jardim. Conheci outras dependências daquele grande hospital. E, à tardinha, por um pedido especial dela, foi-me permitido assistir a uma palestra no grande salão ali existente. Fiquei sabendo então que ali, todas as tardinhas, vinha um palestrante e dissertava sobre algum assunto elevado para todos os doentes.

O salão estava abarrotado de homens e mulheres. Dava para distinguir claramente os doentes dos acompanhantes. Raros doentes estavam sozinhos. A maioria apresentava deformidades, sequelas, e muitos tinham aparência de idiotia. Todos sem exceção eram conduzidos com muito amor.

Posso afirmar com certeza que, apesar de minha aparência deprimente, cheio de feias cicatrizes, era um dos poucos conscientes do que se passava ali. Tudo me extasiava, nunca tinha visto nada tão belo. Uma luz suave pairava em todo o salão, mas não se percebia onde era sua fonte de energia. E uma música calmante era tocada em algum lugar.

Em dado momento, o murmúrio foi sumindo e na tribuna surgiu, como que do nada, uma mulher belíssima, trazia um halo de luz que se espargia a todos os presentes.

Lutei para me lembrar onde a vira antes. Imagens vagas se abriram em minha mente, onde ela surgia como um anjo libertador. Naquele momento não consegui discernir se sonhara com ela ou se a conhecera realmente. Fui trazido à realidade por sua voz melodiosa se apresentando.

— Que a paz de Jesus esteja com todos! Muitos dos queridos irmãos aqui presentes já me conhecem. Para aqueles que estão neste salão pela primeira vez, sinal de que já estão em processo de melhoria, meu nome é Adelaide. Sou uma irmã como todos vocês. Se hoje estou aqui nesta tribuna para trazer orientações e esclarecimentos não é por ser superior a nenhum de vocês, mas porque trago um passado também tumultuado por enganos e desatinos. E hoje, através da benevolência de Deus e de Jesus, posso ressarcir um pouco de meus débitos, passando aos irmãos algo de minha experiência de vida. Erros e enganos são e serão comuns a quem está em processo de aprendizagem! Importa saber se levantar depois da queda. Não ter medo de encarar estes erros, enfrentá-los. Somente assim conseguiremos aprender o necessário para não errarmos mais. Muitos dos irmãos podem achar difícil, e até impossível, vencer, mas afirmo que não é! É preciso ter na consciência que não caminhamos sozinhos. Jesus não nos abandonou há dois mil anos, quando o pregamos na cruz, não nos culpou, ou ficou lastimando a sorte. Ao contrário, saiu da cruz triunfante e caminha conosco, desde então. Conhece nossas fraquezas e providencia sem cessar o remédio certo para cada um de nós. Busquemos manter o Mestre amado em nossos corações, busquemos imitá-lo nas atitudes, mas se ainda somos demasiado fracos para conseguir, não esqueçamos que ele próprio disse: *"eu não vim para os sãos, mas sim para os doentes, a adúltera, o pecador, o delinquente, o leproso, estes são os meus filhos prediletos"*, eu digo que estes são na realidade os que mais necessitam de Jesus. Ou seja, meus queridos irmãos, somos todos nós, os necessitados.

Depois daquela explanação em que foram ditas muitas coisas, das quais não consegui gravar quase nada pela intensa emoção de que fui acometido, percebi que muitos choravam, libertando-se de suas amarguras. Alguém proferiu uma linda prece e fomos agraciados com uma chuva de luzes caindo em cima de nós, mas nem todos perceberam. Eu, apesar de minha condição, percebi, e a emoção tomou conta de mim. Abracei-me à avó querida, agradecendo por ter me levado ali, onde pude receber tantas bênçãos. Logo depois, Antonino juntou-se a nós, segredando algo no ouvido de minha avó.

— Vamos, Fábio, alguém quer cumprimentá-lo! — disse-me ela então.

Eu estava ainda em estado de êxtase, pelo que ouvira, e qual não foi minha surpresa ao ver que nos dirigíamos à tribuna e aquela senhora sorria para nós, como que nos esperando.

Ao chegarmos, ela e minha avó se abraçaram carinhosamente como duas velhas amigas.

— Minha querida Maria, como estás?

— Feliz, minha irmã, muito feliz como pode ver — E virou-se dirigindo-se a mim. — Fábio, esta é irmã Adelaide.

— Como está, querido Fábio?

— Bem, com a graça de Deus! — exclamei ainda extasiado com aquela presença.

— Fábio! — começou a minha avó — Esta irmã foi quem te libertou do cativeiro de Cérbero.

Num estalo, lembrei-me daquele ser maravilhosamente iluminado que surgiu na cela em que me encontrava, e que, de alguma forma, incapacitou o meu algoz Cérbero para que pudéssemos, eu e os companheiros, sermos libertados. Emocionado, balbuciei:

— Então... foi a senhora? Pensei que sonhava. Só ficou firme na mente a presença de Artur e Samuel e minha avó. Foi tão rápido o que ocorreu, que...! Não sei como lhe agradecer.

— Agradeça antes a Deus, Fábio, pois se não fosse por Ele nada poderíamos ter feito. Porque, em realidade, formávamos uma equipe.

— Sinto que não sou merecedor de tamanha benevolência! Nada fiz de bom! Então, como pode Deus permitir que alguém como a senhora se ocupe de mim?

Ela, incomodada pela admiração que eu abertamente expressava, se apressou em responder simplesmente:

— Fábio, para o Pai, todos são igualmente Seus filhos. E compete aos de mais experiência auxiliar os jovens na caminhada. Depois, não me veja além do que sou. Simplesmente sou uma trabalhadora que procura servir, como você também servirá algum dia, com certeza — E continuou: — Mas, vamos, você necessita retornar à enfermaria. Tenho algum tempo, vou acompanhá-los.

E assim fomos andando. No caminho, Antonino parou para despedir-se:

— Fábio, já que você está bem guardado, vou aproveitar para ir à administração, pois hoje vamos receber alguns casos que necessitam ser avaliados. Despeço-me então — E, assim falando, abraçou-me e às duas.

— Antonino, daqui a pouco o seguirei, certo? — Para minha surpresa falou minha avó.

— A senhora também trabalha nessa tal administração? — perguntei.

— Esta administração a qual o Antonino se refere é a área responsável pela recepção dos irmãos recém-desencarnados. E eu, Antonino, o Artur e o Samuel, além de outros irmãos, formamos uma das equipes responsáveis. Ao todo são várias equipes, tantas que nem conhecemos todas. E nossa querida irmã Adelaide é uma das dirigentes desse trabalho.

— Há! Então é por isso que a irmã — exclamei dirigindo-me a ela — foi me resgatar?

Ela, sorrindo, respondeu:

— O momento era muito delicado, Maria então me pediu para acompanhá-la, no que tive muito prazer. Mas, além disso, tenho interesse especial em tudo que se refere a estes espíritos, aos quais, você, Fábio, teve contato direto aqui na espiritualidade. Resgatar cada um desses irmãos envolvidos nessa Organização chefiada por Red é uma tarefa que me impus. E, com o auxílio de Jesus e Maria de Nazaré, certamente conseguiremos, pois nossos maiores da espiritualidade mandam-me constantemente pessoas de alto valor para auxiliar-nos. As equipes têm crescido, e muitos são os que se envolvem no trabalho. Muitos são parentes de irmãos que jazem perdidos no vício, na prostituição. Enfim, flagelos que o irmão viu e conviveu intimamente e sabe o quanto têm se alastrado por esse mundo de Deus. Assim, não é raro mães desesperadas, irmãos amorosos unirem-se a nós. Nosso contingente de trabalhadores cresce, como também multiplicam-se as necessidades. Temos ainda em nossas equipes muitos irmãos que passaram pelas situações aflitivas da dependência química, do álcool, sofreram nas

cadeias públicas e na delinquência. Hoje, depois de prolonga-
dos tratamentos, procuram a reeducação espiritual no trabalho
construtivo, buscando servir nas mesmas fileiras em que deca-
íram ontem. Contudo, não pense, irmão Fábio, que todos conseguem trabalhar. Há pais que, devido ao desequilíbrio em que
nos procuram, só terão condições de auxiliar depois de longos
tratamentos, em que se trabalhará principalmente o desprendimento, pois o amor egoísta é cadeia que prende os espíritos em
vez de libertá-los. Não basta amar para ter condição de auxiliar.
Necessitam aprender a esperar o momento certo de auxiliar os
entes queridos. Enquanto esperam, por que não auxiliar a "outros" que também necessitam, que já têm condições de receber
o auxílio e que são igualmente filhos de Deus como todos? Este
aprendizado às vezes leva tempo. Às vezes, nem se consegue em
uma só reencarnação! Como o irmão pode perceber, o trabalho é intenso, pois além do irmão caído na delinquência, temos
que auxiliar primeiro os próprios parentes desencarnados, que
querem auxiliar a qualquer custo. Aqui, o nosso egoísmo apa-
rece de maneira clara! Não há como escondê-lo usando a capa
do amor filial, pois para Deus somos uma só família, e temos
que nos amar igualmente. Muitos desastres morais ocorrem no
mundo por conta do apego excessivo, do amor desequilibrado.
Enquanto cada um não ver o outro como um espírito indivi-
dual, que caminha para o progresso e não como propriedade
particular, ver o outro com o devido respeito, o mesmo que
almejamos para nós, enquanto isso não ocorrer, infelizmente
não poderemos ver este planeta numa condição melhor! Mas
os tempos estão chegando! E a esperança não deve adormecer
dentro de nós, e sim brilhar bem forte convidando-nos ao trabalho. O mundo também é nosso lar, ainda que temporário, e
mantê-lo limpo e saudável é nossa obrigação. Quando cada um
fizer a sua parte, sem cobrar do outro, consciente de que cada
um tem o seu momento de despertar, estaremos no caminho
traçado por Jesus!

E, assim, ia ouvindo aquelas elucidações tão importantes para mim, e no íntimo pedia a Deus para gravá-las em minha memória, pois eu não queria errar mais. Pelo menos não tanto quanto na minha última experiência.

À noite, deitado em minha cama, rememorava o dia que passara e me sentia muito feliz por estar ali. Sabia que nada fizera para merecer o que estava recebendo, mas não me sentia cobrado por ninguém. Isto só aumentava minha vontade de sarar e retribuir de alguma forma tudo de bom que recebia.

Aquela foi uma das melhores noites que passei ali, até então.

Um dia recebi a visita de Artur e Samuel. Eles, muito alegres e brincalhões, entraram no quarto como uma rajada de energia e Artur foi dizendo:

— Fábio, amigão, muito nos alegra saber que você está melhor!

— Artur, Samuel, tenho pensado muito em vocês! Queria agradecer por terem me libertado!

— Com que, então, você se lembra que estivemos lá na caverna do Cérbero?

— Sim! Lembro-me perfeitamente.

— É! Mas você não se lembra que estivemos aqui por diversas vezes te visitando, não é? — perguntou o Samuel.

— Estiveram?

— Como não? Preocupamo-nos muito com você — responderam os dois quase ao mesmo tempo.

— Fico agradecido — respondi emocionado.

E Samuel continuou:

— Sabe, Fábio, você não tem que nos agradecer, pois na realidade foi um grupo de pessoas que te libertou, e não nós somente.

— É isto mesmo — completou Artur. — Auxiliar quem necessita é nossa obrigação, e no teu caso era até mais que isto. Um compromisso mesmo, pois temos responsabilidades por você ter permanecido nesse caminho que te trouxe tantos sofrimentos.

— Qual o quê? Vocês não têm nenhuma responsabilidade não. Aliás, até me ajudaram e muito.

— Pois foi essa ajuda que te prejudicou — disse Artur e Samuel confirmou.

— Sim, Fábio! Por nós termos uma grande amizade por você, te influenciamos, e o pior, ao te auxiliar nós o incentivamos a continuar no erro.

— É assim mesmo! Logo que chegamos aqui, decididos a mudar, fomos alertados para este fato. Se não o tivéssemos auxiliado, você não teria adquirido tanta confiança e os desatinos seriam bem menores.

— Querendo auxiliá-lo, acabamos complicando ainda mais tua situação.

— Me digam, vocês diziam que me conheciam anteriormente, como é isto? Sinto que também já os conhecia, gostava de vocês, mas até agora não consigo me lembrar de nada! — indaguei curioso.

— É, acho que estas coisas são diferentes de uns para outros — disse Artur. — Eu, logo que desencarnei, isto já há um bom tempo, me encontrei aqui com o Red Marinheiro. Não sei se foi a pessoa dele, mas olhando-o fui me lembrando, pouco a pouco, do passado distante, onde todos nós, eu, você, o Samuel éramos marinheiros de um navio espanhol que ora trabalhava para o rei, ora pirateava.

"O Red era o capitão desse navio, e o Negro, o teu amigo lá do presídio, era o comandante. Um dia, numa refrega com um navio inglês, o comandante morreu, e você levou uma bala que era dirigida ao Red, que se tornou comandante. Agradecido por você ter-lhe salvo a vida, ele o pegou como auxiliar de cabine. Você passou a ser a mascote do navio, querido e protegido por todos."

— É, você era um moleque ainda, mas tinha muita coragem — disse Samuel.

— Sim! Tornamo-nos grandes amigos. Mas aprontamos muito! O resultado disso estamos respondendo até agora.

— Mas algo me intriga nessa história toda. Isto não faz muito tempo? — perguntei.

— Sim, uns trezentos anos atrás — respondeu Artur.

— Como acabamos nos encontrando todos aqui? E você e Samuel, sempre juntos? Como foi isso, ele também se lembrou?

— Eu e o Samuel fomos irmãos em nossa última encarnação. Nós dois decidimos servir na marinha, e nosso navio foi afundado na guerra. Ambos morremos afogados.

— Isto mesmo! — disse Samuel — Ficamos muito tempo presos nos escombros do navio, no fundo do mar. Até que um dia fomos tirados de lá por um bando de espíritos. Não entendíamos nada do que ocorria. Fomos levados à presença de um poderoso chefão, que comandava aquelas águas, e esse chefão era justamente o Red Marinheiro. Artur aos poucos foi se lembrando dele, mas eu não. Quando ele falava do passado, eu achava que ele estava enlouquecendo. Não acreditava em nada daquela história, apesar de o Red confirmar. Como eu não me lembrava de nada mesmo, o Red chamou um dia o Cérbero que me hipnotizou e despertou algo do passado. Fiquei dias em estado de choque, revendo aquelas cenas passadas. Fazíamos coisas terríveis com os prisioneiros dos navios saqueados. E, depois, coisas ainda piores com os escravos, pois o Red passou da pirataria para o tráfico de escravos. Não foi nada agradável lembrar esse passado.

— Também, não me senti bem não! Por tudo isso, ficamos pouco tempo nessa organização onde o Red é o chefão. A presença dele sempre me lembrava o triste passado que nós dois queríamos esquecer — completou Artur. — Decidimos, então, fugir e assim fizemos! Perambulamos muito tempo por aí. Como o Red não tinha nada contra nós, penso que não se importou muito com nossa fuga, ou nem percebeu. Um dia fomos atraídos por uma onda de pensamento e chegamos até você. Demorei um pouco para entender por que estávamos ali, até que o reconheci, embora você esteja bem diferente daquela época.

— Foi assim mesmo — disse Samuel. — E como vivíamos perambulando, sem compromisso, passamos a acompanhá-lo.

— Sim, falávamos com você durante o sono, mas assim que acordava você se esquecia. Então, tivemos a idéia de fazê-lo usar a droga para que relaxasse, e deu certo! Você acabou conseguindo se desligar do físico, e o resto você já sabe. Mas a expansão espiritual só ocorreu porque você já trazia a predisposição orgânica para isso — disse Artur.

— Sim! É isto mesmo! — declarou Samuel e continuou: — Droga nenhuma vai acelerar uma faculdade inexistente.

— Entendi! — respondi e continuei com algo que me inquietava: — Mas por que vocês sumiram quando eu mais necessitava de orientação e auxílio?

— Ficamos até demais com você! Nossa presença não o ajudava Fábio, ao contrário. Mas não éramos nós somente que o acompanhávamos! Notamos a presença de um espírito que estava também sempre junto a você, procurando auxiliá-lo, mas você não percebia. Um dia ela conversou conosco, e percebemos que já era hora de mudar, buscar um caminho melhor, e a seguimos. Hoje temos muito orgulho de trabalhar com ela. Esta pessoa é sua avó, Fábio! Alguém a quem fizemos muito mal no passado, mas já nos perdoou!

— Que mal é este? Vocês podem me dizer? — perguntei.

— Não é o momento. Só podemos te adiantar que ela te ama muito, e todo este tempo esteve sempre ao teu lado.

Depois dessa longa conversa, em que alguns pontos foram esclarecidos, meus amigos foram embora cumprir mais alguma tarefa. E eu fiquei ali, pensando: *como age a providência divina que reúne todos que precisam se reajustar de alguma forma.*

Um tempo se passou! Minha vida pouco a pouco ia se modificando. Ainda estava no hospital, mas podia sair acompanhado por Antonino ou minha avó. Percebia que era tutelado deles e que me tratavam com muito amor e carinho, mas também com energia! Sempre que tinha uma recaída, pois elas ainda ocorriam, era socorrido. Havia dias em que despertava sentindo-me asfixiado, gritava, esperneava sem reconhecer ninguém. Nesses momentos, dava muito trabalho. Era medicado e geralmente dormia por horas e até dias, mas isso ia se espaçando cada vez mais. Os irmãos que me atendiam me explicavam que era normal. Em meu perispírito ainda se encontravam muitas lesões e a mente ainda trazia fortes impressões do tempo em que passei prisioneiro. Eles procuravam confortar-me e, aos poucos, ia recobrando a serenidade. A confiança voltava.

Mas, passado algum tempo, lá vinha uma nova crise.

Questionei irmão Alberto:

— Irmão Alberto, por que eu não consigo superar essas crises? Estou consciente deste lugar, desta minha nova situação, não guardo ódio e nem rancor contra os que me encarceraram, então por que não consigo sarar?

— A mente, meu irmão, é um segredo até para muitos de nós! Um ano de tratamento é pouco tempo! Alguns conseguem um rápido equilíbrio, outros já demoram mais. Veja o caso de seus dois companheiros, Brandão e Aluísio. O primeiro já sai da inconsciência, apesar de voltar depois. Há aí uma melhora. Já o irmão Aluísio até agora não deu mostra de acordar. Mas sofre com pesadelos, grita, apesar de medicado. Vocês três sofreram um mesmo tipo de violência, mas os efeitos são diferentes para cada um, pois cada um tem uma história anterior, também diferente. Vejamos um exemplo: se a um irmão que já traz um quadro psicótico de certa gravidade se acrescentar um novo trauma, pode ser o estopim para a loucura. Já um trauma do mesmo tipo, em uma mente saudável, não terá o mesmo efeito nocivo. A mente equilibrada encontra meios de resolver e acomodar o impacto sofrido e continua dentro da normalidade. Percebe, Fábio, como cada um vai agir de forma diferente ainda que o motivo gerador seja o mesmo? Vão atuar aí suas experiências anteriores, seus conhecimentos e sua elevação moral. Por isso dizemos que cada criatura é um microuniverso! Lidando com estas experiências alheias, procurando auxiliar nossos irmãos a readquirir o domínio de si mesmo, tenho aprendido muito, meu irmão.

— Qual é sua área de trabalho, irmão Alberto? — perguntei.

— Não gosto de estacionar somente um uma especialidade. Quando na Terra, era neurocirurgião; aqui me deparei com uma outra realidade e vi quão limitado somos, pois o ser não é só o cérebro, ele é um todo. Hoje procuro conhecer mais a pessoa em si, embora ainda trabalhe com esta parte mais estrutural do cérebro. No perispírito há um campo imenso para se aprender, nunca se sabe o suficiente. Procuro também me desenvolver na área da psicanálise. Só que de maneira bem mais ampla que na Terra. O campo de trabalho é imenso, meu irmão, não podemos desanimar em hipótese alguma! Hoje vim para te dizer que vamos tentar um novo tratamento com o irmão!

— Novo tratamento? — perguntei já curioso e empolgado, pois ansiava sair daquela condição de doente, que não me deixava entrar em outros campos.

— Sim! Será algo mais para o seu inconsciente. Você reage bem ao tratamento, com uma lucidez admirável. Creio que já tem condições de se libertar de vez dessas crises. Para isso, é preciso mexer no íntimo, ver quais sentimentos estão fazendo o irmão "reter" as lembranças que ocasionam as crises.

— Qualquer tratamento que me curar, irmão Alberto, eu agradeço. Quero estudar, aprender, trabalhar. Sinto-me culpado por dar tanto trabalho e nada fazer em troca.

— Sim! Compreendemos a tua ansiedade, mas o irmão deve procurar manter a calma! Chegará a hora do estudo, do trabalho, com certeza. Nós aqui, Fábio, só fizemos a nossa obrigação, que é dar assistência a quem necessita. Futuramente podemos ser nós os necessitados.

— E quando começo esse novo tratamento? — perguntei ansioso.

— Está marcado para hoje à tarde! Se o irmão estiver bem, Antonino virá buscá-lo.

— Então, não será aqui?

— Não, não! Embora pertença a este instituto, o prédio fica em outro setor. Chama-se "Instituto de Análise Profunda", voltado ao tratamento por recuperação da memória.

Não entendi, mas aquietei-me. Fosse o que fosse na hora iria descobrir!

À tarde, já me encontrava caminhando com Antonino rumo àquele Instituto. Cada vez que conhecia algum departamento ficava deslumbrado com a ordem e organização do lugar. Este hospital é muito grande realmente, e cada prédio é para uma especialidade; um é perto do outro, formando um conglomerado em forma de quadrado e no centro há um grande anfiteatro, ou algo parecido, que é onde temos palestras especiais, abertas a todos os pacientes. Cada prédio tem seu acesso para lá, e todo o conjunto é ladeado por lindos jardins. Saímos do nosso Instituto e, até chegar lá, pude ir observando o lugar. Notei que todos os prédios são parecidos, mas com algo que os identifique. Várias pessoas se encontravam na sala de espera, onde eram atendidas por uma moça muito simpática. Quando nos encaminhamos para ela, antes mesmo de Antonino perguntar qualquer coisa, ela se adiantou:

— Como vai, irmão Antonino? Este é o Fábio, não?

— Vou muito bem, irmã Cleide. Sim! Este é o Fábio.

— Vocês já podem entrar, pois irmão Alberto os espera.

Sempre me surpreendia este reconhecimento por parte das pessoas daqui. Quase não se precisa falar para o outro saber quem somos, o que queremos, o que pensamos. Isto me constrangia.

De certa forma, sentia-me desnudo para eles.

Entramos. Era uma sala simples, como de qualquer consultório. Mas então fui levado a outro local, onde havia um estranho aparelho. Uma cadeira de encosto alto, ligada a uma bancada cheia de botões, que se ligava a uma tela à nossa frente.

— Então, Fábio, ansioso? — perguntou irmão Alberto.

— Muito! Que tipo de aparelho é este? — perguntei meio agitado.

— Acalme-se! Este aparelho canaliza suas ondas mentais, trazendo para a tela imagens do seu passado, de modo que você precisa estar tranquilo, sereno, para que as imagens sejam boas e na sequência.

— Vocês vão ver meu passado na televisão? — perguntei, já demonstrando a ansiedade que me ia por dentro.

— Não só nós, mas principalmente você. Não precisa se sentir constrangido. Ninguém está aqui para julgar ou criticar. E depois, a maioria do que vamos ver está no seu registro. Você também sabe, só que esqueceu muitas coisas. Acreditamos que as crises continuam te atormentando porque se sente culpado por algo. Precisa enfrentar este fato, revê-lo, analisá-lo, para, posteriormente, buscar resolvê-lo. Quando tomar conhecimento dele e buscar enfrentá-lo lucidamente, se libertará das crises.

Sentei-me e alguns fios foram ligados à minha cabeça. Irmão Alberto começou a dar-me passes, fui sentindo que relaxava, todo o meu corpo ia se soltando, ele ia dizendo:

— Você está tranquilo, sente-se confiante e em paz.

À medida que ia falando, aquilo entrava em minha mente e se tornava uma realidade.

— Agora vamos voltando, passo a passo, sem medo.

Para minha surpresa, a tela se iluminou e passei a ver a minha vida em retrocesso. Ao mesmo tempo em que eu era o observador, também me sentia vivendo novamente cada passagem.

Revi as cenas na caverna do Cérbero. Foram momentos dolorosos. Logo a seguir a minha fuga do Red, meu encontro com Lúcila. Parecia que ocorria de maneira rápida, mas muito intensa. Era como se vivesse novamente cada cena daquelas. O doloroso momento de minha morte física. A prisão, meu amigo Negro, Tonhão e seu bando me perseguindo. Meu comprometimento com o crime. Meu envolvimento com Lúcila, o filho que abortamos em comum acordo, mas que me entristeceu muitas vezes. Os sonhos desfeitos. Conforme as lembranças vinham, a emoção muitas vezes me embargava a alma. A lembrança desse filho que não chegamos a ter me marcou profundamente. Caí em um choro sentido e interrompi a ligação.

Antonino saiu de onde estava e me abraçou calorosamente.

Percebi que se emocionara também. Ambos esperaram eu me acalmar para continuarmos.

Vi-me novamente chegando na transportadora, acompanhado de meu primo Valter. Ah, meu primo, por onde andaria ele? Por que não o encontrara ainda? Perdi-me nestes pensamentos e na saudade, e não percebi que a tela se apagara. Despertei com a voz do irmão Alberto!

— Por hoje, basta! Antonino o trará novamente amanhã, está certo?

Assenti que sim, mas saí meio decepcionado e extremamente cansado. Antonino, notando meu abatimento, falou:

— Fábio, este tratamento é demorado, e precisa ser assim. Quem suportaria rever em algumas horas as emoções de uma vida inteira?

— Senti-me exausto, isto tem algo a ver com as recordações?

— Certamente que sim! E insistir seria levá-lo à fragilidade, abrindo campo para a possibilidade de uma nova crise. Irmão Alberto é extremamente cuidadoso, nada faz se sabe que vai prejudicar o paciente.

— Sei disso, Antonino! E a prova é que confio plenamente não só nele, mas em todos vocês.

Assim que cheguei fui deitando e dormindo pesadamente até o dia seguinte. Acordei refeito.

De volta àquele Instituto, as lembranças continuavam. Irmão Alberto agiu da mesma forma, induzindo-me a um relaxamento cada vez mais profundo. Novamente a tela se acendeu e as imagens começaram mostrando minha chegada à capital. Depois eu ainda no sítio, alheio ao sofrimento de minha mãe, planejando minha viagem. Revendo-a agora, triste, encurvada sob o peso das preocupações, percebi como sua presença me fez falta.

— Ah! Mãe, como pude ter sido tão ingrato? — murmurei com a voz embargada pelas lágrimas.

Nestas recordações, via-me novamente na situação retratada, mas o penoso para mim é que também via o sentimento dos que me rodeavam. Falhara em muitas situações porque não me colocara no lugar do outro. A minha primeira preocupação sempre fora comigo mesmo.

Via-a na tela e ao mesmo tempo sentia claramente as preocupações de minha mãe. O desamparo que ela sentia quando parti. Com a morte de meu pai, suas expectativas voltaram-se para mim. Quem sabe agora me interessasse mais por aquele pedaço de terra, cuidasse com amor e o fizesse produzir mais?

Meu pai, já muito cansado, doente, pouco conseguira. Isto concorreu para que a terra fosse se tornando árida, improdutiva.

Via, agora, que minha mãe imaginava que eu fosse me interessar mais pelo que era nosso e buscar trabalhar mais. Pois a verdade era que eu nunca me dedicara como deveria. Odiava mesmo aquele trabalho grosseiro, que não inspirava nada de bom para o meu futuro. Coitada de minha mãe! Se antes eu pouco fazia, na hora que ela mais necessitava paguei-lhe a dedicação com a ingratidão, voltando-lhe as costas. Rever sua amargura no momento de minha despedida foi um rude golpe no meu amor próprio.

Falhar com aqueles que nos deram a possibilidade da existência é um dos mais graves delitos contra as leis divinas. O remorso que sentimos depois é muito grande, castiga-nos como uma chaga aberta.

Passei a ver toda a minha adolescência naquele canto da natureza. Meu pai! Se pudesse retornar, voltar atrás no tempo em vez de criticá-lo intimamente, acusando-o de fraco por nunca ter tentado sair daquele buraco e vir para a capital, teria auxiliado mais. Não tive piedade, apesar de sabê-lo já idoso. Para mim, ele sempre estaria ali. Apesar de nunca termos conversado francamente, o muro que existia entre nós também era minha responsabilidade. Nós, os filhos, nos encastelamos na falsa verdade de que não pedimos para nascer, fazendo-os pagar um preço bem caro por alguns segundos de prazer que tiveram ao nos conceber, exigimos deles tudo, sem nos dispormos a dar o mínimo. Sequer nos apiedamos do fardo que eles carregam nas costas, como se eles tivessem todas as obrigações para conosco, e a nós fosse dado a liberdade de sermos bons filhos ou não. Ledo engano este, pois muitos de nós sequer teríamos direito ao retorno à carne, de que tanto necessitamos, não fosse a predisposição deles em nos receber.

Sei que não posso generalizar! Existem bons filhos, que tudo fazem por seus pais. Sabem amá-los tal qual são, sem lhes exigir uma perfeição como muitos de nós o fazemos. Mas infelizmente este não é o meu caso e dirijo-me nestas linhas àqueles que, como eu, não souberam valorizar os pais que têm. Acordem, meus amigos, ainda há tempo. O preço da ingratidão é penoso, ao passo que não custa nada procurar amar aqueles que Deus colocou no nosso caminho como pais. Ajudá-los na jornada, possibilitando-lhes pelo menos na velhice uma vida um pouco mais digna. Se não pode ser rica em conforto, dê-lhes a riqueza da atenção e do seu carinho. É tudo o que eles querem de vocês, tenham certeza.

Falo isto mais como um alerta, de alguém que não soube ser um bom filho. Rever a minha infância revestiu-se de momentos doces e amargos ao mesmo tempo. Sentia-me novamente puro, sem o contato com a ambição que iria ser no futuro a minha perdição.

Por essa época, a vida não era tão difícil. Meu pai era forte e trabalhava de sol a sol para nos dar o necessário para viver.

Minha mãe era alegre, sempre fazia nossa comida cantando as modinhas que ouvia no rádio. Gostava de ouvi-la. Isto me dava a segurança de um lar bem estruturado.

Vivia feliz e despreocupado. Adorava embrenhar-me no mato, caçar passarinhos, subir até o topo das árvores e observar o mundo lá de cima. Não raro meu irmão pequeno me seguia nestas aventuras.

Revendo tudo isso, eu me perguntava: por que mudamos tanto ao crescer? O que antes nos fazia felizes, depois, já não mais nos satisfaz! Quanto mistério em nosso ser!

E minha vida ia se escoando na tela. Por essa época minha avó Maria, mãe de meu pai, vivia conosco. Aliás, ali era a sua casa, ali meu pai nasceu, cresceu, casou e passou a viver com a mulher e os filhos.

Como já disse anteriormente, para os meus parâmetros infantis, minha avó era uma pessoa estranha. Um dia, lendo um livro sobre bruxas que me chegou às mãos nem sei como, passei a considerá-la uma bruxa como aqueles personagens do livro, que detinham poderes estranhos. Minha avó curava as pessoas. Vivia às voltas com ervas e sempre me chamava para ir junto procurá-las no mato. Isto me alegrava, pois era de natureza curiosa e também porque me livrava de algum servicinho que minha mãe ou meu pai me destinavam. Ali, ninguém ia contra as determinações dela. Portanto, quando ela dizia:

— Menino, amanhã vamos na mata à cata de ervas para os remédios, está bem?

Eu mais que depressa concordava, sabendo de antemão que seria um dia de recreio para mim. Nestes passeios ficávamos horas e horas, e comíamos por lá mesmo. Uma espécie de piquenique rústico, com o farto lanche que ela levava para nós. Voltávamos já à noitinha com sacolas abarrotadas de ervas, raízes, folhagens, com as quais ela preparava as beberagens, os unguentos, enfim, uma série de remédios, que distribuía a seus doentes que chegavam dos lugares mais inusitados, atrás da Dona Maria benzedeira.

Via muitas vezes ela falando sozinha. Outras vezes, altas horas, percebia que o seu quarto estava iluminado. Ia até lá espiar por alguma fresta para ver o que acontecia. Ouvia-a falar continuamente. No outro dia, apesar de saber que ia levar um sabão, não resistia e perguntava:

— Vó, com quem a senhora falava ontem à noite?

— Você não toma jeito, não é? Menino! Qualquer dia, dou-te uma sova, que é para aprender a me respeitar e não meter o nariz onde não foi chamado!

Mas a bronca terminava por aí. Do seu jeito, sei que ela gostava muito de mim e, aproveitando disso, eu insistia:

— Desculpa, vó, mas é que a senhora resmungava tão alto que me acordou.

— Eu não tava resmungando, menino, e sim rezando.

— Mas que tanto a senhora reza, vó! Pra que isso?

— Com reza já é difícil viver, inda fica pior se vivermos iguais aos animais, mas eles pelo menos são obedientes e nós não. É preciso rezar sim, e muito! É bom que você aprenda, pois também vai necessitar.

E continuava, até explicar o que eu queria saber.

— Ontem eu orava pra me preparar.

— Preparar para quê vó?

— É que os espíritos me mandaram fazer isto, pois hoje vai chegar alguém bem necessitado, e eu preciso estar forte.

E, de fato, lá pela tardinha chegava alguém estrebuchando, ou raivoso. Neste dia foi um rapaz bastante enlouquecido, que só se acalmou depois de muita reza e benzimento de minha avó. Assim era a vida dessa mulher, digna e maravilhosamente lúcida para os valores espirituais; somente hoje, aqui deste lado, é que vim a entender sua grandeza. E do quanto ela tentava me ensinar, apesar de sua simplicidade. E, para acréscimo de meus débitos, eu não soube perceber e aceitar.

XXIII. REMORSOS

"997. Não se deve perder de vista que o espírito, depois da morte do corpo, não se transforma subitamente; se sua vida foi repreensível, é porque ele era imperfeito. Ora, a morte não o torna imediatamente perfeito; ele pode persistir em seus erros, em suas falsas opiniões, em seus preconceitos, até que seja esclarecido pelo estudo, pela reflexão e pelo sofrimento".

O Livro dos Espíritos (Livro IV — Cap. II — Penas e gozos futuros)

Tinha revisto praticamente toda a minha vida como Fábio.

Essas crises, embora esporádicas, não passavam. Mesmo assim, estranhei quando o irmão Alberto disse que a terapia iria continuar. Ansioso, questionei:

— Mas, Dr. Alberto, já não terminamos?

Mesmo sem querer, às vezes eu o chamava de doutor, embora ele me corrigisse:

— Irmão, Fábio! É Irmão Alberto!

— Desculpe-me, é que o senhor transpira a medicina por todos os poros, é difícil não vê-lo como um doutor.

Ele sorriu e continuou:

— Aqui os títulos só têm valor quando os adquirimos pela dedicação extrema. Mas, respondendo a sua pergunta, nós apenas iniciamos o tratamento! Em pouco tempo você pôde rever toda, ou pelo menos as partes mais significativas, de sua trajetória como Fábio. Agora, vamos passar à segunda etapa, que é levá-lo a lembrar a época anterior ao seu encarne. A parte que mais nos interessa é o planejamento para a sua vida como Fábio. Acredito que está aí a chave para você se libertar de vez das crises.

Fiquei bastante admirado e aguardei ansioso.

Assim que começamos a revisão, entrei numa espécie de sono. Percebia as coisas só que de maneira estranha, vaga e distante. Sentia fortemente a personalidade de minha mãe atuando sobre mim, envolvendo-me totalmente. Não via a tela na minha frente. Comecei a ficar agitado por não conseguir detectar o que estava acontecendo. Sentia-me totalmente nas mãos de alguém. Irmão Alberto, percebendo o meu estado, veio em meu auxílio.

— Fique tranquilo, Fábio. Você, neste momento, relembra e sente o período em que estava no útero de sua mãe. Esta sensação de fragilidade é natural nesta fase. Acalme a mente que você vai sair desse estado aos poucos e passará a se sentir já aqui, antes do reencarne.

Logo a seguir, entrei numa inconsciência, depois o estado confuso continuava, mas já me sentia em outro lugar. Via rostos amigáveis se aproximarem de mim me desejando boa sorte. Outros me beijavam, todos se despediam. Eu percebi que chorava muito e aos poucos a mente foi se aclarando. Saí daquele estado. Percebi a tela na minha frente, um rapaz louro, que eu sabia ser eu, participava de uma reunião com várias pessoas. Entre elas reconheci Antonino, que me falava animadamente:

— Anime-se, Cláudio, tudo dará certo! Você se preparou bastante. Trabalhou e estudou com afinco, precisa confiar em si mesmo!

— Sim, meu irmão! Sei que tens razão! Mas, embora tenha esperado muito por essa nova oportunidade, trabalhado e estudado como você diz para merecê-la, agora que a hora se aproxima sinto-me amedrontado. Os débitos são muitos, você sabe! E as tendências que me fizeram cair outrora ainda estão muito fortes dentro de mim!

— Vamos! Não seja pessimista! Quem de nós ainda não traz tendências a vencer? Todos somos devedores aos quais as leis divinas têm onerado as dívidas em parcelas pequenas para que consigamos quitá-las!

— Você tem razão, Antonino! Sempre o irmão protetor protegendo o caçula peralta. Ah, meu irmão! Se não fosse você me auxiliando tanto, não sei se teria conseguido alcançar este momento, mesmo com tantos se dispondo a me amparar!

— Então, meu irmão? Anime-se! Aqueles que o receberão como pais já há muito anseiam em tê-lo nos braços. Você é que tem retardado a hora sublime do recomeço. Depois, além deles, ainda terá como avó nossa querida e iluminada irmã Maria. Lembre-se que você trabalhou muito com ela aqui. Vocês dois têm uma tarefa em comum até a sua adolescência. Você aprenderá com ela, ou melhor, relembrará o que aprendemos aqui, para que, quando ela desencarnar, você continue a tarefa. Assim que você despertar para essa responsabilidade, sua mediunidade desabrochará intensamente e eu estarei a postos, serei aquele que te auxiliará, e com o tempo a sua própria avó virá juntar-se a nós, continuando o trabalho por ela iniciado. Com sua dedicação e merecimento, se conseguir levar adiante o que está programado, ali mesmo no sítio onde você vai morar, nossa irmã Adelaide, apesar das inúmeras atividades que exerce, virá auxiliar-nos para que se inicie o hospital tão necessário à região. E para que tudo isso aconteça, meu irmão, você tem que estar firme. Domar a sua ambição material e natural impulsividade que já o fizeram perder preciosas oportunidades no passado.

Depois dessa nossa conversa, senti-me, de certa forma, mais aliviado e, abraçando-me à Antonino, dirigi-me mais confiante ao Instituto de Renascimento.

Lembrar desta parte de minha vida foi um verdadeiro choque para mim! Quando a luz se acendeu, não consegui encará-los de tanta vergonha que sentia. Tampei o rosto com as mãos e desandei num choro estridente.

Os dois, sentindo que era necessário aquele extravasamento, deixaram que as lágrimas rolassem, livremente. Por vários minutos dei vazão àquelas emoções angustiosas que me opримiam o peito, por ter relembrado a extensão de minha queda. Depois, fui me acalmando, silenciei e por vários minutos eles também respeitaram. Quando o silêncio já se tornava opressivo, Antonino falou:

— Fábio! Não se culpe tanto! Todos nós que planejamos juntos esta sua trajetória sabíamos que a tarefa não seria fácil. Mas, por insistência sua, o plano mais alto houve por bem atender o seu pedido.

— Antonino, se todos vocês sabiam que eu iria falhar, como puderam deixar isso ocorrer? A tarefa iniciada por minha avó foi prejudicada. O hospital tão planejado e tão necessário deixou de ser construído.

— Fábio, tudo que é planejado pelo alto segue seu curso. Nós somos apenas meros tarefeiros que podemos desenvolver bem a nossa tarefa ou não. Todo aquele planejamento continua de pé, e posso te dizer que "alguém" já está sendo sensibilizado para esta obra tão necessária.

— Quer dizer, alguém vai fazer o que eu deveria ter feito! — falei contrariado.

Ele silenciou.

— Fábio — continuou Irmão Alberto —, numa obra há muito trabalho a ser feito; se você não pode lançar a pedra inicial, nada te impede de trabalhar na construção dela.

— Sinto-me constrangido pela extensão de meus fracassos! Não pensei que fossem tantos!

— Pressentíamos isso! Mas, no íntimo, você sabia. Acredito que as crises que continuam apesar de todo o tratamento que você tem recebido nada mais são que o remorso pelo seu fracasso, como você mesmo diz.

— Então... O senhor acha que não precisarei mais relembrar do passado?

— Você não necessitará mais dessa terapia, pois o bloqueio foi retirado. Lembrou-se do que era mais difícil, seu compromisso com Antonino e os demais envolvidos nessa obra. Depois disso, acredito que se libertará das crises, se souber trabalhar positivamente essa lembrança.

— Bem, e o resto? Não me lembrarei?

— Virá aos poucos e naturalmente. A partir de agora, cada fato ou pessoa que você reencontre será um estopim para que a memória vá se aclarando.

— Não sei se isso me alegra ou entristece, pois pressinto que a todo momento vou me deparar com os resultados de minhas ações. Lembrarmos tão claramente de tudo e de todos a quem devemos algo não é fácil.

— Preferiria viver na ignorância? — questionou Antonino:

— Não! Logicamente que não! Por mais sofrida que possa ser, sempre é melhor a verdade nua e crua!

— E por você pensar assim é que teve condições de fazer esse tratamento — continuou o irmão Alberto.

Silenciei pensando em algo.

— No que pensa? — inquiriu meu irmão Antonino. Agora verdadeiramente já podia tratá-lo assim, visto que me lembrava perfeitamente de tê-lo tido como irmão no passado. Mas faltavam-me detalhes dessas lembranças.

— Penso que, de todos os males que fiz, um eu não consigo me perdoar.

— Qual deles? — perguntou irmão Alberto.

— Sabeis de meu amor por Lúcila e de nossos desencontros. Oprime-me muito lembrar que a incentivei ao aborto. Que um inocente morreu por conta de minha covardia. Isso eu não me perdoo! Aonde andará essa criança? Como conseguirei encará-la ao nos encontrarmos frente a frente?

Os dois se entreolharam e irmão Alberto respondeu:

— Com certeza, esse irmão já o perdoou!

— Não, não acredito! Ele deve ter sofrido muito! Depois, tiramos-lhes a oportunidade de uma vida de progresso. Não creio que fui perdoado!

— Pois pode ter certeza disso, "ele" já o perdoou!

Olhei-os indagativamente percebendo que Antonino sorria muito emocionado. Num átimo, a verdade me fulminou, gritei dolorosamente:

— Não, não, Antonino! Não posso ter feito isso com você. Uma das pessoas que eu mais amo. Que fez tanto por mim.

Ele, então, veio até mim e abraçou-me. Depois de tudo, ainda me consolava.

— Chore, Fábio. Isto te fará bem. Tem responsabilidade no caso, mas não de todo. Eu sabia os riscos que corria ao pedir o reencarne. Mesmo assim quis tentar. Depois, era uma velha dívida do passado, que o aborto me libertou.

— Mas, não entendo. Você não disse que nos preparamos para você me guiar na mediunidade?

— Sim! Mas quando vi que você, pelo livre-arbítrio, estava se desviando para o crime, quis estar mais perto para auxiliá-lo. Tinha esperanças de que minhas necessidades infantis lhe devolvessem a lucidez quanto às obrigações assumidas anteriormente. E também que pudesse confortá-los, pois uma criança sempre traz luz e alegria para qualquer lar.

— Oh! Antonino, meu irmão! O que fiz eu? — E chorei amargamente abraçado àquele que eu tanto ferira e que já me perdoara. Quantas dívidas, meu Deus! Quanto a ressarcir!

— Sabe, Fábio, nós todos temos o livre-arbítrio, e eu exerci o meu ao pedir por aquele reencarne. Sabia dos riscos. Vocês não tinham uma vida juntos! Não tinham estabilidade! Então vamos dizer que eu joguei com a sorte. Pode parecer, à primeira vista, que eu perdi, mas não. Cada ação nossa é aproveitada em nosso próprio favor. Assim, o aborto foi uma libertação para mim. Remorso para você e Lúcila, que a longo prazo está trazendo os frutos chamando-os à responsabilidade.

— E Lúcila, Antonino? Nunca mais a vi! Sinto saudades e ao mesmo tempo muita culpa, pois ela já era tão sofrida, e ao me encontrar isto só se agravou em sua vida.

— Também tenho um carinho muito especial por ela — respondeu ele. — Procuro auxiliá-la na medida do possível.

— Mas onde ela está, ainda em poder do Red?

— Não, nossa irmã, depois que ele se cansou dela algum tempo depois, foi dada a um de seus tenentes, até que ele, por sua vez, arranjou outra para ocupar o seu lugar, trocando-a com um de seus homens por coisas insignificantes. E, assim, a nossa irmã foi descendo e se alienando cada vez mais da realidade. Há pouco tempo conseguimos resgatá-la das mãos de um bando de celerados, totalmente desequilibrada. Chamando ora por você, ora pelo filho abortado, e eu, ali do seu lado, sem conseguir fazer quase nada a não ser esperar a atuação misericordiosa de Jesus, auxiliando-a. No momento, encontra-se nas dependências femininas destinadas à auto-obsessão, pois isto foi o que nossa irmã Lúcila passou a fazer consigo mesma, depois do aborto praticado. O remorso foi tanto que passou a se obsediar, abrindo brechas para que irmãos como Red e outros pudessem aprisioná-la.

Tudo que Antonino me dizia chocava-me ao extremo. Não conseguia imaginar Lúcila, tão fina, lúcida e delicada, passando por tudo aquilo.

— Por que tudo isso, Antonino? Não é muito sofrimento para uma criatura só?

— O plantio é livre, mas a colheita é obrigatória; duvidar disso é duvidar da Justiça Divina. Esquece-se, Fábio, que temos outras vidas? Se erramos nesta, que dirá em outras passadas! Pois tudo que ainda trazemos de mau dentro de nós são apenas réstias de um fogo que nos consumia no mal há bem pouco tempo. Meu irmão, também amo Lúcila. Foi-me espírito caro em diversas encarnações, tal como tu mesmo. Mas nem por isso posso ser imparcial. Nossa irmã errou muito! Sabia de antemão as dificuldades que encontraria. Recebeu a beleza como prova, mas não para fazer uso dela e comercializar-se, e sim para levar uma vida humilde de empregada doméstica. Até que, chegado o momento certo, ambos se encontrariam lá no sítio mesmo, onde, sob as bênçãos do Pai, formariam a família que tanto almejaram. Não o conseguiram pelo comprometimento de ambos, que não aceitaram a pobreza corretiva e, partindo para a rebeldia, foram buscar alhures a felicidade, perdendo-se nos ásperos caminhos do vício e da degradação moral.

Eu, humilhado, ouvia-o em silêncio. Já não tinha mais lágrimas para chorar, e nem tinha o direito de derramá-las. Como buscar consolo quando estamos conscientes que erramos e muito? Chega o momento em que é preciso encarar os fatos frente a frente. E ali, naquele momento, ouvindo aquela avalanche de verdades que partia da boca de Antonino, que eu sabia tinha todo o direito de me relembrar estes fatos, e mais, pessoa que me amava, e se falava, não era com o intuito de me criticar, e sim me acordar da ilusão.

Tomei a resolução de aceitar o que viesse, e lutar pela minha melhoria.

Sim, precisava estar bem, fortalecido, e iria buscar no evangelho as forças, porque agora não era só por mim, mas também por Lúcila, por Antonino, que, apesar de tudo, depositava grande confiança em mim. E por quantos viessem bater à minha porta, seja para cobrar velhas dívidas ou buscando ajuda. Eu iria mudar!

Este propósito entrou tão firme em minha mente, que ali, na frente dos dois, meu rosto começou a transformar-se e as cicatrizes que me marcavam a face sumiram!

Comovidos, eles me olharam sorrindo e Antonino, me abraçando, elevou os olhos para cima e fez uma prece de agradecimento a Deus.

"Bendito seja, Senhor, que não nos desampara. Limpaste o rosto de meu irmão querido, porque com certeza percebeste que algo dentro dele se modificou. Jesus querido, ampare-o para que consiga, através do trabalho redentor, libertar-se das outras marcas que ainda traz. Sabemos, Mestre, que todos nós ainda temos muito que aprender, permita que façamos isso cultivando a humildade e o amor no coração, sempre. Assim seja".

Embora alegre pelo término do tratamento, trazia o íntimo ainda nublado, por pensar nos sofrimentos de Lúcila. Tinha que lutar muito para que esse estado depressivo não tomasse conta de mim, pois sabia dos resultados sofridos quando isso ocorria.

Dois dias depois, Antonino veio ter comigo:

— Fábio, você já está em condições de começar um curso de fortalecimento. Com aval dos irmãos Alberto e Cássio, encaixei-te em um que começa amanhã, desculpe, mas não tive tempo de te falar antes.

— Puxa, Antonino! Fico muito feliz, você sabe que quero aprender, trabalhar, mas...

— O que te preocupa?

— Não consigo esquecer de Lúcila. Sofro com as informações que você deu, sobre o que ela passou. Gostaria muito de revê-la.

— Sim, meu irmão! Este é outro assunto que quero conversar contigo. Lúcila está muito desequilibrada. Quase não conseguimos mantê-la acordada, pois delira e grita muito. Vive constantemente sob efeito de remédios. Como ela te chama muito, achamos que tua presença pode lhe ser útil.

— Sim, Antonino! Leve-me a ela! Quero estar perto. Com certeza posso auxiliar. Eu a amo muito!

— Sei, meu irmão! Mas você tem que prometer ser forte. Caso demonstre muita emotividade, nós o afastaremos, certo?

— Certo! Pode deixar, Antonino. Saberei me manter!

— Bem! Então vamos nos preparar com uma prece e o levarei lá!

Assim, procurando conter minha ansiedade, me preparei intimamente, confiando que Jesus ia me dar a sustentação necessária.

O prédio feminino era em tudo igual ao masculino. Diferia só na cor rosa-claro, rodeado por imensos jardins coloridos. Beleza que neste dia não percebi, tal a ansiedade por rever Lúcila.

Entramos na enfermaria, onde simpática irmã nos atendeu!

— Irmã! — falou Antonino. — Como está nossa Lúcila hoje?

— Assim como sempre, irmão Antonino! Foi medicada há duas horas, pois se encontrava por demais agitada. Daqui a pouco deve acordar!

— Este é nosso irmão Fábio.

— Oh! Que bom! Deus atendeu nossas preces, pois ela o tem chamado muito!

E, assim falando, nos conduziu ao fim da enfermaria, que era imensa, onde um leito estava envolto por uma espécie de plástico grosso transparente separando-o do restante das camas, como um quartinho! E, lançando um olhar por toda a enfermaria, vi diversos leitos recobertos com o dito material.

Aquela irmã, percebendo meus olhos indagadores, esclareceu:

— Este é um material que veda o barulho, pois os doentes mais agitados, se não forem separados, acabam agitando todos os outros.

— Mas... Ela não fica sem ar aí?

Ela, sorrindo, respondeu:

— É claro que não, meu irmão! Estamos aqui para auxiliá- los e não agravar ainda mais suas penúrias.

— Desculpe, falei sem pensar!

— Não se preocupe! Muitos fazem esta interrogação!

Nisso ouvi um gemido vindo dali; a irmã se apressou em ir até lá.

— Nossa irmã está acordando, espero que esteja mais calma.

Abrindo a porta, uma espécie de zíper, os gritos de Lúcila invadiram todo o ambiente. Fiquei estarrecido com o seu estado. Nada lembrava naquele ser que ali estava a minha querida Lúcila. O corpo esquelético, parecia que a pele se grudava nos ossos. Olhos desmesuradamente abertos, salivando tanto, que escorria pelo canto da boca e um suor intenso por todo o corpo mantinha os cabelos e as roupas molhadas. E gritava, gritava sem parar.

— Tire os gritos da minha cabeça, acode, não quero ver! Socorro! Socorro! Alguém me ajude!

E a pobre irmã tentava em vão fazê-la retornar à realidade.

— Acalme-se, Lúcila, acalme-se. Pense em Jesus, ele é o socorro de que necessita!

Mas debalde, ela continuava gritando. Então passou a gritar o meu nome.

— Fábio, Fábio, me ajude! Não me deixe aqui. Eles vão matar o nosso filho! Não deixe, não quero! Socorro! Monstro! Não quero vê-lo mais, afaste-se de mim! Não te suporto, não me toque!

Antonino, então, correu, imobilizando-a para que a irmã pudesse medicá-la. E ficou assim, segurando-a, embalando-a como uma criança, cantando uma canção de ninar.

Aos poucos ela foi se acalmando, repetindo a canção que ele cantava.

"Dorme, dorme, meu nenê, que Jesus vem te velar. A mamãe te ama muito, e o papai já vai chegar".

E foi se acalmando, e ele deitou-a no travesseiro.

Eu fiquei encostado na parede plástica, tolhido dentro de mim mesmo sem saber o que fazer!

Antonino me fez um sinal com a cabeça para que me aproximasse.

Devagarzinho, fui me achegando. Toquei a sua mão, com um medo terrível de que ela voltasse ao desespero de antes. Antonino me disse:

— Nada receie, Fábio, ela está sob ação dos medicamentos e do passe que lhe apliquei. Aproveite para falar com ela, pois por alguns segundos ainda se manterá consciente.

— Lúcila — falei baixinho. — Lúcila! — Ela continuava na mesma posição. — Lúcila! Sou eu, Fábio! Olhe, querida, estou aqui!

Ela, vagarosamente, abriu os olhos e, num esforço enorme, deu um meio sorriso.

— Fábio! Você veio! Não vá embora querido! Não me deixe aqui com o Red! Ele é um monstro e eu o odeio.

— Calma, calma. Você está segura aqui! Não vou mais te deixar!

— Sim, quero ficar com você e o nosso filho!

— Sim! Nós três estamos aqui! — E olhava Antonino, que continuava sustentando sua cabeça, enquanto afastava delicadamente os cabelos molhados, grudados no rosto. Sorriu me animando a continuar.

— Sim, Lúcila! Estamos juntos agora!

Ela dormiu, sorrindo docemente.

— Vamos sair agora! Ela dormirá umas duas horas novamente!

— Queria ficar aqui, Antonino!

— Neste momento você nada poderá fazer. Então não adianta ficar aqui. Acredito que ela guardará reminiscências dessa tua visita. Amanhã viremos novamente, e nos outros dias, até que ela consiga perceber algo e possamos diminuir um pouco a medicação.

A contragosto segui Antonino.

Naquela noite, para conseguir dormir, pedi ajuda à irmã Ondina que pressurosa me auxiliou com sua prece. Esta irmã é de uma bondade imensa. Procura sempre nos incentivar a orarmos, a buscarmos nós mesmos na fonte, como ela diz. Eu já consegui muito, mas neste dia ela própria compreendeu meu estado, pois disse:

— Procure confiar sempre em Deus, Fábio. Sei que não é fácil vermos alguém que amamos sofrendo tanto, mas... Tudo tem um motivo, cada sofrimento traz um aprendizado e uma libertação. Nossa irmã Lúcila está em processo de recuperação, pode confiar.

— A senhora sabe dela, minha irmã?

— Também trabalho lá, meu filho, faço o turno da tarde. Sei o quanto a pobrezinha padece, mas está melhorando, pode acreditar. Aliás, todos estão! O pesadelo um dia termina!

Conformado pelas palavras da querida irmã, entreguei-me confiante ao sono reparador, pedindo a Deus que amparasse minha querida Lúcila!

XXIV. VIDA NOVA

"Um sentimento de piedade deve sempre animar
o coração daqueles que se reúnem sob os olhos do Senhor
e imploram a assistência dos bons espíritos."

O Evangelho segundo o Espiritismo
(Cap. XVII — Sede Perfeitos — O homem no Mundo)

Já no outro dia aguardava ansiosamente a chegada de Antonino, que nem bem apontou na porta já fui o interpelando.

— Vamos agora, Antonino?

— Vamos? Pois acabei de chegar! — respondeu-me sorrindo.

Envergonhado, tentei contornar a situação:

— Desculpe, Antonino, estou ansioso por rever Lúcila, sinto que posso ajudá-la.

— Seu desejo será satisfeito, mas procure manter a calma. Já conversei com os dirigentes de nosso hospital. Eles fizeram um acordo conosco, que, se suas visitas surtirem efeito com nossa irmã, você terá como tarefa auxiliá-la em tudo, duas horas por dia.

— Verdade, Antonino?

— Sim! Mas não se esqueça também, que, hoje pela manhã, você iniciará no curso.

— Sim! Não me esqueci não! Mas pensei que antes daria para ir ver Lúcila!

— Iremos à tarde! — respondeu-me Antonino.

Assim, fui para o meu quarto um tanto angustiado pelo estado de Lúcila, um tanto ansioso pelo curso que se iniciaria logo mais. Procurei, na prece, a calma e a serenidade necessárias, aguardando Antonino.

Quando ele retornou, nos pusemos a caminho e pela primeira vez saí das imediações do hospital. Estranhei e perguntei a Antonino:

— Pensei que esse curso se daria no grande salão de palestras!

— Não, Fábio! Embora esse curso vise ao restabelecimento de todos os participantes, também é um preparo para trabalho. Sai, portanto, do âmbito hospitalar.

E, conversando amigavelmente, andamos bastante, mas não senti cansaço como seria natural devido a distância. Quando chegamos, a visão daquela escola me deslumbrou. Um gigantesco edifício de um material transparente, translúcido, mas que impedia a visão de seu interior. Algo difícil de explicar e até de entender. Procurei não analisar, somente me deixei deleitar com a visão daquela escola. Antonino, percebendo a minha admiração, falou:

— Depois do hospital, onde a maioria dos que aqui chegam são atendidos, objetivando restaurar-lhes as forças espirituais, outro departamento que merece a maior atenção de nossos dirigentes é o Instituto Escolar. Aqui há cursos permanentes e rotatórios, dependendo das necessidades dos grupos em questão.

— Estes cursos são para necessitados como eu, que precisam aprender o autocontrole, o equilíbrio? — perguntei.

— Geralmente esses tipos de cursos são os primeiros, e quase todos que aqui chegam passam por eles. São de alguns meses apenas, mas os irmãos podem passar para uma fase seguinte, caso se esforcem, ou fazer mais de um ciclo se houver necessidade. Vai depender de cada um. Os cursos seguintes visam ensinar aos irmãos como se manterem energeticamente, dispensando o alimento, através da respiração controlada, bem como cuidar de sua própria higiene.

— Bem, mas isso eu já faço, tomo banho sozinho, me cuido etc.

Antonino respondeu sorrindo:

— Não é dessa maneira, Fábio, e sim conseguir se "limpar" através do pensamento. Manipular os fluidos para se manter tanto interna como externamente.

Assim conversando, chegamos a um grande salão, onde muitos grupos conversavam. Ansiosamente eu observava tudo, mas nem bem entramos e os grupos começaram a se retirar.

Antonino se apressou em explicar:

— Os grupos se encaminham para suas devidas salas. Vamos aguardar um pouco, e já entramos.

E assim fizemos. Já na sala, Antonino se despediu de mim dizendo para me colocar à vontade. Fiquei meio sem ação, pois imaginava que ele ficaria comigo. Mas logo descartei a hipótese como absurda, pois ele deveria ter muitos afazeres, não iria me pajear a vida toda.

Observei o grupo com curiosidade, percebendo que todos estavam se sentindo como eu. Então procurei sorrir e cumprimentar os mais próximos, no que fui correspondido amigavelmente.

Poucos minutos depois entraram quatro pessoas, um homem, que se apresentou como instrutor Marcelo, a moça, Maria do Céu, era psicóloga e se colocou à disposição para nos auxiliar em qualquer dificuldade que tivéssemos durante o curso, e os outros dois, para minha surpresa, eram meus amigos Artur e Samuel, encarregados de nos auxiliar nos exercícios práticos.

O instrutor Marcelo falou-nos sobre o curso, seu objetivo e tudo que conseguiríamos de benefícios para nós mesmos, se fôssemos diligentes e aplicados. Dali dependeria nosso acesso a outros cursos e trabalhos futuros.

— Eu sou o instrutor desta sala, mas o corpo de instrutores corresponde a todos os outros que neste momento passam suas instruções para suas salas. Mas cada um, por sua vez, será responsável por determinadas matérias e as dará a todos os grupos.

Colocou, então, no quadro, o nome de todos os outros e, mais uma vez, para minha alegria, vi o nome de Antonino entre eles. Sua matéria seria sobre desequilíbrio da mente espiritual e suas consequências para o perispírito. Assim, aquele primeiro dia foi de alegria e conhecimentos, pois de meia em meia hora era um instrutor que nos falava, ficamos então conhecendo todo o grupo de professores.

Ao final, teríamos um tempo no salão para nos confraternizarmos com os outros grupos, visto que teríamos trabalhos que seriam desenvolvidos com todos. Assim, tive a oportunidade para conversar com meus amigos. Aproximei-me deles, que me abraçaram sorrindo.

— Que bom te ver tão bem, Fábio! — disse Artur.

— Vocês sumiram, não é?

— Fomos te visitar algumas vezes, mas não conseguimos falar contigo.

— É — completou Samuel — , logo depois, surgiu uma oportunidade de fazermos um curso em outra colônia, e o tempo passou. Você nos desculpe, mas agora, para compensar, pedimos para fazer parte desse curso e podemos estar juntos por algum tempo.

— Vocês é que pediram? — perguntei.

— Sim, Fábio! Achamos que seria o momento ideal, podemos auxiliar inclusive nas tuas lembranças. Antonino nos disse que você passou por um tratamento neste sentido, não é?

— Sim, mas só lembrei algumas coisas imediatas.

— Acreditamos que, aos poucos, o restante virá à tona. Como já passamos por isso, e estamos ligados por fatos passados, vamos poder te auxiliar.

— Vocês me deixam comovido! Pelo jeito vou continuar dando trabalho a vocês.

— Fábio! Nós gostamos de você sinceramente! Não nos custa auxiliar no que pudermos. Depois, você também vai poder fazer muito em trabalhos futuros e queremos estar juntos. Somos muito ligados a nossa irmã Maria, tua avó. Trabalhamos juntos, e sei que você também vai querer fazer parte desse grupo.

— Com certeza — respondi.

— Então, vamos nos preparar.

— Ah! — exclamou Samuel — Tem alguém aqui que você vai gostar muito de ver!

Saiu por uns momentos, e logo após retornou com um rapaz alto, louro, muito vistoso e simpático, pois vinha cumprimentando a todos pelo caminho. Para minha grata surpresa, quase gritei quando ele chegou próximo.

— Walter! Walter, é você? Não acredito!

Ele, sorrindo, respondeu:

— E aí, primo? Quem diria que nos encontraríamos deste lado, hein? Bem se diz que até as pedras se encontram!

— Walter, não consigo acreditar que é você! Por que não nos encontramos antes? Pensei muito em você nestes anos todos.

— Eu também, Fábio. Vi muito do que você passou lá na cadeia, depois perambulei muito tempo com grupos viciados, buscando satisfazer a necessidade da droga. Nessas condições, esquecemos de todos, até de familiares. Às vezes, era arrastado até a minha mãe, devido a saudade que ela sentia, mas percebia que, assim que chegava perto, ela passava muito mal, até Marlene às vezes ficava mal. Sentia que era a minha presença, então fugia feito louco de casa e me juntava novamente ao grupo, e íamos atrás dos drogados para usufruir as drogas que eles usavam. Neste martírio, presenciei a morte de muitos por overdose. Fiquei muitos anos nessa vida, até que, já não aguentando mais, sentindo-me extremamente doente, roguei a Deus por socorro, e adivinha quem veio me auxiliar? Vó Maria! Você não sabe quanto trabalho eu dei onde fiquei. Cheguei a fugir uma vez. A necessidade das drogas era muito grande! Vó Maria teve muita paciência, foi me buscar, eu não queria voltar, disse-lhe que ficaria com os "amigos", pois o processo de desintoxicação era muito demorado e doloroso. Que preferia me acabar daquela forma mesma, e ela respondia:

"'Querido, ninguém se acaba, você não vê? Que adianta ficar se torturando assim? Você não sofre?'

"'Sim, vó! É lógico que sofro!'

"'Pois então, Walter, por que não enfrenta o tratamento? Se for sofrido, pelo menos você pode estar certo que terá fim. Já, isto aqui', falava designando o grupo 'não terá fim, a menos que cada um aceite lutar pela sua melhoria.'

"Eu me calava então, sabendo que ela estava certa, mas sem coragem de segui-la. Ela me dizia então:

"'Walter! Vou ficar com você então! Eu te amo e não vou abandoná-lo.'

"E assim, durante algum tempo, Vó Maria seguiu-me de perto.

"Não se afastava um segundo sequer. Observava cada ação daquele grupo, fatos que me envergonhavam muito por ela estar ali vendo. Aos poucos, fui tomando consciência do quanto mal fazíamos aos jovens dos quais nos aproximávamos para sugar as emanações das drogas que eles usavam.

"Com extrema necessidade, aproximei-me de um adolescente, quase um garoto ainda, e colei-me nos seus centros de força, procurando sugar o máximo possível. O jovenzinho, no afã de se satisfazer, não dava conta de usar para ele e para mim e desmaiou, larguei-o muito assustado, pois não queria ser responsável pela sua morte.

"Minha avó me olhou cheia de piedade, aproximando-se do garoto extenuado, passou a lhe aplicar passes, até que ele se restabeleceu. Carinhosamente procurou orientá-lo:

"'Meu menino, olhe o que você faz contigo! Não tem dó desse corpinho que Deus te deu para progredir, levar uma vida digna? Se ame, meu menino! Que será de tua mãezinha que te aguarda no lar, ansiosa, olhando no relógio e orando à Virgem por ti? Ampare-se em Jesus, criança! Liberte-se desse vício nefasto, que ameaça te trazer para sofrimentos atrozes. Segue adiante que a vida tem muito a te oferecer.'"

"O garoto, embora já consciente, registrou tudo o que lhe foi dito, caindo em um pranto dolorido, e, para minha surpresa, não só eu chorava, mas muitos ali do meu grupo, que passaram a ver minha avó, antes invisível para eles, choravam juntos. Deste dia em diante, decidi segui-la e muitos daquele grupo também. E estamos juntos até hoje, com a graça de Deus. Passei por um longo tratamento. Mas, por estar decidido, não foi tão difícil quanto eu pensava. Consegui a libertação. Hoje, trabalho e estudo. Sou ajudante de um dos grupos, como o Samuel e o Artur. É o meu primeiro trabalho desse tipo e estou muito feliz. Sabia que iria te reencontrar aqui, por isso não tive pressa em vir antes."

Fiquei surpreso e feliz em reencontrar o meu primo. A lembrança que trazia dele era deprimente, e ali estava ele, esbanjando saúde e alegria. Pensei: *Meu Deus, como nos enganamos nos apegando tanto às coisas terrenas. Tantas lutas pelas aquisições, tantos desencontros e sofrimentos para nos encontrarmos todos ali, cada um procurando a sua cura interna, através do autoconhecimento, do estudo esclarecedor e do trabalho construtivo. Por que esquecemos de todo esse preparo quando encarnamos?*

Acho que meu pensamento clamou tão alto, que foi ouvido por Antonino, que se aproximou já me respondendo:

— Contra o nosso anseio de luz, temos milhares de anos em que nos comprazíamos nas trevas.

— Que adianta se preparar tanto então, Antonino? Se eu tiver que reencarnar amanhã, decerto vou cair de novo!

— Meu irmão, nosso futuro não está escrito de antemão. Nós o escrevemos com as nossas experiências de cada dia. Já melhoramos muito, se formos avaliar o que éramos há quinhentos anos. Mas numa coisa você está certo! De alguns anos para cá, a criatura está quase estacionando na estrada ascensional. Há uma ideia paralisando as iniciativas dos homens nesta direção, que é o materialismo. A maioria pensa que o maior poder sobre a terra é o dinheiro. O recurso, criado pelos homens para melhor dividir os bens de consumo, subiu ao status de "Senhor", escravizando a quantos se deixam iludir pelo seu brilho falso.

"Quando alguém parte daqui, vai com grandes expectativas, pois foi bem preparado, mas assim que veste o corpo carnal e os sentidos que o "eu" antigo despertam, em vez de combatê-los antepondo o que foi aprendido aqui, se deixa arrastar pela corrente materialista que percorre todos os recantos da Terra. A quem culpar por isso, senão a si próprio, que se deixou mais uma vez ser enganado?

"Mas a hora final se aproxima, quando toda árvore que não foi plantada pelo alto será arrancada pela raiz. Assim será com o materialismo, que ousa tomar o lugar de Deus no coração dos homens, fomentando o orgulho e o egoísmo, chagas que devem ser combatidas sem cessar para que o Evangelho do Mestre possa fluir sem mácula. E estas ideias perniciosas tentam ainda barrar-lhe o caminho. Mas quem pode barrar a Luz? Se os ensinamentos cristãos não são vivenciados ainda, é porque temos dureza de coração e estamos endeusando a Mamon. Então, Fábio! Enquanto teimarmos em servir ao Deus errado, cairemos e choraremos debaixo da própria queda."

Diante do que Antonino falou, refreei o que me ia no íntimo e silenciei; pois sabia que ele estava certo. Eu mesmo não fizera isto, buscando viver para adquirir cada vez mais e me distanciei mais e mais de Deus? Até que me senti totalmente órfão de recursos espirituais, tendo que ser auxiliado pelos recursos alheios!

Aquele dia transcorreu cheio de novidades e alegrias.

Conheci muita gente, todas muito amigáveis. Algumas, como eu mesmo, espelhando no rosto as inquietações e interrogações que lhes ia ao íntimo e buscando entender para se firmar melhor naquele mundo tão feliz, tão cheio de oportunidades e bênçãos, mas que nos sentíamos como náufragos em barco alheio. Ansiava por começar a ser útil, sentir que fazia parte e tinha direito em usufruir tudo que me era oferecido graciosamente.

À tarde, Antonino já me encontrou pronto para ir ao encontro de Lúcila.

Assim que chegamos, fomos recebidos amavelmente por irmã Ondina, que fazia o turno da tarde.

— Que bom que vocês vieram! Pela primeira vez nossa irmã acordou sem a agitação de sempre. Só chama o irmão, constantemente.

— Posso entrar lá?

— Sim! Se ela está calma, será até bom que veja você sozinho. Procure dialogar com ela, Fábio, para que consiga sair da ideia fixa!

Assenti que sim e entrei no compartimento onde ela ficava! Já na entrada percebi que se agitava balbuciando:

— Fábio, Fábio, cadê ele?

Aproximei-me devagar, intimamente orando para que conseguisse conversar com ela. Sabia que Antonino estava atento do lado de fora, então estava confiante.

— Lúcila! Sou eu, Fábio!

— Fábio, onde você está? Não te vejo!

Peguei a sua mão, passei a outra em seus cabelos, falando baixinho:

— Aqui, pertinho de você! Abra os olhos!

Num esforço conseguiu; olhava ao redor procurando discernir onde estava, até que seus olhos pousaram nos meus! Percebi que ela lutava para sair do torpor. Assim que conseguiu, fixou-se em mim, abrindo extremamente os olhos:

— Fábio, é você mesmo?

— Sim, Lúcila! Sou eu!

— Onde andou? Red te prendeu? Ele me disse que eu jamais tornaria a te ver!

— Como você pode ver, ele se enganou!

— Fábio! Tenho medo de que ele me leve de volta!

— Ninguém vai te levar daqui, Lúcila! Não tenha medo!

— Você não sabe — falava num tom desvairado —, ele sabe onde estamos, tem cúmplices. Alguém pode me delatar. Se ele souber onde estamos vai nos prender novamente.

— Lúcila, não se agite! Olhe, eu estou aqui, ninguém vai nos prender!

— Ele me acusou de assassinar nosso filho, Fábio! Foi horrível.

— Esquece isso, Lúcila. Na época não sabíamos o que fazíamos. Depois, o nosso filho já nos perdoou.

— Não! Fábio, ele é bebê ainda! Não sabe perdoar, só chora, chora!

— Ele é um espírito, Lúcila! E já nos perdoou!

— Escuta! Escuta! É ele que chora! Preciso achá-lo.

— Calma, Lúcila. Ninguém chora, é sua imaginação.

— Fábio, o Red me levou lá, onde eles matam bebês! Horrível! Queria sair, não conseguia!

— Onde, Lúcila?

— Lá, lá onde fomos, eu e você, onde matamos o nosso filho. Red me obrigou a ficar lá muito tempo. Toda hora chega gente pra assassinar as crianças. É horrível, Fábio. Os bebês chegam chorando! Pedem misericórdia, pedem, mas ninguém escuta! Eu escuto o seu choro! As mães não ouvem! Eu gritava para elas: "Pare, não machuque seu filhinho, ele está com medo."

Mas ninguém me ouvia. E as crianças morriam! Muitas! Muitas! Não quero mais ver essa cena, não quero ouvir as crianças chorando.

Entrando em desespero, ela começou a gritar:

— Red, me tira daqui, não quero ver os bebês morrendo, é horrível! Por favor, não sei sair. Prometo que não vou fugir, não vou atrás do Fábio. Red, pelo amor de Deus, me leve daqui.

E gritava muito. Antonino e irmã Ondina entraram correndo, já com a medicação. Eu, aproveitando os minutos, pois sabia que logo ela dormiria, falei:

— Lúcila, isto já passou, faz muito tempo. Não se culpe tanto pelo aborto! Nosso filho já nos perdoou. Encontrei-o aqui, é um rapaz maravilhoso que nos ama muito. Acredite!

Aquietou-se como por milagre:

— Você o encontrou, Fábio?

— Sim, Lúcila! Encontrei!

— Já é um rapaz, como cresceu tanto? — E falava coisas desconexas, mas se mostrava aliviada e foi falando até dormir. — Traga-o aqui, quero abraçá-lo. Pedir perdão! Eu o amo muito não quero que ele chore mais.

Enquanto falava, Antonino amorosamente tirava os cabelos de sua testa e a beijava. Ante o quadro comovedor, não pude evitar as lágrimas que corriam.

Fiquei ainda um tempo ali, segurando suas mãos e rogando a Deus por ela, por nós.

Assim que saímos, Antonino falou:

— Foi muito bom ela ter desabafado!

— O que ela contou sobre o Red, é verdade? — perguntei eu.

— Sim! Depois que o entregou ao Cérbero, para castigá-la, ele a prendeu naquela clínica de abortos onde estivemos.

Antonino, ali, me falando daquilo era por demais constrangedor. Ele, notando meu embaraço, se apressou em esclarecer:

— Fábio, cada caso é um caso.

"Como o reencarne foi uma decisão minha, não precisava ficar ali naquele momento, não senti o trauma do aborto. Caso contrário, teria que ficar por alguns anos em tratamento. E, naquele momento, minha presença junto de vocês era muito importante, então recebi esta graça de não vir para cá trazendo as sequelas do aborto."

Respirei aliviado com o que ele me disse:

— Mas, respondendo sobre Lúcila, ela ficou lá muito tempo. Inutilmente tentava fugir e não conseguia. Nosso irmão Red a imantou lá, através do próprio sentimento de culpa que ela trazia dentro de si.

— Sem isso ele não conseguiria prendê-la?

— Decerto que não! Na realidade, ninguém prende ninguém! Mesmo nas zonas umbralinas, que você conhece tão bem, não há carcereiro na extensão da palavra. É a própria pessoa que se encarcera. Os sequazes do crime, como o Red, Cérbero e tantos outros, apenas detectam as chagas morais da criatura e as exploram, até dominar por completo aqueles a quem querem fazer o mal. Liberte-se o ser do seu mal íntimo, liberar-se-á também de qualquer prisão que o contenha! Fábio, você quer aproveitar para visitar seus dois amigos, Aluísio e Brandão?

— Oh, sim, Antonino. Gostaria muito de revê-los!

Assim, nos dirigimos para a enfermaria masculina, em tudo idêntica à feminina, até aqueles compartimentos plásticos separando alguns irmãos lá também existiam. No entanto, notei que era bem maior que a feminina, e com muito mais pacientes. Indaguei a Antonino:

— Por que há mais homens que mulheres nas enfermarias, Antonino?

— As mulheres, pela própria condição materna, dos filhos a lhes exigirem carinho e atenção, não desperdiçam tanto o tempo como o homem. Este, muitas vezes, ainda que bem casado, assim que dorme sai a procura de aventuras. Já a mulher, mãe, mesmo no desprendimento pelo sono, não descuida dos filhotes. Então, meu irmão! Muitos são pegos de surpresa pelo desencarne. A maioria de nossos irmãos acha que sustentar a casa, os filhos, já é o suficiente. E muitos nem isso fazem, sobrando aos ombros das mulheres a tarefa da casa, da educação dos filhos e até do sustento que deveria ser a tarefa do parceiro, enquanto uma boa parte dos homens passa os dias no botequim da esquina, se viciando em bebidas degradantes, no jogo e criando laços com entidades do invisível que acabarão por levá-los à derrocada espiritual. Quando aqui chegam, quem utilizou melhor o tempo? A mulher se engrandeceu na tarefa nobilitante do lar e do sustento para os pequeninos. E alguns dos nossos irmãos, o que trazem ao chegar aqui, senão um perispírito totalmente contaminado, ligações infelizes, desacertos que levarão anos para o devido reparo?

Assim conversando, nos aproximamos dos meus amigos, Brandão e Aluísio.

Brandão estava bem! Lia no momento em que o abordamos.

Antonino perguntou:

— Como está hoje, meu irmão?

Ele, demonstrando melancolia, não deu conta da minha presença.

— Estou me esforçando, irmão Antonino! Ainda me sinto muito mal.

— Isso passará, sem dúvida! E o livro, o que está achando?

— É tudo muito novo para mim! Tenho certa dificuldade em entender. Outra coisa. Acho tão incrível que custo a acreditar.

Espichei a cabeça para ver o que ele estava lendo. Era *O Livro dos Espíritos*.

Antonino continuou esclarecendo com paciência:

— O irmão pode ter certeza de que tudo que está escrito aí é a mais pura verdade! É um roteiro seguro para o conhecimento de nosso patrimônio espiritual. As dificuldades que se lhes apresentam ao entendimento, com o tempo e a perseverança, irão se esclarecendo. Mas, veja, trouxe-te um amigo que ansiava por te rever.

— Meu Deus! Quem diria se não é o Caipira! Então, também se encontra aqui?

— Sim, Brandão. Pela benevolência de muitos, fui socorrido neste hospital.

— Só você não, não é? Pois pelo que me contaram fomos todos trazidos para cá no mesmo dia.

— Realmente, foi isso que ocorreu.

— Eu nada vi, pois nos últimos tempos do cativeiro já não percebia quase nada. Aliás, o que me animava um pouco era ver você sempre lúcido, pois o Aluísio jamais se deu conta de si naquele lugar. E — disse apontando para um compartimento igual ao de Lúcila — até hoje parece que ainda não se deu conta de si.

— Ele está aí? — perguntei-lhe.

— Sim! Sofre pesadelos horríveis, segundo me informaram os enfermeiros. Já cheguei a me levantar daqui e ir até lá para tentar conversar com ele, mas qual. Chamei, chamei, ele nada percebeu!

— Mas você pelo visto reagiu bem, pois está com boa aparência — falei-lhe.

— A sua está bem melhor, rapaz, apesar dessas feias cicatrizes. Por que ainda está assim? Vê — E apontava para si próprio —, não sou mais vermelho e nem tenho aquele horrível inchaço que me deformou o corpo todo.

— É, realmente, quando lembro como você estava enorme, não dá para acreditar em sua recuperação.

Ele deu uma gargalhada e retrucou:

— Também não é assim, se estivesse tão bem já teria saído daqui! Aquilo que se passou lá com o Cérbero, não ligo muito não. Neste mundo que encontramos ao morrer, é assim mesmo, uns fazendo o mal para os outros. É a sobrevivência, meu caro. Não guardo rancor contra ninguém não. Acredito que é por isso que minha aparência melhorou muito. O que passei lá, deixei lá atrás mesmo. Mas se você ver o pobre do Aluísio, parece que saiu de lá ontem. Está do mesmo jeito, a cabeça enorme. Dá até pena.

— É, cada um reage de uma forma. É o que me diz Antonino, o Dr. Alberto e o Dr. Cássio.

— Acho que é isso também. Vejo você muito bem, mas ainda traz cicatrizes feias no corpo. Eu já não tenho nenhuma marca visível do que passei, mas por vezes a angústia e a insegurança me tocam fundo. Já o Aluísio, traz as marcas físicas e a consciência totalmente apagada.

— Acho que, de nós três, ele é quem mais sofre — disse eu.

— Sem dúvida — respondeu Brandão. — Antonino disse-me para chamá-lo pelo nome. Então, Fábio, gostaria que você viesse mais vezes, para conversarmos, preciso entender melhor esse livro. — apontando o volume de *O Livro dos Espíritos*. — Quem sabe você não possa me auxiliar?

— Eu também estou aprendendo, Brandão. Ainda agora iniciei um curso, em que estudaremos este livro e outros mais. Virei com muito prazer te visitar todos os dias. Tenho que vir na enfermaria feminina visitar Lúcila e, assim que sair de lá, passo aqui para estudarmos juntos.

— Você a encontrou aqui? — perguntou-me ele.

Contei-lhe então tudo o que sabia sobre o que ela tinha passado e as condições em que se encontrava.

— Você deve estar sofrendo muito, não é? Gostava realmente dela, pois isto dava para perceber. Aliás, foi só por isso que eu o ajudei.

— Sim, Brandão! Ainda gosto muito dela. Quanto a sofrer, procuro confiar em Deus, pois tenho certeza de que ela irá melhorar. Se eu e você conseguimos isso, por que ela não?

Ele, soltando aquela sonora gargalhada de quem está de bem com a vida, falou:

— Se nós tivemos jeito, ela também terá sim!

Depois entrei no compartimento para visitar Aluísio.

Realmente continuava como no dia em que foi trazido. Dava pena e um certo horror notar sua cabeça imensa, na qual os olhos quase sumiam. Estava totalmente imobilizado na cama, pois se agitava muito. Orei por ele e me despedi do Brandão, buscando o caminho do meu quarto a fim de repousar, pois estava exausto pelas emoções que passara.

XXV. AS ENFERMARIAS VOLANTES

"6. O homem, pois, não é sempre punido, ou completamente punido na sua existência presente, mas não escapa jamais às consequências de suas faltas."

O Evangelho segundo o Espiritismo
(Cap. V — Bem-aventurados os aflitos — Causas anteriores das aflições)

A partir daquele dia, me dividi entre Lúcila, Brandão e o curso. Ela pouco a pouco ia melhorando. A cada dia me pedia pela presença do filho, mas Antonino dizia que ainda não era o momento de contar-lhe.

Juntos, eu e ele, nos revezávamos para atendê-la. Às vezes, parecia uma criança aprendendo. No dia em que pela primeira vez tivemos autorização para levá-la ao jardim, foi uma festa. Ela não se cansava de elogiar as flores. De cada qualidade pedia uma, que eu e Antonino corríamos para satisfazê-la. Quando retornou à enfermaria, trazia um lindo buquê, que colocou orgulhosamente na cabeceira da cama, dizendo que lhe faria companhia até a nossa volta no dia seguinte. Às vezes, ela tratava Antonino com tanto carinho e tanta familiaridade, que eu desconfiava que, lá no seu íntimo, ela já sabia ser ele o filho abortado.

Todos os dias, ao sair dali, visitava o Brandão. Juntos estudávamos *O Livro dos Espíritos* e *O Evangelho segundo o Espiritismo*. Tornamo-nos grandes amigos, até que chegou o dia em que ele teve alta do hospital, recebendo-me alegremente:

— Fábio, receio que não terei mais condições de estudar com você. Hoje saio daqui para ir morar com um irmão meu e minha mãe em sua casinha. Parece um bangalozinho. Tenho certeza de que serei muito feliz lá. Também vou começar este curso que você está terminando. Entrarei na nova turma.

— Está feliz, Brandão?

— Muito! Jamais imaginei que houvesse tanto a aprender, tanto por fazer. Estou muito feliz! Vou aproveitar bem o tempo que terei por aqui, pois não sei quando terei que retornar à Terra. Então, chega de perder tempo! Quero pelo menos me preparar bem para quando essa hora chegar. Só sinto pelo Aluísio. Gostaria de vê-lo bem, mas acho que não será possível.

— Como assim? — indaguei.

— Como ele não melhora, Dr. Alberto me disse que vão prepará-lo para reencarnar.

— Mas, assim? Como será então?

— Bem, segundo ele, no estado em que Aluísio se encontra, levará para o corpo a maioria das sequelas do perispírito, reencarnando como deficiente mental, e sem controle nenhum dos membros. Os órgãos dos sentidos também serão afetados.

Horrorizado, mais tarde questionei Antonino, sobre o caso do Aluísio.

— Antonino, não será um quadro muito trágico nascer deficiente, cego, surdo, mudo, para alguém que já sofreu tanto?

— Sim, se analisarmos só a situação presente! Mas que se justifica quando encontramos Aluísio como um padre inquisidor, que torturou e matou muita gente, acobertado pelo manto sacerdotal. É, meu irmão, a justiça pode tardar, porque o que vai pagar sua conta tem que ter consciência que deve, mas ela não falha, pois dá a cada um o que lhe é devido. Depois — continuou ele —, o que te parece sofrimento atroz é limpeza do perispírito. Ele não ficará muito tempo nessa condição. Morrerá jovem, mas com isso diminuirá muito tempo de sofrimento.

— Mas — argumentei ainda inconformado com a situação — e seus pais, quem aceitará um filho nestas condições?

— Ainda aí a justiça opera, pois a Lei atrairá para seus pais justamente os pais de outrora, que o empurraram para o sacerdócio sabendo de sua índole fraca, da total falta de vocação, como também tinham total conhecimento de que ele fatalmente resvalaria para o crime, largamente praticado pela Igreja de então, como meio de conter a heresia. Agiram, assim, com premeditação, antevendo os caminhos políticos, da riqueza e do poder, ao qual o filho, alto mandatário da Igreja, lhes possibilitaria subir. Então nada mais justo que eles, que têm grandes responsabilidades neste passado do filho criminoso, o recebam agora na condição de doente, mas a caminho da recuperação.

Depois de ouvir tudo aquilo, meditava: *Quantas lições, meu Deus, tenho aprendido aqui. Não me deixe esquecê-las mais. Espero que, quando for chamado novamente a um corpo de carne, que não precise ser nas condições do Aluísio! Que eu possa ir com conhecimento de causa.*

O curso chegou ao fim! Nada descrevi aqui do que aprendi, mas só posso dizer que sem estes conhecimentos não teria condições de sequer pensar em escrever estas memórias. Na despedida, houve muita alegria por parte de todos, como também muitas lágrimas, pois já éramos como uma família. Agora, cada um seguiria outros caminhos.

Já há algum tempo saíra do hospital. Morava em uma casa, com vários amigos. Antonino, quando lhe sobrava tempo, também morava ali com a gente. Penso que ele fazia isso mais para estar perto de mim.

Neste dia, ele me chamou, falando:

— Fábio! Temos duas propostas para você; na realidade três, mas uma delas é uma sugestão e queria que você pensasse bem antes de aceitar.

— Pode falar, Antonino! Você sabe que eu anseio ser útil.

— Pois bem! Chegou a hora então. A primeira é você participar de um trabalho com o grupo de resgate chefiado por nossa irmã Adelaide.

Não cabia em mim de contentamento.

— Este de vocês? Onde vó Maria e você trabalham?

— Sim! Como também Samuel, Artur e outros mais.

— Nossa, Antonino! É muito mais do que esperava! Você acha que eu dou conta?

— Você será de grande auxílio, pois iremos a muitos daqueles locais que você já conhece bem.

— Você diz aqui, neste plano?

— Aqui e também no plano terreno, que é onde mais se precisa de nossa atuação.

— Aceito! Era isso mesmo que estava esperando, um trabalho pra me dedicar. E as outras questões?

— A segunda, por minha sugestão, é um curso preparatório onde você irá aprender a escrever as suas lembranças para mandarmos à Terra através de uma psicografia!

— Como é isso? — perguntei admirado.

— Bem, você vai ser preparado. Terá momentos dolorosos, pois terá que relembrar o passado. E relembrar é sofrer de novo. Eu vou auxiliá-lo a escrever tudo isso. Depois vamos organizar estas lembranças em forma de um livro.

— Mas, Antonino, de que serviriam essas lembranças? Minha vida nada teve de útil para ser contado a alguém!

— Aí é que você se engana, meu irmão. Toda vivência traz algo de útil. Às vezes, aprendemos mais com lições de sofrimento que com vislumbres de felicidade. Servirá como exemplo e alerta para muitos dos nossos irmãos que não se acautelam com o ganho fácil, com o chamamento para o vício e tantas outras coisas.

— Bem, se é assim, aceito, Antonino! Mas como vamos passar isso para os encarnados?

— Já temos alguém em vista. Estamos estudando o médium. Futuramente haverá uma aproximação de vocês. Creio que é o que queremos, bem como a casa onde essa nossa irmã trabalha. Mas não se preocupe com isso agora. Comece o seu treinamento aqui e iremos treinando os de lá, para que, quando chegar a hora, tudo transcorra harmoniosamente!

— Certo! Farei a minha parte procurando refrear a ansiedade. E a terceira questão?

— Como sabe, nossa irmã Lúcila vai deixar o hospital e irá morar com a mãe, que passou a residir aqui para ficar perto da filha. Ela melhorou bastante, mas ainda se encontra fragilizada. Gostaria que você continuasse se dedicando a ela, como tem feito até agora.

— Antonino! Isto não será um peso ou uma obrigação, mas antes um prazer. Você sabe dos meus sentimentos para com ela.

— Sim! Mas não é só isso que queremos de você. Nossa irmã ainda tem dificuldades para se relacionar com outras pessoas, que não eu, você, as enfermeiras, irmão Alberto, irmão Cássio e a mãe. Fora nós, ela se fecha quando outros se aproximam. Pois bem, é tempo de ela começar um curso. Como ela se retrai, queremos que você faça novamente o primeiro curso com ela, na condição do monitor do grupo.

Não consegui responder, apenas abracei-o muito feliz. Este foi o meu sim para as três questões que Antonino me apresentou.

Aqueles dias foram de intenso labor. Justamente o que eu queria, ser útil e aprender cada vez mais. Fazer novamente o curso, monitorando o grupo, auxiliando os iniciantes e, principalmente, vendo minha querida Lúcila desabrochar para o autoconhecimento e a cura de si mesma. Tudo isso era motivo de imensa alegria. Ser procurado por um ou outro companheiro, que corriam a mim em busca de auxílio, esclarecimentos dentro de assuntos que eu dominava e poderia passar, era muito gratificante e me deixava cheio de confiança em mim mesmo. Foram momentos de intensos agradecimentos a Deus.

Havia momentos em que não acreditava em minha sorte, não me achava merecedor de estar ali rodeado por tantos amigos e pessoas tão queridas como Antonino, vó Maria, nossa querida irmã Adelaide, que, sempre que possível, trazia-nos grande reconforto através de palestras de grande elucidação e teor moral evangélico. Sentia-me embevecido por vezes, como se somente aqui viesse a conhecer o mundo e o significado da vida. A fase era, portanto, de imensa felicidade para mim.

Muitas coisas ocorreram, mas, por falta de condições, não posso citar todas.

Com o curso seguia o meu trabalho com o imenso grupo coordenado por irmã Adelaide. Eram mais ou menos umas duzentas pessoas que se dividiam em pequenos grupos de até dez. Nem sempre saíamos juntos, pois, enquanto alguns subgrupos estavam em trabalho na crosta, outros se dedicavam aos primeiros socorros, em pousos criados para esses fins, pois muitos dos irmãos resgatados não tinham sequer condição de sair das imediações de onde eram encontrados.

Vi muitas coisas. No início, nós, os primários, ficávamos nestes postos. Então eram trazidos irmãos em estados variados, a maioria denotando grandes sofrimentos por conta dos vícios a que estavam entregues. Era de estarrecer o número de jovens, cada vez mais crescente. Chegavam em grupos. As gírias eram tão pesadas que parecia uma outra língua que não a nossa. A maioria tinha dificuldades em aceitar a morte física. Nunca tinham parado para pensar nessas "babaquices" de "outro mundo", como diziam. Certa feita chegou um destes grupos que andava junto há muito tempo vampirizando suas vítimas, encarnados viciados iguais a eles, que acabou por se imantar uns aos outros. As ideias e os sentimentos eram tão iguais que pareciam vários corpos com as cabeças ligadas umas às outras. Fiquei chocado e penalizado com a condição desse grupo. Logo que chegaram foram conduzidos para as cirurgias, a fim de serem separados novamente. Sofriam muito!

Com o tempo, passei a ir com o nosso grupo, que era chefiado por Antonino. Voltando novamente àqueles locais tão conhecidos, meu coração se apertava de angústia. E somente a oração sincera me auxiliou a recobrar o equilíbrio e o bom ânimo para seguir adiante na tarefa.

Um dia, veio um pedido de socorro para um grupo que tinha caído nas entranhas da Terra. Tratava-se de um precipício terminando num buraco profundo de onde se ouviam lamentos e choros de cortar o coração. Estes irmãos lá se encontravam presos já há algum tempo.

Por intercessão Maior, seriam socorridos. A própria irmã Adelaide se achegou com outros companheiros, pois o trabalho era delicado. Exigia irmãos experientes, e muita prece, pois o ambiente era por demais insalubre. Tínhamos que ir revezando. À exceção de alguns poucos, a maioria de nós não conseguia permanecer nas bordas do buraco por muito tempo. Dele exalava um gás enegrecido com cheiro putrefato, bastante venenoso.

Irmãos preparados para este fim se aprontavam para descer. A roupa era de um material especial para repelir os gases densos, que tentavam tenazmente se enroscar no que quer que dali se aproximasse. Lanternas possantes foram colocadas nas superfícies de maneira que incidissem luz para o fundo. Esta luz ia queimando aquelas emanações. Aquele buraco parecia não ter fim.

Assim, foram horas de trabalho penoso. Até que uns daqueles irmãos puderam ser içados de lá. Digo irmãos porque sabíamos ser gente que de lá saía, porque na aparência isso não se revelava. Antes, eram formas amontoadas, totalmente enroladas por aquela massa negra de onde saíam gemidos incessantes. Imediatamente foram conduzidos à enfermaria, onde a própria irmã Adelaide com outros irmãos começaram a limpá-los. Esse material desconhecido na Terra lembrava uma massa de piche. Puxava-se incessantemente e ele teimava em voltar ao lugar. Diria que tinha nascido ali, não fosse sabermos que por baixo encontravam-se irmãos como nós.

Com auxílio dos passes dos irmãos, e também daquele maquinário que emitia as luzes desintegradoras, eles finalmente ficaram limpos da massa negra.

Mas o que surgiu também não estava em boas condições.

Semelhante à maioria dos que aqui são socorridos, eram irmãos esqueléticos, cobertos de úlceras, que exalavam um forte odor. E, nesse emaranhado de sofrimento, qual não foi a minha surpresa, ao reconhecer em um deles o Celso, aquele antigo companheiro da transportadora, que me detestava, sentimento este recíproco.

Aquele que já aqui na espiritualidade me encontrou certa vez e, desvairado, me acusou de tê-lo assassinado. Estremeci ao reconhecê-lo e, sem intenção, analisei a minha situação e a dele.

Meu coração se encheu de piedade. Tentei falar-lhe, mas irmã Adelaide advertiu-me:

— Fábio, não adianta, ele sequer tem condições de reconhecê-lo. Não reconhece nem a si mesmo. Mas, se quer mesmo auxiliá-lo, comece rogando ao Pai por ele. Envie-lhe seus melhores sentimentos. Ajude-o a voltar a ser o que era, a entender onde está. Faça o que estiver em seu alcance para que, quando ele relembrar o passado, não tenha mais motivos de considerá-lo um inimigo.

Entendi a advertência de nossa irmã e percebi, também, que a vida estava me dando a oportunidade de refazer o passado.

Prometi a mim mesmo me dedicar de coração aberto a este irmão.

Sabia que não ia ser fácil, mas faria o que estivesse em meu alcance.

E, assim, a partir daquele dia, comecei ali mesmo, naquele pequeno posto de socorro, a auxiliar o Celso. Prontifiquei-me a ser seu enfermeiro. Como nunca fazemos uma coisa somente, ajudei a todos naquela enfermaria.

E, à medida que cada um ia melhorando, pude reconhecer muitos do grupo de Red. Muitos daqueles que o seguiam confiantes em sua chefia, sentindo-se seguros de si e que nada os abalaria.

Hoje, ali estavam, carentes e sofridos, livres da prepotência do mando e do poder, náufragos da espiritualidade, pois ali chegaram sem rumo certo e sem bagagem, e só eram socorridos pela misericórdia de Jesus, que mais uma vez, comprovando a benevolência do Pai, não deixa nenhuma ovelha desgarrar-se do rebanho.

Quando alguns dos nossos grupos recebiam a incumbência de vir à crosta, geralmente, ficávamos muitos dias fora do nosso instituto.

Então minhas outras ocupações ficavam suspensas. Assim, neste resgate que citei, como ficamos alguns dias, outro irmão ficou em meu lugar monitorando o grupo do curso, que nesta época já estava quase no final. Lúcila já não requeria tanto minha presença, mesmo assim nossa despedida foi chorosa:

— Fábio, por que não fica? Você sabe como sinto a tua falta.

— Sim, Lúcila! Também sinto a sua, mas será bom para você. Tem estado muito dependente de mim. Antonino me aconselhou e eu mesmo concordei que você precisa se abrir mais. Tem muito potencial, mas se fecha em você mesma.

— Oh! Nosso menino é muito mau.

Desde que soube que Antonino seria aquele filho abortado, Lúcila o tratava como "o nosso menino". Antonino ria à beça e demonstrava muito carinho por ela. Isto me deixava feliz e agradecido, pois sei que, em parte, ele age assim porque é este ser maravilhoso que eu amo muito. E em parte o faz por mim, pois não quero desgostá-la com nada. Mas concordava com ele, Lúcila precisava crescer, enfrentar desafios. Embora a amando muito, era necessário afastar-me um pouco para que isto ocorresse. Esta é uma das causas por que assumi este trabalho nas enfermarias volantes.

Assim são chamadas porque se erguem onde são necessárias e, conforme os espíritos existentes nas redondezas, se têm condições, são recolhidos, elas se deslocam para outro local onde se começa tudo de novo. Gosto desse trabalho. Já reencontrei vários companheiros da falange do Red. Aliás, nossa irmã Adelaide levantou uma verdadeira campana à volta dos domínios desse irmão.

Colocou estrategicamente essas enfermarias ao redor de seus domínios. Está como que isolando o seu quartel-general. É assim que venho reconhecendo muito dos antigos companheiros de quando era um dos tenentes de Red.

Um dia, curioso com isso, e tendo a rara oportunidade de estar praticamente a sós com essa mulher maravilhosa, ousei indagar, apesar de minha condição ínfima:

— Irmã Adelaide! Perdoe-me se sou indiscreto, mas, como pertenci à falange do tenebroso Red Marinheiro, sei a extensão de seus domínios, conhecia estes lugares como a palma de minha mão, pois aqui cumpri muitas ordens dele. Por estas bandas, com meu grupo de comandados, constrangi muitos magotes de espíritos escravizados a caminhar léguas e léguas, ora levando-os para o Red, ora dele para algum outro dirigente, como oferta de bom relacionamento.

Ela, como a interromper aquela enxurrada de lembranças amargas, cortou-me:

— Fábio, meu irmão, conheço toda a tua história, não é preciso relembrá-la, mesmo porque sinto que isto não te faz nenhum bem. Então fale o que te preocupa?

— A senhora tem razão, a simples lembrança do que eu fazia por estas bandas já me causa vertigem.

Ela nada disse, mas sorriu docemente me incentivando a continuar.

— O que me intriga é que conheço os domínios desse espírito. É impressão minha, ou a senhora colocou as enfermarias estrategicamente ao redor da extensa região que ele comanda?

— Não é impressão sua não, Fábio. Eu sabia que, pelos antecedentes, você iria perceber isto. Realmente, estamos levantando um verdadeiro acampamento ao redor do Red.

E, continuando a indiscrição, ataquei sem pensar:

— O que a senhora pretende?

— Simplesmente chegar até o coração desse domínio, chegar até o Red!

Pensei: *Meu Deus! No que vamos mexer!*

E ainda inconformado, voltei à carga.

— Mas, irmã Adelaide! Este ser é nefasto! Seu poder é imenso! Não descreio dos poderes de quem trabalha para Jesus! Mas...

— Mas...? — E continuou ela — Sente-se amedrontado em mexer com ele?

— Sim! Não nego! Não gostaria de reencontrá-lo!

— Querido Fábio! Cadê a sua fé em Deus? Depois, quem realmente tem poder é Ele. Nosso irmão Red nada mais é que um equivocado. Tire-o dessa armadura de poder. Perceba-o como um espírito necessitado e conseguirá libertar-se dessa impressão também equivocada que você está tendo.

Confesso que tentei, mas não consegui vislumbrar o Red que eu conhecia como um irmão necessitado. Irmã Adelaide continuou:

— Tenho razões fortes que me impelem a buscar esse irmão. Também não ajo por conta própria. Já há muito tempo espero esta oportunidade. Muito tenho trabalhado para chegar a esse objetivo. Agora, nossa ação foi abençoada pela aprovação de nossos maiores, que estão atentos. A ordem partiu diretamente de nossa misericordiosa intercessora e mãe espiritual, Maria de Nazaré. É chegado o momento desse irmão parar seus desatinos. É chegado o momento de ele voltar para aqueles que o amam, do qual há muito está distanciado. Mas você tem razão, meu irmão! Preciso prestar alguns esclarecimentos. Hoje ao entardecer, na hora do ângelus, hora em que nos reunimos em nome dessa nossa mãe espiritual, trarei esclarecimentos a todos sobre esse irmão e o que se fará necessário para a sua reintegração entre nós novamente.

Aguardei ansioso!

XXVI. O PASSADO DE IRMÃ ADELAIDE

"7. A dor é uma bênção que Deus envia aos seus eleitos;
não vos aflijais, pois, quando sofrerdes, mas bendizei, ao
contrário, o Deus todo-poderoso que vos marcou
pela dor neste mundo para a glória no céu."

O Evangelho segundo o Espiritismo
(Cap. IX — Bem-aventurados aqueles que são mansos e pacíficos)

Depois da prece das seis horas, irmã Adelaide se preparou, concentrando-se, enquanto foram chegando espíritos das mais diversas direções. Assim, pouco depois pude constatar que todo o grupo comandado pela nossa irmã estava ali presente. Desde a nossa apresentação, antes de iniciarmos este trabalho, era a primeira vez que todos se reuniam novamente. Deduzi que o assunto seria grave, atingindo a todos. Irmã Adelaide iniciou:

Quero agradecer a presença de todos. Sei que muitos tiveram que deixar as ocupações nobres por conta de alguns irmãos de boa vontade que os substituíssem, mas o assunto envolve a todos, pois cada um de vocês já esteve de alguma forma ligado a esse espírito, que é a nossa preocupação do momento. Muitos de vocês sequer se lembram, mas procurarei de maneira rápida e sucinta narrar os fatos mais graves que deu início à saga desse espírito. Todos conhecem ao menos de nome o nosso irmão Red Marinheiro. Sabem da falange enorme que ele comanda. Sua ligação com o tráfico, seja de entorpecentes os mais variados e até de pessoas. Enfim, é um irmão que tem dado muito trabalho às hostes de Luz que resguardam o Brasil. Mesmo porque nosso irmão tem influência também fora do território brasileiro. Contudo, para que possam entender como se iniciou a trajetória desse irmão e para que cada um de vocês possa se situar dentro do que será narrado, vou aos fatos: Por volta do ano de 1.680, vivia eu, com meu marido e um filho recém-nato, no Condado de Trévor, na Espanha. Lá, nesse pequeno feudo governado pelo Conde Luiz, meu marido trabalhava de sol a sol para alimentar sua família. Eu, muito jovem ainda, vinda de outras terras, ajudava como podia.

Meu filho crescia. Já de pequeno, percebia-lhe a natureza forte e revoltada com a vida que levávamos. Tentava, dentro de minha ignorância, passar-lhe conceitos de resignação, mas em vão, pois seu coraçãozinho nada aceitava. E sequer acreditava em um Deus, chegando ao cúmulo de nos seus minguados sete anos discutir com o Monsenhor da paróquia sobre esses assuntos, no que o pobre homem se afastava assustado, se persignando diante de tantas impertinências e heresias de meu pequeno Renan. Mas, certo dia, o Conde Luiz me percebeu em meio às suas plantações. Embora procurasse me esconder, não consegui. E, a partir desse dia, começou a nos visitar, trazer pequenas prendas, para as quais o meu marido sorria agradecido, achando que, finalmente, aquele senhoril tão poderoso percebia o seu valor. Com o coração ralado de angústia, percebia as verdadeiras intenções desse homem, que não me dava um instante de trégua. Agarrava-me a Virgem Maria, da qual era devota, pedindo sem cessar sua proteção, pois conhecia a fama de devasso do Conde, que não titubeava diante de nada para alcançar seus torpes objetivos. Para antepor às suas investidas, utilizava meu pequeno Renan como escudo. Vivia com ele agarrado a mim. Nem meu marido entendia esse repentino apego e ralhava comigo:

— Mulher! Queres fazer desse menino um homem sem caráter? Vive com ele colado a tua saia, enquanto que o correto seria ele já estar aprendendo o quanto custa à vida, seguindo-me ao trabalho!

No entanto, como não tinha coragem de me negar nada, pois me amava muito, nada fazia para afastar o pequeno de mim. Renan tudo percebia, sentia em seus olhos que ele entendia a minha preocupação.

Então, quando o Conde Luiz se aproximava, ele se mantinha em guarda e, embora o braço direito desse homem, que sempre o seguia, tentasse afastar o meu garoto para que o outro ficasse com o campo livre, nada conseguia, pois meu filho não deixava se convencer nem por promessas ou ameaças. Não arredava o pé de mim. Um dia, exasperada, pedi para o Conde que se afastasse. Não me procurasse mais, pois era casada e amava o meu marido.

Creio que com isso assinei a sentença de morte de meu querido esposo. Não se passaram três meses, quando encontraram-no morto no caminho de retorno à casa. Disseram que foram salteadores comuns, mas o meu coração me afirmava que fora assassinado pelo Conde. Meu filho Renan também tinha essa certeza, pois passou a nutrir um ódio violento pelo Conde e seu sequaz. Por algum tempo tive uma trégua. O Conde era só gentileza, deixou-nos ficar morando ali. Eu e Renan passamos a trabalhar na lavoura, pois eu nada queria de graça. No meu íntimo, ansiava por ir-me dali. Mas como? Não tinha dinheiro, ninguém a quem recorrer. Minha família era de outra cidade. Procurei guardar do minguado dinheiro que recebia alguma moeda. Só que era muito pouco. Naquele tempo se trabalhava por troca de comida e casa.

O dinheiro então era escasso para as classes pobres. Muni-me de paciência e continuei trabalhando, por mim e principalmente por meu querido Renan. Mas o tempo de sossego terminou e o Conde voltou à carga. Agora, sem ter nenhum empecilho, se tornava dia a dia mais audacioso e insistente. Sem ter a quem recorrer, punha-me em prece, pois minha dignidade jamais me permitiria qualquer ligação amorosa, já que ele, além de casado, pai de inúmeros filhos, no meu íntimo sabia era o assassino de meu marido. Resistia, resistia, com toda a minha fibra moral. Já agora eram ameaças declaradas para que eu cedesse.

Um dia, conversando com Renan, que na época contava com doze anos, decidimos ir embora dali. Assim, naquele dia trabalhamos normalmente e à noitinha nos preparamos. Fiz bolos, alguma coisa a mais para levarmos. Sairíamos na calada da noite, pois pressentia que, se o Conde soubesse, impediria a nossa fuga.

Mas Deus quis de outra forma! E assim que nos aprontávamos, o Conde invadiu a nossa casa. Começou me oferecendo tudo, depois, quando viu a trouxa arrumada em um canto, tudo denunciando nossa fuga, ficou possesso. Aos gritos chamou seu capataz: "Manuel, chega aqui homem!" E agarrando brutalmente meu menino, jogou-o de encontro a ele, falando: "Leve esta peste daqui, que não quero vê-lo mais!" Meu Renan gritava e esperneava tentando se libertar e me socorrer. Mas os braços rudes que o prendiam não permitiam que escapasse.

Lutei com aquele homem o mais que pude, gritando-lhe que preferia morrer a pertencer-lhe. Ele, furioso, largando--me, gritou:

— Então, mal-agradecida, tenho te sustentado e a esse fedelho, e essa é a paga pelo meu amor? Quer morrer, não é? Prefere a morte aos meus braços? Aos meus carinhos? Então terás a morte!

Virou as costas e saiu, trancando-me lá dentro. Ouvi quando deu ordens ao seu lacaio: "Amarre esse fedelho à árvore e ateie fogo à casa."

Horrorizada, batia na porta tentando sair, quando percebi o fogo já se alastrando pelo telhado. Sofri, sofri muito, até que finalmente veio a morte abençoada e fui retirada do corpo carbonizado pelo meu querido esposo e uma equipe que o auxiliava. Mas não pude me acalmar, pois ouvia ao longe os gritos de meu querido filho, que, amarrado à árvore, assistiu ao meu martírio.

Esse meu filho, meus amigos, é o nosso irmão Red. Até os quatorze anos foi mantido encarcerado nas masmorras do Conde. Depois, por um acaso do destino, conseguiu escapar. Sem titubear, dirigiu-se ao porto onde se escondeu em um navio que estava de partida.

Só em alto-mar ele foi descoberto. Naqueles tempos isso era comum, e o clandestino era imediatamente engajado à tripulação.

Meu menino caiu nas boas graças do comandante daquele navio, que se compadeceu de sua história e o colocou a seu serviço.

Este comandante vem a ser atualmente o nosso irmão Negro. Por muitos anos, Renan o serviu fielmente, chegando a ser seu braço direito e homem de confiança. E foi durante esta trajetória pelos mares que muitos dos irmãos tiveram contato com o Renan do passado ou o Red de hoje.

Muitos o serviram como tripulantes, cito nossos irmãos Artur, Samuel e Fábio, entre outros. E muitos morreram pelas escaramuças desse navio, pois é preciso ressaltar que esse navio era espanhol, trabalhando em nome do rei, mas que, quando posto ao mar, hasteava a bandeira pirata, pois saqueava a quantos encontrasse pela frente, excetuando somente os de origem espanhola. Então, foram muitos os que pereceram nessas escaramuças e vocês que estão aqui são alguns destes. Mais tarde, com a morte do comandante, o posto passou a Renan, que o comandou até a idade de oitenta anos, com mãos de ferro e vontade soberana. Já nesse tempo adotara o nome de Red, como era chamado por alguns marujos de origem inglesa, por ter uma grande cabeleira vermelha. Ressalto que, com o início da escravidão, este navio também teve sua participação nesse mercado nefando. Vamos encontrar também alguns de vocês, na condição de seres roubados da pátria para a escravidão. É o caso, por exemplo, de nossa querida irmã Maria. Ela, na época, era uma mocinha franzina levada para a colônia de Portugal, hoje Brasil, com uma centena de outros escravos.

Eu, Fábio, ouvia aquela narrativa da irmã Adelaide, e minha mente como que se abriu. Lembrava cada detalhe de minha vida naquele navio. As ilusões de um dia me tornar rico e voltar para a pátria. Com amargura constatava as muitas derrocadas de meu espírito, culpado sempre pelo mesmo motivo: eu correndo atrás da riqueza. Contudo, voltara a ficar atento à narrativa, pois irmã Adelaide possuía um verdadeiro ímã na voz que nos mantinha todos ligados, sem perder uma palavra sequer.

Nossa irmã continuou:

Nessa época, havia no navio alguns rapazotes que, embora trabalhassem duro, eram folgazões e inconsequentes se juntando nas algazarras. E, assim, pegaram a pobre mocinha para se "divertirem", como eles mesmos diziam. A pobre criança fugia como podia, mas em cada canto que ia, mãos torpes a agarravam, deixando-a mais aterrorizada. Os rapazes, sem pensar nas consequências, com os sentidos inferiores latejando, mais corriam para pegarem a moça. E talvez por intercessão de algum ser elevado do invisível, agindo em nome de Deus, a pobrezinha escorregou no tombadilho, batendo a cabeça na amurada e caindo inerte. Eles se atiraram contra ela em fúria, mas logo perceberam que estava morta. O comandante, sem dar a mínima importância ao fato, mandou que atirassem o corpo ao mar. Os rapazes guardaram, cada um de uma forma, o ocorrido, tendo ali o início de um remorso, que, centenas de anos depois, iria ser o principal motivo para suas transformações."

Eu, ali, no meio da multidão aturdido, lembrava-me perfeitamente do ocorrido. Sim, eu era um dos rapazes, um dos grumetes, os outros dois eram Artur e Samuel. Ansioso, percorri a multidão com os olhos e percebi que eles me olhavam também. Sabiam de tudo. De repente, deparei-me com a verdade, aquela mocinha era hoje a minha avó. Não consegui conter o choro.

Quando percebi, ela estava ao meu lado e, sorrindo, me abraçou. Então, quando Artur e Samuel me disseram que tinham encontrado alguém a quem fizeram muito mal, mas que já os tinha perdoado, era dela que falavam! Minha avó! Foi a ela que eles se referiram! Balbuciava, chorando sem cessar:

— Meu Deus, meu Deus!

— Calma, Fábio, isso foi há muito tempo. De lá para cá já curamos nossas feridas! Não se lembra que foi o meu neto amado?

E continuava ali me abraçando. Artur e Samuel, que se aproximaram, se ajuntaram a nós, abraçamo-nos e choramos juntos! Todos observavam a cena. Muitos tinham os olhos úmidos pelo pranto.

Irmã Adelaide silenciou por alguns momentos esperando que a calma voltasse aos nossos corações e depois continuou:

— Como os irmãos podem ver, Deus dá aos seus filhos muitas oportunidades de se reajustarem. E a mais importante delas é a que nos une em laços de família.

"Bem...! Continuarei narrando a trajetória do nosso irmão Red."

Havia um oponente, também poderoso, que igualmente singrava os mares, só que sob a bandeira inglesa. Mas da mesma forma que nosso irmão Red, quando havia interesses em jogo, esse capitão escondia a bandeira da pátria, hasteando em seu lugar a de pirata. Ambos se enfrentaram diversas vezes, visto que ora um levava a pior, ora o outro, mas nenhum se deixava abater. Assim, eram inimigos que lutavam pelas mesmas presas, mas que se respeitavam, pois cada um sabia do potencial do outro. Este outro capitão vem a ser hoje o nosso irmão Esteves, dono da transportadora em que Fábio trabalhou. Hoje este irmão está extremamente envolvido no tráfico de drogas. Antes, quando capitão da fragata inglesa, buscava tirar proveito de cada situação, hoje age da mesma forma. É um irmão que ainda não despertou para os valores morais e busca incessantemente a felicidade nos prazeres terrenos. E, para manter esta pseudofelicidade, envereda cada vez mais no crime, se comprometendo intensamente.

Por diversas vezes, meu Renan, ou, se preferirem, Red Marinheiro, retornou ao Condado de Trévor, buscando re-encontrar o Conde Luiz para se vingar. Mas, felizmente, nunca o encontrou.

Assim que desencarnou, ainda no comando de seu navio, seu primeiro pensamento foi o de vingança contra os inimigos que me aniquilaram. Buscava-os sem cessar. Eu acompanhava sua caminhada, procurando chamá-lo à realidade. Buscava incutir-lhe no coração a necessidade de perdoar; mas, apesar de meus esforços, ele estava cego no ódio e não aceitava minhas sugestões.

Repelia-me sempre! Em pouco tempo, muitos já o seguiam, pois aqui continuava com o mesmo vigor e poder, perante os quais muitos se dobravam a contragosto e outros pelo simples prazer de servi-lo. Assim, Red foi-se tornando cada vez mais poderoso!

Arregimentando uma falange imensa, que crescia dia a dia, pois muitos que o serviram no mar, assim que se viam fora do mundo físico, se colocavam novamente sob seu comando. Outros o procuravam pela confiança que tinham nele, pois se tornava cada vez mais conhecido na crosta espiritual. Fama, aliás, que já tinha como capitão e o seguiu na espiritualidade. Encontrou o Conde Luiz e seu servidor Manuel em tristes condições. Como eram seres destituídos de bondade, assim que desencarnaram se depararam com muitos inimigos. Estes os entregaram a Red com prazer, muitos se engajando na sua falange, com o fim de assistirem aos tristes martírios que meu pobre filho aplicaria àquelas criaturas. Se nossos irmãos Luiz e Manuel tivessem levado uma vida mais digna e não se distanciado tanto de Deus, conseguiriam ter escapado do cerco da falange de Red e de sua fúria. Trazidos a ele, foram barbaramente torturados e obrigados a acompanhá-lo sem cessar.

Nesse meio-tempo, visando melhorar sua situação, foi tentado pelo Plano Maior uma encarnação compulsória para Red, impedindo que continuasse sua caminhada insana para o despenhadeiro moral. Então uma irmã brasileira, em regime de sacrifício, atendendo nossa súplica, aceitou a incumbência de recebê-lo como filho. Nosso irmão foi atraído contra a vontade para o reencarne, mas, percebendo a situação, conseguiu arregimentar muito de seus asseclas, que o acompanharam em espírito, vindo aportar para esta terra numerosa falange da Espanha.

Tanto estes irmãos fizeram, que conseguiram, com o auxílio de um espírito índio também muito conhecido nesse plano espiritual por sua extrema rebeldia às leis de Deus, que, usando da hipnose à distância, nossa irmã, inconscientemente, acabasse provocando o aborto, fato não tão difícil, visto que o feto agia dentro dela como um corpo estranho, pois nosso irmão Red em nenhum momento aceitou reencarnar. Assim que se viu expulso do útero materno, Red já iniciou a arregimentação de muitos espíritos e começou novamente sua caminhada insana, agravando cada vez mais sua situação perante as leis divinas, agora assessorado de perto por este espírito índio que aqui encontrou, irmão dotado de grandes conhecimentos científicos, mas que só os utilizou para suas experiências com objetivos próprios, sem pensar nos danos que causava às pessoas que lhe serviam de cobaias. Para barrar sua caminhada comprometedora, este irmão foi exilado em uma aldeia indígena por duas encarnações, para que a maioria dos conhecimentos que possuía fosse vedada pela ciência incipiente do indígena. Mas, assim que vinha o desencarne do irmão, que se autobatizou como Cérbero pela grande admiração ao animal mitológico que levava esse nome, nem bem retornava à espiritualidade, já tomava posse de parte de seu conhecimento, que o tem mais prejudicado que auxiliado, uma vez que a parte moral está muito aquém. Até o presente momento, nossos irmãos maiores têm evitado uma solução mais drástica, esperando que nosso irmão Cérbero desperte da rebeldia e perceba os seus erros.

Mas, voltando ao nosso irmão Red, assim que se aliou ao Cérbero, começaram estranhas experiências com nossos irmãos Luiz e Manuel, que foram pouco a pouco perdendo as características humanas. Sofreram verdadeiras lavagens cerebrais, em que o sentimento de culpa pelos erros do passado foi a porta de entrada para aceitarem as sugestões infelizes de nossos irmãos Red e Cérbero. Hoje estão na triste condição de caninos, e são os dois animais que Red carrega para toda parte.

Meus irmãos...! Como podem ver, a situação é muito delicada. Como se alastrou muito a influência dessa falange, e como nossos irmãos encarnados agem desavisadamente, caindo cada vez mais cedo nos vícios, urge que auxiliemos de alguma forma, para diminuir um pouco os fluidos pesados que ora envolvem grande região deste país, levando muitos a enlouquecerem na busca do entorpecente. Muitos são os desatinos que se têm cometido nos dias atuais por conta dos vícios. Fomos abençoados por Deus, e como cada um dos que aqui se encontram tem sua ligação com esses irmãos, como já foi dito anteriormente, recebemos a incumbência de iniciarmos uma limpeza em pontos estratégicos, retirando quantos espíritos pudermos dessa falange para que, com o auxílio redentor do Mestre Jesus, possamos chegar até nosso irmão Red, que é e sempre será para mim meu querido filho Renan, bem como chegar também até o nosso irmão Cérbero. Vamos juntos orar, neste momento, para que Deus nos ilumine e direcione nossa ação."

E assim, com uma prece sentida a Deus onde todos nós fomos beneficiados por energias restauradoras que caíram sobre nós como pétalas de flores, nossa irmã Adelaide deu por encerrada a reunião, dirigindo-se a uma das tendas com todos os coordenadores dos diversos grupos.

Percebi que novos planos seriam traçados para que os objetivos fossem alcançados mais facilmente.

O restante do grupo se dispersou, cada um indo cuidar de seus afazeres.

Eu me encontrava aturdido, pois uma avalanche de lembranças acudia à mente. Busquei um recanto a sós, tentando organizar os pensamentos. Repassei toda a minha trajetória no navio de Red. Lembrei-me da família de então, a noiva prometida que ficou no porto a chorar minha partida, na qual reconhecia Lúcila. Acorreu-me à mente a vida dura no navio, a aridez daqueles homens que viviam, brutalmente, na esperança de um dia aportarem na Pátria de posse de algum tesouro. Enfim, todos sonhando com os dias em que pudessem deixar aquela vida. Lembrei-me dos escravos. Aquela foi a parte mais triste da minha vida no mar.

Ouvir aqueles seres soluçarem dia e noite dava nos nervos. Mas, com o tempo, as lamentações se misturavam com o barulho do mar, e fingíamos não ouvir para aguentar.

Depois do ocorrido com a menina escrava, passei a odiar aquilo, mas, quando conversava com o comandante, falando de meu descontentamento, ele dizia que era só por algum tempo, enquanto não aparecesse uma rota promissora. Logo, logo voltaríamos a piratear, pois isso sim era algo que dava lucro. Ouvia aquilo, mas no íntimo não acreditava, pois nada dava tanto lucro como as cargas humanas. Cada dia mais me sentia descontente com o trabalho.

Procurava aliviar a penúria desses seres, levando-lhes água e comida, incumbência que assumi de boa vontade. Sabia que, se outro fosse fazer, não levaria o necessário e também iria querer se aproveitar das mocinhas. Assim, assumindo a tarefa, impedia o quanto possível que aqueles negros fossem mais maltratados do que já eram. Foi assim que me tornei amigo de um rapazote escravo. Muito arredio, de início não aceitava conversa, mas, aos poucos, com minha dedicação, consegui ganhar a sua confiança. Ia lhe ensinando algo de minha língua e ele retribuía fazendo o mesmo. Aos poucos, já dominava aquele idioma simples. Ele me contou que era um príncipe, seu pai fora morto no ataque à sua aldeia. De sua mãe nada sabia. Percebia-lhe a revolta ao contar seus costumes e a grandeza a que estava destinado quando fosse rei. E, agora, era tratado igual a um animal. Todos os outros escravos o protegiam, ou pelo menos tentavam, percebi que era por causa da hierarquia.

Ali, todos jaziam na mesma situação. Para nós, os brancos, eles eram todos iguais. Mas, entre eles, havia a distinção; esse rapaz era um príncipe, futuro rei e amado pelo seu povo.

Percebi que ele tudo faria para fugir. Colocando a minha cabeça em risco, decidi auxiliá-lo.

O comandante me estimava muito, pois numa escaramuça com o capitão inglês eu salvara sua vida, levando um tiro no ombro em seu lugar, fato que me prostou por vários dias na cama. Mas, embora ele me devesse a vida, eu sabia que não aceitaria uma traição. Mesmo assim, a ideia foi tomando conta de mim.

Dentro em breve passaríamos por algumas ilhas, onde eu sabia que havia alimentos naturais. Fiz um plano de fuga para o meu amigo escravo. Tirei-o do fundo do navio, onde ficavam os escravos, e levei-o para um escaler. Tudo isso na calada da noite.

Já me preparava para soltar o pequeno bote com ele dentro, quando fomos descobertos.

Talvez as coisas saíssem de outro modo, eu até convencesse o capitão a soltá-lo, mas meu amigo, ao se ver descoberto, reagiu causando um grande estrago dentro do navio; conseguiu tirar a arma de um marinheiro, ferindo-o e a quantos se aproximavam dele. E o próprio comandante acabou levando um tiro de raspão. Eu fiquei em fogo cruzado sem saber se socorria o comandante ou se ficava ao lado do rapaz, cuja situação se complicou muito. Com o comandante ferido, todos correram para a proa onde nos encontrávamos, abrindo fogo sem cessar. Tanto o jovem escravo como eu tombamos ali, varados por muitas balas. Ali terminou minha carreira de marinheiro.

Fiquei pensativo lembrando-me daquele rapaz, onde estaria?

Nem percebi que Antonino se encontrava ao meu lado sorrindo! Em dado momento ele começou a se transformar e, diante de mim, surgiu o jovem escravo. Não consegui acreditar! Ainda sorrindo, ele falou:

— É, meu irmão, teu gesto de amizade fez com que nos ligássemos... — Abraçando-me, continuou... — Creio que essa ligação é para sempre, não?

— Com certeza, meu irmão — respondi ainda surpreso e pensando em quantas surpresas a vida ainda me reservava.

XXVII. O CERCO A
RED MARINHEIRO

"14. Não é preciso dizer de um criminoso: É um miserável; é preciso expurgá-lo da terra; a morte que se lhe inflige é muito suave para um ser dessa espécie. Não, não é assim que deveis falar. Olhai o vosso modelo, Jesus; que diria ele se visse esse infeliz perto de si?"

O Evangelho segundo o Espiritismo (Cap. XI — Amar ao próximo como a si mesmo — Caridade para com os criminosos)

Irmã Adelaide intensificou o cerco às falanges do nosso irmão Red. Agora, os postos de enfermaria já se pareciam mais com postos de combates, tal os cuidados, os maquinários utilizados para guardar suas fronteiras. Uma imensidão de guardas protetores, tendo sempre a postos irmã Adelaide bem prevenida. Assim que Red começou a perceber a intervenção do Mais Alto, mandou suas falanges atacarem esses postos.

Mas, furioso, nada conseguia. Eu, por minha vez, já não ficava somente nas enfermarias. Tomando consciência de imensas responsabilidades que me cabiam, procurava auxiliar em todos os pontos. Amiúde, saía com Antonino e outros para desbaratar pontos de venda de drogas por encarnados. Nestes pontos, meus irmãos, o assédio inferior é imenso. Em geral, são os espíritos que comandam toda transação, o encarnado não é mais que um joguete nas mãos dessas forças, que não percebe e sequer compreende. Suas necessidades são aumentadas ao extremo, pois têm que alimentar o vício de um batalhão de espíritos que os acompanha.

É arrastando os incautos para as drogas que muitos espíritos se vingam do passado, quando foram vítimas desses que agora empurram para o vício. Tornam-se presa fácil, sem vontade ou fibra para lutar contra a obsessão que se instala dentro de si, junto com a droga que ingerem. Outros acabam caindo por leviandade ou revolta contra situações que não querem suportar.

Mas, sejam quais forem os motivos, ao final, invariavelmente, o que começou sozinho termina com uma vasta companhia de desencarnados.

Assim, trabalhávamos sem cessar. Usávamos verdadeiras redes fluídicas para "pescar", aos montes, muitos irmãos desencarnados. Sabíamos a hora certa de agir. Assim que usavam bastante a droga, tendo os sentidos entorpecidos, nós os apanhávamos. Este trabalho era o mais simples, apesar dos perigos. O complicado era conscientizá-los. Posso dizer que usamos umas dezenas de centros e sociedades espíritas preparados anteriormente para receber esses irmãos. Nosso posto de socorro central se instalou nesta casa, Sociedade Espírita Terezinha de Jesus, com outras sociedades e centros da região ligados aos trabalhos dessa sociedade em questão em nível espiritual. Cito também a Sociedade Espírita Bezerra de Menezes, cuja direção espiritual abriu suas portas para que este trabalho emergencial pudesse acontecer.

Então, levas e levas de espíritos nas condições de drogados foram levados a assistirem palestras, e alguns mais lúcidos puderam também manter comunicação.

Muitos trabalhadores não chegavam a entender o motivo, mas recebiam informações de parentes, amigos e outros que pediam a misericórdia de colocar nomes de irmãos viciados nas vibrações. Isto ocorria, queridos irmãos, para preparar tais médiuns e os próprios trabalhadores para as comunicações que se seguiriam, facilitando as ligações e evitando os entraves tão comuns, quando grupos de trabalhadores afastam determinados espíritos por quaisquer motivos, perdendo assim preciosas oportunidades de praticar a caridade.

O cerco em torno de nosso irmão Red continuava. Nossa irmã Adelaide não lhe dava trégua, retirando de sua guarda irmãos--chave para aquela organização. Deixava assim nosso irmão em situação difícil, que, furioso, abria cada vez mais a sua guarda.

Com isso, ela ia mais e mais se aproximando dele; que lhe pressentia a presença, como a de um inimigo a combater. Nesta posição, nossa irmã já conseguia alcançar a sua mente.

Eu ficava cada vez mais estarrecido com o número, algo crescente, de irmãos envolvidos com as drogas. Já não eram só os adultos, como no meu tempo. Agora, a erva daninha se infiltrava no meio das crianças, onde pais desatentos sequer percebiam que os filhos, que eles supunham ainda imersos nas brincadeiras infantis, já traziam os olhos injetados, os sentidos lentos e a mente dispersa do drogado. Verdade dolorosa que a maioria prefere não enxergar.

Então, não se previnem, não dialogam com a criança, com o adolescente. Porque têm a vida cheia de tribulações, ocupados com o sobreviver, esquecessem-se do bem maior que Deus lhes deu para direcionar na vida: os filhos. O sofrimento que advém da droga é tanto, que, se muitos pais sequer sonhassem, prefeririam passar algumas necessidades materiais, mas terem os filhos mais juntos de si. Preocupam-se continuamente para que nada lhes falte, e, no entanto, deixam que lhes falte o principal, a presença constante e orientadora de um pai e uma mãe que os amam e não querem vê-los sofrer.

Numa de nossas contínuas excursões, fomos ao presídio onde amarguei os últimos anos de minha existência. Confesso que não foi fácil entrar naqueles portões. Se já naquele tempo ali era difícil, agora o ambiente se fazia insuportável. O acúmulo de pessoas acaba até com o próprio oxigênio material, tornando-o insalubre e infectado pela quantidade de sujeiras e maus odores. Ainda assim, aqueles seres tentam se arranjar como podem, e vão vivendo.

Em nível espiritual, a situação é das mais terríveis que se possa imaginar. Não vou descrever aqui o que vi ou senti de mais grave, pois são situações que não se pode modificar de imediato. Muita mudança por parte de toda a sociedade seria necessária para que algo se modificasse ali dentro. Conscientização por parte dos governantes! Enfim, para que se consiga uma modificação na conduta dos que sobrevivem do lado de dentro, seria, e é preciso, a modificação maior dos que vivem em suposta liberdade, do lado de fora. Porque só é livre realmente quem ama ao próximo como a si mesmo.

Foi muito importante esta visita para mim. Com a ajuda da numerosa equipe que atua ali, — sim, meus irmãos, também neste lugar há irmãos abnegados que trabalham sem cessar para o soerguimento dos irmãos transviados no crime — foram afastados muitos da falange do Red que já estavam por muito tempo no local.

Por toda essa ação desenvolvida em torno do irmão Red, percebia-se claramente que ele tinha alcançado seus limites. Deus decerto tinha lhe traçado o fim do livre-arbítrio. Daqui não passará! Porque mais e mais agregados de sua falange eram retirados. Era todo um império do mal que desmoronava ante nossos olhos pela intercessão do Mais Alto, utilizando para isso "apenas" o amor abnegado de uma mãe que, apesar de centenas de anos terem se passado, não deixara morrer dentro de si o amor maternal.

❧⟨∾⟩❧

Numa pausa dos intensos trabalhos que desenvolvíamos, dirigi-me à nossa colônia. É sempre maravilhoso lá aportar, depois de ter estado alguns dias no ambiente pesado da Terra. Não conseguia ficar muito tempo longe de Lúcila. Ela, amorosa e sorridente, me recebeu contando as novidades.

— Fábio, como adivinhou que queria te ver hoje?

— Só hoje? — perguntei sorrindo.

— Você sabe que não! Se pudesse não me apartava de ti. Mas hoje é um dia muito especial. Daqui a pouco vou conhecer o meu local de trabalho.

— Por acaso é no Instituto Infantil? — perguntei, ainda sorrindo.

— Ah! Você já sabia? — falou meio desapontada.

— Sei de tudo que te diz respeito! Eu te amo, esqueceu?

E abraçamo-nos felizes. Daí a pouco eu a acompanhei ao seu novo trabalho, algo muito importante para ela. Eu tinha certeza de que iria lhe trazer muitos conhecimentos e burilamento nas emoções, mas o principal era que eu sentia a sua felicidade em desenvolver este trabalho com os pequenos.

Depois de visitar as dependências do Hospital onde estagiara por longo tempo, rever irmãos queridos como minha querida e inesquecível enfermeira Ondina, preparei-me para voltar.

Já a caminho, parei no posto avançado onde se encontrava nosso irmão Celso. Ainda se achava totalmente alheio à realidade. Mesmo assim, procurando cumprir o que me impusera como tarefa, tentava de todas as maneiras despertá-lo daquele alheamento. Buscava conversar com os médicos que o atendiam sobre qual a melhor maneira disso ocorrer, qual o meu procedimento. Assim, eles, vendo meu interesse, iam me orientando. Eu, ali, desejoso de auxiliar aquele irmão, compadecia-me de sua situação. Se de início assumi a tarefa mais como obrigação, buscando-me liberar da culpa, hoje os sentimentos já eram outros, e agradecia a Deus por isso. Engano se pensam que meus sentimentos se modificaram naturalmente, foi sim à custa de muita prece ao Pai, muitas rogativas para que Ele afastasse do meu coração os sentimentos inferiores e eu pudesse vir a ter sentimentos fraternais sinceros para com o irmão Celso. Nada é de graça. A luta é imensa para adquirir-se qualquer mudança. Mas a satisfação ao sentir que conseguimos é maior.

Certo dia, estando em uma excursão com Antonino e outros irmãos, perguntei-lhe sobre Tonhão, o detento que me espancou muito nos meus primeiros meses de prisioneiro daquele presídio. Desde que ali fomos, tudo que se passara comigo ali dentro estava muito claro na lembrança.

— Ele está bem — respondeu-me Antonino.

— Como? — indaguei — Como pode estar bem, se, da última vez em que o vi, estava sendo retirado do presídio numa camisa de força totalmente enlouquecido? E eu, no íntimo, sabia que ele estava subjugado por aqueles espíritos que o Red mandou sobre ele.

— Se não me acredita — disse Antonino —, vou levar-te para vê-lo.

E assim, depois que terminamos aquela tarefa que desenvolvíamos, Antonino se achegou a mim, dizendo simplesmente:

— Vamos!

Nada questionei, pois já sabia que iríamos ao encontro de Tonhão. Volitamos por sobre São Paulo, até que, em localidade já bem afastada da Sociedade, descemos! Eu, surpreso, não falei que a vida ainda me reservaria muitas delas? Vi que entrávamos em uma pequena igreja evangélica. Sentamos no fundo e aguardamos. A igreja, embora pequena, foi se enchendo pouco a pouco de pessoas humildes, mas sinceras, que buscavam ali o conforto para seus males e forças para levarem adiante suas lutas. Dali a pouco, chegou com um grupo um senhor cinquentão, de braço com uma idosa trêmula que me chamou a atenção. Embora diferente do passado, percebi, naquele homem de olhos serenos e vibração harmônica, o Tonhão. Não consegui articular palavras, apenas olhei para Antonino interrogativamente, que me fez sinal para que aquietasse.

Tonhão, pois aquele homem era o Tonhão! E ele subiu na tribuna, fazendo um sinal aos fiéis e imediatamente uma música se iniciou na plateia. Com uma voz possante, ele dirigia o coral. Logo após, fez uma leitura evangélica que coincidentemente caiu no trecho "Perdoar setenta vezes sete".

Após a leitura nosso irmão fez uma prédica admirável sobre o perdão, relembrando Jesus na cruz perdoando seus algozes. Pude notar seres angelicais o envolvendo, enquanto discorria sobre a leitura as mais belas inspirações que estes seres lhe passavam. A pequena plateia se emocionou e confesso que eu também.

Terminado o culto, a maioria se aproximou do pastor Antonio para agradecer ou simplesmente abraçá-lo e à sua mãe, a senhora idosa que ele carinhosamente sustentava ao seu lado. Antonino então se aproximou dele e espiritualmente deu-lhe também um abraço. A seguir, se dirigiu a um ser radioso, que não se afastava do nosso irmão. Cumprimentaram-se como velhos conhecidos.

— Caro Antero! Como vai?

— Com a graça de Deus, muito bem Antonino — respondeu o espírito com um maravilhoso sorriso. Depois, se virando para mim, completou: — Vejo que nosso irmão Fábio está muito bem! É um prazer tê-lo aqui!

Senti-me encabulado por me ver excluído do assunto, pois todos pareciam saber de tudo, menos eu! Olhava aturdido para Antonino que, percebendo meu acanhamento, se apressou em esclarecer:

— Este é irmão Antero, pai de Antonio, que tem se desvelado em auxiliá-lo.

— Mas — balbuciei — a mudança nele é tão grande. Difícil ver isto em alguém encarnado, quero dizer, uma mudança tão grande em tão pouco tempo.

— Como não? Você também não mudou nesse mesmo espaço de tempo? — perguntou Antonino.

— Sim, mas..! Aqui na espiritualidade se recebem muitos esclarecimentos. Não há como permanecer nos mesmos erros.

— Fábio, os esclarecimentos só chegam quando se está preparado. Antes, são como pérolas jogadas aos porcos, como diz o Evangelho — respondeu o Sr. Antero.

— Ocorre que o sofrimento também é uma forma de despertar. Foi o que aconteceu com meu Antonio. Sofreu tanto, que não via outra saída senão buscar a Deus. Bendito foi este sofrimento para ele.

Ainda sem conseguir acreditar, falei:

— Mas, como ele conseguiu se livrar dos espíritos que o obsidiavam?

— Este — falou o Sr. Antero — foi um longo trabalho de minha esposa. Mas para que possa entender melhor, contarei desde o início. Antonio, ou Tonhão como você o conheceu no presídio, sempre foi folgazão. Não se preocupava muito com o amanhã, perdendo oportunidades preciosas, inclusive de trabalho material. Vivia de pequenas negociatas onde ia arranjando dinheiro para sobreviver. Se bem que a mãe nunca lhe negou nada. Nos tempos que antecederam sua prisão, caiu nos pequenos furtos, nos vícios; enfim, passou a viver de negócios escusos até que foi preso. Como sempre, foi valentão lá dentro, logo arrumou alguns servidores e passou a dirigir aquele pavilhão, se contendo somente ante o nosso amigo Negro. Tornou-se conhecido, então, pelo Esteves, que sempre se mantinha informado sobre o que se passava no presídio. Tinha grande preocupação em ter sob controle alguns funcionários, que aliciou à custa de muito dinheiro, para o caso de algum dos seus homens ser preso e ele ter como tirá-lo de lá ou silenciá-lo antes que desse com a língua nos dentes e falasse da real função de sua transportadora. Assim, quando você foi preso, Fábio, o Esteves sabia tudo o que se passava lá dentro com você. Tonhão recebia instruções dele para te maltratar, e em troca era muito bem pago. Não quero justificar os atos de meu filho, mas ele não era desses grandes criminosos. Só não pensava muito no outro. Depois do ocorrido, ele saiu dali transferido para um manicômio numa cidadezinha do interior. Seu estado era lastimável, mesmo porque era consciente do que lhe ocorria. Percebia claramente os espíritos que o subjugavam. Minha esposa, numa luta constante para ajudá-lo, transferiu-se para a tal cidade, amparada pela igreja local, filial da igreja a que ela pertencia aqui na capital. E assim, junto com irmãos da igreja, passou a frequentar quase que diariamente aquele hospício. Ali, faziam cultos, cantando e orando ao Pai por aqueles irmãos em condições tão tristes. Minha esposa conversava muito com o filho. Embora ele se mantivesse alheio, ela no íntimo sentia que ele podia ouvi-la. Lia-lhe o Evangelho constantemente. E assim, ao cabo de alguns anos, conseguiu o afastamento definitivo das criaturas que o atormentavam. Como sequela, ficaram crises que o acometiam, tais como as epiléticas. Sua consciência se restabeleceu, portanto não havia mais motivos para que ele permanecesse ali. Ainda auxiliados pela igreja, conseguiram que um dos seus membros, advogado, pegasse sua causa. Como seus delitos não eram tantos, e ele na época em que foi afastado para o hospício já estivesse com mais da metade da pena cumprida, o advogado não teve dificuldades em conseguir sua libertação. Meu filho não cabia de felicidade quando se viu em liberdade. Sua transformação foi tamanha, que até nós da espiritualidade ficamos surpresos. Passou a frequentar assiduamente os cultos e, para alegria de minha querida esposa, logo estava dirigindo as palestras públicas. Com o seu empenho, temos conseguido controlar as crises convulsivas, que nada mais são que a mediunidade destrambelhada, resultante dos anos que passou sofrendo a subjugação daqueles irmãos infelizes. Assim, Fábio, hoje o que você pode ver está aí na sua frente, um Tonhão redimido. Ele não só prega o Evangelho, mas, o que é essencial, tem procurado vivenciá-lo no seu dia a dia.

— É, nem sei o que dizer! Somente crer cada vez mais que Deus está presente em nossa vida e sabe a hora certa de nos tocar no coração.

O irmão Antero olhou-me como que titubeante e falou:

— Fábio, procure não guardar mágoas pelo que ele lhe fez, sim? Deve perdoá-lo!

— Já o perdoei, senhor Antero! Aliás, não lhe guardei mágoa, sofri na época, mas, passado algum tempo, já quase não me lembrava mais daquela fase da cadeia.

Ele sorriu e agradecido deu-me um forte abraço.

Para provar meus sentimentos, consegui me aproximar de Tonhão, ou senhor Antonio, e dar-lhe um forte abraço. Qualquer mágoa que ainda estivesse dentro de mim se desfez naquele momento, pois senti uma alegria imensa por vê-lo tão bem. Despedimo-nos do senhor Antero e retornamos ao nosso local de trabalho. No caminho perguntei:

— Antonino, há quanto tempo você sabia da transformação do Tonhão?

— Desde que ele se transformou, como você diz! — respondeu sorridente.

— Ah! Quer dizer que você andava junto dele?

— Como não, Fábio? Você sabe que as equipes que atuam junto de irmã Adelaide procuram sempre auxiliar as vítimas do Red. Eu sou um pequeno servidor, mas tenho me colocado a serviço dela, pois sei o quanto esta senhora trabalha em nome de Jesus. Então, ajudando-a, coloco-me um pouquinho mais perto do Mestre. Depois, sempre gostei do Tonhão, apesar do que ele lhe fez, sentia que faltava somente um empurrão na direção certa para que ele abandonasse aquela vida desregrada. Assim, sem querer, Red nos prestou um valioso auxílio, colocando aqueles espíritos junto a ele. O que foi feito por maldade, acabou se revertendo em benefícios ao nosso irmão.

Dei-me por satisfeito e fizemos o restante do trajeto em silêncio, cada um imerso em seus próprios pensamentos.

Um dos postos estava um tanto alvoroçado, pois uma falange numerosa de espíritos chefiados pelo próprio Red se preparava para atacar. Nosso irmão estava em fúria. Recentemente tinha perdido mais de uma dezena de irmãs, que fugiram buscando guarda justamente na sociedade já mencionada. As irmãs para ali foram conduzidas por uma de nossas companheiras que se infiltrara há algum tempo no reduto das mulheres dessa organização. Logicamente não foram todas que vieram, mas as que decidiram foram atendidas e imediatamente conduzidas para tratamentos.

Red nunca mais as viu.

Imediatamente nossa irmã Adelaide chegou, já direcionando a operação de proteção ao posto. Várias redes fluídicas foram colocadas estrategicamente no alto. Assim, conforme se aproximavam, os irmãos iam sendo capturados pelas redes.

Red, meio decepcionado, debandou, buscando salvar o restante do grupo. Mas não saiu sem antes trovejar ameaças a todos, e desapareceu.

Assim, sucessivamente, foi o mesmo acontecendo nos outros postos.

O fato é que, cada vez que ele nos atacava, perdia umas dezenas de seus comandados. Sem perceber, devido à ira que o consumia por ver seus planos tão bem detalhados irem por água abaixo, Red se aproximava cada vez mais de nossa irmã Adelaide.

Um dia, ele sofreu uma perda lastimável para o seu grupo.

Um de seus generais de confiança foi preso. Sabíamos que ele não aceitaria a perda sem lutar. Preparamo-nos para recebê-lo.

Irmã Adelaide, auxiliada pelos construtores, ligou o posto para onde este irmão tão importante para as forças do Red fora levado, diretamente à Sociedade Espírita Terezinha de Jesus, formando-se um caminho. Algo interessante, que eu não sei explicar, mas, assim que entramos na tenda maior do posto de socorro, encontramo-nos na antessala da sociedade. Todos se afastaram do posto, deixando-o deserto.

O general do Red já se encontrava alojado em uma câmara na sociedade, esperando o trabalho de desobsessão, pois tudo fora planejado para que ocorresse exatamente no dia desta atividade. Ali, a equipe espiritual da casa, já a postos, auxiliada, por sua vez, pela equipe de irmã Adelaide, aguardava:

Nosso irmão deu sua comunicação, descontente e raivoso pela situação em que se encontrava. Emitia, sem cessar, pensamentos a Red, para que viesse auxiliá-lo. Deixamos que suas emissões chegassem ao nosso irmão. Aliás, contávamos com isso para atraí-lo. O previsto pela nossa irmã Adelaide aconteceu. Red cercou o posto e entrou na tenda preparada, e na mesma hora foi atraído para a sala de desobsessão. Ficou aturdido, pois percebeu que caíra em uma armadilha. Seu descontentamento era evidente, mas, dono de um autocontrole muito grande, deduziu que não poderíamos retê-lo ali contra sua vontade, gritou:

— Quem são vocês? Que lugar é este?

— Aqui, meu irmão, é um hospital! — respondeu o doutrinador.

— Hospital? Acaso te pareço doente? — respondeu sarcasticamente.

E assim, a cada frase do doutrinador, ele o cortava, não deixando que formulasse o pensamento. Ao final, com a médium exausta por contê-lo, o deixamos ir. Mas desde aquele dia já estava imantado ao local. Nossa irmã Adelaide vigiou-o o tempo todo durante a comunicação.

Muitos meses se passaram, e nosso irmão Red vinha, rugia seu descontentamento e fúria, e ia embora. Mas era sempre atraído novamente pela mente poderosa de nossa irmã Adelaide.

Até que um dia, ela se fez visível a ele, que, a reconhecendo, não conseguiu mais se conter. Chorando amargamente, se deixou conduzir por ela qual uma criança que, quando cai e se machuca, corre para os braços da mãe, no qual sabe que receberá o consolo certo.

Confesso, meus irmãos, que não conseguia acreditar no que conseguimos. Para mim, o Red era um ser destituído de sentimentos. Como podemos nos enganar, não é mesmo? Até ele trazia dentro de si uma réstia de amor. Então, nada está perdido. Toda criatura está intimamente ligada ao seu criador, Deus!

Os irmãos acostumados com trabalhos desse teor, normalmente os de desobsessão, sabem o quanto é demorado a conscientização de determinados irmãos. Então, compreendam que narro aqui de maneira bem sucinta o que se passou, pois, se fosse detalhar, seriam muitas páginas a mais. Portanto, não foi de uma hora para outra que nosso irmão conseguiu despertar. Aliás, segundo informações posteriores de irmã Adelaide, ele de certa forma não voltou ao normal depois que ela o levou. Estava numa condição quase infantil, e dali já foi preparado para uma nova reencarnação, compulsória, só que agora irmã Adelaide, com a autorização do Mais Alto, conseguiu cortar as ligações que ele mantinha com sua falange. Ela, pessoalmente, se encarregou de todo o processo, bem como se incumbiu de direcioná-lo na nova encarnação. Seria seu anjo da guarda. Tarefa das mais gratificantes, como ela própria a definiu mais tarde.

Assim, uma boa parte do caso Red Marinheiro estava solucionada, mas restavam umas centenas de irmãos que no momento se atropelavam para assumir o lugar dele. E entre os que lutavam entre si, cada um querendo assumir aquele posto, estava meu antigo patrão, o Sr. Esteves. Comandou por tanto tempo o crime no mundo material e, assim que chegou aqui, já começou a se envolver ainda mais com as falanges trevosas, aumentando consideravelmente seus delitos perante a Lei Divina.

E, além desses já citados irmãos, restava também o Cérbero. Não conseguia esquecê-lo!

Nosso trabalho crescia cada vez mais. Assim que conseguíamos resgatar algum irmão, muitos de nós nos comprometíamos em auxiliá-los na nova trajetória. Então, as tarefas aumentavam sempre. Eu, Antonino e todos os outros companheiros procurávamos nos dividir para que tudo saísse da melhor forma possível. Dessa maneira, o grupo dos afetos, como meu primo Walter, Artur, Samuel, acabava ficando muito tempo sem se ver. Quando nos reencontrávamos, a alegria era enorme.

Em contrapartida, novos companheiros surgiam, novas amizades eram feitas. É muito bom trabalhar aqui na espiritualidade, cada um procura fazer a sua parte da melhor forma possível.

Ninguém deixa o fardo para o outro, pois o interesse em progredir é mútuo e só se progride trabalhando. E se acaso ocorre de alguém não aguentar, é transferido para outro setor, mais de acordo com seus gostos, condições e suas tendências, sem cobranças ou críticas de ninguém. O que eu mais gosto é o respeito mútuo que existe entre todos. É admirável e gratificante trabalhar com essas equipes, tão harmonizadas, conscientes de suas responsabilidades.

XXVIII. A REDENÇÃO DE NEGRO

"5. Reconciliai-vos o mais depressa com o vosso adversário, enquanto estais com ele no caminho, a fim de que vosso adversário não vos entregue ao juiz, e que o juiz não vos entregue ao Ministro da Justiça, e que não sejais aprisionado. Eu vos digo em verdade, que não saireis de lá, enquanto não houverdes pago até o último ceitil."

O Evangelho segundo o Espiritismo (Cap. X — Bem-aventurados aqueles que são misericordiosos — Reconciliar-se com os adversários)

Um dia, estava eu no Instituto num raro momento de lazer.

Sentia-me um pouco solitário, pois Lúcila, engajada por completo em sua nova tarefa, estava de plantão. Eu me encontrava só, lendo um pouco, quando alguém veio me chamar. Trazia um recado de minha avó Maria. Fui imediatamente ao seu encontro. Ela estava com um grupo de pessoas, entre elas Samuel e Artur. Ansioso, fui dizendo, enquanto cumprimentava a todos:

— Vó...! Que acontece? Percebi uma certa agitação no seu recado!

— Agitação não, meu neto, pressa!

— É algum resgate urgente?

— Sim! Um amigo que está para desencarnar. Encontra-se sofrendo muito porque certos irmãos não querem deixá-lo partir.

— É sempre a mesma história, os familiares nunca querem "perder" o encarnado — fui falando sem pensar.

— Este caso é diferente, Fábio! — disse vó Maria muito séria.

Já comecei a ficar curioso com esse comentário dela, mas calei-me e passei a observar os companheiros. Senti todos muito compenetrados na responsabilidade da tarefa.

Volitamos velozmente chegando a São Paulo. Aos poucos, a cidade foi desaparecendo, os grandes prédios sumindo no horizonte dando lugar aos pequenos vilarejos, até que os campos foram tomando conta de nossa visão. Percebi que avançávamos cada vez mais para o interior.

Uma cidadezinha surgiu, fomos descendo, mas ainda seguindo adiante. Esta também foi ficando para trás, sítios surgiam agora, até que vimos, em meio à plantação, uma casinha toda iluminada. Meu coração ia se apertando, não sei o que se passava comigo, mas pressentia que este não era um resgate comum! Perguntei então:

— Vó, quem viemos buscar?

— Um amigo muito querido de todos nós...

Não ousei perguntar quem era... No íntimo já adivinhava.

Descemos, várias entidades nos aguardavam. Fomos recebidos com abraços e manifestações de carinho por parte de todos. Minha avó, depois de cumprimentar a todos, foi perguntando a uma senhora idosa:

— Irmã Selma, como estão nossos irmãos?

— Inconformados, irmã Maria! Tentamos tudo como a irmã pediu, mas nada. Sequer percebem! Só a irmã mesmo para conseguir falar com eles.

— Sim, vamos sem demora! — E, voltando-se para nós, exclamou: — É hora de ligarmo-nos a Jesus, meus irmãos! Principalmente você, Fábio, não deixe que a emoção o desequilibre. Vamos, vamos ajudar os nossos irmãos — E foi entrando na casa humilde.

Esta se compunha somente de dois cômodos. Na cozinha um fogão à lenha, desses feitos de barro, uma mesa tosca e um banco de troncos de madeira. Este era o mobiliário. Entramos no quarto, apenas um armário, um banquinho servindo de aparador para uma lamparina e uma cama. Mas tudo isso só percebi depois, pois assim que entramos no quarto, a cena que vimos nos comovia e chocava. Um senhor de cor negra, parcos cabelos ao redor da cabeça e a barba totalmente brancos, jazia ali, suando em bicas.

Era só pele e osso! Parecia um corpo sem vida, não fossem os olhos abertos e extremamente lúcidos. Agarrados ao pobre velho já moribundo, quatro espíritos choravam qual crianças. Em vão, os irmãos ali presentes tentavam afastá-los sem conseguir...

Vó Maria foi se aproximando e imediatamente se colocou a orar. Fizemos o mesmo. O velhinho, que cada vez mais me chamava a atenção, imediatamente abriu um sorriso exclamando:

— Oh! Jesus ouviu minhas preces, você veio ajudar o pobre Negro, minha irmã?

— Sim, meu amigo! Há tempos estou a seu lado, por que o abandonaria justamente agora?

A estas palavras dele, já não tinha mais dúvidas, era o meu amigo Negro. Se o físico estava irreconhecível, os olhos e a voz não. Sem conseguir me conter, exclamei:

— Meu Deus, é o Negro!

Ele, dando mostra de uma mediunidade admirável, mesmo porque já estava também mais deste lado de cá do que no terreno, falou:

— A irmã hoje trouxe várias companhias, não é?

— Sim, meu irmão, são todos amigos, todas pessoas que te amam muito.

Durante todo esse diálogo, os espíritos agarrados a ele continuavam na mesma posição. Minha avó começou a conversar com eles.

— Vamos, meus filhos! Não ajam assim, já conversamos outras vezes, vocês entenderam, e agora volto e encontro-os da mesma forma? Não percebem que fazem o nosso irmão sofrer imensamente?

A estas palavras, um deles, uma moça extremamente abatida, respondeu:

— Ele é meu pai, não vou deixá-lo ir-se. Já vivi muito tempo procurando-o, sofri muito sozinha, agora que o encontrei, não vou deixá-lo mais.

— Já disse a você e a eles — falou designando os outros três espíritos — que nosso irmão necessita partir. Seu tempo já está se escoando, este corpo velho e cansado já não consegue mais reter o espírito. É vocês que o prendem nesta condição.

— Não queremos que ele vá. O que será de nós, sem ele? Os vingadores podem nos pegar. Muitos já tentaram, mas não podem com ele. — falou um dos três.

— Sim! Nosso irmão Negro é de uma bondade imensa, consegue manter os irmãos trevosos distantes deste lar. Mas há outra maneira dos irmãos não caírem nas mãos dos perseguidores. Vocês têm de aceitar o que falamos, acreditar que não vamos abandoná-los aqui. Podemos levar não só o nosso irmão Negro, mas a todos vocês.

Eles, indecisos, se entreolharam sem saber o que fazer. Vó Maria continuou, enquanto o restante do grupo se mantinha em prece. Eu, de minha parte, não conseguia orar, tal era a expectativa por ver o caso solucionado.

— Meus filhos, vocês, durante os anos em que estiveram aqui vivendo juntos com o nosso irmão Negro, aprenderam muitas coisas. Progrediram muito! Pois, se no início aqui chegaram engalfinhados com a nossa irmã que buscava se vingar de sua morte violenta e prematura, atraída pelas preces constantes e o carinho do pai, acabou por encontrá-lo. E trouxe junto vocês, que também buscavam vingança contra nosso irmão Negro. Lembram-se de quantos sofrimentos? Somente nosso irmão Negro se manteve equilibrado, apesar do assédio tremendo e dos fluidos deletérios que vocês inconscientemente emanavam sobre ele.

"Vocês tiveram a oportunidade de o verem trabalhar a terra, tirando da mesma o seu sustendo e, o mais importante, aprenderam com ele como servir ao próximo. Por meio de sua mediunidade, nosso irmão ajudou muita gente. Quantas curas, quantas consolações ele espalhou? Tudo isso vocês assistiram. E, ao findar do dia, ele se dispunha a ensinar a vocês o Evangelho de Jesus. Sabia da presença de todos. Sentia perfeitamente a filha querida, mas percebia-lhe o ódio a queimar-lhe as entranhas. Sabia da sanha vingadora de cada um de vocês. E, embora, num passado remoto, ele próprio tenha sido levado ao ato extremo, assassinando-os num delírio desesperado por não aceitar a morte da filha, assumiu a sua culpa perante as vítimas e a sociedade, e passou mais de trinta anos na prisão. Mas não parou na prostração ou na autopiedade, antes se colocou à disposição para ensinar-lhes o valor do perdão, enquanto ele próprio buscava também perdoá-los. E conseguiu. Hoje já não vê diferença entre vocês e a filha querida. E vocês, meus irmãos, quando vão perdoá-lo?"

Um deles se apressou em responder:

— Mas...! Já o perdoamos! Se fosse eu que perdesse uma filha daquela maneira, também faria o mesmo! Caçaria o assassino até encontrá-lo.

E outro ajuntou:

— Eu também já o perdoei. Sou culpado! Nem sei se Deus um dia vai perdoar tantas faltas. Mas ele se comprometeu a nos amparar sempre e, se vocês o levarem, como vamos ficar?

— Irmãos — repreendeu vó Maria —, vocês parecem que não ouvem o que falo...! Não podem ficar grudados ao Negro...! Ele se comprometeu, sim, a auxiliá-los. Mas não é o que tem feito ao longo desses dez anos de convívio com vocês? E, no momento, ele não pode auxiliá-los, ele é quem necessita de ajuda. Não veem como sofre?

Dessa maneira, os espíritos se soltaram daquele velho corpo encarquilhado e passaram a observá-lo melhor. Nosso amigo Negro arquejava, dando mostras de já não ter forças para acionar o mecanismo corporal. O coração ia parando pouco a pouco.

Somente sua força de vontade ainda o prendia ali, pois as extremidades do físico já estavam totalmente soltas do perispírito. Achei aquilo estranho e apurei os sentidos... Percebi, então, que havia outras entidades no quarto: eram os técnicos que libertavam o físico do perispírito. Nunca tinha observado antes este trabalho e passei a acompanhar com muito interesse. Eles já tinham iniciado realmente, pois os membros estavam totalmente liberados do corpo, que imediatamente ia perdendo a cor original, ganhando um tom violáceo no lugar. Conforme iam puxando pequenos fios que ligavam os dois corpos, estes imediatamente eram puxados como uns elásticos para o perispírito. Muitos fiozinhos rompiam-se sozinhos, outros necessitavam ser cortados. Acredito que seria como cortar um cordão umbilical, só que bem rente ao corpo físico.

Bem, voltei a mim da observação com a voz de minha avó:

— E, então, meus irmãos, o que decidem? De qualquer forma nosso irmão partirá... Depende de vocês aceitarem ir conosco para um tratamento, libertando-se deste lugar e também de irmãos que tentam arrebanhá-los para lugares tenebrosos, ou ficarem entregues a si mesmos.

Todos falaram em conjunto:

— Não! Não nos deixem aqui! Temos medo!

— Eu quero ir com o meu pai — gritou desesperada a moça.

— Terão oportunidade de estar com ele, sim. Mas não agora! No momento, cada um será conduzido para um tratamento, está bem?

— Sim — responderam eles chorando, mas conformados.

Vó Maria fez um sinal para Artur e Samuel, que imediatamente se acercaram dos nossos irmãos, levando-os para o outro cômodo, onde outras entidades que ali aguardavam se encarregaram de conduzi-los a um hospital espiritual. Depois, dirigiu-se ao nosso irmão, falando sorrindo:

— E agora nós, meu irmão!

Negro parecia sofrer bastante naquela situação, mas não reclamava ou gemia, ao contrário, procurava manter o sorriso nos lábios e a serenidade nos olhos.

Os técnicos em segundos terminaram de libertá-lo. Logo a seguir, passaram a dar passes no corpo, retirando os últimos resíduos energéticos que havia enquanto entregavam o nosso irmão aos nossos cuidados. Eu, sorrindo, muito feliz, quis ser o primeiro a segurá-lo.

— Quantas saudades, meu amigo...! — já fui falando, quando minha avó me advertiu amorosamente.

— Depois, querido... Vocês terão muito tempo para matar as saudades. Agora nosso irmão necessita ser afastado para se recompor.

E felizes retornamos levando o precioso fardo para o nosso instituto. Aqueles tempos em que pude usufruir novamente da companhia do meu amigo foram muito, muito gratificantes. Ele parecia uma criança diante de um mundo encantado. Assim que melhorou, passava a maior parte do tempo apreciando o jardim.

— Fábio — disse-me em um de nossos encontros —, quanta coisa nós esquecemos vivendo no mundo material, não é?

— Sim, meu amigo! Perguntei-me muito o porquê disso.

— E... encontrou respostas?

— De certa forma sim — respondi-lhe. — Quando nos lembramos de outras vidas passadas, percebemos tendências muito fortes dentro de nós. Quando reencarnamos, deixamos que essas tendências, na maioria más, se sobreponham a todas as outras lembranças.

E o Negro, dando mostras de grande compreensão, completou:

— É, embora aprendamos muito quando estamos aqui, não enraizamos o aprendizado como deveríamos, pois só a prática fará isto. Ao voltarmos para a vida carnal, dá-se o teste sobre qual aprendizado está mais forte, o antigo ou o novo. Porque tudo o que somos necessitou de um aprendizado anterior, sejam os vícios ou as virtudes.

— É, isso mesmo, Negro...Vejo assim! Temos que fortalecer os novos aprendizados: vivenciando-os cada vez mais, eles vão ganhando espaço dentro de nós, diminuindo cada vez mais os antigos, até que por fim desapareçam, restando só os novos, que são bons.

— É! É uma tarefa para muitas vidas!

Assim dialogávamos muito...

Para ficar com ele até pedi afastamento de uma das tarefas, pois encontrei aí uma forma de retribuir um pouco o muito que ele fez por mim no presídio.

— Diga-me, Negro: o que te aconteceu depois que foi para a colônia penal?

— Muitas coisas, Fábio! Muitas coisas! Posso dizer que o tempo de prisão naquele lugar foi muito bom. Um período de grande renovação para mim! Assim que lá cheguei, senti em nível espiritual um certo alívio. Não sei te explicar, parecia que me desembaraçava de grossos fios que antes me traziam preso a certas entidades. Passei um longo tempo doente. A doença foi providencial, pois me afastei dos "trabalhos de incorporação". No entanto, meus sentidos se aguçavam em vez de diminuir, como eu imaginava. Então, passei a perceber outros tipos de espíritos ao meu redor. Entre eles, a mais constante era a tua avó Maria. Essa irmã me ajudou muito! Instruía-me telepaticamente sobre o Evangelho. Quando em sono físico, levava-me a lugares maravilhosos, onde reconheço hoje como este instituto. Enfim, ela, com muito amor e paciência, passou a substituir os espíritos que antes me "assistiam".

"Se é que posso qualificar aquilo de assistência. Assim que melhorei, com a ajuda e o amparo dela, passei a me dedicar somente à cura de quem me procurasse em necessidades. Auxiliei muitos companheiros ali dentro da colônia penal. Com meu esforço, o próprio diretor incentivava o meu trabalho. Passei a cultivar as ervas que ela me intuía e a preparar certas infusões com elas. Certa ocasião, o filho pequeno do diretor daquela Instituição ficou muito doente. Levado aos melhores médicos, ninguém pôde fazer nada pela criança.

"Uma noite em que ele, já desenganado, estava prestes a sucumbir, o pai chegou em total desespero com a mãe que o trazia desfalecido nos braços e rogou-me auxílio. Eu olhei a criança semimorta, chorei, dizendo-lhes que nada poderia fazer, só Deus poderia salvá-lo. O homem, humildemente, então me falou: "Sim! Acredito que só Ele pode. Mas, meu amigo, peça você, pois a nós Ele não ouviu, tanto que já clamamos!" Eu, confesso, não sabia como agir. Estava neste impasse, sem confiança e coragem para tentar algo, pois até então, o que fizera eram feitos simples. E, ali, o que se me apresentava era um quadro desesperador. Não sabia o que fazer, e roguei a Jesus uma luz. E, Fábio, ela surgiu, maravilhosa na figura de tua avó, me dizendo: "Negro, pegue a criança no colo e rogue a Deus..." Depois disso, nada mais temi e fiz tudo o que ela me ordenava. Conforme ia orando, podia ver intensa luz descendo sobre a criança, enquanto irmã Maria ia retirando daquele corpinho quase sem vida um fluido escuro. Assim ficamos bastante tempo, até que a criança deu um suspiro profundo e abriu os olhos pedindo água. Por instrução de sua avó, dei-lhe de minuto a minuto gotas de certa infusão. Passamos a noite velando pela criança e medicando-a. Ao amanhecer, posso dizer que o sol também entrou naquele corpinho, revitalizando-o, pois o menino já mostrava certo tom rosado na face e até conseguia sorrir para a mãe, que não sabia como me agradecer. Depois, ainda por instrução de sua avó, a criança ficou um tempo tomando determinada poção e muito chá. E, para surpresa de todos, sarou completamente. Diante disto, aquele homem tão ilustre para nós, pobres detentos, não sabia o que fazer para este "nego véio". Então, entrou com um pedido para minha libertação condicional. Assim, com a ajuda dele, saí logo da prisão. Fui morar num pedaço de terra cedido por ele de uma sua fazenda. Ali passei a me dedicar largamente a auxiliar os que me procuravam buscando curar as suas moléstias. Quanto mais trabalhava, mais percebia a presença de tua avó, que se tornou um anjo a me amparar. Vivia satisfeito, mas não era feliz, pois não conseguia esquecer minha menina. Seus gritos de angústia sempre soavam em meu íntimo. Passei a orar constantemente por ela.

"Certa ocasião, irmã Maria me avisou para ser forte, pois iria receber em meu convívio espíritos em situação constrangedora, que eu devia me preparar constantemente pelo evangelho, pois da melhoria desses espíritos dependia a minha libertação.

"Então, meu irmão, um dia acordei em uma angústia tremenda. Sentindo-me sufocar. O mal-estar me prostou na cama por vários dias, quando vivi como em um pesadelo. Via seres disformes, que reconhecia serem os assassinos de minha filha, que, por sua vez, foram assassinados por mim. Ora era a minha menina, que eu percebia totalmente dementada, se agarrando a mim, pedindo que ainda uma vez eu a livrasse dos inimigos. Então a via se levantar qual uma fera e se jogar sobre eles, que, por se sentirem culpados perante ela, eram totalmente imobilizados e subjugados pela força do ódio que ela possuía. De outra feita, eram eles que se atiravam sobre mim, exigindo vingança, tentando me aniquilar. A agonia se estendia, até que ela, ferozmente, os arrancava de mim e passava a supliciá-los, num quadro dantesco, destinado a levar qualquer um à loucura. Nesta situação dolorosa, roguei a Jesus amparo como nunca tinha feito antes. Aí surgiu tua avó, que mais uma vez veio como um anjo salvador e passou a falar com aquelas criaturas. De início não a perceberam, mas foram de alguma forma imobilizados, perdendo, todos eles, bastante da força que tinham. A partir daí, me acompanharam como uma sombra. Irmã Maria também nunca mais me deixou sozinho.

"Quando não era ela quem estava por perto, era alguma outra entidade abnegada que se colocava de prontidão ao meu lado.

"Não fora isso, meu amigo, creio que não teria aguentado por muito tempo, pois os fluidos que esses irmãos emanavam quase me sufocavam. Com o tempo, com o auxílio da espiritualidade e principalmente o consolo do Evangelho, que passou a ser o meu sustentáculo, fui conseguindo me equilibrar e, o que é mais importante, auxiliar minha filha e os seus inimigos. Hoje, como você pode ver, são seres que, de certa forma, já conseguem conviver sem procurar se destruírem pelo ódio. E eu consegui, afinal, vencer também a animosidade e percebê-los como espíritos em grandes necessidades. Já não vejo diferenças entre eles e minha filha. São espíritos com os quais tenho compromissos. E, se Deus me permitir, quem sabe daqui a algum tempo possa recebê-los a todos como irmãos para que sedimentem os sentimentos de fraternidade."

Confesso que, depois da narrativa do meu querido amigo, Negro, eu não tinha nada o que falar. Levantei-me e o abracei muito forte, e ele sorrindo ainda comentou:

— Vamos! Vamos, meu amigo! Não há nada de tão emocionante no que te contei. Somente um acerto de contas entre espíritos devedores.

— Pode ser, Negro. Mas a sua parte você com certeza já pagou!

— E, se faltar alguma coisa — disse ele sempre bem-humorado — a gente paga, não é? Não é bom para a saúde protelar as dívidas!

E assim, abraçados, fomos até o jardim que ele admirava tanto.

Até o momento em que escrevo estas linhas, ainda usufruo da companhia de meu amigo Negro. Ele é um trabalhador nato, que não perde um momento, dividindo-se como pode entre tarefas, estudos e atenção àqueles que elegeu como filhos do coração.

É, meu amigo Negro é um grande homem sem dúvida! Eu o admiro muito! E o amo muito também!

XXIX. REENCONTRO COM O PASSADO

*"18. Os laços de família não são destruídos pela
reencarnação, como pensam certas pessoas; ao contrário,
eles são fortalecidos e se estreitam; é o princípio oposto que os destrói!"*

O Evangelho segundo o Espiritismo (Cap. IV — Ninguém pode
ver o reino de Deus se não nascer de novo)

Nosso trabalho na crosta, com irmã Adelaide, continuava firme. Eram muitos os espíritos levados para os tratamentos. Mas nem bem desbaratávamos um grupo aqui, outro se formava ali, pelos recém-chegados da carne, que, trazendo os estigmas do vício, já eram imediatamente arrebanhados pelas fileiras das trevas.

Nossa irmã, como boa estrategista, detinha-se na busca dos mandantes. Depois que nosso irmão Red fora levado, ninguém mais ouviu falar dele. De certa forma, esta falange pressentia que alguém agia no intuito de enfraquecer a famigerada organização das sombras.

Perguntei então a ela, em certa ocasião, sobre nosso irmão Cérbero. Ela, depois de silenciar por longo tempo — um hábito que respeitávamos, pois sabíamos que nesses momentos nossa irmã buscava inspiração do mais alto —, só então me respondeu:

— Sim, este irmão me preocupa! É oportuna a sua pergunta, pois recentemente recebi do Plano Maior instruções para tentar neutralizá-lo e quem sabe direcioná-lo para a sustentação de um trabalho mediúnico, onde poderemos tentar um diálogo com ele.

— Irmã Adelaide — arrisquei a perguntar —, percebo que vocês procuram ter muito cuidado com esses espíritos, apesar deles serem tão empedernidos no mal! Não poderiam agir com mais rigor?

— Com certeza sim, mas de que adiantaria? Teríamos em mãos somente um ser empedernido no mal, como você diz, e mais revoltado com as hostes divinas que o procuram salvar.

— Mas a senhora crê que alguém como Cérbero consegue perceber a preocupação que vocês têm para com ele? Ele me parece tão destituído de sentimentos.

— Diz o Evangelho que *"Todo ser, por mais vil que seja, traz no íntimo uma centelha de sentimentos por um ser qualquer ou objeto, transformando este sentimento em verdadeira sublimação."* A rigor, todos trazem em si o germe do amor, centelha divina colocada dentro de cada um por Deus no ato de sua criação. Nosso irmão Cérbero não foge à regra! Nossa maior preocupação com ele é porque, como exilado, não conseguiu ainda se ligar a ninguém pelo sentimento.

— Como assim, exilado? — indaguei curioso.

— O irmão não é originário deste planeta, aliás, muitos não o são. Mas com ele não ocorreu como com a maioria, em expurgo coletivo. Foi exilado de seu planeta de origem sozinho, este foi o seu castigo. E pelos padrões espirituais, isto se deu há pouco tempo, cerca de mil anos.

— Então, isto ocorre ainda? Há espíritos que são expulsos de onde vivem?

— Sim! Sempre que se tornam uma dificuldade para os seus irmãos naturais. Com certeza, muitas tentativas correcionais são feitas antes dessa resolução, que te parece tão drástica.

— Confesso que é estranho pensar que podemos ser expulsos da Terra! Embora muitas vezes achemos doloroso viver aqui, não consigo me posicionar vivendo em outro planeta.

— Não é tão estranho quando pensamos que as moradas do Pai são variadas, e nós, como seus filhos, poderemos, ora estagiar aqui, ora ali, dependendo da nossa necessidade. Muitos espíritos com uma certa evolução pedem existências de aprendizado em esferas afins. E fazem isso com satisfação e júbilo, pois sabem que darão verdadeiros saltos na evolução, se ali conseguirem assimilar os conhecimentos que são oferecidos.

— Nossa! Irmã Adelaide! Como é belo pensar assim! Parece que o universo se torna tão familiar e que nós todos somos realmente uma só família!

— Isso é fato, meu filho — respondeu-me a querida irmã e continuou: — Por outro lado, pense no sofrimento do ser afastado do convívio dos entes queridos. Vivendo num mundo estranho e ainda sem condições de entender esta fraternidade cósmica na qual todos nós estamos inseridos! Este é o caso do nosso irmão Cérbero. Espírito de grandes conhecimentos científicos, mas que, devido ao orgulho extremado, desviou-se do caminho reto que conduz ao Pai, preferindo o das experiências nefandas, sem se importar com os irmãos inferiores, que utilizava sem piedade ou respeito, deformando-os ou condenando-os a uma idiotia permanente.

— O que a senhora chama de "irmãos inferiores"?

— O universo é vasto, como sabe, e há muitas formas de vida que, sem sair do planejamento primordial do que é o ser humano, diferem um pouco entre si. No hemisfério onde nosso irmão Cérbero habitava, havia muitos planetas de grande beleza e sublimidade, e em alguns já se aproximavam os seus habitantes de estado de felicidade perene. Mas Deus, em sua sabedoria, colocou no meio desses astros sublimes, alguns planetas jovens para onde mandava almas nascentes. Deveriam ser tratadas, ali, como crianças infantis que eram, e protegidos por esses seres já possuidores de conhecimentos para direcioná-las rumo ao progresso. Eram, então, visitados sucessivamente, no início, a título de estudá-los. Depois, a alguns mais inteligentes, era dada a oportunidade de conhecer os orbes mais evoluídos. E dessa maneira tornou-se comum, no mundo de Cérbero, encontrar essas criaturas. Cérbero, que precisava de material humano para levar adiante suas experiências, passou a utilizar esses seres, que eram considerados pela maioria, apesar da evolução local, como seres destituídos ainda de inteligência. Mas como Deus não permite que coisa alguma vá além dos limites, acionou a Lei de Ação e Reação, contra não só nosso irmão Cérbero, mas contra toda uma falange que faltava com o amor e o respeito aos irmãos menores, que, em vez de serem protegidos e direcionados rumo a uma condição melhor, como era o dever, foram maltratados. Sérios distúrbios ocorreram nesse planeta, e como consequência os envolvidos no tráfico de seres, pois era um tráfico de planeta a planeta, acabaram perdendo suas posições ali. Cérbero, por ser o mais envolvido, foi o único a sair do hemisfério, pois o planeta que o atraiu, de acordo com a Lei das Afinidades, foi a Terra, justamente num momento em que ela passava por situação crítica, no início da idade das trevas. Aqui chegando, quase pego de surpresa, imediatamente tentou ligar-se aos familiares, nada conseguindo. Alguns procuravam até interceder por ele, pedindo para reencarnar aqui, mas, devido às suas culpas, não foi permitido para aquele momento. Hoje já é outra história, alguns vivem ao lado dele. Contudo, totalmente cego, ele sequer os reconhece.

— Mas, irmã Adelaide, se ele foi expulso justamente por conta das tais experiências, por que continua ainda com isso?

— É o poder da fixação. Nosso irmão se condicionou em um tipo de conduta e não consegue ver outros caminhos. Percebe que precisa evoluir, mas tenta somente por um lado. Acha que somente a ciência material vai dar respostas a todas as questões. É um espírito que se reconhece como tal, mas nega a própria paternidade divina. Sente que uma força o impulsiona para frente, mas não admite que essa força é o amor de Deus. Enfim, é um irmão equivocado dentro de seus conhecimentos.

— Não foi muito justo com a Terra ele vir para cá, não é?

— Por que pensa assim, Fábio? Não percebe que cada um está no lugar certo, de acordo com suas tendências, sua vibração? Se a Terra o atraiu, foi porque a maioria dos seus naturais vibrava igual a ele. Não, meu irmão! Nada há de injusto quando se trata das leis divinas.

— E ele sempre se embrenhou por este lado científico?

— Não! Logo que aqui chegou, a espiritualidade superior vedou pela reencarnação compulsória a maioria dos seus conhecimentos. Só que ele descobriu outra forma de disseminar suas ideias. Partiu para o campo da filosofia, em que passou a pregar a teoria do caos e a inexistência de Deus. Conseguiu muitos seguidores e também foi responsável por muitos suicídios, dos que o liam e acreditavam no nada depois da morte, como uma fuga para seus males. Assim, em vista deste quadro, nosso irmão foi retirado dos meios civilizados e, novamente, em reencarnações compulsórias, renasceu por diversas vezes entre silvícolas. Veja a justiça do Pai se operando. Por haver desrespeitado criaturas simples, nosso irmão foi condenado a viver em um planeta bastante inferior, se comparado com o seu, e, como ainda aí não soube valorizar a bênção do recomeço que lhe foi dado, foi condenado a viver entre criaturas tão simples como aquelas que ele utilizava para as suas experiências. Hoje, em sua aparência, ele pouco difere da condição daqueles irmãos. Mas traz armazenado no espírito todo conhecimento adquirido em sua trajetória, patrimônio que lhe pertence por direito de evolução e não pode ser retirado. Recordar tudo é só uma questão de melhoria.

— Mas, irmã, mesmo agora nosso irmão tem muito conhecimento, não é? Aliás, ele tem um poder que eu nunca vi, a não ser aqui entre espíritos muito superiores.

— Sim! Nestas vivências entre os indígenas, nosso irmão também conquistou alguns méritos. Foi curandeiro! Ajudou a muitos com esses conhecimentos. Você percebe, Fábio, que ele de certa forma está recomeçando? Só que, em uma área mais simples, voltada para a natureza, em que tem inúmeras chances de progresso. Hoje, nosso irmão é um ser que ama a natureza. Isto já é um começo.

— A irmã acredita que conseguiremos envolvê-lo e trazê-lo para este lado?

— Com certeza! Jesus está à frente e está acostumado a lidar com espíritos desse naipe, haja vista que nos suporta há tanto tempo — E assim dizendo ela riu suavemente!

Eu fiquei ali embevecido, olhando-a e pensando: como um ser como ela poderia ser insuportável para alguém? Ela, continuando a sorrir e, percebendo meus pensamentos, falou:

— Nem sempre fui assim, Fábio! Se hoje já consigo amar até os meus inimigos, houve época em que não titubeava em atacar traiçoeiramente. Depois, nosso mundo ainda é de expiação e provas, em processo de evolução. Somos todos sujeitos à queda. Veja o caso de nosso irmão. Vivia em um mundo muito superior ao nosso. No entanto, teve que abandonar o mundo amado, porque se tornou motivo de perturbações. Quem nos garante que amanhã não poderemos estar nas mesmas condições? Temos que buscar viver o Evangelho de Jesus em sua simplicidade e clareza, apegar-nos à prática que pode parecer banal, mas é a chave para a nossa redenção. Seguir o Cristo deve ser a nossa meta, mas não querer ultrapassá-lo, pois isto é orgulho puro. Jamais teremos condições para tanto. Pois ele está e estará evoluindo sempre! Sempre na nossa frente! Quero dizer com isso, Fábio, que, ao termos grandes conhecimentos, mas sem a humildade de perceber que somos seres ínfimos ainda, corremos o risco de cair e nos machucar muito!

Agradeci muito a nossa irmã pelos esclarecimentos preciosos, e ela seguiu para os seus inúmeros afazeres. Enquanto fiquei ali sentado, observando a noite. Fora do posto de socorro, eu sabia que uma névoa intensa e escura encobria tudo, mas ali, onde eu me encontrava, uma faísca limpa e clara vinda do alto, cercava todo o perímetro do posto; dali eu conseguia ver uma brecha do céu. Naquele pequeno pedaço, várias estrelas eram visíveis.

Pensei em quantas traziam habitantes tal qual a nossa Terra. Quantos, como eu, naquele exato momento, não sonhavam, ou sofriam, e quantos também não estariam abrindo o coração em agradecimento a Deus pela vida. Senti-me envolvido por uma vibração de intenso amor. Reconheci ali o próprio amor divino se manifestando como uma onda ininterrupta que envolvia a tudo que existia. Senti-me ligado a todos os seres. Percebi num segundo que somos pequenos seres incompletos, que para formar um todo é necessário estarmos unidos em pensamentos e sentimentos. Entendi, então, por que os seres evoluídos lutam tanto pela nossa iluminação. Quanto mais conseguirmos atingir a evolução, maior a felicidade de todos.

Algum tempo depois dessa conversa com irmã Adelaide fui chamado ao Instituto. Lá chegando, fui informado por minha avó de que alguém muito íntimo de todos nós estava para desencarnar. Esse alguém era minha mãe.

Mas, antes de narrar esse episódio, por demais emocionante para mim, quero esclarecer que, embora não tenha citado ainda, por diversas vezes encontrei minha mãe aqui, onde ela era sempre trazida pela minha avó. Em sua simplicidade, não tinha consciência de que se encontrava em espírito. Ficava sempre muito confusa por me ver, pois sabia que eu estava morto! Então, ora falava comigo como no passado, antes de minha viagem a São Paulo, referindo-se ao sítio e suas dificuldades, ou então entrava num choro delirante sem entender o que se passava.

Por conta disso, passamos a evitar os contatos. Mas ficava sempre muito feliz quando a via. E agora minha avó dizia que ela estava para chegar.

Confesso que nunca fui ao sítio desde meu desencarne.

Por conta disso, passei a ficar muito ansioso. Pensei que só eu, ela e os técnicos do desencarne iríamos, mas eis que começaram a chegar diversas pessoas. Meu primo Walter, Antonino, Artur, Samuel e até meu amigo Negro, mais algumas pessoas. No meio delas, percebi um senhor me olhando insistentemente. Em dado momento, sorriu e eu reconheci o meu pai.

— Pai! — gritei, relembrando os tempos de menino quando adentrava pela lavoura, gritando este nome a pleno pulmões, a fim de entregar-lhe a marmita com o almoço simples.

Ele, algo titubeante, mas sorridente, abraçou-me dizendo:

— Fábio, meu filho! Como fico feliz por ver-te tão bem.

— Pai! Por que não nos encontramos antes? Acaso se esqueceu de mim?

— Não, meu filho, não o esqueci, mas a minha condição até bem pouco tempo não era das melhores.

— Como assim? Supunha-o bem! Acaso não sofreu tanto para nos criar?

— Isto não dá méritos a ninguém! O sofrimento tem que ser entendido pela criatura e aceito para ser proveitoso. Caso contrário, corre-se o risco de fazer muitas besteiras, como eu fiz.

— Mas que besteiras são essas, meu pai? O que o senhor pode ter feito de tão terrível assim para se encontrar ainda tão ressentido com a vida?

— Não, meu filho, não é ressentimento com a vida, mas comigo mesmo, por não ter conseguido suportar as provações e renegar a vida.

— Renegar a vida, como assim, pai? — perguntei, já sentindo certa angústia se formando no peito.

— Não quero empanar a alegria desta hora, pois é importante estarmos todos bem no reencontro com tua mãe, minha querida esposa, que aguentou a labuta até o fim.

— Pai, por favor, seja claro! Nada do que me diga vai me abalar, pois eu também não tenho muito do que me orgulhar com o passado.

— É, meu filho, uns desertam de uma forma, outros de outra. No meu caso, recorri a certo veneno que não deixa rastro para me livrar das responsabilidades, sem pensar na carga extra que estava deixando nos ombros de tua mãe.

Confesso que fiquei estarrecido, jamais imaginei que meu pai tivesse se suicidado. Vó Maria, como que percebendo a importância do momento, chegou abraçando-o, dizendo:

— Vamos, vamos, Agenor, você não deve se exaltar, pois saiu da convalescença agora. Nossos irmãos maiores confiam que conseguirá se manter lúcido e equilibrado, caso contrário, em vez de auxiliarmos o desenlace de nossa querida Ana, acabaremos por atrapalhar.

Ele, compungido enquanto enxugava as lágrimas que corriam, falou:

— Sim! Recebi esta permissão a muito custo! Tanto que nosso irmão — disse apontando para um rapaz, parecendo um enfermeiro — veio também, caso eu precise de algum socorro. Mas prometo a todos que, se não conseguir me manter equilibrado, pedirei para ele me trazer de volta.

Procurando confortá-lo, abracei-o, e assim fomos, todos nós, rumo ao sítio onde passei minha meninice e os melhores momentos de minha vida de encarnado.

No caminho, ia reconhecendo a cidade. Cada ponto era uma lembrança que me aguçava a memória, até que, ao longe, divisamos um local humilde, mas muito iluminado. Custei a reconhecer o sítio, tal o movimento deste lado que ali se operava. Percebi novas construções, mas não paramos, indo direto para a minha antiga morada.

A casa era a mesma, mas por dentro estava mais confortável. Pintada, o que ressaltava ainda mais a luz que reinava naquele recanto. Um jogo de sofá, uma televisão. Coisas que não existiam em minha época atestavam o esforço e a luta de alguém que procurava dar um pouco de conforto àquela que me deu a vida. Estava intrigado! Vários espíritos ali se encontravam, e todos sem exceção conheciam minha avó, Antonino, Walter, pois os recebiam sorridentes e carinhosos.

Perguntava-me quem tinha ajudado os últimos dias de minha mãe. E, na minha mente, via meu irmãozinho Jorge ainda infantil e dependente. Entramos no quarto dela, tão conhecido para mim, onde pouca coisa tinha mudado. Ali, deitada sobre a cama, cabelos totalmente brancos, estava ela! Aquela que me amou tanto! E eu, na cegueira do egoísmo, não soube retribuir e ficar ao seu lado.

As lágrimas começaram a descer abundantemente dos olhos, e, então, senti alguém me abraçar fortemente. Era o meu pai, no afã de me confortar; equilibrou-se muito mais do que eu, pois se manteve firme durante todo o processo.

Ela, tal qual me lembrava nas raras visitas, falava desconexamente, pois estava em grande desprendimento vendo já os dois lados!

— Jorginho, meu filho, eles já chegaram, vieram me buscar! — E assim ia falando, sem parar.

Neste momento, só neste momento, percebi um homem alto, forte abraçado a uma moça simples e meiga em adiantado estado de gravidez. Para a minha surpresa, reconheci-o quando se aproximou da minha mãe, falando:

— Sim, mãe! Já os percebo também! Vê como Jesus é misericordioso? A senhora tinha tanto medo de morrer sozinha, no entanto estamos nós aqui, nosso grupinho de estudos se encontra no salão, orando pela senhora, e ainda temos, pelo acréscimo da Bondade Divina, a companhia de irmãos espirituais tão estimados por todos nós.

À medida que ele ia falando, um espírito de grande envergadura espiritual se aproximava, colocando as mãos sobre o casal. Intensa luz jorrava dele envolvendo os dois e se espargiam sobre a cama, iluminando totalmente a minha mãe que ali jazia, mais parecendo um ser translúcido. E ela continuava falando:

– Veja, Jorginho, veja, Mariana, vejam, filhos queridos, eis sua avó que se aproxima! E, não posso crer, é o meu querido Agenor e traz nosso querido Fábio nos braços! Eu sabia, meu marido, que você estava velando por nosso filho, eu sabia!

A cena era por demais comovente e para que, através do choro, não nos desequilibrássemos, aquele ser luminoso intuiu o meu irmão Jorge, que iniciou uma lindíssima prece!

"Pai Amantíssimo! Olhai por nós, seres imperfeitos que ainda somos! Recebe-nos em nosso retorno à Pátria espiritual, qual o filho pródigo que retorna a Ti, desejoso de abraçá-Lo e recomeçar de novo, pois, consciente de nossas fraquezas, com certeza não fizemos tudo que deveríamos. Mas, Pai Amantíssimo, recebe o nosso pouco, qual a esmola da pobre viúva que nada mais tinha que alguns centavos, mas que foi contada como um verdadeiro tesouro, pois vinha imbuída de muito amor e boa vontade. Recebe, Pai de Misericórdia, esta que tanto sofreu, mas jamais abriu a boca para blasfemar contra as provações por que passou. Ilumina sua chegada no mundo da Luz, para que ela não se sinta perdida. Abrace-a com o Teu amor para que ela se sinta confortada. E, Pai Amado, socorre a nós que aqui ficaremos sem a Sua amada presença física, mas na certeza de um reencontro breve."

E, à medida que a prece ia sendo feita, os laços fluídicos eram cortados. Tudo na mais perfeita harmonia e paz, demonstrando um equilíbrio admirável.

Meu irmão se achegou a ela, deu-lhe delicado beijo na face, enquanto ela lhe sorria, e disse:

— Vá, mãe querida! Parta em paz para os braços daqueles que a amam e a esperam no final desta jornada. E não tema por nós, pois Jesus é o nosso guia hoje e sempre!

E assim, docemente, minha mãe se despediu dos que ficaram e começou a flutuar acima do corpo. Até que um dos técnicos a pegou e deu a meu pai e vó Maria, que receberam o precioso fardo, com imensa alegria. Enquanto nos preparávamos para retornar, Antonino me chamou dizendo:

— Espere um pouco mais. Eles não vão levá-la ainda. Vão revitalizá-la em um campo aqui perto. Por ora é preciso que auxiliemos os que ficam.

Não entendi a preocupação e indaguei:

— Mas, Antonino! Meu irmão e sua esposa estão bem! Veja como se comportam equilibradamente!

— Sim, meu irmão! Eles estão bem, mas há outros necessitando de amparo.

Segui-o sem entender e entramos na grande construção que eu observara curiosamente ao chegar. Tratava-se de imenso galpão de alvenaria, ainda sem acabamento por fora. Por dentro, havia certas separações em cômodos, tudo muito branco, bem acabado, denotando grande limpeza. Julguei tratar-se de pequeno hospital, pois num dos cômodos percebi muitos apetrechos hospitalares, e em outro, pela quantidade de vidros de remédios nas prateleiras, percebi que se tratava de uma pequena farmácia. Adiantamo-nos e deparei com grande enfermaria, com muitas pessoas deitadas. Uma jovem enfermeira as atendia como podia. E onde quer que ela chegasse, a pergunta era sempre a mesma:

— Como vai a nossa benfeitora? — indagava uma idosa doente.

— Logo teremos notícias — respondia a moça carinhosamente, procurando se afastar das indagações.

Mas, ao chegar a outro leito, a pergunta era a mesma.

— Melhorou a mãe do nosso querido médico? Estou muito preocupada com ela — dizia uma velha senhora, atacada por reumatismo intenso que a deixava prostrada.

E a jovem, sempre procurando atender a todos, ia medicando e respondendo evasivamente às perguntas:

— Vê, meu irmão? — perguntou Antonino — A preocupação quanto ao estado de sua mãe é geral. Isolamos essa parte da casa para que ela não fosse afetada. Mas urge que ajudemos a acalmar esses irmãos, pois, quando a notícia chegar, seus quadros clínicos podem se agravar, acarretando uma carga extra nos ombros do nosso irmão Jorge.

— Antonino, então, ele cuida sozinho de tudo isso?

— Sozinho não, conta com o apoio da esposa, que sempre o auxiliou, desta enfermeira abnegada e também de voluntários e estagiários. Mas hoje, especialmente, ele está sozinho. Estamos providenciando para que algum médico seja intuído a vir aqui, para auxiliar, pois o nosso irmão Jorge, embora esteja equilibrado, necessita de um descanso, visto que já não dorme há dois dias, ora atendendo os doentes em geral, ora atendendo a mãe.

— Antonino, como foi que ele acabou neste ramo?

— Bem, nosso irmão sempre foi curioso com os medicamentos utilizados e deixados em grandes quantidades pela avó, quando esta faleceu! Ainda rapazola, foi então trabalhar em uma farmácia de manipulação, lá procurou aprender tudo do assunto, escrevia a pessoas especializadas e de conhecimento da área. Assim, em conjunto com essa farmácia, acabaram criando uma linha de remédios naturais que estão sendo bastante aceitos atualmente pelos brasileiros. Na época, tiveram alguma dificuldade para implantarem no mercado. Mas, como nada é por acaso, tudo o que ele vem fazendo nada mais é do que o que já estava programado para esta região, e que você mesmo era um dos convidados a esta obra.

Acho que fiquei muito envergonhado, pois Antonino se apressou em dizer:

— Fábio, não fique assim. Não quis te ferir, mas a verdade tem que ser dita. Você foi preparado para auxiliar na edificação deste pequeno hospital. Como preferiu seguir outros caminhos, tivemos que buscar a outro. Nosso irmão Jorge tem se mostrado um instrumento valioso, pois lutou bravamente para se formar em medicina. Saiu à procura de bolsas e auxílio de toda a espécie. Lutou, e muito, e nada de que conquistou foi de graça. Teve sim todo o amparo de Jesus e da espiritualidade, mas ele se mostrou merecedor, pois jamais se deixou empolgar pelo orgulho ou pretensão. Apesar do diploma, continua o homem simples, cujo único interesse é com sua pequena família e os inúmeros doentes que o procuram. E além de tudo isso, ainda teve condições de fundar um pequeno centro espírita que funciona agregado à enfermaria, onde vamos conhecer agora.

Assim, entramos em uma pequena saleta, ligada a um salão onde se via uma dezena de pessoas sentadas, orando. Várias entidades iluminadas as envolviam. O quadro era dos mais belos. Antonino continuou:

— São participantes dos trabalhos e estudos do centro, hoje fazem uma vibração especial por intenção de sua mãe!

— Não sei o que dizer, Antonino! Jamais imaginei que o menino que aqui deixei, agarrado à saia de minha mãe, fosse capaz de fazer tudo isso!

— É que, quando trabalhamos imbuídos simplesmente do desejo de auxiliar, quando abrimos mão dos nossos interesses e gostos buscando servir com humildade, cada vez mais acorrem espíritos luminosos querendo fazer parte da obra que iniciamos. E, para eles, só o que importa é a dedicação fiel e sincera. Não buscam reconhecimento e fogem do orgulhoso, que busca servir por ostentação, mas amparam e auxiliam o que sabe servir na humildade. É assim, Fábio, dessa maneira simples, que esta obra está crescendo.

O grupo já retornava trazendo minha mãe! Esta, refeita, mas ainda sem muita lucidez, parecia uma criança diante de muitos brinquedos. Sorria sem parar. Reconhecia alguns de nós, outros não.

Quando retornei ao quarto, lá encontrei Walter, todo feliz, às voltas com sua mãe e prima Marlene. Ambas bastante envelhecidas, mas felizes. Ia perguntar, quando ele se adiantou e respondeu-me:

— Desde que Jorge fundou o hospital, elas moram aqui! Trabalham no hospital e ajudam no centro, em suma, fazem parte de tudo isso.

— Você sabia disso, Walter?

— Sim! Venho aqui há tempos!

— E por que nunca me disse nada? Vejo tantas transformações aqui e parece que era o único a não saber.

— Sinto dizer, Fábio, mas você nunca perguntou! Percebia que falar em sua família o constrangia. Então, acredito que, em comum acordo, todos respeitamos sua maneira de pensar e sentir. E depois, como diz irmã Adelaide, cada um tem sua hora de enfrentar a verdade. A sua é esta...

Diante da crua verdade, nada mais perguntei. Sentia-me constrangido e algo angustiado. Procurei um canto para isolar-me e saí andando pelo sítio adentro.

Sem premeditar, cheguei a uma grande mangueira, a velha companheira de minha infância. Ali, encarapinhado em seus galhos, encontrei os melhores folguedos infantis, e ainda me deliciava com seus frutos saborosos. Tudo isso me ocorria à mente. O desalento tomou conta de mim, e abracei-me àquele tronco rugoso, envelhecido pelos anos, e pus-me a chorar. Chorei amargamente pelo que deveria ter feito e não fiz. Chorei, por tudo o que fiz e não deveria ter feito. Sentia-me esmagado pela crua realidade de que fora bem preparado e deixei a oportunidade de lado.

Já o meu irmão simplesmente agarrou o que lhe ofereceram e procurou servir humildemente, sem pretensão ou questionamentos de como seria, quem o auxiliaria, e foi tocando a tarefa para frente. E ela foi crescendo, aparecendo na hora certa a ajuda de que ele necessitava. Angustiado, interrogava-me:

— E eu, o que fiz de minha vida, meu Deus?

Estava nessa triste condição de autopenalização quando ouvi uma doce voz:

— Fábio, querido!

Era Lúcila quem ali estava. Joguei-me em seus braços e deixei as lágrimas correrem livremente.

Ela se manteve silenciosa, compartilhando a minha dor.

Afagava-me docemente os cabelos, e assim, com essa ajuda providencial, fui me refazendo. Perguntei:

— Lúcila, como você veio até aqui?

E logo percebi o absurdo do questionamento. Ela, sorrindo, respondeu-me.

— Vim da mesma forma que você. Mas creio que o que quer saber é quem me informou, não é?

— Sim! É isto!

— Irmã Adelaide! Buscou-me no trabalho com as crianças me dizendo que você necessitava de mim!

— Meu Deus, irmã Adelaide parece que pressente tudo e a todos nós. Sempre nos guardando, nos protegendo!

— Sim, meu querido, é uma verdadeira mãe para todos nós. Ainda mandou-te um recado: que você não se sinta diminuído, humilhado, que se perdoe e compreenda que o verdadeiro preparo é o que vem de dentro, e não de fora. Que você fez muitos cursos, mas a parte emocional não se preparou o suficiente para o esforço que a obra exigia. Mas sempre haverá tempo de fazer parte da obra, mesmo que alguém a esteja desenvolvendo em nosso lugar. Se você não conseguiu fundar os alicerces, nada o impede que trabalhe durante a construção, pois esta é uma obra que exigirá sempre a dedicação de quem se dispuser a servir. Sempre é tempo de começar, meu amor! E não se esqueça de que eu também era para estar aqui, lembra-se? Tínhamos um encontro marcado neste sítio para trabalharmos juntos. Eu também me perdi pela vida. Mas não vou chorar por isso, não! Não vou perder mais tempo me lamentando. Coloco-me desde já à disposição para iniciarmos juntos a nossa tarefa! Ainda que com atraso, ela será feita!

Senti-me fortalecido com as palavras de minha querida Lúcila. E, abraçados, retornamos ao convívio do grupo que já se preparava para partir.

Dava gosto observar a alegria de todos. Este é um desses raros desencarnes onde tudo transcorre em paz e perfeita harmonia, onde até os que ficam sabem aceitar a vontade de Deus, trocando o desespero da perda pela certeza de que ela é passageira, e que um dia todos nos reencontraremos novamente na Pátria Espiritual.

Preparávamo-nos para alçar voo. Minha mãe alegremente se abraçou ao meu pai e vó Maria, e todos nós, eu, Lúcila, Antonino, Walter, com exceção de Artur e Samuel que ficaram para prestar auxílio àquela equipe espiritual que ali atuava; dando as mãos, começamos a subir, subir cada vez mais alto, e olhei para baixo, me despedindo do sítio amado. Intensa luz caía sobre toda a construção.

O centro singelo brilhava qual uma lâmpada, iluminando a escuridão. E o seu nome numa placa luminosa: *"Centro Espírita Maria de Nazaré"* era como uma seta de luz, indicando o caminho para seres translúcidos que iam e vinham pela extensa faixa iluminada que descia até o centro.

Estes seres, por meio de intensos trabalhos exemplificando o Cristo, buscavam reaproximar cada vez mais os homens de Deus.

CONSIDERAÇÕES FINAIS

Quando encerrávamos esta narrativa, certos acontecimentos com nosso irmão Cérbero fez com que nos decidíssemos por esta pequena conclusão, trazendo à luz o desfecho final de alguns assuntos aqui narrados.

Atraído ao centro pelo magnetismo de nossa irmã Adelaide, Cérbero ali chegou dando mostras de sua insana revolta contra as leis divinas. Enfrentava o dirigente do grupo de trabalho ao qual fora encaminhado, como se se dirigisse a um subalterno. Expunha com clareza e maquiavélica frieza as ideias mais esdrúxulas. Afirmava categoricamente trabalhar em favor do bem; conquanto muitos sofressem em suas experiências, eram perdas compreensíveis, visto a magnitude da obra que ele supunha estar realizando. Dizia reconhecer uma força maior por trás de tudo, mas supunha, e aí empregava toda a sua tenacidade e experiência, em poder comandar essa força, pois não admitia uma inteligência superior. Afirmava que todo o ser pode fazer sua própria lei, e ambicionava fugir das consequências dos próprios atos, modificando a Lei de Causa e Efeito. Por tudo isso, mostrou ser um opositor ferrenho, e ai de quem ousasse enfrentá-lo neste terreno. Negava a Lei do Amor, afirmando claramente não se ter apegos e afinidades com ninguém, o que de certa forma era verdade, pois, nos mil anos que aqui viveu, não conseguiu se ligar a quem quer que seja. Isto porque suas verdadeiras afinidades estavam lá, no seu planeta de origem. Assim, foram várias e várias tentativas, mas o irmão se mostrava irredutível. Alertado pela equipe espiritual, o dirigente trouxe a questão do reencarne compulsório, mas o irmão se negou a aceitar, chegando inclusive a ameaçar aquela que se atrevesse a recebê-lo como filho. Intuído pelos mentores, o dirigente levantou a questão de expurgo para outro orbe. Cérbero, então, sentiu-se extremamente revoltado.

Gritou esbravejando que fosse então para um mundo bem inferior, pois seria bem mais fácil dominá-lo.

Mas, apesar da revolta e do ódio que o irmão deixava transparecer, percebemos que o seu estado íntimo se contraiu ante a perspectiva de mais uma vez sofrer o exílio. Isto calou fundo em sua consciência. Nós, que o seguíamos mentalmente momento a momento, embora ele tivesse a ilusão da liberdade, percebíamos seu estado de extrema melancolia e questionamentos íntimos, de que talvez estivesse errado em suas suposições, em suas ideias. Isto não era transpassado no trabalho.

Ali, ele se mantinha irredutível, bem como perante nós todos. Criatura extremamente fechada, negava-se ao diálogo, mas percebíamos o seu sofrimento. Então, através de nossos esforços, conseguimos interceder em favor dele e nossos pedidos foram atendidos pelas hostes espirituais superiores.

Assim, numa reunião, enquanto o nosso irmão Cérbero, como sempre, mantinha um monólogo difícil sem deixar o dirigente falar, apresentou-se um ser de extrema beleza, irradiando imensa luz e amor e envolveu o nosso querido irmão. E somente nesse momento ele deixou cair as barreiras defensivas. Chorou como uma criança, clamando a Deus que o levassem. Em seu íntimo, reconhecia naquele ser alguém muito amado. Então a direção dessa casa, mais a nossa equipe, o entregamos ao ser que ali se apresentava.

Fomos informados depois que, por intercessão de Maria de Nazaré nosso irmão deixou este orbe. Retornou temporariamente ao seu planeta de origem, que por ora assumiu as responsabilidades sobre ele, visto que, embora ser trevoso aos nossos olhos, não cometeu aqui os crimes hediondos que cometera ali, no passado.

Por intermédio de íntima avaliação, consideraram que o irmão, apesar de tudo, evoluiu.

Soubemos ainda que ele foi posteriormente encaminhado para um planeta escola, mais próximo do seu de origem, onde aguarda o reencarne. Neste planeta, o tempo transcorre mais lentamente que na Terra; dessa forma a infância de nosso irmão será extremamente longa, se comparada com a idade terrena. Durante este longo período, receberá instrução evangelizadora visando redirecioná-lo ao caminho correto do progresso, unindo a ciência que ele já traz em si, e que tanto ama, ao conhecimento mais direto de Deus, Suas leis e o respeito devido que todo o ser vivente merece. Assim, creio que temos um ponto final para o caso do nosso irmão Cérbero.

Assim como a maioria dos espíritos citados aqui, Luiz e Manuel também foram trazidos para o trabalho de desobsessão.

Nosso irmão Manuel teve o primeiro contato com a médium e logo a seguir foi conduzido para outra casa espírita, pois seria muito desgastante para nossa irmã lidar com ambos ao mesmo tempo, no estado em que se encontravam.

Já o irmão Luiz permaneceu em tratamento por vários meses, até que conseguiu reassumir a forma humana. Seu estado íntimo era lastimável, visto que acreditava não ser merecedor do perdão. Assim sendo, foi direcionado para um tratamento prolongado em um de nossos institutos.

Quanto ao Red, este já se encontra em fase de gestação. Infelizmente nascerá sem o uso das faculdades mentais. Como a nossa própria irmã Adelaide é quem está assessorando todo o processo e a futura mãezinha, nenhuma entidade maléfica da sua antiga organização conseguirá chegar até ele, e muito menos interromper a gestação, como já ocorreu no passado. Como podem ver, meus irmãos, tudo tem solução quando chega a hora. Talvez ainda venhamos a ouvir falar do nosso irmão Red Marinheiro, quem sabe? Mas isso já é um outro caso.

Há ainda o nosso irmão Esteves, que está cada vez mais envolvido com a organização, se comprometendo mais e mais. Já temos quase certeza de que ele é o próximo alvo de nossa irmã Adelaide.

Ela segue lutando sempre. Em nome de Jesus, desmantela e esfacela grossas camadas dessas falanges tenebrosas que aqui no umbral se intitulam "A Organização." Mas, assim que conseguimos arrebanhar vários irmãos, outros desavisados vêm tomar os seus lugares. Nossa irmã Adelaide, e tampouco nós mesmos, não nos deixamos desanimar. Como ela diz, o importante é servir o Cristo sempre, e esses que surgem e se enfileiram para enfrentá-lo percebem a própria queda, pois a transformação virá para todos. Isto já acontece no momento em que dito estas linhas, e eles sabem disso.

Então, aqueles que não aceitarem a transformação e não se dispuserem a mudar também, incorporando em suas vidas os ensinamentos do Mestre, breve, muito em breve, não terão mais guarida nesse planeta. Urge que todos se apressem, a hora é chegada, o Cristo já está entre nós, seus ensinamentos brilham no mundo já há 2.000 mil anos, não temos mais desculpas para permanecermos na inação, ou o látego da dor virá nos obrigar a seguir em frente. Todos nós continuamos firmes em nossas tarefas com a equipe de irmã Adelaide. Outros trabalhos surgem, mas procuramos conciliar tudo, sem deixar de lado esta importante tarefa de esclarecer a quantos se deixam cair nas malhas dos vícios.

Minha mãe, assim como meu pai, encontra-se em franca recuperação. Todos os amigos permanecem cada vez mais unidos, fortalecendo os laços de afinidades. Alguns, como o meu primo Walter, preparam-se para reencarnar. Isto porque prima Marlene, já quarentona, encontrou o companheiro ideal e se casa em breve.

O Walter pretende aproveitar a chance e retornar ao convívio familiar.

A pequena clínica do meu irmão cresce a olhos vistos, não a construção em si, mas a procura, bem entendido!

O singelo centro continua brilhando como uma estrela iluminando o sítio de minha infância.

Eu, Lúcila, Antonino, Artur, Samuel, vó Maria e meus pais, ali trabalhamos intensamente

Bem, o que posso dizer para encerrar, senão graças a Deus? Obrigado, Senhor, por não deixar faltar aos Seus filhos delinquentes a chance de retornar e começar de novo. Desta vez, bem perto de Ti.

A BATALHA PELO PODER

Assis Azevedo
Ditado por João Maria

Romance
Formato: 16x23cm
Páginas: 320

Desde a remota Antiguidade o homem luta para dominar o próprio homem, tudo por causa do orgulho, do egoísmo, da inveja e, sobretudo, da atração nefasta pelo poder. Mesmo com o advento do Cristianismo, a humanidade não entendeu a verdadeira mensagem de Jesus, que era "amar o próximo como a si mesmo"

Esta obra, ditada pelo Espírito João Maria, informa-nos com muita propriedade sobre uma batalha desencadeada pelos nobres da Idade Média, cuja intenção era sempre lutar bravamente pelo domínio de tudo o que existisse, com a desculpa de que honrariam, assim, o nome de seus antepassados.

 www.boanova.net

 www.facebook.com/boanovaed

 www.instagram.com/boanovaed

 www.youtube.com/boanovaeditora

Entre em contato com nossos consultores e confira as condições.
Catanduva-SP 17 3531.4444 | boanova@boanova.net

Céu Azul

100 MIL EXEMPLARES VENDIDOS

Célia Xavier de Camargo
DITADO POR
César Augusto Melero

Quando se veem tantos jovens que desencarnam prematuramente e se contempla o sofrimento de familiares e amigos, compreende-se como o conhecimento dos assuntos espirituais é de vital importância para o ser humano. Prova disso é a ânsia com que hoje as criaturas buscam informações, nem sempre da forma correta. Reconhecendo essa necessidade, o jovem César Augusto Melero vem falar de suas experiências: como vivem, o que fazem, o que pensam aqueles que deixaram o mundo terreno partindo para uma outra realidade, mais viva, atuante e feliz. Suas narrativas são emocionantes, consoladoras e instrutivas. Além de demonstrarem que a morte não existe, trazem novas e surpreendentes informações sobre o admirável mundo espiritual.

Vida no Além | 16x23 cm

17 3531.4444 | boanova@boanova.net | www.boanova.net

QUANDO O AMOR TRIUNFA

Giseti Marques

432 páginas | Romance | 16x23 cm | 978-85-8353-049-7

França, século XIX. Em meio à tumultuosa onda de revolta que se levantava no país com o surgimento de uma iminente revolução, o duque Cédric Lefevre, oficial do exército francês, homem duro de coração e com um passado envolto em sofrimento, depara-se com um sentimento que, para ele, até então era desconhecido. Ao ver Charlotte, uma linda jovem, doce e bem diferente das moças da época, o nobre sente seu mundo abalado pelo que agora clama seu coração. Contudo, um acontecimento inesperado trará de volta a amarga realidade à vida do nobre.

Como vencer o orgulho? Como aceitar que a vida nem sempre tem as cores com as quais a pintamos? Intriga, ódio, vingança – esses são alguns dos obstáculos com os quais os personagens deste livro vão se deparar.

Para auxiliar nos contratempos, no entanto, está um sábio espírito na figura de uma criança: Henry, o deficiente e doce irmão de Charlotte, traz a reflexão a todos os que o rodeiam com seus exemplos – atitudes que podem transformar uma existência.

17 3531.4444 | boanova@boanova.net | www.boanova.net

Levamos o livro espírita cada vez mais longe!

◎ Av. Porto Ferreira, 1031 | Parque Iracema
CEP 15809-020 | Catanduva-SP

⊕ www.**boanova**.net

✉ boanova@boanova.net

📞 17 3531.4444

📱 17 99777.7413

Siga-nos em nossas redes sociais.

f 📷
@boanovaed

♪ ▶
boanovaeditora

CURTA, COMENTE, COMPARTILHE E SALVE.
utilize #boanovaeditora

Acesse nossa loja

Fale pelo whatsapp